五十年前北大一个班

本书编委会　编

中国传媒大学出版社

前排：岳麟章　孙盛权　刘武生　王以裕　李石生　杨荫滋　刘雪璋　沙健荪　张俊彦　赵宝煦　张　侠　高作民
　　　王玖芳　唐湛尔　张汉清　萧超然　强重华　方连庆　吴金泉

二排：赵洪涛　庄友桂　史春和　李学文　王家驯　王富全　金金宝　杨宗普　朱士高　赵开财　张　晔　王　杰
　　　胡素华　刘继南　何淑云　姚　遥　吴厚生　马国泉

三排：江长仁　潘国华　沈仁道　何新中　区　南　毕凤翔　洪文炳　胡肇龙　董志立　郑金永　曹其全　黄宗良
　　　张永安　王国文　周文信　陈喜增

后排：于永梓　石志夫　田凯荣　王继宪　周振华　郭文清　张克勋　向　东　徐潮江　刘兵海　许校荣　张忠有
　　　魏开肇　高金海　郭新文

1961年政治系60级全体在未名湖畔

2010年60级返校在国际关系学院门前合影

60级党员照自左至右前：王国文、何淑云、张晔、王杰、刘继南、黄宗良、庄友桂、李学文；
中：胡肇龙、刘兵海、史春和、张忠有、周振华、杨宗普、魏开肇、赵洪涛、张永安；
后：洪文炳、王继宪、郭文清、潘国华、何新中、董志立、石志夫、周文信、高金海、于永梓、陈喜增

60级团员照，前排左起：何淑云、张晔、王杰、胡素华、黄宗良、吴厚生、李学文
第二排：江长仁、王富全、金金宝、马国泉、许校荣、朱士高
第三排：石志夫、郭新文、刘兵海、高金海、田凯荣、王家驯、姚遥
第四排：于永梓、区南、毕凤翔、潘国华、郑金永、徐潮江

60级在北大图书馆前

2005年60级同学在中国传媒大学聚会合影

2000年60级在北大校门前

2010年60级国政系同学与赵宝煦主任合影

目　录

编者的话

55年前的1960年，52名对政治学有浓厚兴趣的年轻学子，从祖国天南地北考入了刚刚组建的北京大学政治学系，形成一个充满活力、朝气蓬勃的集体。为适应国际斗争需要，经中央批准，政治学系不久改为国际政治系。学制五年，设置了马列经典著作以及中外历史等近30门课程。这个班被称为国政系60级，是北大国政系第一班。

全班52名（先后略有变化）同学中，有10名是来自基层党政单位的有一定工作阅历的调干生，其余皆是来自全国各地的应届高中毕业生。大家充满理想和抱负，怀着一份追求真理，深入研读马列主义、毛泽东思想的强烈愿望，执着、刻苦、认真、孜孜以求、手不释卷。五年中，虽多次下乡下厂参加劳动和农村“四清”运动，但主要时间是用来读书学习。在系领导、班主任的亲切关怀下，在众多博学良师教导下，我们修完了既定设置课程，圆满地完成了学习任务。

毕业以后，为了国家需要，不管个人和家庭有多少困难，人人服从分配。相当一部分同学被分配到祖国最艰苦的西北地区，在那里风雨兼程，赤忱奉献，建功立业，奋斗了大半辈子。

在半个世纪里，60级同学没有辜负党和人民的期望、老师们的培养，大家在实践中领悟理论的真谛，兢兢业业、脚踏实地工作，涌现出许多优秀人才，在社会上产生了重要影响。分配在教育战线工作的同学，有二十多人先后被晋升为教授、副教授、研究员、副研究员，其中好几位担任博士生导师，有的还被任命为国家重点高校的校长或者院系（所）的主要负责人，有的成为当代中国著名的政治学学者。分配到地方从事不同部门党政工作的同学，大都是本单位骨干力量或单位主要负责人，有的同学曾担任省市领导职务，不少同学曾是地、县级或局、处级领导干部，有的还曾被评为本单位、省市和全国的先进人物。总之，不管处在何种岗位，60级同学都做出了应有的贡献，这是60级引以为自豪的。

60级在校时，正遇国家三年经济困难、“以阶级斗争为纲”的特殊年代，不少同学吃过苦，有的同学曾受过这样那样的委屈，甚至经受磨难，这固然并非所愿，但如同历经风霜的松柏更为坚挺一样，经受过曲折和苦难，往往使人更为成熟和坚强，如今所有人都能以一种从容和淡定对待已经翻篇的历史。

现在，60级同学都年逾古稀，大家都有一个共同的愿望：把在北大学习、生活以及毕业后的经历展示在世人面前，让大家分享我们奋斗的赤诚和渴求知识的热情，吸取我们成长过程中的成功经验和有益教训。

本书汇集60级同学文章、诗歌共四十余篇，内容包括往事回顾、手足情谊、人生感悟、眷念北大以及奋斗经历等。尽管风格迥异，角度不同，但共同的特点是反映了大家对党和国家的忠诚，对北大、对师长的感恩，对同窗的深厚友情以及毕业后对社会、对人民所做的奉献。

55年过去了，60级人用自己的诗文忆当年，渴望把我们的故事留给青年，留给后代，让他们从中受到启迪。

《50年前北大一个班》编委会（王杰执笔）

2014年10月

班主任寄语

张映清

时间过得真快，一晃半个世纪过去了。回忆自己的人生，我感到留在北大任教是正确的选择，其中使我欣慰的是组织上曾经任命我担任政治系60级（现已发展为国际关系学院）班主任。在我任职的两年半时间里，我感到受益匪浅，终生难忘。

上世纪的1960年，组织上决定我担任北大政治系60级班主任，我感到责任重大。北京大学政治系是按照党中央的指示建立的，其意义非凡。那年秋天，北京大学迎来了政治系的首届学生。全班52个学生，除了10个学生是从各地工作岗位上挑选的，其余学生是经过全国统一考试、选拔到北大的。他们成绩优秀，品质朴实。一进校门就投入了紧张学习。他们努力学习马列主义毛泽东思想的勤奋精神和严肃认真的态度十分难得，也令我感动。

60级学生进校后不久，经受了各种考验。除了刻苦学习以外，他们还遭遇了天灾人祸。入学后不久，学校又把60级拉到昌平南口“机车车辆制造厂”参加繁重劳动。同学们不怕艰苦，积极投入紧张劳动。其中毕凤翔、潘国华、刘继南等同学，给我留下了深刻印象。他们真是哪里有困难，就上哪里，使我感动，也使我心疼。

此时，正逢国家经历三年经济困难时期，在物质匮乏、体力失衡的情况下，同学们仍然严格要求自己，不退却、不灰心，积极上进，努力学习，参加劳动，把自己锻炼成国家的有用人才。

虽然我在60级任职时间不长，在他们五年学生时期只占一半，但是，我和同学们的感情很深。那时还年轻，与同学的年龄相差不大，师生之间没有隔阂，十分亲密。我感到这一段时间是我人生经历中不可缺少的。

担任60级班主任两年半以后，政治系领导看到这一年级政治上比较成熟，自我管理的能力比较强，便让我离开了60 级。

虽然不担任班主任了，但是，我仍然在政治系任教，因此，并没有影响我和60级的密切联系。同学们经常来看望我，和我交流各方面的情况，甚至诉说自己的苦恼。他们班级组织活动，必定请我参加，我深深感到，在60级两年半的班主任工作中，使我收获了学生对我的尊敬和关心，这两年半中的事事桩桩都永远留在我的记忆里。

现在，60级的学生年纪都不小了，都从工作岗位上退了下来，但是，他们仍然保持着一份朴实的感情，特别是对老师的感恩之情，他们的真情实意使我进一步认识到我选择教书育人之路是正确的。

在60级集体创作的《五十年前北大一个班》出版之际，我祝愿60级的集体主义精神发扬光大，愉快地过好退休生活，并祝愿现在的国际关系学院越办越好！

60级国政系同学与班主任张映清老师

越半个世纪的回忆

——北大国政系60级往事

沈仁道　　学　号　6018031

1960年重建的北京大学政治学系，即现今北大国际关系学院和政府管理学院的前身，风云变幻之中，她已走过了半个多世纪的历程。

1912年5月，京师大学堂改为北京大学后，就设有政治学门。1919年，蔡元培校长决定将学门改为学系。次年，陈启修教授首任政治学系主任。著名政治学家钱端升、许德珩、王铁崖、楼邦彦等都曾是政治学系的教授。但新中国建立后在1952年全国高校院系调整时，因苏联高校中没有独立的政治学系，北大政治学系也被砍去。到1960年因中苏矛盾公开化，需要培养大批懂得马列主义、能在理论上反修防修的理论战士而重新建起了政治学系。1964年初，为适应国际斗争和外交工作需要，经中央批准，政治学系改为国际政治系。上个世纪八九十年代，国际政治系又发展为国际关系学院和政府管理学院，形成现在的格局。50年来，这里为国家培养了包括我们60级同学在内的大批的政治学科方面的理论和实践人才，为社会主义现代化建设事业做出了重要贡献。

特殊年代　特殊班级

我是1960年考入北大政治学系的，学制五年。虽然半个多世纪了，但往事历历在目，难以忘怀。中国传媒大学原校长、党委书记60级同学刘继南倡议，为纪念60级入学55周年暨毕业50周年，大家分别撰文，体裁不限，汇集成册，出版一本畅叙北大情、师生情、同窗手足情的回忆录，得到同学们的热烈响应，王杰、江长仁、高金海等同学还主动承担组稿和编审任务。我们这些人虽皆平凡之辈，但也历尽风霜。常言道：老马识途。过来之人，较具历史厚重感，写点轶闻往事，古为今鉴，对社会特别是现今年轻学子或许是有益的。现仅就我们60级发生的某些事情，做点回忆，以释情怀。

60级入学后，遇到的大环境特殊，同学构成状况特殊，发生的事情也很特殊。同学们在三年经济困难中度过，在政治风浪中前行。五年大学生活，有愉快而甜蜜的记忆，也有苦涩且痛心的往事。

60级入学时全班52人（先后略有变化），共产党员、共青团员各占其半，其中有调干生10名，大多是基层党政干部，年龄稍长（年龄最大的郭功臣比年龄最小的毕凤翔年长12岁），有一定工作阅历，社会经验较为丰富。其余皆从中学而来，不少是学生干部，大多品学兼优，对政治学有浓厚兴趣。这种构成状况，在北大没听说过，在全国高校恐怕也不多见。这是一个充满激情的、朝气蓬勃的优良集体，大家对有幸来到著名学府北大深造，兴奋异常，充满抱负，都决心利用大好春光，在北大这座科学民主的殿堂之中，深入学习和钻研专业知识，按照党的德智体全面发展的教育方针，好好造就自己，将来成为党和国家的有用之才。

60级入学时面临的是一个特殊年代。国际上，苏共二十大之后，中苏两个大党公开大论战，意识形态斗争如火如荼，震动全球。苏联停止了对中国的援助，撤走了全部援华专家，致使我国大量建设项目下马，中苏两党、两国关系严重恶化。在国内，一方面高举总路线、大跃进、人民公社“三面红旗”；另一方面，经济十分困难，尤其是粮食极度紧张，人民群众包括一些大学生在内半饥半饱，不少农村地区不断有饿死人的情况发生。在中共党内，反对彭德怀“右倾机会主义”的斗争，方兴未艾。整个国内政治气氛较之1957年“反右”更加“左倾”，党内外的不同意见处于被压抑的状态。面对国际、国内以及党内严峻形势，作为大学生，只知其表，而不知其内，但大家都听党中央的。

60级专业是政治学，学习的主要内容是比较系统的马列主义，即马克思主义哲学、政治经济学和科学社会主义，重点是科学社会主义，马、恩、列、斯的主要经典著作和毛泽东选集都是必读之书，还有中外历史，特别是中外政治思想史等，总共近三十门课程。核心要求是掌握马克思主义的立场、观点和方法，基本方法是强调理论联系实际，强调精通理论的目的全在于运用。有鉴于此，再加上60级同学的政治构成状况，大家对当时的国内外重大政治问题，不能不格外关注，不能只埋头啃书本。总体而言，对当时国内外重大政治问题的认识，都是紧跟党中央的，大家都相信中央的声音是正确的，但对有些问题，也存在疑惑。比如，对苏共二十大到底如何评价？个人崇拜及专断是不是马克思主义？“三面红旗”高高飘扬，为什么国内经济如此困难？农村饥荒遍布主要是天灾还是另有原因？如此等等，不能不引起学习政治科学的大学生们的思考。但由于1957年“反右”和1959年庐山会议“反右倾”的政治气候，大家对政治性问题又不敢妄论，只能在小范围内有所交谈。特别是一些调干生，信息多一点，理论水平高一点，议论相对多一些。其中，尤以调干生李泽成同学最具代表性。

李泽成，入学前是河北承德地区隆化县县委党校教师，入学时已有六七年党龄，有一定马列主义理论基础，为人深沉，善于思考。由于他来自农村，对当时农村刮共产风、大办食堂、浮夸、说假话等情况耳闻目睹，尤其是对广大农村严重的饥饿和死人不断加重的形势，忧心忡忡，万分焦虑，夜不能寐。他认为，党中央毛主席未必知道基层这么严重的情况，凭着党性，他鼓起勇气，曾先后两次上书毛主席，反映情况，提出意见和建议。对此，班里包括同宿舍同学谁也不知道。不过，私下他也在不同范围内，讲过一些看法。其基本观点，据事后揭发，归纳起来大致有如下方面。

一、斯大林在苏联社会主义建设和世界反法西斯战争中功劳是巨大的，但他搞个人迷信和崇拜以及个人专断是违背马克思主义的，对国际共产主义运动是有害的。

二、中国农村在1955年农业合作化时就开始出现问题。“人民公社”搞早了，搞快了，是“早产婴儿”，生产关系走到了生产力的前面，不具生命力，难以持久。

三、彭德怀同志敢于犯颜直谏，反映的是广大农民的意愿，是马克思主义，不是反党。

四、“大炼钢铁”是“得不偿失”。

五、眼前的经济困难，农村大面积饥荒，不能都归于天灾，工作中的缺点、错误可能是主要的。这些观点有的是他自己的，有些恐怕也是从别处听来的，因为党内高层当时也不是万马齐喑。今天看来，这些看法无疑是正确的，是忧国忧民的真情实感。作为一名学生，在当时条件下能有如此认识，实属难能可贵。但是，同当时的宣传口径是抵触的，他闯入了“禁区”。其实，他也不敢公开议论，只跟少数同学“散布”、或辩论过，有时是在晚上熄灯后躺在床上你一言我一语，有的是跟他的表弟等钢铁学院熟悉同学的私下谈论。但公安部门很快掌握了情况，于1963年4月11日，将李泽成以组织“反革命集团”、散布“反革命言论”罪逮捕，作为重要政治犯投入监狱。李泽成在狱中，审讯情况不得而知，但手铐脚镣，铁窗囚笼，阴晴不知，月日难明，凄苦之状，可以想见。六年关押，最后没有判决，也没有文字结论。“文革”高潮中1969年2月又放回北大国政系，交给军工宣传队，按照狱中“毛泽东思想学习班”军代表宣布的“不戴帽子、不批判、不歧视、不降低待遇”的“四不待遇”回原单位参加劳动。但实际上，他并未完全自由，以致1970年还被送到江西鲤鱼洲监管劳动。

沈仁道、李泽成

“九评”学习 经风见雨

李泽成被捕，60级这个班就倒了大霉，政治系也倒了大霉。好不容易办起一个政治系，头一届未满，就出了一个“反党反社会主义的反革命分子”，这怎么得了?！北大党委一位负责同志惊呼：“这个班是不是烂掉了?！”其时，反对苏联修正主义正处高潮，中共中央发表了九评苏共中央公开信。站在什么高度来肃清李泽成在60级的“反革命”影响呢？北大党委指示，要以阶级斗争和反修防修为指导思想，在这个班集中开展“九评”学习运动。在“九评”学习动员报告中，明确要求全班同学划清三个界限：马克思主义与修正主义的界限，无产阶级与资产阶级的界限，革命与反革命的界限。要求每个人都要清理自己的思想，检查自己的阶级立场，特别是那些平时与李泽成接触较多或受其影响较深的同学，被列为重点。为此，在全班范围内开展大揭发、大批判，形成一种高压的政治态势。结果一个好端端的班集体，被搞得关系紧张，人人自危。李泽成住过的40斋209室（住有四名党员、三名团员），更是成了重灾区。凡是和李泽成在政治观点上有过交流的，或产生共鸣的，或随声附和的，或没有抵制的，视其程度，分别被认为是“敌我不分”，“严重丧失阶级立场”，“政治立场发生动摇”或“阶级斗争观念模糊”，连年纪较小的同学平时称呼李泽成“李大哥”的，也要检查阶级斗争观念淡薄。此外，还有“革命意志衰退”，“经不住经济困难考验”、“道德败坏”、“资产阶级情调”等等，也在揭发批判之列。“九评”学习运动开始集中搞，后来断续进行。学习后期，一些党团员受到了包括开除党籍、团籍在内的纪律处分，多数同学虽未受处分，但由于该学习运动的指导思想及其做法是不正确的，所以，实际上在政治上、思想上受到伤害的是整个班级。

60级问题，在其后“北大社会主义教育运动”中，在校系党内领导层，也来回倒腾，中心是这个班是否“烂掉”了，是不是“和平演变”了。有位来政治系进修的教师听了60级问题的揭发，甚为吃惊，说她简直像“一筐烂桃子”，即使有比较好的，皮也被蹭破了。至于“文革”中，这个班也理所当然地被视为北大国政系执行修正主义教育路线的一个典型，其影响可谓远近驰名，连美国奥斯汀大学中文图书馆都存有北大国政60级“触目惊心和平演变”的资料。所以，政治系60级在北大是有点“名气”的。

李泽成案及“九评”学习运动，给60级同学造成的伤害是严重的，不少同学长时间地被这一事件的阴影笼罩着。那些与李泽成接触较多，特别是受到党纪、团纪处分的同学，更是长期抬不起头来，政治包袱沉重，怏怏不乐，郁郁寡欢。本来，作为著名学府的北大政治系，是应当培养理论功底扎实、政治上敏锐、善于独立思考、敢于实事求是的有胆有识的理论和实践人才，但身边的事实让大家感到，只能唯上、唯书而不能唯实，思想上、政治上谨言慎行。忧国忧民，探求真理，谈何容易？北大民主与科学的光辉此刻黯然失色！“九评”学习中，搞全班揭发批判，不仅涉及政治观点和政治立场，连一些同学生活领域内的问题也被公开揭露。其实少数同学有些缺点毛病甚至错误是青年人成长过程中难以完全避免的，诚如列宁所说，上帝是允许青年人犯一些错误的，那主要是引导和教育的问题，但上纲上线，公开揭批，这给相关同学造成终身难以抹平的心理创伤，有些同学毕业时是带着沉重的心情离开北大的。离开以后，也不愿再与同学或北大多联系，以致有的同学毕业后身处何处，也长时间无人知晓。“九评”学习后不久，全班同学被下放到京郊朝阳区楼梓庄公社参加农村“四清”运动，要求各自带着自己的“问题”，投入火热的第一线阶级斗争中去。受了处分的同学要在斗争中以观后效，其他同学也要在实际斗争中，增强阶级斗争观念，克服资产阶级、小资产阶级思想意识等等。

回顾60级往事，这段令人心酸的历史是不应该回避和遗忘的；但回顾这段独特的历史，是为了警示后人，记取历史教训，没有责怪北大任何人的意思。我感觉当时国政系一些党政领导主观上也还是想尽量淡化问题的严重程度，尽量爱护一些同学，但在当时“宁左勿右”的政治环境下，很难完全做到；否则，很容易被视为右倾或丧失阶级立场。1959年庐山会议时，曾经担任过党的总书记的身居高位的张闻天同志，带病上山，不顾当时已是一边倒的政治气氛，作了8 000字的讲话，直言“大跃进”以来的“左”的错误，为彭德怀同志的观点辩护，结果呢？被打成“反党集团”的一员而永远退出政治舞台，含冤多年，直至去世。在那特殊年代，高层尚且如此，基层有识之士想要坚持是非和正义就更难了，至于对那些涉世未深的青年学生就更不能苛求了。

李泽成案和60级问题是“阶级斗争为纲”的产物，是党的“左倾”指导思想在一个具体单位的突出表现。此类事件，在整个教育战线，恐不乏其例。问题的彻底解决，只有在党的政治和思想路线端正之后；否则，任何个人无能为力。

1978年底，具有划时代意义的中共十一届三中全会胜利召开，全党恢复了马克思主义实事求是的思想路线。在全党全国彻底否定“文革”，大力拨乱反正，全面纠正冤假错案的大气候条件下，1980年4月，北大国政系党总支报经校党委批准，否定了60级“九评学习运动”，并作出了相应决定，指出“九评学习运动已为事实所证明，是不实事求是的，是错误的”。“在60级学生档案材料中如学习小结、个人自我鉴定或组织意见等，凡涉及李泽成问题以及有关‘九评学习’时其他问题的检查、说法或意见，均应予否定”，从而为60级恢复了名誉。同时对遭到错误揭发和伤害的同学予以甄别、平反，撤销处分，恢复名誉。该“决定”当时寄发60级同学所在单位，由组织人事部门归入本人档案，以消除影响。

1980年春，公安部门为李泽成同志做出了平反结论，1983年恢复了组织生活和工资待遇。1984年被选为中共河北省隆化县委常委、宣传部长，1986年6月在组织部门的关照下做出了彻底平反的结论。最后以县政协副主席身份退休养老。2005年春节前夕，我和刘继南，潘国华、张永安、马国泉等同学，冒着塞外严寒，带着60级的深情，驱车前往解放战争英雄董存瑞的故乡河北隆化县，看望和慰问李泽成同学，令他喜出望外又百感交集。他把这视为继党组织为其冤案政治、法律平反后来自民间的自发的思想感情和道义的平反，心理上得到极大的慰藉。

2011年夏，李泽成不幸罹患膀胱癌，亲属焦急万分，王杰等同学通过各种途径为李泽成物色北京著名大医院，联系经验丰富的主刀大夫，最后选择了北京大学人民医院，为老李的治疗解决了所有的困难。黄宗良、张永安、高金海等在京同学知道信息后，先后赶往医院探视和慰问。这一切令李泽成及其家人感动不已，对60级同学感激不已。经治疗，病情一度稳定，便回到隆化家中疗养。但不幸的是癌症实际已转移并进而扩散，在经过了近两年与病魔搏斗之后，终无力回天，李泽成同志于2014年2月22日在他的故乡与世长辞，终年78岁。对他的去世，60级同学都十分悲痛，大家为失去这样一位有思想、有才华的优秀学长而深为惋惜！

左起：沈仁道、陈喜增、史春和

刻苦学习　建功立业

60级遭此挫折，全班同学都为之痛心。但这毕竟不是60级的全部，5年大学主要时间比较系统地学习了马克思主义的基本理论和基本知识，许多同学学习是十分刻苦的。不管炎夏寒冬，起床后第一件事情便是先奔图书馆，用书包占好位置再去用早餐。年复一年，如饥似渴，在知识的殿堂里，苦苦求索。尽管今天看来，当时所学的理论有些是被曲解了的，所学的历史事实有些是不够全面的，但有比较才有鉴别，这为同学们后来在理论上的正本清源、全面准确理解马克思主义创造了难得的条件。5年中，60级先后5次下乡下厂参加劳动，应该说时间多了点，特别是两次参加农村“四清”运动（开始是“清工分、清账目、清仓库、清财务”，后来发展为“清思想、清政治、清经济、清组织”），是在“左”的指导思想下进行的，但我们到农村，与农民实行“三同”，即同吃、同住、同劳动，这对同学们增强劳动观念，增进工农感情，培养艰苦奋斗、吃苦耐劳精神，锻炼实际工作能力，还是大有益处的。我敢说，我们60级同学，政治上比同龄人相对更为成熟，思想作风上更为朴实。走向社会以后，又遇上十年“文化大革命”灾难的磨砺，因此，大家对党的十一届三中全会的正确路线，对解放思想、改革开放的伟大战略决策，理解和体会更为实在而深刻，在实际工作中贯彻执行也更为自觉。事物往往有两面性，坏事在一定条件下，也会转化为好事，历经风霜的松柏是最坚挺的。一个人成长，一帆风顺固然好，但前进中遭受过一些曲折，也不见得全是坏事，甚至更为有益，霜重色更浓，正反经历都是财富。熟悉60级同学成长过程的老系主任赵宝煦教授引用法国作家罗曼·罗兰的名言给60级题词，他写道：“灾难有绝对的价值，苦痛乃力量的源泉”，语重心长，深富哲理。

60级同学毕业后，分配到全国各地，从事不同工作。大家在党探求中国建设道路中犯有严重错误的时刻，没有对中国共产党产生过动摇，在新时期则对党和人民的事业更加忠诚，更加努力学习，更加勤奋工作。他们在各自不同岗位上，做出了积极而应有的贡献。记得60级入学时，政治系提出的培养目标是：培养理论工作者、高等学校师资以及地市县级党委宣传部门的实际工作者（大意如此，“文革”中曾作为修正主义教育思想和“读书做官论”受到批判）。如今看，这个目标不仅达到了，而且大大超越了。60级毕业生人才济济，硕果累累。

毕业后留校任教的黄宗良同学，一直没有离开过北大。他以毕生精力，孜孜以求，从事世界和中国社会主义运动的历史、理论、现状，特别是社会主义政治问题的教学和研究，已发表《书屋论政》《苏联模式到中国道路》等专著或合著十余部以及论文八十余篇，成为当今政治学界一位著名学者，北京市优秀教师。弟子绕膝，桃李满天。特别值得一提的是，他还曾应邀到中共中央政治局理论学习会上就执政党能力建设问题专题做汇报辅导，为党的建设奉献才智，为北大和60级赢得了光荣。现在，他依然笔耕不辍，著书立说，还经常应邀到全国各地讲学和做专题报告，广受好评。可谓“老牛明知夕阳晚，不须扬鞭自奋蹄”！

中国传媒大学原校长、党委书记刘继南同学，是位杰出女性。她从一名普通教师成长为一所著名大学的党政主要领导，数十年如一日，艰苦奋斗，和学校其他领导一起，先把遭“文革”严重破坏的北京广播学院重新建设成一所有相当规模、门类齐全的高等院校，继而在20世纪初为适应形势需要又力争将广播学院升格为中国传媒大学，成为我国培养传媒界精英人才的摇篮，她还领衔创办了民办性质的中国传媒大学南广学院。刘继南为国家新闻传媒事业的发展，呕心沥血，功不可没。现在她退而不休，继续担任各国大学女校长联谊会会长，奔走于世界各地，开展教育和文化交流，那些女校长们对她的魅力和才华十分钦佩。有次我半开玩笑地对她说：“你有毛病吧！这把年纪了，一会儿土耳其，一会儿肯尼亚，还折腾什么呀？”她一本正经道：“我没毛病，现成的资源不用可惜！女校长联谊会，我还可以干5到10年。我争取活到100岁！”开拓创新，勇往直前，这就是刘继南的特性。生命不息，奋斗不止！

毕业后志愿奔赴大西北的王国文同学，有理想，有抱负，性格独特，人生传奇。开始，他做老革命家、西北局书记刘澜涛同志的秘书，后来主动要求到最偏僻、最贫困的边远地区工作，得到了领导的支持。他以战天斗地的气概，先在陕北一个村做大队党支部书记，后又到陕北最边远、最穷困的定西县做县委书记，再到甘肃河西走廊武威担任地委书记，所到之处，深入基层，与老百姓同甘共苦。为“官”一任，造福一方，为人民做实事，深受广大群众的爱戴。王国文的妻子是他的同乡福建人，跟随他到大西北，辗转一处又一处。她长期水土不服，尤其经不住乘车颠簸，头晕目眩，一到目的地，一头倒在床上，不吃也不喝。妻子分娩在床，他委托别人照应，自己连家也顾不上。他心里装着老百姓，一心扑在工作上。他的先进事迹，《人民日报》等中央和地方报刊均做过长篇报导，引起当时中央领导同志的关注。王国文天资聪颖而又不乏刻苦。他爱好书法，主攻狂草，几年之中，他的双臂练得一边粗过另一边。功夫不负有心人，终成一位知名书法家，其作品先后被毛主席纪念堂等多处纪念馆、博物馆收藏，多次在中央美术馆等地举办书法展。

他的“龙”字书法传播国内外，其榜书“龙”被誉为“千古一龙”。以此“龙”字为载体，多方筹资，建成了“龙源公园”，现耸立在兰州黄河之滨，成为一处壮丽的龙文化景观。王国文从甘肃省人大退休后，志愿为文化和教育事业发挥余热，现为兰州文化研究院、龙源书法院院长。不知老之将至，继续奉献社会，有道是“春蚕到死丝方尽，蜡炬成灰泪始干！”

60级培养了一批德才兼备的教授、博士生导师、研究员、作家、党政部门优秀领导干部等等，限于篇幅，不能一一概述。我只想用以上几位同学的简要事例说明60级是个优秀群体，说明60级同学的人生观和价值观。60级同学大多出身寒苦，如在旧中国，莫说教授学者，就连想学个手艺养家糊口恐也很困难。在新中国，他们受到良好教育，特别是能进入北京大学这样的高等学府深造，这是他们的祖辈做梦也想不到的。因此，他们知道感恩，但又不止于感恩，长期造就的政治素质，决定了他们能为民族、为国家竭尽所能。常言道：花有重开日，人无再少时。大家在不同岗位上，倍惜时光，自觉奉献，鞠躬尽瘁，死而后已。可以自豪地说，60级同学无愧于北大的声名，无愧于众多良师的悉心教诲，无愧于党和国家的培养！

驰名中外的政治学家、国政系老主任赵宝煦教授在其生命垂危之际，在给60级入学50周年聚会时的书面贺词中，对60级有这样一段饱含深情的评价：“国

欢聚一堂，左起：魏开肇、徐潮江、沈仁道、向东、王杰、许校荣、朱士高、马国泉、潘国华

政系1960级，在北大是空前绝后的一个年级。因为北大国政系，只有这样一个年级本科学制是5年毕业；其次，你们在校期间，基本上读完了我们原来设计的5年课程；再有，不论按当时标准，还是按今天标准，你们都称得起是条件最好的大学本科学生，因为你们全部出自劳动人民家庭（个别小业主，也是凭劳动吃饭，而非吃剥削饭）。大部分在基层有过工作锻炼（不少人在基层入党），而你们又来到马克思主义的重要理论基地——北京大学，学习了5年马克思主义理论。这样的条件，按理说，你们一毕业就该扬帆出海，万里鹏程。不幸的是，你们在学习后期却经历了一场狂风暴雨的洗礼。事实证明，你们站住了脚跟，经住了考验，仍然昂首挺立，没有人被那场突如其来的风暴摧垮。”读罢，令人感慨万千！

圆梦之旅　手足情深

60级同学毕业已快半个世纪了，50年沧桑巨变，50年风雨兼程；50年艰苦拼搏，50年赤诚奉献！如今，大家都年逾古稀，青丝成白发，然北大情结常萦在胸，难割难舍。2010年金秋季节，经王杰、张永安等同学组织和联络，在北大国关学院和院友会支持下，包括李泽成同学在内的近三十位60级同学，从全国各地聚首北大国关学院。

山花烂漫时，情谊别样浓。“热烈欢迎60级同学返校”的大红横幅标语，高悬北大国关学院大楼，2010年8月27日，在喜庆的气氛中，久别重逢的60级学子，济济一堂，心潮澎湃，热血沸腾。在欢声笑语中，彼此嘘寒问暖，又思绪万千，仿佛回到了那风华正茂的大学时代。特别让人感动的是：当阔别多年的李泽成同学出现在同学们面前时，大家纷纷向前，与他热烈握手，有的与他热烈拥抱，千言万语，一时不知从何说起，不少人眼眶湿润了，李泽成更是热泪盈眶，其情其景，难以言表，照相机定格了这一幕！同学们久别重逢，彼此都很激动和亲热，而对李泽成同学格外亲切，既体现了对他遭遇不幸、备受折磨所给予的同情和关切，也体现了对这样一位敢于坚持真理而无所畏惧的学长的尊敬，还包含着对60级有这样一位优秀同窗而骄傲的情怀。

此次聚会，虽因一些同学身体欠佳等原因未能出席而颇感惋惜，也为过早辞世的赵洪涛、杨宗普、张克勋、郭新文、石志夫五位老同学深为悲痛，但大家仍对这次难得、难忘的相聚感到无比欣慰。座谈会主持人王杰宣布，这次聚会的主要目的是圆60级50年相互思念之梦，是畅叙同学之间的深厚友谊，是回顾毕业后刻苦、执着的奋斗历程。同学们热烈响应，刘继南、李泽成、江长仁、毕凤翔、许校荣、朱士高、李学文等同学相继发言，大家从不同侧面，深情地回忆了北大5年学生时代，重温了同窗的手足之情，颂扬了传道、授业、解惑的尊敬师长，倾诉了坎坷而又无悔的人生之旅，肯定了60级同学对党、对人民的高度责任感和百折不挠的敬业精神……时任60级党支部副书记的陈喜增同学说："60级是一个团结的班，是一个实事求是的好集体。在50年风雨中，每个人都坚持老老实实做人，踏踏实实做事的好作风。"他还祝愿同学们健康长寿，晚霞生辉！从外地赶来与会的当年60级班党支部书记、年近八旬的史春和同学感慨地说："这次全班大团圆，很有意义，是一次圆梦之旅！"

这次纪念入学50周年同学聚会，效果很好，令人难忘，充分表明了在所有人际关系中，同学关系是最为坦诚、最为亲切、最为深远的，60级同学之间的友谊经过同甘共苦和政治风浪的考验，绝不会随着时光的流逝而失色；相反，它弥足珍贵！

最后，我以一首小诗，献给60级同窗：

赤诚报国五十秋

风摧浪击心依旧

阅尽沧桑逢盛世

霜染华发志更遒

写于2014年春

忆北大　忆国关学院

王国文　　　　学　号　6018036

北大，为我的一生带来了荣耀，带来了自豪，她给了我信心和力量。因为北大作为中国最高学府，是千千万万学子梦想追求的圣地。而我，一个很贫穷的农家子弟，竟于1960年秋，以胆怯的心情，用轻轻的脚步，跨进了离北京颐和园不远的古朴典雅的北大西校门。在当时，看看自己胸前佩戴的北大校徽，总觉得比其他许许多多大学的校徽不一样，更显得有分量，更显得荣光闪闪。今天，回想起来，还是津津有味。周围许多人对北大毕业的我，总是投以羡慕的眼光，不敢小看。有些年轻人问我当年上哪个大学，我说，北大。他们就惊讶起来，"噢，你多伟大呀！"所以，我常想北大荣耀在什么地方呢？是仅仅一块北大的名牌吗？我想也不是，如果你人品、水平都一般般，别人还会佩服吗？我想不会。只有使北大这块名牌与自己的作为相称，才是有意义的。我曾经为《院友通讯》写了这样一段话："只有你到了这样的程度……你才可以自豪地说：我是北大毕业的学生！"这种认识，鞭策了我的学习、工作和做人，还有理想和追求。我从政几十年，百姓还是赞誉的。退休后，在书法和龙文化事业上更让我感到晚年有作为，更可以为社会做些有意义的事情。我什么时候都没有忘记我是北大人，所以，我具有永恒的动力，什么时候都是向前，向前，再向前。当时的北大有十八个系，政治系是最后一个系，所以，我对6018036这个号码总是脱口而出，也没有专门去记，也没有写在本子上，但是，我一生都牢牢记得，永远不会忘掉。1960年入学，在班里座号是3660位同学中，我大概是第36位报到的。在班里我算是爱学习的，有一次上课迟到了，不好意思进教室，一掉头就去图书馆，反正都是学习。星期日、寒暑假正是学习的好时间。记得有一个星期天，我站在宿舍的窗边看书，外面许多学生都在玩，我一点都不羡慕，“我乐在书中，乐在勤奋学习中。”

在北大5年，1 800个日日夜夜中，五十多位同学都因渴求知识，长久相处是不容易的。这种缘分是天赐的，在一个教室上课，在一个食堂吃饭，在一个宿舍楼住宿，在一起玩，一起讨论问题，这种形式只有大学这个阶段才有的。所以，非常珍贵，要好好珍惜。如今，回忆起来很有亲切感。即便当时班里同学们不常在一起，毕业后再未相见，但当有机会见面时，肯定还是十分有味的、十分亲密的。记得2006年，在北大一次聚会，尽管来的人不是很多，师生共有二十多位，大家非常高兴，家驯同学在会上发言，因感动而泪流满面。我在会上表示，下一次聚会在兰州，让我接待一次。之后，我向仁道同学说过，虽然没有实现，但此心至今依然没有变。有同学想来兰州，看看城中黄河，品尝西北风光，我会十分欢迎和热情接待的。

仁道是“同学之王”，他的思想素质，为人作风，如同其名字让人放心。仁义道德，国学之粹，得到大家的敬慕。他退休后，与国华等同学为国关学院做了许多有意义的事情。把院友会办得有声有色，将国关学院的传统和精神传播到海内外。他很幸运，毕业后留校任教近二十年，后又走出学校，步入社会，担任区委书记、统战部长、市政协副主席。他做人的成功不在于显要的地位，而在于他忠厚朴实，勤勤恳恳，爱岗敬业，能够影响后代的也不是他的官位，而是他的做人。

继南同学，在学校时我并不很熟悉，她像地地道道的湖北农村姑娘，朴素好学。以后几次在北京，她都热情接待大家。她一贯为工作而忙碌，从不知劳累，成为著名大学的校长、党委书记，一任十多年，这在女人中并不多见，说明她有独特之处。她实在、坚韧、敢作敢为，加上“工作狂”。退休后，又到中国传媒大学南广学院任院长，“小车不倒只管推”，我心中的她是“马列主义老太太”，令我十分佩服。如今，已力不从心，身体也有些毛病，这才懂得调养休息的重要性。不久，我从家乡返兰州，途径北京稍息。仁道、国华请吃饭，继南、宗良等同学参加，大家又是一番畅谈，怀旧心情很浓，念念不忘，当年同学之间的友好相处，盼望50年院庆欢聚一堂。我对继南说，人生所做的都归社会，属别人，只有健康是自己的，疾病伤痛，别人体会不到，也无法分担，只有自己忍受，所以，一定要好好调养，放宽心

左起：黄宗良、王国文、江长仁、高金海、张永安

情，多散步，好在于她精神不倒，属长寿型。

宗良同学聪明好学，学习成绩优良，现在是教授加博导。他经常在《院友通讯》上发表诗文，怀念方连庆老师的文章写得很好，很有感慨，情真意切，引起了我的共鸣，为方连庆老师的去世深感可惜，他的音容笑貌还在我的记忆中。2004年秋天，他和赵主任，国华同学到兰州开会，我和家训陪他们参观“龙源”，连庆对我说：“国文，未来的那一天，你、我、大家都不在了，但你的龙字，龙源会成为世界文化遗产的。”他说得那么自信、那么高兴，而且说了两次，至今我记忆犹新，十分感动。我想，方老师对同学所做的一点好事是那么热情地肯定，可见他的见识深远，胸怀博大。在这里，我借这篇“回忆”，向他表示真挚的悼念，愿他一路走好。

宗良是一位有理想、有抱负、有成就，且不甘寂寞的大学教授，他走进中南海为中央领导授课，为国关学院争得了一份光荣。过去大家觉得他有点傲气，这次见面，他显得老成、沉稳，心也平静。我欣赏他的才气，也想为他联系到陕西、兰州讲课，能否实现说不来，但有此心算是同学之情之义了。

王杰是60级班同学会的秘书长，官不大，但态度热情，经常为同学聚会而辛劳忙碌。在当时，大家对上海女孩的印象是娇气，又是领导干部之女可算娇上加娇了。但恰恰相反，她很刻苦，很倔强，不甘后进。她身体不好，但她咬牙攻读，荣升教授、博导，取得学术上的成就。后来，听说得了重病，动了手术，可十多年来，依然健康，精神抖擞。我的印象是这个人老有病；但活得很旺，生命力极强。什么原因？我想是心态好，她不怕死，她说："死有什么怕，早晚总是要死的嘛！"是的，对病就是"战略上藐视，战术上重视"，即准备死，争取活，这应该是治大病的第一良方，看看文学书，写写诗，陶冶情操。记得一次聚会，她写了一首赞60级同学的小诗，摆成塔形，可见，她的内心之丰富，为方连庆写的悼念诗，情深意切，颇有水平。

还要提一下王家驯同学，他当时年龄最小。因在兰州，虽然联系不多，但总有见面，时而通通电话，聊聊过去。赵主任、方连庆、潘国华、刘继南来兰州，我们都在一起。作为一名教授，他思想纯净，待人热情，对同学充满感情，对朋友无私帮助，达到了无求品自高的境界。很不幸，他有一个残疾女儿，生活完全不能自理，几十年来，他偕夫人精心照管，在平常人眼里，这是难于忍受又必须面对的家事，但家驯同学正确对待，辩证处治，既不亏心又很乐观。在这个沉重"包袱"面前，彰显了他伟大的人性和人格的崇高，令我十分敬佩。

还有许多同学，有的热情奔放，有的沉着智慧，有的艰苦朴素，有的好学上进，有的宠辱不惊，因篇幅限制，不再展开了。年逾七十，他们依然年轻健康。

下面说一下我们的老师。作为学生，在老师面前，永远是学生，值得高兴的是60级政治系的领导、老师都非常好，热爱教学，关心学生，与学生打成一片。我在北京开会的几年，李普主任，宝熙主任，汉清、映清等老师多次聚会畅谈，他们让我十分尊敬。与赵主任有过多次联系，他是一位谦逊严谨，有广泛影响的资深学者，博学多才，书法也写得很好。不管什么时候，总是脸带笑容，乐呵呵的，很是可敬可亲。他八十大寿时，我写了一首顺口溜，记不清了，大概意思是"人老、心静、志高、品优"，虽已白发苍苍，但还是"老骥伏枥，志在千里"。后来，他得病住院，仍然著书立说，有一次，他把最近出版的一册书寄给我，因住址有误，又退回去了，打电话更正后，他又寄来一本，我非常感动，又十分不忍，赵老八十多岁的高龄，身体刚刚恢复啊！我不能辜负赵主任的苦心，选读了几篇，他不愧是大学问家，语言朴实流畅，知识渊博深邃，思维敏捷，条理清晰，论证雄辩，铿锵有力，让我受益匪浅。最使我难忘的是赵主任帮我做了一件非常重要的事情。2001年，我参与兰州龙文化建设，建造"龙源"公园，这是用我的一个榜书"龙"字作为载体，即“龙源”主题雕塑，我为此十分卖力。当时，是叫“龙源”还是叫“龙园”，大家看法不一，为了慎重考虑，我给赵主任写信请教，赵主任即来信，“叫龙源为上，取龙文化源远流长之意；叫龙园让人只是一块区区小地之联想，有没有新意。”是专家权威的真知灼见，最后得到了大家的赞许和承认。

还有一件事更为重要，即“龙源”二字让谁写？一开始，想请中央首长题写，做了一些工作，因龙源还未建起来，不好操作，尤其想到建文化公园，不一定要更多的政治色彩。这样就想到请文化教育界的权威泰斗来写，更具有影响力。我是北大的学生，请季羡林教授写不是很合适吗？2002年3月，我在北京参加全国人代会，抽空到北大见了赵主任。赵主任说：“好啊，这事我来帮你办。”我回到兰州不久，就收到赵主任的信，寄来了季老的题词：“龙源”二字，刚劲古朴，带有稚气，很有韵味，我高兴极了。赵主任对学生的关爱、帮助，也是对弘扬龙文化的关注和支持。季老在医院里带病为龙源题名，他说“弘扬龙文化是好事，我写，就怕写不好。”他一连写了两张，8开宣纸大，赵主任选了其中一幅。在季老逝世后，《兰州晨报》为此事写采访文章，连照片刊登一整版，以表示对季老的深深悼念。季老“龙源”二字，陪伴天地，黄河永放光芒！

今早，文章还未写完，与家驯同学通了电话，他说接到王杰的电话，希望大家写一篇回忆文章，为50年院庆献礼，已经写好即将寄出。我说，我正在为此而伤脑筋，很难写，但还是要写，因为前天王杰又来电话催促。在电话中和家驯回忆了每一个同学，名字都能说得出来。其中极少数已经走了，剩下的是幸运者。长寿也是人生的幸事，为了同学的友谊，为了大家共同的心愿，我鼓劲把回忆写完，目的是为写这样几句话：让我们都忘记年龄，忘记职位，忘记过去，忘记曾经难过的一些事情，敞开胸怀，远望大海，仰视蓝天，拥抱大地，让我们共度晚年。回头总结，是经验，是教训，留下几句给子孙后代，这便完成了我们人生责任。

北大您好！国关学院您好！我曾经留下身影和足迹的未名湖畔；杨柳依依，湖光塔影，一幅蕴含诗意，令人陶醉的美丽景色，经常在我的眼前浮现，为我的生活增添了情趣。

我感谢北大，感谢国关学院！对你们给予我的教育栽培，我将永远铭记！

2011年5月3日于兰州

工作记录与人生感悟

——北大毕业后的数十年工作记录

王国文　　学　号　6018036

走向大西北

1965年9月于北大国际政治系毕业。经过5年学习生活中的两次社教，对它正确与否暂不作评价，可对我的人生转变起着直接的作用。长时间地接触农民，体会农民作为衣食父母的艰辛，促使我形成建设大西北服务的理想抱负。毕业时志愿填了三个：第一，新疆；第二，宁夏；第三，陕西。想法是西北是一块待开发的热土，需要有一批有知识有文化的年轻大学生。结果，被分配到原中共中央西北局组织部工作。

成为中国“最小的走资派”

西北局机关大多数是五十岁左右的中年干部，年轻人甚少，自己刚走出校门就到这样的大机关能胜任吗？心里多少有些惶恐不安。

或是为了培养，或是让大学生到基层吃点苦，学点基层工作的经验。不几天，就让我去渭南县的良田公社安雷大队，作为西北局工作组的一个小成员参加蹲点社教。带队的就是到北大选拔我的西北局组织部干部处处长付春杰同志。他对我很器重地说：“你在校表现很好，学习成绩也不错，现在要让你把学到的东西用到基层、用到实际，用到为人民服务中去”。经过一年多地整顿，群众对大队党支部书记意见很大，被定为“走资派”而撤职，工作组挑来选去，最后让我担任了大队新的支部书记。我意识到这是组织上对我的培养和重视，我将努力工作不负使命。基层的事，千头万绪，又要工作又要劳动，村上的会，乡上的会，都要参加，尤其是群众上访，处理人民内部矛盾的事特别费脑筋。

1966年，“文革”风暴很快地刮到安雷大队，“造反派”、“保守派”也随之很快形成。一般都是少数派厉害，很革命，造反有理，一天喊口号搞批判，什么“把刘澜涛的黑爪牙，把挑动群众斗群众的罪魁祸首王国文揪出来示众”。有一次，批斗完挂牌游街，游行队伍一直往县城走，我当时穿着西北局提供的旧军大衣，手上拿着毛主席语录，边走边看“共产党员要经风雨、见世面”那一段话。心想，大概这就是革命的风雨吧！其实，这是一次很直接的锻炼。当时，我觉得不管怎么批只要不武斗就行，批斗完后我回到住处，口里照样哼着歌。房东说：“王书记你还是那么乐观，被批斗游街，还顾得着唱歌”，我说，我不怕，都是些胡说八道。造反派也够有意思的，竟然给我写了“九评”的大字报。模仿当时中共中央批判苏共中央和赫鲁晓夫的做法，让我一时变得很“伟大”。

几年的“文革”，我没参加哪一派，但同情保守派，同情被批斗对象，西安大武斗时，我暂住的西北局招待所被造反派占据作指挥部，无家可归，只好跑到北大住了一段时间。毛泽东视察大江南北，号召大联合以后，我才回到西北局。

到金盆湾干校参加斗批改

1969年冬，西北局的52名干部带着完成“斗批改”任务来到延安金盆湾。金盆湾是当年王震带着359旅部队住的地方，一座小山，上中下三排窑洞，学员们就住在这里。干校除了斗批改外，大家都要参加劳动。劳动是一件很有意义的事:

第一，劳动可以创造财富；第二，用来改造思想，转变人生观、世界观；第三，锻炼身体。劳动工地，一个是上山砍柴，一个是在附近生产队，劈山填地，大搞农田基本建设。在工地上，我总是大显身手，推着满满的一车土来回奔跑，好像是一种比赛，我总是跑在最前面，非常兴奋，没有杂念，浑身出汗，对身心健康有极大的好处。劳动完后，很能吃饭，当时经常吃粗粮，高粱稀饭、玉米窝窝头，还有很好吃的羊肉。这些食品对健康很有益，可在当时吃粗粮就是贫困的标志。事物总是变化的，没想到几十年后的今天，粗粮成了健康的理想食品。我在陕北工作了整整16年，当时供应三分之二是粗粮，爱人从福建来榆林，县上补助的是麸皮，可见，生活之艰难，要吃一斤肉都很难买到。但当时的思想很单纯，一天为工作，高高兴兴，现在七十多岁的人，尽管毛病不少，但精神还好，这同当时基层工作、一天走路、干校劳动有很大的关系。

近两年的干校"斗批改"，斗谁，批谁，批什么，改什么，已经没有印象了，大概是不关心的缘故吧!

第一个报名去榆林

1971年春，"斗批改"结束，西北局被撤销。当时干校52名干部，26名去延安，26名去榆林。榆林干旱少雨，经济十分落后，百姓生活非常困难，在西安的干部，说起陕北、尤其是榆林，像是谈虎色变（榆林还在延安以北三百多公里的地方）。记得在金盆湾干校时，偶尔到延安街头吃一顿饭，桌边围着三四个要饭的，看着他们盼望的眼神，怎么可能不给吃一点呢？榆林也是这种情况，甚至连地委机关大灶也常有要饭的进去。我的终生理想已定，所以，我选择榆林。

到了榆林，先参观一些景点，然后是政工组长苗秀山同每一个人谈话，征求意见。

苗组长问我，你对安排工作有什么要求和意见？我说没有要求，哪里困难去哪里。问了几个问题我都是对答如流，因为没有私心杂念，就不要吞吞吐吐。最后，被分配到地委宣传部。

顶住高征购，百姓说好

1973年，我被任命为地委宣传部副部长，之后不久，带了一个7人的工作组去横山魏家楼公社蹲点，蹲点的任务是"抓革命、促生产"，还有一件具体的工作就是批林批孔。现在看，这两件根本套不在一起的事，当时，不知是怎么批的，但肯定是批了，是胡批一顿。

有件事，至今刻骨铭心。工作组进魏家楼是秋天了，正是完成征购任务的季节。当年，横山县大旱，大旱大减产。魏家楼比一些纯山地区要好一些，因为有一些水地，水地减产少一些。综合起来，全社比上年减产三分之一，但征购任务却比上年高了三分之一。这个任务一下来，干部群众都怨声载道，怎么办？公社鲁书记找我商量。我说，咱们先完成三分之一。就这三分之一，也让老百姓叫苦连天。有的连留种子粮、饲料粮都得交出来，老百姓骂声不断。

一个副县长催粮来了，他对魏家楼任务完成太差极不满意。但我是地区的副部长，他脸色很难看，也不好批评什么，只说："一定千方百计完成。"

紧接着，是地区文教局马局长，他是地委常委，与我很熟悉。可他是代表地委来找我谈话，"国文，你是地区工作组组长，不带头完成任务不好交代呀！"我说："马常委，老百姓是爱国家的，就是家里没粮。现在，我们费了九牛二虎之力，强迫把百姓家里的粮一扫而光，明年吃什么呢？明年再吃返销粮，不是劳民伤财吗？"马常委说："你说得对，但任务不完成不好交代呀！"后来，地区电话会上点了魏家楼的名，我还是很自在的，因为无愧于心，无伤于民。老百姓说："还是王部长敢实事求是，人家是北大毕业的，有水平。"

临近过年了，按照习惯，过了春节的三四月份，县上要开三干会，鲁书记十分忧心地找我说："王部长，三干会上可能会点我的名。"我说："不要紧，我会为你承担的，不怪你。"三干会上就征购粮的事，没批评谁，也没表扬谁，因为大家都完不成。有一句话，叫做对党负责和对群众负责的一致性，这句话是正确的，但遇到两者矛盾时，应当站在哪一边？当群众利益受到伤害时，要勇敢地为群众说话。有私心的人，一心想升官的人，难做到这一点。其实，维护群众的利益就是维护党的威望。

实行包产到户引起的风波

1974年，我到米脂县报到，任革委会副主任（即副县长），一般来说，地委宣传部副部长，应当平调为县委副书记，当时，有些想法，自认为可能是因征购任务没完成，但没有影响情绪，高高兴兴地干了起来。

在榆林工作了16年，米脂7年，三年半副主任，三年半副书记。每年都在乡镇驻队包乡，觉得挺痛快。记得是1978年，我带工作组到沙家店蹲点，那时，很革命，因连续多天的大雪，道路滑不能行车，我带着十多位工作队员，扛着红旗，步行三十多公里到沙家店蹲点。当时，一个人住一个队，我与另一队员住在泥沟大队。由于长时间在基层，对农民是比较了解的。有这样的一句话很流行："自留地上打先锋，集体地上磨洋工。"这句话很生动，也很实在，是"大锅饭"吃出来的。我记得每年都是5月16日前后，来了小霜冻，造成了部分高粱苗出不来，作为工作组组长，心急如焚，每天一早走上山头，一块地一块地检查出苗情况，今天在缺苗的地方划个圈圈，明天再来看看是否有苗？因为缺苗就意味着减产。可生产队长习以为常，既不着急又不管。社员为自留地，干劲就来了，把自留地当成"生命"，间种，套种，施肥除草，科学种田，样样都是能手。有一个晚上，在我住的前面山沟里，一亮一暗地持续一个多小时，是什么在作怪呢？第二天一问，原来是一位社员拿着打火机掏地，确实是为自留地打先锋了。这一切，在我心中，逐步形成了改变生产方式的想法，当时，社员们受安徽小岗村的影响，纷纷要求包产到户，泥沟的社员也有这样的积极性，我大胆地做了尝试，把一个组分成两个组，搞起了包产到组，然后每个组又具体落实到户，这一做法尽管不是很彻底，但已经把社员的积极性充分调动起来了，在全县影响很大，对大锅饭是个很大的冲击。议论纷纷，有的说，王主任搞分田单干了，有别有用心的人要看笑话，说王国文当宣传部长可以，做农村工作不行。我心里却很自在，实践上已看清了大锅饭的弊端，理论上也有了根据，当时，我很清楚地读了叶剑英在国庆讲话中的一句话："凡是能够促进生产力的各种形式都可以大胆地试……"面对这种情况，我心里想：还是这样的话，笑在最后，才是笑得最好。当年，泥沟大队获得大丰收。第二年，包产到户已经在全国农村遍地开花了。

三步棋走活定边县

1982年10月，我赴任定边县，在县委书记的岗位上干了三年多。一把手是一个可以大显身手的岗位，也是检验其能力水平高低的岗位。

1984年，《陕西日报》头版头条："三步棋走活定边县。"

三步棋就是三件事：

第一件事，实行一把手岗位责任制。在米脂7年的副职，让我充分地体会到一把手的重要。前面说过，当时的地区政工组长苗秀山，这个时候是米脂的县委书记，他以身作则，有很好的民主作风，不嫉能妒贤，每次开常委会都先告诉我，让我做好准备，带头发言，旨在充分地做到集思广益；他工作作风扎实，起表率作用;他走遍了全县所有的村庄，哪里有水有桥，哪里可以打坝，他心里清清楚楚；他每次乡下回来都说胃疼不舒服，看了医生吃点药就好了，可是，他每次都是这样，好了又疼，疼了又好。谁能料到他后来被诊断为胰腺癌，不久就去世了，当时才50岁。米脂的百姓为了纪念他，在县城的河边自发地为他立了一块纪念碑。我们的干部，谁优谁劣，百姓心中有数。现在随时都能听到百姓骂官，值得我们警惕呀！大寨有一句话：九牛爬坡，个个出力。但第一牛是关键，他走得快，其他哪个牛都不敢怠慢，他站住了，谁也不敢往前去超过他。

一把手是一面旗帜，一面镜子，一把手如何，决定着这个地方的前途命运。

可是，如何管好一把手？我体会，只靠教育不行，只靠榜样作用也不行，还必须靠制度管理。这就是实行一把手岗位责任制。即靠一把手带好班子、带好队伍，班子要团结，队伍要整齐。对一把手的要求，要做到四干，一要干，要有高度的事业心和责任感；二会干，就是能力水平，相对要比其他成员高，因为是带兵的，指引方向的；三是带领大家干，要有民主作风，不搞一言堂和个人专断；四是大家拥护干，只有勤政，廉政，公道正派，有凝聚力,才能得到大家的拥护。具体做法，把这四干分解为百分制，经济发展要占60分。这个责任制除了科学规定内容要求，关键问题，一是要严格考核，二是奖惩分明，如果流于形式，形同虚设。具体由组织部负责，一年考核两次，年中一次，年终一次。分优秀、一般、不合格三等，形成一级抓一级，一级带一级，一级做给一级看，三年下来，收到明显的效果，省、地在定边开了27次现场会。

第二件事，抓精神文明建设，改变广大干部的精神面貌。

第三件事，整顿干部作风。1984年8月，《陕西日报》头版头条那篇报道，今天，还有不少人印象十分深刻。

从1983年至今已有三十多年了。最近，2012年8月28日，我被邀参加县第三届洋芋文化节，深深感到定边的巨大变化，随着石油资源的开发，从我工作时的几百万元财政收入，到现在的几十亿元，可谓天翻地覆，旧定边的影子基本不见了。过去只有一个县招待所，现在三星、四星级宾馆有六七座。更让我欣慰的是，干部们对我是那样亲热，对我的工作作风、工作方法、能力水平赞赏有加，我做的许多好事，随着岁月的流逝，已经淡忘，但许多干部好像记忆犹新，当年一位副县长见了我就说："王书记，你大会上讲'申如昌小学文凭，大学水平'，我感谢你呀！"是的，1994年，正提倡干部革命化、年轻化、知识化，而只有小学文凭的他，从政法书记提拔为副县长，一般人是不敢做的，但我觉得，文凭重要，水平更现实，实践证明，他副县长当得很好，干部群众很服气。在定边住了三天，走时，土特产装了一车子，我想，车上不仅是装的土特产，也是装了干部群众的心意。

临走前，我特意去看望当年被县委表彰奖励的种菜专业户、万元户刘志军，他年逾八十了，三个儿子开了三个饭店。他听说我来看他，一下起床，从楼上一步一颠地跑了下来，听说他血压高，心脏不好，倒把我吓坏了。他十分激动地说："我真想能见到你一次，今天，愿望终于实现了！"

整党整出了威风

1985年10月，我到榆林地委担任副书记，除了让我分管宣传、文教外，还让我主抓整党工作。

整党要整出效果，必须把教育同抓案子相结合。当时的案子，与现在不同，现在一查就是几百万、几千万，甚至是几亿元。而当时主要表现为以权谋私、特殊化，多分房子，多占地皮，借用公款迟迟不还，大吃大喝，铺张浪费，也有少量的行贿受贿、贪污等问题。就是这些问题，老百姓已经恨之入骨，深恶痛绝。在全区整党动员大会上，我记得很尖锐地讲了这样几句话："在座听我讲话的，有的是部长、局长、主任，但其中有个别人快成了腐败分子！"全场掌声热烈，经久不息。由此，想到1984年，我被邀请到北京大学给毕业生讲基层工作的体会，刚开始讲了几句，下面出现了喊叫声，当时资产阶级自由化已经露头，眼看不好继续讲下去，我随即改变话题，主要汇报反腐败的情况。结果，讲下来从头到尾，掌声不断，收到了极好的效果。

动员报告后，整党工作在全区迅速铺开。抓好工作要有一套科学方法。"心中有全局，手中有典型，抓典型带动一般"等等，经过一段工作，下去检查发现抓得好的典型，了解到全区大小案子立了一百多个。然后，分南北两片召开汇报会，南片在子州县开，根据汇报情况，我作总结讲话，肯定成绩，指出问题，下一步怎么办。

教育要多样化，案子要抓扎实，不能走过场。一天的会，为了有效果，与会者必须把我的讲话带回去及时传达，我亲自写，两个打字员同时打，到深夜两点，把稿子打印好，第二天早饭后，大家带回去，都表示要及时向县委传达，这就叫雷厉风行。

这次整党安排半年时间。重点是突破大案要案，查清一个处理一个，公布一个，在全区影响很大。干部群众评价地委：这回是“真说真干了”。我在榆林整整工作了100天。1985年9月，我在清涧县考察干部刚结束，省委通知到省城参加党代会，在这次会上，我被选为中共陕西省纪律检查委员会的副书记。我没想到这么快就被提拔，在高兴之余，也遗憾没有把榆林的整党搞完。

遇到一段工作上的小挫折

1986年11月，离开工作整整16年的榆林，到陕西省纪委报到。

这个时候恰逢原中共中央总书记胡耀邦在北京八千人大会上作反腐败的动员报告，这说明当时党内的腐败现象已很严重了。省纪委认真贯彻中央精神，记得抓三个大案要案，都是厅级干部，且都有相当的后台，这在当时影响很大。群众认为省纪委敢摸老虎屁股了。正在定性处理阶段，有个别人翻案不认账，后台有人说话，我坚持原则顶住，这肯定会引起个别领导的不满。在党代会上，我是机关代表团的负责人，我发言说：“我们纪委干部抓大案要案，为端正党风而无私奉献，可是得罪人不但得不到支持，还引起一些人的不满。”有人说，王国文你的发言可闯了祸了，我说不要紧，已经吃了纪委这碗饭，该得罪还是要得罪的。

我积极参与查处大案要案，省纪委干部赞扬我“是很合格的纪检干部”。然而，或由于得罪了一些人的既得利益；或由于在党代会上我给省委提出了激烈的批评意见；或由于一些人嫉能妒贤等等原因，于1988年春，我被调离省纪委。究竟什么原因我并不在乎，却在乎是否给我安排合适的工作。后来，按我的要求，省委书记办公会议决定，让我再回榆林担任地委书记。我很高兴，能为这个贫困的地区干一番事业，可是，由于某种原因又改变了主意。此时，我下决心离开西安，到哪里？到被誉为“苦甲天下”的甘肃定西。这就是我的理想，也是我的气魄，只身到一个人生地不熟的新地方工作，我想，主要不是靠关系而是靠能力、靠品德。

当时的省纪委副书记是由中组部直接管理的。因此，这我决定去北京找刘澜涛帮忙。刘澜涛当时是西北局的书记，是米脂人，他经常听到榆林、米脂的干部反映我的表现；他看过我在新华社内参上“关于整党的七条建议”；他看过《人民日报》头版头条对我的两次报道及《人民日报》、新华社的两篇评论员文章；他给我写过亲笔信，信中说：“我在你的身上看到无产阶级事业接班人后继有人……”他了解我的处境后，很同情，也支持我的想法。他说你给宋平写信，我来转。宋平把我的信批给了中组部，中组部让甘肃省委安排相应的工作。

1989年春，甘肃省委组织部通知我到定西地委报到。因位置已满，担任地委副书记。能下能上，我没有任何怨言。

动乱时期开展学雷锋

1989年3月12日，我离开西安，来到兰州。几天后就到定西上班。定西管辖7个县，二百多万人口，干旱贫困，闻名全国，被称为“苦甲天下”。

我的联系县临洮，县上要建三甲电站，财政无力，需要干部集资。我第一次到临洮下乡，当时我的月工资是三百多元，全部捐献了。

在陇西安家门小学调查时，发现这所农村小学办得很出色，校风校纪很好，老师苦教，学生苦学，家长苦帮，社会支持。校长是女性，叫李兰华。她让我感动的是把学雷锋一直坚持下来，做到了坚持不断，蔚然成风。我认真总结了安家门小学开展学雷锋的经验，立即想到在全区推广。这个意见得到地委的支持，很快在安家门小学召开学雷锋现场会，一个学雷锋做好事的活动在全区各行各业掀起，群众兴奋地说：“雷锋回来了。”在社会风气日趋下落之时，各人只扫门前雪，不管他人瓦上霜，坏人在街上做坏事，围观的人袖手旁观。因此，学雷锋，想群众所想，做群众所需，得到群众的支持和拥护。《甘肃日报》《人民日报》报道后，在全国产生了很好的影响，省委书记也大力支持，指示宣传部到定西总结经验。

1989年12月28日，省委、省军区决定在定西召开全省学雷锋现场会。我准备了一万多字的汇报材料，省委李书记，省军区周司令员亲自参加。晚上，我把宣传部李部长叫到办公室，我说，明天上午我是讲得好一点呢？还是不要讲得太好？李部长说，当然要讲得好。我说，我给你试讲一下。李部长听后大吃一惊，说你把材料都背下来了。我的习惯是只要是自己亲自做的事都能很快记住。

第二天上午，会议开始，省委李书记坐在我的右边，省军区周司令坐在我的左边。在全省干部面前，我施展出这个北大出来的干部水平，我离开稿子像讲演一样，抑扬顿挫，声情并茂，获得了一阵又一阵热烈掌声。会后，全省干部都在议论，从陕西来的叫王国文的干部，好厉害呀，两个小时的汇报不要稿子。说是北大毕业的，敢于同腐败分子做斗争等等。

我还分管科协的工作，在当时科协一般是认为“没啥事”可干，是最闲的单位，可是，我则相反，我认为科协不是最重要的单位，但至少是一个很值得重视的重要工作部门。在农村，我深感到一家人有一个强劳力，又有文化，懂科学种田，这家人就不受穷。因此，我大抓特抓送科技下乡，把各县的科技人才都动员起来，整个工作热火朝天，于是“最闲”变成了“最忙”。1991年，全省科协工作现场会，在定西召开，我又出了一回风头。1992年全国科协大会在北京召开，我作为特邀代表参加了大会。有的说，当副职很难有所作为，我则认为，有责任心，有能力的副职也可以大有所为。

“三大办”办出了新局面

1993年3月，由省委孙副书记带我到武威上任，任地委书记。我向全区干部表态，一定要用邓小平理论，三个有利于的标准，发展才是硬道理的英明论断，解放思想，转变观念，开创武威工作的新局面。

不几天，我与专员带领有组织部长、经委主任、乡企局局长参加的调研组，这些人员参加表明地委下决心抓经济，而抓经济必须先抓干部。

经过十多天的调研，一个重大的决策很快形成，即在全地区大办工业，大办乡镇企业，大办第三产业，再加上一、二、三、四、五的具体工作措施配套，于1993年5月5日在行署大礼堂召开干部大会，宣布了地委新的重大战略决策。

这种全新的观念，让全区干部为之一震。一石激起千层浪，一个“三大办”热潮很快形成。同时，地委又抽调一百多名干部下乡带头三大办，帮助三大办。干部下基层办企业，使干部转变观念，学会搞经济，这是落后地区培训经济人才的一条有效途径。

三个大办的热潮已经形成，可是也有不理解的，说什么中央刚开完农村工作会议，地委提出三大办不是唱反调吗？对此，我在干部大会上做了明确的回答。我说，一个地方没有工业就没有强大的财政，资本主义国家发达就是发展了工业，三中全会后像大邱庄、华西村，这两个农村大队变得很富，就是抓了三大办，我们当地也有这种典型事例。抓农业十分重要，无农不稳，大家都明白，但单一的农业经济越搞越穷，用投于农业、教育的资金给干部发工资，教训极为深刻，只有发展工业，来反哺农业，农业才有希望，才能走向农业现代化。结论是，三大办方向正确，就是共产主义也是要大办。实践证明，武威5年财政由1亿元增加到近3亿元。

我离开武威十多年，现在的地委，省委都在大抓工业，什么招商引资，发展抓项目，建设工业化新区，如出一辙。

武威五年半，除三个大办，还抓了一把手岗位责任制，比定边时更完善了。有这样一条规定，被连续三年评为优秀领导干部，自然列为提拔对象。粮食局长、劳动局长被提为人大副主任、政协副主席，就得益于这项规定，要是过去根本轮不到这些岗位，这就是制度所体现出来的公平性。在企业改革上抓了五整一改，从内蒙古学习回来结合本地区的实际，提出了“五整一改”整套政策措施，用了4个月的时间，全区迅速改完，虽然不很彻底，但在当时是有带动作用的，新疆、宁夏以及本省的一些地市，纷纷来武威取经。工作要有能力，还要有魄力，魄力就是推动力。有一个市的市长，带了十多人的工作组来武威学习考察，我亲自陪同，介绍改制情况。他们也很认真，但经过两个月后，他告诉我，为什么我怎么改不动呀？我说，你们要求太高了。但心里想还是缺乏推动力的缘故。

以上三件工作在全省都是全新的，当时，《甘肃日报》驻武威记者站马站长，不几天就在《甘肃日报》上一整版的宣传报道，五年至少有近百篇，因为我们的工作都带独创性，都是新闻。

建造龙源公园

1998年，我被安排到省人大财经委。在担任武威地委书记时，我曾给省委书记写过一封信，说我年龄大了，退到副书记岗位，推荐杨专员当书记。杨专员很感激。

到省人大后，我对上班已无兴趣，对很多人来说，再干五年，还是很高兴的。而我一心想建“龙源”，因此，除了开会参加，其余时间就放在龙文化上。

开始，我让西安一位雕塑家把我那个被誉为“千古年一龙”的榜书“龙”字，做成雕塑小稿，把平面书法变成立体雕塑，被专家认可，接下来，给省委书记、省长写报告：“关于在兰州黄河岸边建造龙源雕塑的请示报告。”在2001年去北京参加人代会的前三天，我把报告送到省委宋书记的办公室，并作了汇报，宋书记当天就批给了陆省长：“想法很好，请考虑如何办？”陆省长上北京开会之前，批给了兰州市委书记和市长，“请研究如何具体落实。”书记、市长批给了主管文化马副市长，马副市长批给了一位副秘书长：“请与王国文商量如何具体办。”在北京开会报到那一天，陆省长遇见我说：“国文，我已把报告批给了兰州市了。”回兰州后秘书长找我，我们就行动起来了。先请几位专家，一起确定地点，然后成立组委会，市长让我当主任，我说不行，必须是兰州市的一位副市长来当。最后确定由马副市长任主任，我等为副主任。组委会下面分设若干小组，还有专家组。原省委书记，政协主席，一位人大副主任当顾问。市上给了40万元开办费，龙源工程就在鞭炮声中开工了。由于省市领导的重视支持，由于专家的合力，社会的认同，媒体单位的大力宣传，经过近四年的努力，终于在2004年秋，国庆节前建成并向社会开放了。

龙源公园总投资九百多万元，多次向省市政府及有关部门请求拨款八百多万，社会个人捐助一百多万元。“龙源”为雕塑和园林结合，相得益彰。龙源主体雕塑24.6米，有大型龙雕石、龙文龙诗碑林、龙生九子大型龙柱、亲水平台、龙凤呈祥、金属透雕、龙图腾长廊、千字龙碑廊、中华龙鼎等。

龙源雕塑

如今已成为黄河岸边一处壮丽的龙文化景观，深受游客喜爱的旅游胜地，成为省市外地客人必看的景点。社会上的人都认为“龙源”是我的公园。我说错了。龙源用我的龙字，我亲自写请示报告，又是参加建设的负责人之一，应该说我是出了一份力量，但我很明白没有以上各方重视与支持，再好的“龙”字也只能锁在抽屉里。

以上就是我的主要工作记录，不能展开，展开就成为一本书了。

人生感悟

辩证法是指导工作、生活的锐利武器

我深深地体会到：人，不能没有知识，工作与生活中更不能没有辩证法。离开了辩证法，就会离开人生的正确航向，就会像战场上的战士没有武器那样。哲学讲“度”，在工作生活中，一旦偏离度，或过头，或不及，都会犯这样或那样的错误。做事情要适度，不能过度。当干部犯一点错误是难免的，但无限度地往下滑，结果会掉进深沟而不能自拔。量变与质变，这是辩证法规律，即事物发展到一定量时会发生质的变化，努力到一定程度就会成功。做什么事，不要说不会，说不会就会放弃，要说我会，我向他学习，赶他，还要超他，这就有目标、有动力。我50岁学书法，能学到今天这个程度，就是有一股不服气、不认输的劲。从政数十年，所到之处工作都是比较出色的，没走过弯路，就是得益于辩证法的正确指导。像上面所说的，建立一把手岗位责任制，实施三大办等等大的部署，都是应用唯物辩证法的结果，不唯书、不唯上、只唯实，是我的人生航标，也是我的性格特点，所以，能有所作为，都是因为坚持了马克思主义的哲学观。

私心杂念是万恶之源

人生两个字，一个公字，一个私字，公字走向光明，私字走向邪恶。人的天性为私，但要刻苦改造，才能树立为公的思想。好人变坏容易，因为走下坡路快；坏人变好难，因为上坡费力。昨天还是优秀干部，今天却成为阶下囚，因为下坡一

滚，刹那间就沉没。用人最忌私心，若有偏见，若为了照顾，若为了满足亲朋关系，若得了好处，就不能按干部的标准行事，因此而用了某人，往往让群众指责。我基本上坚持三条原则：第一，要品德好，作风正派；第二，要有能力、有魄力；第三，要有高度事业心和责任感。公心看干部，就比较容易认准，在定边任县委书记时，把山区一位一般干部，做农经工作的，一下提成公社书记，以后我走了，他成了副县长、县长、县委书记，现在是延安市副市长。定西一位干部当过市团委书记，妇联主任，非常优秀，组织部让她到一个县任副书记，由于我的坚持，因为我主管工青妇，最有发言权，我说秦主任不但可以当书记，将来很可能是优秀县委书记，结果二年之后，她被评为全国100名优秀县委书记之一，《人民日报》专题作了报道，后来成为副专员、政协主席、人大常委会主任。我还提拔了几个不认识的干部，现在都成了副厅级。但有时也会受不正之风的影响，私字作怪，有些人用得不准。但好在没有用过腐败分子。小私小错，大私大错，忘了人民利益，个人主义膨胀而走上了犯罪道路，今天政坛不少见，值得深思和警惕!

与群众心连心，时刻不要忘记人民

人民群众是水，当干部的是船，顺水而上，则进；逆水而退，最后翻船。领导就是服务，而不是高高在上。领导的事很多，但有一条，要心系人民，为百姓排忧解难。在县、地委书记的岗位上，我审阅了所有的人民来信，接待了所有的人民来访。对于事关人民群众利益的事，亲自批示和组织调查处理；对来访者，不论一人或数十人，我都耐心接待，体现共产党的宗旨，全心全意为人民服务。只要在机关，有来访者必见，害怕群众、逃避群众，甚至设置障碍不让群众进机关，可笑可悲，群众是讲道理的，群众不是洪水猛兽。由于心善，同情弱者，同情贫者，曾做过许多救援工作，用书法义卖等手段救助了380名失学儿童，提高了党在人民群众中的威信，我问心无愧、心安理得、精神畅快、有利健康。心中有人民，可以少犯错误，少脱离群众。有一件事情让我很难忘记，在榆林工作时，有一个上访者，在外贸做临时工，回民，此人不守纪律，他把长庆油田停在车站门口的一个东风大卡车私自开走，结果把一位拉架子车的农民撞成重伤，为此，而被判了刑。我任县委书记时，他刑满出狱，天天叫嚣翻案，扬言要杀交通局长、法院院长 。他找我上诉，我很慎重，亲自把档案调来细看，然后向他解释，我说，你不要翻案了，你确实触犯了法律，他还是不服气。这时，我已调到榆林任地委副书记，但还未报到，我想，他是少数民族，与家庭不和回不了家，又没地方上班，每天晚上住在车站候车室，如果不解决好，矛盾转化，有可能酿成大祸。我于心不忍，到地委报到前，召开了四套班子联席会，讲了这个问题可能造成严重后果，提出给一个计划内临时的指标，继续安排到外贸，大家都赞成我的意见。我把这个安排告诉了这位上访者，鼓励他好好工作。他很感激，找了对象、结了婚，我还给他送礼祝贺，以后，每年过节都给我送来土特产。听说以后自己开办饭馆，走上了富裕之路。

一切从实际出发，才能取得工作主动权

我的书法，我的工作，我的讲话，都忌讳一般化，秘书写讲稿，那些套话，我不好意思往下念。因此，每次开会总是自己准备，哪些多讲，哪些少讲，哪些不讲。工作也一样，“不唯上，不唯书，只唯实”，按实际情况去安排，不人云亦云，上级布置的，正确就坚决照办，但方法、方式可以灵活。

在长期工作中，总结了这样四句话：思路就是出路，观念就是财富，环境就是速度，关键是干部。干部就是一支队伍，队伍中要有一批积极分子，积极分子中要有骨干力量，骨干中有几个中坚人物，这就是班子。通过班子去领导，去带动，去影响积极分子，然后带动全体干部群众，为实现各项任务而奋斗。班子关键是班长，所以，选好班长事关重大。有一个好的班长，上面不管，他也能把各项工作管好，而且搞成先进。班长不行，班子涣散，就是死猫扶不上树。按四句话写成的文章，《甘肃日报》《人民日报》都刊登过了。我知道的有好几个县，都把它作为讲话和总结的参考。谁听了都觉得新鲜、生动、深刻，并相互传播。有一次，我在原陕西省委书记白纪年家里，遇到省委的一位领导，我说我离开陕西二十多年，总结了几句话，供你参考。白书记从书房出来，拿着笔记本说：“国文，你看我记得对不对？”山西省政协几位领导来武威，早上吃饭时，我讲了这几句话，几个领导竟然放下饭碗从背包里取出笔记本记录。省委一位副书记来检查工作，我与他坐一个车上，我讲了这四句话，当时他听了没说话，第二天上午他要给我们讲话之前，他说，国文你把昨天讲的那几句话再说一遍。真是令我十分感动。生搬硬套，死气沉沉，我十分厌倦。坚持唯物主义，就是坚持从实际出发；坚持辩证法，就是坚持创

新发展。牢记唯物辩证法，常做常新，无往而不胜。

人生真谛两句话，两件事，两个道理

人生，就是一个阶段、一个阶段加起来的一部电影，酸甜苦辣，任其品味。记得三年前夏天，我从马路上走进一片树林里，边走边想，半个小时时间总结几十年工作和生活的人生真谛，也可以叫感悟。两句话，一是一个人纵使能活80岁，90岁，百来岁，在人类历史长河中只不过是几秒钟，几分钟，很短暂。因此，要爱惜时间，不要浪费时间；二是一个人即使是大学本科生、研究生、博士、院士，有很多知识，在人类知识海洋里也只不过是一滴水，要谦虚好学，不懂的东西太多太多。两件事，一是要有一个健康的身体，只有健康，才能创造，才能奉献，才有幸福。没有健康，就没有一切，一身是病，多少财富都没有意义。二是要有一技之长，不管从事何种职业，在工作之余，要培养一技之长，琴棋书画，写书作诗等等，这两件事特别到了退休之后，更显得重要。有一技之长，没有健康身体，发挥不了；有健康的身体，没有一技之长，什么也做不了，一天待在家里无聊至极，孤独感，寂寞感，自卑感，刚退休几年一下老了不少；两个道理，一是人活着到底为了什么？是为自己，还是为他人，为社会，一般意义上应是为自己同时为他人，为社会，因为自己每做一件事，除了为自己也直接、间接地为了他人，为了社会。但不能因此认为人活着完全为自己，为自己而活着，那就失去了人生的意义，基本与动物没什么区别。二是一个人来到人间，来到这个世界上，要不要留下什么可以值得永久纪念的东西，证明没有白来到这个世界。比如，修一座桥，建一所学校，或者写了一本书，编了一部剧，或者会唱歌演戏等等。美国的比尔·盖茨把他的财富的百分之九十以上捐给了世界慈善学会，我们中国也有少数大企业家几百万元、几千万元、几亿元捐给了社会，这就不讲是不是共产党员，是何种党派，完全是作为公民应尽的一份社会责任，用以证明你的人生价值。这是你对这个社会的一种报答，因为你的成长离不开社会，离不开人民的哺育，衣食住行无不依靠社会的提供，你的贡献是应该的。自私自利，缺乏风格，缺乏胸怀，有再多的财富也活得不自在，整天背着一个沉重的包袱能有幸福可言吗？我做了一些事情，我感到其乐无穷，使自己的人生增加了一分光彩。

我庆幸我上了北京大学

北京大学给我一生的自豪和骄傲，我真诚地感谢北大对我的培养和教育。北京大学这块名牌，金光闪闪，像是一颗璀璨的明珠，伴随我从学校到工作，从青年到退休，不时可以听到有人在议论，那是北大毕业的。有时在饭局中，总有老朋友站起来给新朋友介绍说：这是王老，北大毕业的等等。我听多了倒觉得不好意思。那么，文凭和水平是什么关系呢？应该是，文凭重要，水平更重要。假如有文凭没有水平，北京大学毕业，但什么都一般般，与北大文凭不相称，不般配，那就有失北大的尊严，人们也不会拿北大来夸你。所以，我觉得今天北大的学生，不要为品牌而自我陶醉，应该努力学习，学出同北大文凭相适应水平来。话又说回来，水平也是相对的，我也有很多地方不懂。其实，我经常在生活中、言谈中，发现别人的优点，别人的作为，常感叹：自己太渺小了！特别是和有些北大毕业在各行各业中做出重大贡献的人相比，那就无地自容了。

结束语

北大国关学院的通讯录，征求每个人留几句话，我这样写着："只有真本事，才有真自由；只有真自由，才是真生活。"写完这个工作记录和人生感悟之后，我又想人生到底是什么呢？是工作、是奋斗、是实现自我价值；是高兴、是健康、是自己摆脱自己的困惑，从中寻找到更多的乐趣；人生像是一只漂浮在大海中的小船，前面是波浪，向前冲，或者绕过它，力争安全行驶，尽量做到无愧我心。

让我庆幸的是，一路走过了几十年，在仕途的路上，没有求过人，也没送过礼，到最后一程，中组部曾考察过，还很满意，因有人告黑状，但我身正不怕影子斜。我转身把精力投向从事书法艺术和龙文化上。

写这个稿子，我是被动的，我很不愿意写，基本上拖了近一年，北大国关学院60级同学要出一本书，多次来电话，还带着恳求的语气，说王国文你一定要写，非写不可，在三催五逼的情况下，我断断续续写了七个月。写完后，细细看了一遍，又觉得除了给自己歌功颂德外，什么文采都没有，又增加了一分不安。

2012年11月中旬于兰州

王国文

古稀忆往

——假如大学时代可以重来……

黄宗良　　学　号　6018045

杜甫的“人生七十古来稀”的诗句，被中国人反反复复念叨了一千二百多年。现在90岁的人怕也不敢自称“古稀”了。70岁的人不过是老年人中的“小青年”，谁好意思妄自称老？恰逢进北大50年，倒觉得说一说也不至于被看成是倚老卖老。

假如大学时代可以重来，假如历史允许这个“假如”，我将作何选择？学校、专业、职业？

这几个月我真的老在想。我的回答的确不勉强：北大—教师—政治学。

一

假如大学时代可以重来，我当毫不犹豫地选择北大。

这还用说吗？那可不一定。北大对于有过在这里学习经历的学子，并非都是美好的回忆。我们那个年代过来的人，不少人反倒都有不堪回首的某些日子。那是“非常”的岁月，北大那时不“中庸”。她不处在人与人之常情、常态中。今日春风得意，说不准什么时候又要吃些苦头。相逢宜一笑，大家把心中不平之事都倒进默默承受一切的未名湖。这就是上了年纪的北大学子的境界。而北大，就像一位含辛茹苦、历经沧桑的母亲，每年、每月甚至每天都迎来一批一批“回家”看看、向她深情倾诉酸甜苦辣的学子。这就是北大，我们的母校。

我之所以把一辈子交给她而无悔，是因为她一次又一次地容忍了我的不“成熟”。而她的宽宏大度是由一届又一届的各级党政领导来体现的。我曾经在广东高校校长、书记的培训班上谈到这种感受，我看到他们都点头认可。大概在“宁左勿右”的政治氛围中，高校领导都会有此种两难处境吧：既要对上面有个交代，又要保护自己的师生少受“左”祸之害。

之所以苦恋着北大，是因为北大为我们提供了不一般的平台，像常说的“最高学府”。如果我们在外边还有点什么让人记住了你，也常常因为、可能也只是因为你是“北大的”，所以“居高声自远”嘛！许多有觉悟的人，哪怕走到中国舞台的巅峰，也是不会忘记这个出发点的；回过头来，睥睨这个平台，嫌她给得太少的人也不是没有，但不多。此种人，犹如口碑不佳的子女在分家时逼着双亲想多占些遗产实无两样。

我们这样的平民子弟，能到了这个平台，在一定程度上，是那个特殊的年代、那种不太能经得起推敲的政策使然，实不敢占了便宜还卖乖。半个世纪以来我常惦记着、回汕头时也还不忘去看看那些论才论德并不低于我们的高中同学。他们只是因为“出身不好”便被拒之大学门外，更不用讲沾北大的光。可惜，多少年来，我还是不完全了解北大这个平台的含义，还是不自觉去为成为这个平台上合格的一员努力充实自己。

其实，我们真是近水楼台，有幸目睹中国在这个时代的种种风光；有时也要经受疾风浊浪的吹打。

我有幸在这个平台边上，才得以走近像周培源、丁石孙、王选、周一良、陈岱孙、王铁崖、楼邦彦这些学界前辈，以及当前活跃在中国学术前台的众多精英；才得以较近距离见过毛泽东、周恩来、朱德、刘少奇、邓小平、华国锋、赵紫阳、江泽民、胡锦涛……一代又一代政治领袖人物。请不要误认我是什么“追星族”，我们还是信奉政治平等观念的。但作为对政治学有兴趣的人，我十分重视直观的、感性的印象，以便“由表及里”去“认识”他们。说实在的，我们还不可能把他们当成神；我们本该有权利对他们“评头品足”。任何有现代文明意识的人，都会明白这个常识。

但对毛泽东就不同了。也许那时我们还年轻，还处在不可能认为党会有错误的思想水平。在我的脑子里，毛泽东至今似乎还是一尊“神”。他那高大的身躯、宽阔的额头、缓慢的步履、深邃有时又有些木讷（老了）的神情让我觉得他真不是“凡人”。最近看了一个境外出品的《走近毛泽东》的录像，片尾用一个外国人出来把毛泽东妖魔化地胡说一通，我实在不能接受。无论如何，毛泽东是中国历史上少有的伟大人物，中国现代最大的一位民族英雄。上个世纪80年代，邓小平同撒切尔夫人会见时，对那位还残留殖民主义者气质的铁娘子说，涉及中国主权问题的，免谈！让我们听了真是扬眉吐气。可是，邓小平如此居高临下的底气从何而来？最近我在想，因为他是站在毛泽东、周恩来包括邓小平本人在内的开国元勋们一起创建的“政治前提和制度基础”之上！没有改革开放前30年毛泽东等缔造的这个独立了、腰板子已经不软的共和国的支撑，邓小平凭什么能“镇住”惯于颐指气使的、不识时务的西方大国领导人？诚然，我们也不该讳言毛泽东使这个共和国伤筋动骨的“晚年错误”。

我之所以苦恋北大，也是一种怀旧。在这里50年了，住过德、才、健三斋，最熟悉的是39楼。现在到勺园聚餐的人，许多人还不知道，这里原来就是水稻田、养猪场。今天在这里，似乎还隐约听到猪叫蛙鸣。经过现在的档案馆，总是会想起当年未吃早饭先背着书包到这里（当时是北大图书馆）占个位子，再回去喝碗粥，吃个馒头就点咸菜的日子。到了学年考试，就跑到北大最西北角的小土山上的树林里，一遍又一遍地默背艾思奇的哲学课本，于光远的政治经济学（资本主义部分）。

假如大学时代可以重来，我还将这么努力去理解和默记最最基本的理论。我的基础就是这么攒起来的。但是，我太好强，总是想门门考试得“优”，这使我不必要地花掉许多时光。假如大学可以重来，我会把这部分时间用去多看看些“杂书”、“闲书”。

还说怀旧。现在到北大东门、地学楼（新）一带，总是要想起当年省下块儿八毛钱，在北大第三图书馆外的“仁和”小吃店，喝一碗豆粥、吃上一个糖火烧，出来再朝南看看桃园春色，朝32路车站走去。

现在的“海龙大厦”一处在当年就是32路车站，站牌立在小土坡上。坐32路到动物园，朝西看看，除人大、工业学院、民院等几所大学外，其他就是一片一片的菜地，闻到的是农家肥的味道。现在，这里应该说是北京最繁华、热闹的地段之一，人们完全泡在汽车的尾气之中了。

北大南门外，现在是单行线，其实是一个大停车场，加上人行道上的，停放的汽车不会少于四排！不必迷恋工业文明了，不要过分相信人类的聪明才智了。人类常常被一种莫名其妙的追求、欲望推着走，得与失谁来算计？富人们拉着一麻袋一麻袋的金钱财宝漂洋过海，到西边“极乐世界”享福去了，留下烂摊子和“不朽”的垃圾堆，让乡下人捡一些可再生物卖钱度日。这是极而言之，社会无疑往前走了很大一步，就是代价太大了，而为此付学费的，还是社会的中下层！

我再往西走向今天的硅谷。这里原来是一个警察亭。由此往西南走几步，便是六郎庄。我最怀念的是当年的夏日傍晚，买一个小西瓜，走过田埂，找一处有泉水流淌的地方，把小西瓜冰着，借着落日的余晖，观赏着尚未孕穗扬花的百亩稻田，和同室学友谈论毕业后的打算。那边是饲养北京鸭的鸭场。鸭子已被填饱了肚子，偶尔咯咯几声，算是对青蛙们的回应。这一派田园风光当然也永远永远地消失在人类文明路上了。

我走在四环五环路上常常在想，噢！五环以内，除高楼就是路和树，就是看不到几片菜地稻田。好气派的世界大都市！我们是否太奢侈了呢？

苦恋北大，免不了要为她担忧。当我看到每天每天一群一群的“校外”来访者在西校门照相时，心中悄悄升起阵阵暖意。不仅为是北大人自豪，更为今日之中国民众的文化“自觉”喜悦。但我也想到，北大这块牌子这么抢手，担心有人一点一点把她给卖了。市场经济嘛，什么不能卖呢？1919年，蔡元培校长曾告诫北大师生：“诸君须知，大学并不是贩卖毕业证的机关……”此前一年，他还说过：“大学为纯粹研究学问之机关，不可视为养成资格之所，亦不可视为贩卖知识之所。”我们是否也把硕士的、博士的文凭，把兼职教授的桂冠“贱卖”给有钱、有权、有势的人呢？今年“五四”校庆期间，北大文科领域开了一个学术研讨会，后来一家权威报纸报道的是一位中央某部副部长、一位省市级副部长、一位某校副部级的专家会上有发言，却不见提到北大学者！我看了十分震惊：北大无人了？是这样吗？我们哪敢怪北大的校长、书记们，他们难啊！在官本位充斥中国一切领域的气氛中，在教育市场化、行政化的条件下，他们也许不能不做一些违心事。他们有求于人啊！没钱、没权、没关系能办成事吗？！他们受制于不正确的体制、受制于不正派的社会风气啊！写至此，想起了我们党的创始人，我们北大的先贤李大钊说过：只有学术上的发展，值得作大学的纪念。只有学术上的建树，值得“北京大学万万岁”的欢呼！没有北大自己学术成果的研讨会，我们宁可不开，特别是校庆。北大人太傲慢？但这是国人不会反对的“傲慢”吧！

二

假如大学时代可以重来，我将再次选择当教师。

毕业时我并不这么想。那时我想的是找一处可以接触实际、用得上“理论”的地方。最想去的是西北局政策研究室，就是后来王国文去的地方。但那时是不允许有什么个人选择的。宝煦老师说，你留下来吧！我还有什么话说。四十几年过去，回过头庆幸领导的安排，并没有待腻了的感觉。虽然常常为脱离社会、脱离最基本的民众而暗自遗憾。可是，在这个精神家园里当“精神贵族”，感受到一届又一届的学生们的青春活力，真使人追求无限！因为博雅塔到底有多高、未名湖有多深、图书馆有多大，我至今朦朦胧胧。

我这个人没什么出息，太重感情了。我之所以觉得如有来世，再当教师，也是情之所系。那年我们几个去美国，在飞机上谈起了78级的穆毅锐，十几年无音讯，才知道他就在这里。潘维给他打了个电话，说老师来了。结果我们一下飞机，小穆就在出站口迎我们。这件事给我留下难以忘怀的印象。此时，他工作尚无着落，每天同许之微开车陪我们走访浏览。大约是1990年代末，我到长沙给市委中心学习组讲课，73级的陈国平得知后，当即给他在杭州出差的夫人通电话，说是老师来湖南了，能回来就回来见见面。结果当天晚上他们夫妇即到宾馆一起聚会。学生就是这样，有时真是不是亲人，胜似亲人。这样的例子真是太多了。我们每到外地，总是有学生把自己的工作用车用来接送我们，搞得我们有时外出真不想声张，以免给他们带来麻烦。

我这几十年就当过73级一届的班主任，现在他们每年都要给我“做生日”。后来我不好意思了，说这么干我是要“折寿”的。以后便不以此名义，但仍有聚会。有时是我找他们一起座谈，谈一下自己心中困惑的社会政治问题，听听他们的见解。我开玩笑说，当一年班主任，这个资源一用就是一辈子了。

当老师真好！

我们在的这个专业，每年学生毕业时总有一次全专业师生的会餐，由老师招待学生，一起聚谈。每到这时，我确实感到心情不轻松。我们在北大当教师，我从来不敢妄称“合格”、“称职”。说实话，在这个地方，你有多大学问也难说够用啊！

左起：黄宗良、高金海、刘兵海

起码我自己就常感到心有余而力不足。上下五千年，纵横六大洲，跨及哲、政、经、法、社、文等等。什么知识是多余的？我们又知道多少？这个感觉并不叫人悲观，却成了我们做教师的永远往前走、活到老、学到老的无穷动力。

假如教师生涯可以重来，我将如何对待学生？最重要的教训是要把学生当朋友，切莫当“敌人”。记得宝煦老师曾写过这方面的经验总结。读后使我汗颜。要求人家入学时就要是什么什么“者”、“坚定地……”实在是外行话。若如此，人家来干什么？我这个人“好为人师”，有时批评起学生来声色俱厉。一些学生告诉我，刚来时我们真怕你。这使我很惭愧。确有些学生，后来就“拜拜”了。有时想来也很内疚，有时又有些自我安慰，恨铁不成钢嘛！我常说，“可怜天下父母心”，谁来“可怜天下教师心”？有时偶遇多年未见的学生，我会说，我念叨你的时候肯定比你念叨我的多。也许如此，但有一些学生是离校后境遇不顺，没心情念及老师同学的，实在不该苛求人家。

三

假如大学时代可以重来，我仍将选定政治学这个专业。

其实那时我最想上的不是“政治”，而是文学。但我知道北大中文系要求太高，没有胆量报考。

当时报考政治，并不懂什么是政治。到了北大学了5年，知道的就是“政治就是阶级斗争”、“政治就是马克思主义的国家学说”、“政治就是无产阶级专政”！1991年，苏联剧变时我在那里访学，才知道这其实是苏联人的政治学。苏联到解体并没有政治学系，他们的政治学放在法律系“国家与法”教研室里。我国由北大带头恢复政治学系，但在相当长的时间里，我们对政治学的理解同苏联人并无二致。后来我之所以对政治学有了兴趣，在于渐渐明白到原来现实的政治行为不等于是政治学，政治原来有“学”可言。

我对政治学有点真切的了解是在农村“四清”中获得的。那时我在北京朝阳区南磨房一个生产队当“四清”工作组组长。这是一个生产和销售都应该说是得天独厚的地方，但年终结算一个劳动日值8分钱。会计觉得不好向盼望过年吃一顿有肉的饺子的社员交代，哭哭啼啼找我们。后来绞尽脑汁硬是算出一个劳动日3角6分钱来。就是这样的地方，老实巴交的贫农我叫他“三叔”的，教训着孩子：千万不能乱说话，说错了就不得了！饿着肚子的老百姓竟是谈政色变啊。于是，我逐渐明白了“前三十年的问题”，症结首先是“左”的政治，我觉得研究政治的意义太重要了，便在《书屋论政》一书中，写了“平民问政：社会主义民主政治的基本要求”的序言。胡锦涛在纪念改革开放30周年讲话中提出了“三问”（即问需于民、问计于民、问政于民），我心里就踏实多了。

假如大学时代可以重来，我不仅不会否认或贬低下乡下厂深入工农的意义，而且会更自觉地到实际中去、到民众中去。我们珍惜北大这样的“象牙塔”，但需要更多的时间走出“象牙塔”。

我在一些会上提出一个看法：在所有社会科学学科中，社会主义政治这个学科是风险最大也是难度最大的。风险最大，不言而喻，因为涉及人们的乌纱帽，权力啊！我们没有完全消除“文革”时的谬论“有了权力就有了一切”。政治成为“学”，就首先要讲事实，要探索政治规律，要去说谁谁犯规！那还想混不想“混”？难度也在这里。

人们又常常把“左”的政治、空话、套话、言不由衷的话当成就是“政治”，把搞“潜规则”当成就是现实的政治。政治于是成了今天人们不屑一顾的“万金油”。你搞什么政治学，谁把你当回事！把“政治学”时代化、民众化难度就更大了。前不久到深圳，在一家小茶馆喝潮汕的功夫茶。校友向泡茶的小姑娘说，这是来讲政治的老师，你们也可以去听。小姑娘张开嘴表示不解。我于是告诉她，你们比我更懂。我说，你现在有份工打，我看你是很敬业，你“乐业”了；但将来你要结婚、生孩子，你怎么解决住房呢？一平方米两三万，发愁吧？她点头表示是这样。我说，国家领导人最操心的就是老百姓的就业和房价房租问题。“安居乐业”就是现在最牵动中国亿万人的心的“最大的政治”。这个你们会比我更明白，我是已经“安居乐业”了。我看她眉头皱得更紧了。不是因为听不懂，而是因为真的听懂了。

政治学唯其难，才能引起我们这些不自量力、不知趣的人的兴趣。但话说回来，“说的”还是比“做的”容易得多。我于是常常提醒自己：要警惕，别“站着说话不腰疼”！当把政治学放回现实的社会生活中，我又常常为真正的执政为民的政治领袖们深深不安。但当他们瞧不起这些书生时，我们就要站出来理论理论，大家在政治上是平等的。

该收笔了吧？我料想这种文章也就是在和老同学交流交流。于是，还是想汇报汇报近期的心情。最近想了一副对联可以自吹自嘲：

家事、国事、天下事，事事揪心

党心、民心、咱的心，心心相印

不同态度的人可以加上不同的横批。我想到的有：自作多情、杞人忧天、多管闲事、累死活该。这里的“党心”是指体现于近年来党代会报告、中央全会决定的，几乎是崇高之极的、无懈可击的文献。

下列的一组数字足以让人睡不着觉：中国社会两端（富者、贫者）的两个20%收入差距是33倍，而发达国家是八九倍；台湾人在嚷嚷，说去年贫富差距太大了；可是，根据新加坡报纸报道，其差距也只是6.5倍。这是我们社会主义制度最受质疑的地方。

另一个问题便是官场腐败，几乎用不着列举事实了，我国的腐败在国际上排在第79位（2009年），满分是10分，我国得了3.6分，这又是我们称“执政为民”最受质疑的地方。

确实，办好中国自己的事情，“关键在于党”。应该提出，把党建好，必须从“两个百分之九十几”展开思路。去年春新加坡《联合早报》报道，中国官员97%反对官员财产公开（这是一位人大代表调查的）；90.3%的网民拥护官员财产公开制度（这是人民网调查的）。数字不能说就很准确，但反映官与民态度的迥然不同则是毫无疑义的。问题的重大在于从历史上说，我们这种体制官民矛盾常常是一个尖锐的问题；而今天把问题聚焦在财产公开与否上了。要写好中国特色社会主义这篇大文章，下篇就绕不开这个“焦点”了。我们作为党培养出来的理论研究者，哪敢在这个大问题面前高枕无忧，这也是至今还在瞎忙活的动因。

这是随想随笔，信马由缰。从不得不多少遵循的套路中解放出来。我们都是年逾古稀的人了，说走就走。我们能够撒向社会的，虽不敢奢望是什么美妙的乐曲，但也要尽量使之不是噪音和垃圾。这篇文章就作为向老同学的一个汇报、交心。同学5年，大家总会互相包涵的吧！

文后余音

古稀忆往话未休，
风雨此生复何求？
还向先贤讨文胆，
再为公平论理由。

2010年端午于北大承泽园

左起：王其芬、向东、潘国华、张映清、黄宗良

峥嵘岁月50年

李泽成

学　号　6018013

北京大学是中华大地最早传播马列真理的李大钊、陈独秀工作过的地方，也是鲁迅（兼职）和毛泽东工作过的地方，更是划时代地高举科学民主大旗反帝反封建“五四”运动的策源地。它不仅是一座最高学府，而且是一方革命圣地。

60年考进北大政治系，是我一生最荣幸的一件大事。

我就读政治系的主要目标是解决思想上入党的问题。“思想入党”这是入党宣誓大会上，我的入党介绍人（当时的区委书记）给我提出的终身要求。为此，我卖掉祖上传给我的老屋，安排好祖母和家人的生活。准备把毕生精力都投入到学习马列和毛主席著作中，更准备高标准地去完成介绍人交给我的学习任务。

可是，那是一个极其特殊的年代。当时的社会经济和人民生活，尤其是农民的生活发生了极其严重的逆转。美好的愿望被无情的现实彻底粉碎了。我在入学前的5月末被分派到河北省隆化县“元帅”公社的“元帅”大队进行“三同”（与农民同吃、同住、同劳动）和调研。社员们每天定量是三两粮，早、晚各一碗稀粥（我是县下派干部受优待，比农民每天多一碗磨得很细的糠），菜就是盐水。几天下来，人就饿得受不了走不动路，最受不了的是大便秘结。只好去公社卫生院治疗。28岁的劳动模范、一向身强体壮的二组组长，却倒在正在修建的大坝上再也没有醒来。几天后又有一个9岁的小女孩因吃野菜中毒死在山脚下……我随着公社赵书记为那些人送葬，心情久久不能平静。后来了解到群众没有粮食主要是浮夸和虚报粮食产量造成的，我所居住的存瑞大队情况也是如此，民兵连长的爷爷想喝一碗米汤的愿望都没实现就死了。看到农村这种凄惨的景象，我忧心忡忡，郁郁不安。不断有人饿死，情况越来越严重。“八届九中”全会的公报表明这是全国各地普遍现象，归结为自然灾害造成的。德高望重的疙瘩营公社书记赵子峰因为实报死亡人数被当场停职反省，这就使我更加忧虑了。认为党中央和毛主席在北京看不到广大农民的被饿死的真实情况，我必须写信向他报告并提出解决的建议。

反复思索了好些天，又犹豫了——弄不好，必定会步彭德怀同志的后尘。但又一想，我作为一个有着六七年党龄的共产党员，无论从哪个角度也应该向毛主席报告。何况《党章》规定，党员有义务和权利向中央反映情况、提意见。再说，毛主席经常讲：彻底的唯物主义者是无所畏惧的！要有“五不怕”精神，即：不怕撤职、降薪、老婆打离婚、坐牢、杀头！想到这里，我就大着胆子写了第一封信。一天，系里通知我星期天去中南海找李同志谈意见。我去了，谈了。回来后，系里的两位领导分别找我谈话，他们的谆谆教导是老一辈革命家的睿智和经验的体现，对我的教育和启发既宝贵又深刻。

很长时间过去了，广大农民仍在饥饿死亡线上挣扎，我更是心急如焚，就写了第二封信。我反映的问题和提出的建议归纳后主要是这几方面：1.国民经济严重失衡，特别是农民饥饿现象极其严重，以致发生饿死人现象；2.农村食堂弊大于利，不宜再办。办食堂必须群众自愿。因时因地制宜；3.当前最有利于农业发展的经营制度应该是以下五种，即一、国营农场，二、人民公社，三、高级社，四、初级社，五、个体经营；4.多、快、好、省的提法不如好、省、快、多。工业要抓紧生产人民生活中奇缺的产品（火柴、针、线、电池等）；5.当前不要提持续大跃进了，要反对浮夸、吹牛、说假话；6.“反右倾”是近些年一切缺点错误的根源，要善待彭德怀同志，最低也要选他当中央委员。写第二封信的时候，农村食堂已经大都解散了，就没再提这个内容。以上意见，我与同寝室的同学也有过议论。

写第二封信时听说毛主席在杭州，便写了浙江省委转毛泽东主席亲收。一段时间后接到系里的一张不到64开纸的条子，叫我星期天去西单丰盛胡同3号中央办公厅找杨尚昆主任。我到那里，等了许久，秘书又来告诉我说，尚昆同志临时有重要的事情出去了，改日再谈。就这样，我先后写给毛主席的二封信都没了回音。

1963年4月11日晚，我突然被捕，被关进德胜门外一号旁门功德林监狱。从当夜凌晨起，开始长达二十余天的昼夜连续突击审讯。要求我交代罪行，争取宽大处理。我说，我没有错，更没有罪。我不是反革命，是你们搞错了。关押期间，我用自己的手纸、笔（是经批准给的），写了整整100页《事实将证明我无罪，真理必将胜利》的材料交了上去。此后，我每星期都申请一次要求上诉。有一天，一个人对我说：你不要上诉，上诉对你是不利的。组织上就要解决你的问题了，你要耐心地等待！结果，我就一直等待了6年。期间经历很多折磨与痛苦，但我坚信，事实会证明到底谁是谁非！

1966年9月23日夜，我被转移到广安门内大街半步桥4号监狱监押。

1968年六七月，被拟判死刑。后因中国杰出的“捷尔任斯基”们坚持真理，明辨是非的甄别，使我幸免于难。

1968年9月27日，被去掉手铐、脚镣，送到监狱东院大楼，被告知，将被释放。28日转到北苑“毛泽东思想学习班”学习，宣布可以称同志。

1969年2月1日，从学习班结业，按照武守康军代表宣布的不戴帽子、不批判，不歧视、不降低待遇的“四不”规定回原单位参加“文化大革命”运动。

1971年下放到江西鲤鱼洲北京大学“五七干校”劳动锻炼。

最后遵照毛主席语录，“不杀头就要给饭吃”的指示回到老家食品厂劳动锻炼。

十一届三中全会后，我走上了漫长的平反路。去北京上访26次，复写上访信件一百二十余封，走遍了每个有关的党政机关，包括中央政治局（枣林大院）。

1980年夏天，北京公安局给出第一个平反结论，但那是一个带有严重“政治污点”的结论，我不能接受。先后又给出三个结论也都带有“政治污点”。直至1986年夏，我拿到了第五个即真正彻底平反的结论。1984年5月，我被选为中共隆化县委常委，任宣传部长之职，1996年1月从县政协副主席退休。退休后有时间读《红楼梦》，从该书中发现它的主题竟是民主。

“反革命分子”是我二十多年的代号。这二十多年，曾使我妻离子散，无论是身体还是精神备受折磨，但共产党人的信念从没泯灭。深感遗憾的是，到1996年1月退休的时候，我感到真正工作的时间太短了，遗憾不能为人民多做些事情。

让我无法忘怀的是，2005年春节前的腊月廿五，政治系60级的老同学：刘继南、王杰（身患重病犹电话致意）、沈仁道、张永安、潘国华、马国泉等带着五湖四海般的深情和大量的生活用品，冒着塞外凛冽的寒风，越过崎岖的山路来到我贫穷落后的寒舍，施以传统春节慰问。拳拳三世同窗情，如此诚重，让我手足无措，百感交集，几日寝食不安。大家如此慷慨深情地慰问，意义重大而深远。这是继党中央对我的冤案政治法律的平反后，民间自发的思想感情和道义的平反，是高尚情操的真正共产党人的关怀，是具有科学、民主精神的学友的慰藉，是真理情怀的操守，这正义高尚的情谊是我和家人永远报答不完的。我要勤勉劳作，早日评出《红楼梦》的民主主题，作为我向政治系师友的第一道献礼。

左起：史春和、张永安、李泽成　摄于1998年5月4日

60级同学的财富

田凯荣　　　　学　号　6018026

前一时间参加了一次研讨会，探讨在社会主义市场经济条件下的财富问题，与会者各抒己见，其中有不少人认为：财富表现为金钱和资产，即各种固定资产及流动资产。对于这种观点我不敢苟同，也不想妄加评论那些"大款"、"富一代"、"富二代"等是不是真正财富的所有者，它们是否"干净"、"合法"。我只想表述国政系60级的财富。

今年，是我们的60级同学毕业50周年。这50年，是积累知识、勤奋工作的50年；是拼搏向上、大展宏图的50年；是经风雨、见世面的50年；也是艰苦奋斗、创造辉煌人生的50年。50年的今天，我们还能并肩携手、欢聚一堂、畅叙友情，这才是真正的财富。概括起来就是勤劳是财富的源泉，知识是财富的高端，人品是财富的体现，身体是财富的本钱！

勤劳是财富的源泉

我们党的一贯方针、政策是宣传和鼓励勤劳致富。古人曾说："功不可易得，事不可易成，福不可易享。"意思是说，一切荣誉和财富的取得必须通过人们的艰苦劳动，"天上不会掉馅饼"。

50年来，60级的同学通过辛勤劳动，为党和国家创造了大量的物质和精神财富。很多同学在不同的领导岗位上，做出了突出的贡献，展现了出色的领导才能。如沈仁道同学就是其中之一。他在中学时期，就勤奋好学，成绩优良，特别是文科尤为突出。考入北京大学政治学系以后，他更是如饥似渴地学习和钻研政治理论，他深知“天才在于勤奋，聪明在于积累”的道理。5年的刻苦学习，为他在学业和思想上都奠定了坚实的基础。毕业后留校任教近二十年，其中长时间地“双肩挑”：既承担繁重的教学任务，同时又担任国政系党的主要领导工作。由于他在教学、工作、思想等方面表现突出，1984年，经市委考察，他被提拔到北京市海淀区先后担任区委副书记、区政协主席、区委书记等职务，一干就是8年。在此期间，他心系百姓，严于律己，廉洁奉公，深入实际，脚踏实地，埋头苦干，为海淀区的经济和社会发展以及党的建设做出了重要贡献，得到了上级领导的肯定、群众的拥护和党内外同志的好评，曾先后被授予“北京市优秀党务工作者”和“全国优秀党务工作者”的光荣称号，并光荣地出席了中国共产党第十四届全国代表大会。

1993年后，他奉调至北京市政协和北京市委统战部工作。担任第八届、第九届北京市政协副主席、党组副书记，兼任中共北京市委统战部部长。同时还兼任北京市统战理论研究会、北京市海外联谊会、北京非公有经济人士联谊会、北京光彩事业促进会等多种社会团体会长职务，并是第八届、第九届全国政协委员。他尽心尽力、勤奋工作，为开拓新时期北京市统战工作新局面做出了卓有成效的贡献。在这期间，他紧紧依靠党的领导，把握大局，掌握政策，讲究方法，赢得了海内外人士及有关领导机构的赞扬与肯定。

2004年，沈仁道年届66岁，功成身退。但由于身体还好，仍担任北京市一些统战群众团体的领导职务，继续发挥余热。这里特别要提到的是，迄今为止，他连续三届担任北大国关学院院友会会长职务，不吝辛苦，不计名利，为北大和国关学院的建设和发展，力尽所能。十多年来，他和常务副会长潘国华同学等一起，团结广大院友，把院友会的工作做得有声有色，获得院校上下广泛好评。比如，在国际关系学院大楼建设期间，为帮助学院克服困难，院友会倡导并组织广大院友踊跃捐助，量力为之，重在参与，一时形成众人添柴火焰高的局面，很快院友们及全院师生捐款捐物即达1 300万元。同时，动员社会人士积极参与，仅沈仁道一人即引来赞助资金1 500万元，促进了大楼的顺利竣工。大楼建成后，院友会及时倡导有条件的院友们通过合作等各种方式积极支持学院教学和科研事业的发展。几年下来，已有千万元以上的资金帮助学院建立各类研究中心，成效显著。在沈仁道同学的带领下，广大院友密切了与北大和学院的关系，增进了感情，促进了广大院友之间的友谊、交流与合作。

全心全意为人民服务，是60级所有同学抱定终身的价值观。在沈仁道同学看来，为党和人民做好工作，为母校做点好事、实事，是完全应该的，也是一种回报。真是，说得出，做得到，太不容易了！北大资深教授赵宝煦先生在沈仁道70寿辰时赋诗褒奖道："武略文韬士，匡时济世情，交游遍四海，清白啸晚晴。"这是60级老领导对他的一种赞扬和肯定。

50年来，还有许多同学在教育、出版和宣传等工作中，不辞劳苦地工作着，为国家培养了大批优秀人才，也创造了大量的精神食粮。其中最具有代表性和影响力的当属"九头鸟"刘继南。她出生于湖北省孝感市，自小就争强好胜、泼辣能干，直至古稀仍不"悔改"。1960年她同全国51名学子携手走进北大政治学系。毕业后，她女承父业，当了一名人民教师。她从一名普通教师到走上领导岗位，从青春荡漾到两鬓白发都同北京广播学院紧紧地联系在一起。她的成长、成熟在北广；她的事业在北广；她的酸甜苦辣还在北广；她的人生价值也最终定格在北广。

时间回到1966年"十年动乱"期间，北广同全国其他高等院校一样难逃停办的厄运，也成了高校中的重灾区。刘继南也是人，不是神，她无力改变"学校停办、图书失散、教师调走、校舍被占"的局面。

常言道：冬天过去是春天，黑夜过去是黎明，苦难过去是喜悦。幸运的是1973年在周总理的亲切关怀下，北京广播学院比其他高等院校较早地恢复了办学，刘继南成为复校后的筹备领导小组成员之一。从1973年到1982年是北京广播学院重建的10年，也是艰苦奋斗的10年。这期间，刘继南作为一名主要领导成员不仅要在宏观上规划未来，布局学校的发展蓝图，而且还要在微观上带领班子和队伍深入实际、脚踏实地、埋头苦干，把工作做深、做细、做到家。在她的工作日程安排中，没有上班、下班和八小时的概念，也没有节、假日的休息时间，有的只是"忙碌的星期六，战斗的星期天，疲劳的星期一"的无限循环往复。10年的艰苦创业，终于结成了丰硕的果实：到1982年，一所规模宏大、门类齐全的北京广播学院巍然矗立在北京东郊定福庄这片美丽的土地上。当问到刘继南这10年的感受时，她自豪地说：很苦、也很累，但也很快乐，为建校吃苦，苦中有乐，乐在其中。

正因为她的突出业绩，1983年刘继南被任命为北京广播学院党委副书记，并兼任副院长，用她自己的话说，是身兼“三副”，即副书记、副院长和副教授。1990年她被任命为党委书记，并兼任院长。1997年以后，只任院长。她从一名朝气蓬勃的青年教师，到成长为一名才华出众、经验丰富的杰出女校长，期间，她处处表现出忘我的精神、惊人的毅力、百折不挠的品质，受到了上级的多次嘉奖和表扬。2006年，北京广播学院升格为中国传媒大学后不久，年近七十岁的刘继南圆满卸任。然而，这位老校长仍然继续奋斗在教育战线上。她积极响应“名校办民校”的号召，2004年她南下“石头城”（南京又名石头城），在古都南京又创办了中国传媒大学南广学院。

北广40年，南广5年，刘继南在高等学校教育中开辟了一片新领域，创造出了培育人才的新天地。21世纪的今天，中国传媒大学不仅成为中国广播电视人才的摇篮和中国广播电视教育的“航空母舰”，而且也成为国际文化交流中心的重要载体。这一切都渗透着刘继南的大量心血，也展现了她的智慧和才华，同时，也表现出了她的创造力和坚韧不拔的意志。真是“上有九头鸟，下有湖北佬”，难得的女杰——刘继南！

俗话说，人的高尚和伟大，不仅在于他能做出惊天动地的举动，而且更在于他对平凡和细微的态度，这就是人们所说的：伟大出自平凡，细节决定成败。人们熟知的美国汽车大亨福特在大学毕业找工作时，应聘走进了一家公司董事长的门口，他看到地上有一张废纸就捡了起来，扔进了垃圾箱，这一举动正好被董事长发现了，于是，他就被录用了。从此以后福特就得到董事长的信任，成了汽车公司的大老板。60级也有很多同学，长期在企事业单位工作，不为名、不为利，辛勤劳动、勇挑重担，奉献了自己的智慧和青春，

田凯荣夫妇

也是一笔极其宝贵的财富，同样值得颂扬和尊敬！总之，所有这些成就，都是通过百折不挠的奋斗精神取得的。这就是我们所说的，勤劳创造财富，勤劳创造人才，勤劳创造人生。

知识是财富的高端

50年来，同学们通过学校和系（院）的培养，老师的教导和自己的努力学习，积累了丰富的知识，成为60级不断前进的推动力。有很多同学成为教学骨干和学术带头人，获得国家政府特殊津贴或博士生导师的殊荣。其中，尤为值得我们称道的是“小广东”黄宗良同学。我没有问过他名字的来历和寓意，仅从字面上来看，起名者大概是想将来成为炎黄子孙的良师或良将吧！果然如此，60年考入北大政治学系的黄宗良，专心致志地研读政治理论。5年的学习生活，他几乎每天都是“三点一直线”，即宿舍—食堂—教室（或图书馆）—食堂—宿舍。功夫不负有志者，5年的刻苦攻读，他掌握了国内和国际社会主义建设的理论，为后来发展打下了坚实的理论基础和提供了拓展才能的智力支持。

1965年毕业后留校任教，不久，“十年动乱”发生了，他同其他同学一样，也没有逃脱“学校停办，学业中断，前途未卜，人心涣散”的岁月。黑夜终将过去，曙光伴随而来。复校后，黄宗良以忘我的精神、科学的态度、严谨的学风，积极投入政治学的教学和科研中去，取得了丰硕的成果。1989年评为教授，1993年聘任为博士生导师，他还曾先后担任北大国际关系学院世界社会主义研究所所长，北京大学社会科学学院副主任等多项要职。

黄宗良长期从事世界社会主义运动史的研究和教学工作，知识渊博，理论功底深厚，成果卓著，曾获“北京大学优秀共产党员和优秀德育工作者”光荣称号。1995年被评为北京市优秀老师。

2004年，在建党83周年和中共中央十六届四中全会召开前夕，黄宗良以学者的身份走进了中南海怀仁堂的讲台，给以胡锦涛为总书记的中央政治局委员授课，就党的执政能力建设，从政治、经济、体制以及国外共产党的执政经验和教训等多方面进行详细分析与讲述。胡锦涛总书记和政治局其他领导同志，认真听取了他的讲解，并给予了充分肯定。与此同时，中央电视台通过《新闻联播》，以新华社电讯通稿的形式发布，迅速传播到神州大地各个角落。政治局这次学习后，相关资料也下发到各省市及部级单位，并要求各单位一把手带头组织学习。可见，知识不仅能写进教材、走上课堂，也能走进中南海的讲台。从此，黄宗良也成了名人，成了国际关系学院60级一笔巨大的财富而留给后人。

“喝水不忘掘井人”。50年的今天，60级的广大师生能够汇集在国际关系学院这幢宽敞明亮、现代化的大楼里，促膝谈心，互问平安，不会忘记大楼建设的筹划者、创始人——潘国华同学。国政系原来是在一座小院里办公，虽然环境优美，但是没有礼堂和会议室，大型集会只能另寻他处，各种科研资料、教学设备也异常匮乏，老师的办公条件也比较简陋。国政系要前进、要发展，要成为教学、科研领先的院系，成为具有国内、国际影响力的学术殿堂，必须在不断提升办学条件、人才培养、教学、科研成果上下大力气。潘国华接任国际关系学院常务副院长后，全面规划了建院蓝图，从谋划国际关系学院大楼的有形资产建设上到不断提升学院教学、科研无形资产升华上，做到了从无到有、从少到多、从旧到新、从广度到深度、从硬件建设到软件配备上都上了一个新台阶，全面建成了一所现代化学院，向国家和各兄弟院校以及教育、科研部门输送了大批人才。每当我们提到潘国华的为人时，大家都不约而同地感觉到：他总是高调做事，低调做人，总是把功劳成绩归功于他人，把困难和问题留给自己。今天，当我们再次提到他在建院过程中的丰功伟绩时，他还是那句老话：“小事一桩不值一提！”

潘国华不仅在建院过程中，倾注了一个又一个春秋，在学术上也造诣颇深，毫无疑问，成就的取得是他长期一点一滴积累的结果。这就是哲学理论上所表述的：“合抱之木生于毫末；九层之台起于垒土；千里之行始于足下。”其涵义是说只有不断地进行量的积累，才能发生质的飞跃。潘国华就是这样一个善于积累知识的勤奋人。他在国际共产主义运动史和社会主义建设等诸多方面也颇有研究，著有《中共党史与党建》《中国社会主义发展史》等多部著作，发表了多篇论文。其中，很多论述和观点受到有关专家和学者充分肯定与认可。

除此之外，还有许多同学，如：石志夫、高金海、江长仁、李学文、庄友桂、王杰、张晔、何淑云、金戈、胡素华、周振华、陈喜增、毕凤翔、张永安、张东晔、李泽成、史春和、何新中、王家驯 、于永梓、马国泉、朱士高、向东、王富全、刘兵海、魏开肇、徐潮江、王继宪、洪文炳、曹其全、区南、金金宝、郑金永、许校荣、姚遥、胡肇龙、吴厚生等。长期奋斗在教育或理论战线上，为党的教育事业呕心沥血，倾注了毕生精力，培养了成千上万各方面的杰出人才，为国家的现代化建设和改革开放提供理论保障和智力支持。可见，知识是财富的高端。

人品是财富的体现

50年来，我们始终牢记入学时系（院）领导的谆谆教导：你们要先学会做人，将来才能更好地做事；你们从入学的第一天开始，就要走好人生的每一步。回忆起半个世纪的历程，60级的同学没有忘记领导的嘱托和教导，在各自的本职岗位上，严格要求自己，不断地以雷锋精神激励自己，以身边的好人好事鞭策自己，以党艰苦奋斗的优良作风约束自己，身体力行，干干净净做事，清清白白做人。

50年后的今天，当我们回忆起毕业分配时的感人情境：很多同学积极响应祖国的号召，自告奋勇到边疆去、到基层去，到祖国最需要的地方去。王国文、赵洪涛、王家驯、于永梓、曹其全、区南、胡素华、洪文炳、王富全、向东、郭新文、郭文清、张克勋等同学，打起背包，告别母校，毅然决然地奔向祖国的大西北，在那里落地生根，无怨无悔，直至今天。每当我们回忆起他（她）们的高尚情操和优秀品德时都会肃然起敬！他们（她们）的精神境界和果敢行动，激励着我们每个同学不仅要活着，而且要活得有意义、有价值；不仅要忠于职守，做好本职工作，而且要具备时刻准备冲破任何艰难险阻，视死如归的勇气。

今天，当我回忆起战斗在大西北的同窗好友时，总会想起那个永远不知疲倦、充满青春活力的王国文。他出身于福建省一个农民家庭，毕业后，他选择到大西北锻炼成长。当我们问他，你为什么选择了去大西北时，他满怀豪情地回答："十年寒窗苦，不为把名出，只要为人民，甘愿去吃苦。"他说到做到，在大西北，他扎根基层，扎根群众，扎根到最偏僻、最贫困的地区，在那里艰苦创业，因而受到了上级的肯定，群众的拥护。他曾先后在陕北的一个村庄当过大队的党支部书记、县委副书记，还担任陕西省纪检委副书记。他认为人生的最大乐趣就是要敢于和善于向困难挑战。他一直牢记中国的保尔——吴运铎的格言："对困难的回答是战斗，对战斗的回答是胜利，对胜利的回答是永远谦虚！"他是这样说的，也是这样做的。他抱着这种信念，1989年，他主动要求来到"苦甲天下"的甘肃省定西地区工作，担任甘肃省武威地委书记。他在贫困地区从政三十多年来，深深感受到：教育、科技、文化落后，极大地制约着地区经济的发展和人民生活水平的提高。为此，他曾在多种场合表达了自己的观点：国家复兴的关键在教育，人民生活水平的提高归根到底也在教育，为官一任，若不为教育事业尽心竭力就是失职。常言道：没有重点，就没有政策。王国文同学每到一个贫困地区都是把抓好教育工作摆在首要位置。

1993年，他在甘肃省古浪县调研时得知：古浪县自然条件十分恶劣，群众生活极端困难，大多数适龄女童上不起学。他眼望着这些天真可爱、求知似渴的孩子，不禁流下了心酸的热泪，他毫不犹豫地拿出多年的积蓄，在该县横梁乡上条子沟村设立了"春雷女童班"，使二十多个女童兴高采烈地重返校园。这一举动，绝不是他一时的冲动，而是真实思想、真实美德的体现。那时的王国文和大多数中年人一样："上有老，下有小，爱人身体又不好"，自己的生活虽然也不富裕，但他总是省吃俭用，把积攒下来的钱，捐助失学儿童就读。多年来，他累计捐资几十万元，救助了三百八十多名失学儿童。他还承诺被救助的孩子如果能考上大学，他将竭尽全力资助他（她）们继续完成学业，直至走上工作岗位。在他工作过的地方，不仅自己带头捐资助学，而且还广泛动员和组织社会各界力量，向希望工程捐助。正是由于王国文工作的给力，这些地区的教育事业有了长足的发展，人民生活水平也得到了显著的提高。

这里，我还应特别提到王国文在他"主业"之外的两项事业。一是他通过长期地、艰辛地和坚持不懈地勤学苦练，练就一手好书法，成为一名知名的书法家。他的书法苍劲潇洒，个性鲜明，风格独特。尤其是狂草、天马行空，超凡脱俗，令人赞叹！二是他通过精心策划，奔走各方，募集资金，终于在兰州黄河之滨建造了一座以"龙"字为载体的"龙源公园"，成为该城一处壮丽的龙文化景观。功在当代，惠及千秋！上述两件事，在王国文人生征程中，如同他在大西北贫困地区战天斗地一样光彩夺目、熠熠生辉。只是本文由于篇幅所限，不便展开，仅点到为止。

总而言之，王国文他在大西北从政的三十多年间，总是想人民所想，急人民所急，帮人民所需。好样的王国文！在此向您和战斗在大西北的同窗好友们致以崇高的敬礼！

50年的今天，我们可以自豪地告慰在世和不在世的领导与老师：全班同学没有一个掉队的，没有一个受贿的，没有一个犯罪的。他（她）们都是好样的，虽然所从事的工作不同，但都在各自的岗位上起到了或大或小的表率作用，受到了有关领导和各个方面的赞扬与好评。可见，高尚的品德无疑是60级财富的体现。

身体是财富的本钱

人们常说："留得青山在，不怕没柴烧"，这是颠扑不破的真理。50年来，60级的绝大多数同学都明白这样一个道理：身体是固定资产，是工作的保证、革命的本钱。记得我们刚入学时，陆平校长和系（院）领导就特别强调说：你们成才的过程要短，生命的过程要长，在学习知识的同时，要加强身体锻炼，争取为党和国家工作50年。50年来，我们都牢记陆平校长和系（院）领导的教诲，一直坚持锻炼身体。高金海、江长仁、毕凤翔、张永安、马国泉、庄友桂、胡肇龙、魏开肇、赵洪涛、洪文炳、许校荣、张忠有等同学，不仅在学生时代是体育锻炼的积极分子，参加工作以后，仍然一如既往地参加力所能及、有利于身体健康的各项体育活动，在他们看来，不要把锻炼身体看成是一种负担和痛苦，而应当看成一种快乐和享受。当然，能否坚持锻炼身体也是对自己意志的一种考验。如果把锻炼身体当成一种负担，就不可能持之以恒，今天刮风，明天下雨；冬天太冷，夏天太热等等。如果把锻炼身体当成一种快乐和享受，就能风雨无阻，勇往直前。这种享受既包括"四少"，即少得病、少吃药、少住院、少受罪的享受，又包括能更多地呼吸到新鲜空气的享受，还包括能经常观赏到大自然美景的享受，真是一举多得，何乐而不为。正如高金海同学所说：钱能买来药品，而买不来健康，能买来商品，而买不来快乐和享受。可见，有了健康的身体，才有其他可以追求的价值和目标；否则，一切都是过往浮云。正像有一段广告词所说的那样：你知道世界上最简单的快乐是什么吗？其答案是"两只脚、一双鞋就能跑出世界上最简单的快乐！"真是对这种享受和快乐做出了绝妙的回答。

50年的今天，60级的同学都已经是古稀老人了，此时此刻我们能相聚在一起，回忆过去、畅谈友情、交流经验和体会，这的确是一笔巨大的、极其宝贵的财富。

我的50年

至于我自己，诚然也是60级的财富之一。回顾50年的历程，我始终奋斗在教育战线上，虽然比不上那些出类拔萃的精英，但是,我也在本职岗位上努力创造着自己的人生。

1965年毕业后，我怀着崇高的理想和朱士高、何新中一起参军到了解放军政治学院（现国防大学），报到后，就和其他同学一起到了十六军（长春）下连队当兵锻炼。在连队的一年里，和战士们一起同学习、同生活、同操练，摸爬滚打，搞射击、练投弹、挖战壕、打坑道、夜行军等。这一年的军队生活，不仅增强了体质，锤炼了克服困难的意志，也在艰苦的环境中领悟了人生。一年的军队生活，深感祖国的强盛、政权的巩固、经济的发展、人民的安宁，都因为有一支强大的人民军队作后盾。在这一年里，虽然很苦、很累，但也很快乐、很充实，深深感觉到：苦难也是一种财富，不懂得苦，就不可能真正了解到什么是甜和幸福。正如巨著家高尔基所说："苦难也是一所伟大的学校。"我国古人也说：贫寒出贵子，说的是一个道理。

左起：田凯荣、区南、王家驯

一年之后，我回到了解放军政治学院，分配到院办公室做秘书工作，当时异常高兴，准备在这一岗位上竭尽全力，有所作为，把学到的知识运用到实践中去，体现出人生价值，奉献出自己的青春。就在这时，一场震惊中外的"十年动乱"开始了，军队院校也未能幸免，厄运也从此降临到人们的头上。我和多数同学一样，成了“臭老九”，被下放到河南“五七干校”“安家落户”。说是“五七干校”，实则是“劳改农场”，住在四面透风，屋顶漏雨的牛棚里，每天还要从事十多个小时繁重的体力劳动“改造”，晚上还要写检查，挨批斗，真是过着“悲惨世界”的非人生活。在那“暗无天日”的年代，有的人一时想不开，还走上了不归之路，而我还是咬着牙挺过来了。中国有句俗语：人比人就得活着，货比货就得留着。我想没有过不去的火焰山，一定要坚持活下来。我常用一句古训激励自己：狂自由他狂，清风抚山岗；妄自由他妄，明月照大江。人们也经常说：青山遮不住，毕竟东流去。乌云总不会长久遮住光辉的太阳。果然，1971年“九·一三林彪事件”后，960万平方公里的大地上，再次射出了初秋的暖光。就在这美好的秋天，我又回到了阔别6年的北京，从此告别了军旅生涯，来到了北京量具刃具厂，从事党的宣传工作。回想起工厂的十年间也收获颇丰：

首先，同广大基层干部打成一片。我来到工厂后，正好赶上全国兴起学习理论的热潮。我负责给企业的各级领导干部讲经济学、哲学和“马列”原著。使我印象最深刻的是，他们学习恩格斯的《路德维希·费尔巴哈和德国古典哲学的终结》这篇文章时，多数干部都说：简直是像看“天书”，他们戏称“费尔巴哈”叫“费劲巴拉”。我用通俗的语言，生活中的例子，耐心地给他们讲解，为此，他们还给我起了个绰号叫“克思”。他们感慨地说：“费劲巴拉”通过“克思”的讲解我们豁然开朗，明白了很多哲学道理。

其次，同广大工人打成一片。十年间我同广大工人战斗在一起，工作在一起，生活在一起。那个年代是“工人阶级领导一切”，同他们建立了深厚的感情，用“文革”的语言表述：我们成了一个战壕的战友，我帮助他们学习文化知识，他们帮助我改造“臭老九”思想。虽然是“臭老九”，但是，他们却把我看成是自己人，有话对我说，有困难找我帮忙，有好吃的也留给我。至今，我们还经常聚在一起，畅谈友情。

再次，工厂的10年，我经常深入车间和班组了解生产过程、质量标准、市场销路等情况。不仅搞清楚了生产过程中的程序有：进料、加工、组装、检验、包装、入库等生产流程，还进一步搞清楚了产品成本、利润的计算方法，这为我后来从事经济学研究奠定了坚实的基础。

当然，回过头来想一想，在工厂的10年也深感荒废了大量的美好时光，那个年代是“阶级斗争要年年讲、月月讲、天天讲”的年代，是“上班先唱样板戏，干活先批刘少奇，打砸抢的是英雄，抓生产的得挨批”的年代；是“生下来就挨饿，上学就停课，毕业就插队，回城待分配，结婚没个窝，生孩子生一个”的年代；也是“人整人、人斗人、人人无法决定自己命运”的年代。不管怎样，苦也罢，甜也好，十年的时光终告结束。

1980年，是我人生转折的重要一年，就在那年秋天，全国总工会干部学校（后来陈云同志题词改为中国工运学院，现为中国劳动关系学院）复校，总工会的同志找到我，希望我能到学院从事教学工作，我欣然接受。于是，从1980年后，名副其实地走上了教育战线，开始了新的人生征程，出现了新的转机，真是河东十年，河西十年。套用哲学上的术语说，时间是一维性，即不可逆性，或者说一去不复返，空间是三维性。虽然从毕业到1980年之间有15年的黄金时间一去不复返了。但是，发展的空间还是广阔的，来到了中国劳动关系学院后，我遵照马克思关于“一天等于二十年”的名言，以只争朝夕的精神，奋发努力，把耽误的时间抢回来。对于一个革命者来说，改变自己命运的不单纯是时间问题，更重要的是在于人的拼搏精神。任何时候都是这样：只要精神不垮，就有光明的前途，就有胜利的希望。于是，在实际工作中，我紧紧抓住有利于自己发展的一切偶然性，大踏步地走向成才的必然性。为此，我总是不断提醒自己，人不要好高骛远，要从实际出发，一步一个脚印地走好人生每一步，坚持做到从吃苦做起，从身边做起，从小事做起。古人云：“勿以善小而不为。”人的思想品德大厦不可能“拔地而起”，只能在一个个的生活“细节”中逐渐长高。这就是人们常说的：细节决定人生，态度决定命运。对此，我始终把哲学家威廉·詹姆士的格言牢记在心：“播下一个行动，你将收获一种习惯；播下一种习惯，你将收获一种性格；播下一种性格，你将收获一种命运”。后来，我在教学、科研、学生管理和各项工作中，既注意把握大局，抓住宏观，又注重细节，做好微观，在我所分管的对外经济贸易系的各项工作中都走在学院的前列。

如果我在事业上取得了一点成就的话，这同我的另一半是紧密相连的。一个人的精力总是有限的，当我把全部精力都倾注到教学、科研和学生管理中去时，家务劳动、教育孩子的重担就全部落到了我爱人肩上。其实，她也很忙，压力也很大。她在海淀区花园村中学（现在是首师大二附中）任教，除了担任8个班的政治课外，还兼任班主任和年级组长的工作，真是每天都是“两眼一睁，忙到熄灯，战斗的早晨，紧张的中午，疲劳的夜晚”。尽管如此，还是表现出了中年人所具有特点：政治上有追求，思想上有进取，工作上有干劲的“三有”精神。她每年都负责带初三毕业班的政治课，成绩均排在海淀区前列。她还曾多次被评为海淀区先进工作者，1991年晋升为高级教师，同年获北京市先进工作者称号，1992年获北京市紫金杯优秀班主任奖励。尽管工作忙、压力大、要求高，但思想上始终充满着乐观主义。

可以说，从1981年开始，我才真正做到了所学所用、学有所用、学以致用。我先后担任了中国劳动关系学院理论部主任和对外经济贸易系主任。说实在的，当时的压力是挺大的。但有压力才有干劲，正如铁人王进喜所说：“有压力，才有动力。没有压力就出不了油。”随着时间的推移，我们学院还承担着成人教育的重要任务。1991年，北京市教育局从一百多所成人高校选择23所院校进行统一考试。其中我讲授的《政治经济学》被选中，23所高校的《政治经济学》考试，平均分为54分，及格率也只有51%。我讲的那个班共34人，全部参加了考试，结果非常理想，及格率为100%，平均分为79.5分，获得了第一名。其中，前五名都是我班的学生，最高分是96分，这为我当年晋升教授和后来获国务院津贴增加了重要砝码。

从1981年走上教育岗位后，先后讲授了《政治经济学》《国际贸易》《国际经济与政治》《社会主义市场经济》等14门课程。在我所讲的课程中，除了《国际贸易》外，其他所用教材都是我自己撰写的。目前，正在讲授的有《毛泽东思想和中国特色社会主义理论体系概论》《思想道德修养与法律基础》《马克思主义基本原理概论》三门课程。可能有人会问：讲这么多课程，你消化得了吗？我只能回答，这是需要，是每个时期学校的安排，不是我自己所能决定的。从教30年来，共撰写和主编了三十余部著作，发表了五十余篇论文，共六百余万字。1984年评为讲师，1987年评为副教授，1991年晋升为教授，2000年获国家政府特殊津贴。

50年来，不管工作多忙，也不管是处在逆境和顺境中，我始终如一，每天像“华子良”一样坚持跑步锻炼，从未间断过。现在，除眼睛花了以外，其他一切指标均正常，这就是人们所说的“生命在于运动”，坚持下去，必有收益。如今，我还坚持在教学第一线，每周8节课，脑力和体力还能适应，而且深感快乐和满足。

50年后的今天，再次回忆起入学时陆校长的教诲，现在可以自豪地告慰在九泉之下的陆校长：您的嘱托和教导，“练好身体，为党工作50年。”我和我的同学都做到了，而且会像接力棒一样一代一代传下去。

至于我的家庭状况，我有一个和谐美满的大家庭，全家八口人，男女平衡，“四男四女”。两个儿子都从事房地产事业，孙子和孙女都在高中就读，老伴愿意为全家奉献余热，每天准备一顿晚餐，全家团聚在一起，深感其乐融融的家庭温暖和亲情。

时光荏苒，岁月如歌，一切回忆都成为往事。50年的发展历程，北大国际关系学院，不仅培育了一批又一批的高端人才，她本身也在不断成长、发展和壮大，财富也在不断增多、翻新和丰富。今天我们在欢庆毕业50周年之际，60级的广大师生能够再次相聚在一起，享受着“健康是金，平安是福”的正能量，这的确是一笔巨大的、也是最宝贵的物质财富和精神财富！借此机会，我谨向领导、老师和老同学们道贺一声：福如东海长流水，寿比南山不老松！

人间真情鼓舞我前进

魏开肇　　　　学　号　6018050

我所理解的人间真情乃人性之本质——友善。本文不加辨析，只叙及我的某种感受。

在人生百味中，我饱尝过解放、新生所带来的喜悦、甜美，也遭遇到“墙倒众人推”的尴尬、苦涩，更感悟到人间真情的巨大鼓舞。故作《人间真情鼓舞我前进》一文，传导我对人间真情的感悟与呼唤，希冀这人皆有之的真情实感能惠及每个人的人生旅程，多一些包容，多一点关爱，友好善待。这应该是人类社会的主流思潮，或曰主流价值观。现举两例，以见一斑。其一是人生低谷不沉沦，其二是书海博弈总是春。

人生低谷不沉沦

在讨论这个严肃的话题之前，得首先确定是否有人生低谷？我的回答是肯定的。作为新中国成立后的新生代，如果说，不响应党中央号召，不投身毛主席发动的革命运动，用谎言搪塞，“违心行事”、“消极应对”，岂不是天大的怪事。1966年夏，我还在朝阳区小红门参加“四清”运动。晚间各种例行会议结束，已临近午夜时分。突然传来通知：“回北大看大字报！”话音刚落，我就急不可待地借来一辆自行车，打足了气，登车赶紧上路。到达北大大饭厅（现今大讲堂基址）时，已是凌晨一点了。人头攒动，摩肩接踵，熙攘如常。我挤着看了一些大字报。原来这就是“文化大革命”的火热战场。有老师相告：“正在请示上级，准备调你回校闹革命。”我喜出望外，巴不得尽早投身到这场史无前例的“大革命”中，连夜赶回小红门，急切地等待着北京大学的调令。第三天，我就接到通知，卷起铺盖，攀上汽车飞驰而归了。这种积极的态度、高昂的热情一直保持了很久很久。在工作组拟定的吸收本校队员的名单中，我列为第一批。但是，还未工作，工作组就被赶走了。此后岁月流逝，其中虽有曲直、起伏，但从外表看来，我一直是一个基层单位的小头目之一，可算是一路走红了。常言道，枪打出头鸟。拨乱反正时，我不受审谁受审？受审，是我人生低谷的一个表征。在现实生活中遭冷眼、受冷遇的个案是很多的，可以说是不胜枚举。从门庭若市转换到门可罗雀，你能不产生一落千丈的失落感吗？当你称心的单位和工作拟将调进而功败垂成时，你能不悲观失望吗？当审查无期，且被组织又用又疑的时候，你能不感到委屈吗？“断线风筝任飘落，无根浮萍随水流”是我当时伤感心境的写照。就是这些近乎冰冷的现实，失落的心灵，伤感的情怀，构成了我人生低谷的节节点点。好在这些节点不占主导，有的则是过眼烟云，转瞬即逝。它们在我低谷旅程上只算得上是些小插曲。幸运的是我有个得天独厚的平衡器——髫龄农夫渔民的砥砺。什么高低贵贱在这台平衡器上都将被初步平衡，为我大大减压；否则，我将闷死谷底，何论沉沦与否。

既然有了人生低谷，就来探讨出谷的依据。归根结底，不外主观因素和客观条件。客观条件可分四面八方伸援手和组织领导的训导与关切。下面将逐一析解其详。

主观因素方面，就是我虽然积极投身“文化大革命”洪流，也不能说是心如止水，但无主观恶意，也无趁火打劫的贪婪，始终低调行事。曾在《师友三人行》中自述道：“幸有师友三人行，积极低调两相求。错言误行真不少，胡作非为不同流。”无论我怎样积极投入，但思想总是难以到位，不能满足时代的需要，常常看不清前进的方向。难怪曾有一位军代表用“代表右派势力”相斥责。实际上，他当时并不完全掌握我的逆言逆行。我估计，他充其量可能了解两个事例。一是“顶住压力不投票”，即力排众议，反对将系里主要领导人实行隔离审查。二是“尽心尽力保同学”。此事遭外省相关单位入京状告。其他如“共设巧计护‘走资’”，即藏匿与护卫河南省委刘姓书记和武汉军区陈司令。此事如入那位军代表视野，那就不只是停职问题，至少也得将我分流出“革命大军”。为什么敢冒如此之大的风险？我在《心灵的闪光》中有过如下陈述：“风雨冲刷泥沙下，心灵深处有闪光。多元文化铸惯性，人皆有之生恻隐。”

何谓多元文化铸惯性？对我而言，可以说是现代文化思想百分之百的接受者，尤其对其中阶级斗争和阶级斗争为纲学说曾是坚信不疑的。但马克思主义的哲学观、方法论，又为我早年就接纳的优良传统文化留下了传承的一席之地，未有将其一扫而光。在我的脑海里铸成了多元文化所包容的另一优良传统文化的惯性。正是这种惯性，使得我在阶级斗争为纲的年代，自觉或不自觉地闪出点点亮光。可以说它是我人生的精神之宝，是纯青炉火炼就的足赤。哪怕是那么一丁点，也是值得珍惜的。所以，我把它比为心灵的闪光。就是这些闪光充实了我的人生，成为我心境的厚实底蕴，使我陷谷知底，出谷有力，升顶有望。

其次是四面八方伸援手。我在一首小诗中写道：“危难逆境见真情，家人亲友共帮扶。增兄题字弘正气，黄老来函谢当时。刘姓书记遗孀谢，还要荐我进部委。张侠书记出力证，宝煦主任话松籽。作民老师常关怀，师友探访接踵来。城乡建设拟调进，毛家湾里开扇门。”

诗文过于简练，还需进一步条分缕析。

“师友探访接踵来”，包括十几位老师和同学的先后来访……最早走进寒门的是王杰、于立德夫妇，梁守德、孙盛权二位老师和挚友。稍后，陈喜增代表张晔同学远道来访朗润园。还有沈仁道同学的理解、关照，以及刘继南、高金海、江长仁、田凯荣等同学分别相约而聚……这些师友探访、关照、相约的意义何在？我在七律《同学夫妇访寒舍》中有言：“同学夫妻敲门进，一切都在不言中。冷若冰霜忽来暖，好雨知时随春来。破冰之旅即开启，人生春天有来时。同学来访有多重？斯时斯事不相同。”一言以蔽之，师友探访、关照、相约，带来力量，也带来了希望。

“黄老来函谢当时”，是从时下最低层传来的鼓励声。1957年黄老被错划，蒙冤达二十年。右派帽子虽然早已摘除，但原有待遇均未恢复，称之谓“摘帽右派”。1973年至1978年，黄老在亚非研究所工作了五年之久。此函首先向我报喜，告知人民大学党组织拟为他彻底平反，恢复党籍，恢复工资，只等批文下达。心里特别高兴。其次是感谢我对他的善待。信中谈到“在北大这个受‘四人帮’毒害的重灾区，有你这样一个正直的实事求是的支部书记是很可贵的。”“特别是那一次对我孩子的外调，他单位的领导反映，你和党支部的说明是很好的，是合乎实际情况的。不仅我，还有我的孩子都很感谢。由于那次外调，我孩子的出身改为革干。他们领导对我的孩子也没有歧视。1978年高考他在北京考了……可能被录取。这和亚非所党支部及你的正确对待同志和实事求是的精神是有关系的。”

当然，我的为人并没有那样完美，只是公事公办，信函过于溢美。不过在遭冷眼、受冷遇的低谷时期，能接到一个蒙冤老革命传来的热情洋溢、满纸赞语的鼓励信函，不能不令人精神为之一振。我要诚心诚意地感谢黄少立老先生的关怀和鼓励。为此我曾登门致谢。

“增兄题字弘正气”，“刘姓书记遗孀谢，还要荐我进部委”。这是来自一个较高层面的声援和鼓励。增兄，即李学增（李学文之兄），大约在上个世纪60年代初，他来北京大学看望李学文，与我见过一面。他一直在部队服务，应是一位高级将领。因为李学文同学的关系，他对我比较熟悉，对我当时的处境也很关心。1984年他到北戴河休养时，一时兴起，挥毫泼墨，给我题写了三幅墨迹。一为“正气长存”，二为“奋飞”，三为“财文并茂”。落款以兄弟相称。这三帖题字，可以说是沉甸甸的，是对我的肯定、鼓励、期望。

刘姓书记遗孀专程来北京履行刘书记的遗嘱：“进京当面致谢，并给他们安排一定的工作。”所以，在见面之前，她已向中央高层有关领导申述并得到认同，故有荐我进部委的善意之言。为了不让老人过于疲劳，我们将约见地点设在李学文在外交学院的家府。老人和蔼可亲，言词恳切，致谢、关切、荐举，句句扣我心弦。作为晚辈，怎能领受得了呢？我只好再三感谢她对我的鼓励。同时也以工作顺心，生活安定为由谢绝了老人的善意举荐。不管怎样，一位革命老前辈的屈尊来访，对我人生走向是有积极意义的。其作用究竟有多大，可以说是无法估量，也难以言表。

“张侠书记出力证，宝煦主任话松籽。作民老师常关怀”，是来自一个特殊层面的援手。因为他们三人都是我的恩师，是原国政系的书记、主任、副书记，是“文革”中的被冲击者。特别是赵宝煦主任，其间受到的冲撞是最多的。

张侠书记出力证，就是在我受审的关键时刻，是张侠书记的证明函件，起了澄清是非，拨云见日的作用，我把它比之为一纸函件贵千金。宝煦主任非常关心我的身心健康，担心我长期处于心理失衡状态，这是一个是否危及生命安全的大问题。第一次回国时就曾屈尊访陋室，举机拍摄全家福。第二次出国回京，我登门拜访时，主任又给我讲述了一个松籽的故事。其真谛是淡定功名，随遇而安。这个有的放矢的教诲，指导我平常心态几十年。高作民老师从大学时期到今天都一直关心我的学习、工作、生活。前几年，高老师还特别赐予我一幅工笔画，“深山听泉流”，造景逼真，寓意深邃。我的第一感悟是：深山幽谷，坐石临流，赏心悦目，悠然自得。是否得到要领，只好各领其妙了。写到这里，不由得高山仰止，肃然起敬，再一次拜谢三位恩师。你们永远是我的良师益友，我的人生品位最终还是由你们雕塑定型。

再一个层面是新单位的领导、老师、朋友向我伸出的援手。其中可以曹子西老师、徐关禄老师、赵庚奇挚友为代表。

曹子西老师长期担任北京市社会科学院主管业务的副院长。在我遭遇“荒唐残云未卷尽，莫名谜团盖顶来。不信邪风能劲起，政治压力也难挺”的险境时，“老师惜人未逐流，助我撑起一片天”。此后，在其麾下工作、打拼、攀登十余年，直到退休解甲。

徐关禄老师时任北京市社科院常务副院长。和蔼可亲，善解人意。热情支持我的工作，为我解除了不少困惑。

挚友庚奇兄，是北京市社科院历史研究所最早的所长和党支部书记。在我遭受风雨突袭时，是他胆识过人，抗命不遵，为我筑起了一道坚固的挡风墙。此后又陆续推荐我担任支部书记和行政所长。

殷殷知遇恩，浓浓挚友情，我怎能不铭刻在心。故赋诗赞曰：“新的单位新聚首，各路诸侯显身手。上纲无限有残留，猜疑无度未绝迹。坚持党性不乏人，见险施救是真情。”

党组织的关注、审查、导引是我低谷不沉沦的根本保证。

其实，在上述诸多故事的主体不乏老领导、老布尔什维克，他们的言行举止，在某种程度上也是代表党组织的，但是，为了理解得透彻，我却是从各个层面的个人言行加以诠释和评判的，还不足以体现党组织的全面关切。故有必要从关注、审查、导引的角度加以陈述。

首先是粉碎“四人帮”不久，中央派驻北大的工作组和北京大学原党委将我从亚非研究所借调，安排到学校某专案组工作。具体任务是负责对几名老师的清查。这是在我落差千丈、郁郁寡欢、无所事事，但又茫然不知所措的情况下，给了我一个继续为党工作的平台。使我亲切地感觉到，时下党组织对我们曾经淌过浑水的人，不是轻易舍弃，而是在工作中洗涤，在实践中鉴别。经过一段时间的过渡，高低落差有所缓解，失衡心态有所平复。尔后虽然有过一定的思想反复，但总的走向则是日趋平和。我也未有辜负党组织的期望，以常人心态牢牢掌握政策，实事求是，积极努力地完成了党交给我的清查任务。对于一些莫名其妙的质疑，抱着对党、对个人负责的态度，寻找佐证，直言相谏，终于得到领导的核准，避免了一场较大的冤情。我的工作表现也得到了领导的认可。但其负面影响也是相当大的。三年离开原岗，谁还能缺位以待呢？这就是需要重新定位我的人生，不能不增添几分无奈。

其次是北大组织部长出面挽留。当我重新定位，遇上一个可以从事业务工作的单位，就向学校提出调离申请。组织部长出面挽留，亲自到亚非研究所找我谈话，言词恳切，多有鼓励和肯定，还提出几个系级单位供我挑选。因我执意定位于业务工作，只能是感谢部长的一片挽留情。为了让学校顺利放行，还请我的一位恩师去帮助疏通。

在我调离北大几年之后，因患血吸虫病引起身体不适，党办文重主任，代表北大党组织亲自查询，还先后派人送来慰问品和补助金，并拟申报工伤，定期予以补贴。

以上几例说明北大党组织对我的工作是认可的，很关心我的走向和未来，希望我能身心健康地顺利走出低谷。

下面简述新单位党组织对我的关切。北京市社科院的诞生与改革开放同步。它是新的建制，但不是世外桃源。各路诸侯来到这里需要重新磨合。这种新的结识还真难识透它的深与浅。但党性原则占主导，人间处处有真情。首先是接纳了我。荒唐残云突起时，有领导助我撑起一片天，有挚友替我筑起了挡风墙，让我在一片晴朗的天空里遨游将近二十年，直至退休离岗到今天。

在我受审查的关键时刻，是院党组和党委派出了几名得力干部去调查、核实对我的某种质疑。他们是老干部、老党员，党性原则强，工作水平高，革命经验丰富，能够准确地把握事物的走向，尽快还原一个真实的魏开肇，其良苦用心显而易见。

整党进入三大讲阶段，原副院长、党组成员、机关党委书记，主管清查工

魏开肇在北大

作的领导同志亲临现场。事后，对我还有相当的好评。这是对我的肯定和鼓励。

整党刚一结束，机关党委就批准了历史研究所党支部的选举程序，安排我担任党支部书记，随后又聘我走上历史研究所所长岗位。官位不在高低，职任不在大小，最有意义的是宣示党组织对我的审查业已告竣，我已彻底走出低谷，可以在康庄大道扬鞭策马了。

2001年，在中国共产党建党80周年之际，我以“感怀”为题，即兴赋七绝两首。最后两句为：“阳光雨露恩似海，坎坷征途见明灯。”就是这盏耀眼明灯，照亮我人生全程，照我走出低谷，照我继续不断向前行。

书海博弈总是春

书海博弈总是春，是通过我对北京历史的研究来体现的，表明我在北京历史研究领域不断打拼，不断提高，不断取得可喜的新成果。

北京历史研究是我走出人生低谷的明显标志，是我为党工作的宽阔平台，也是我人生价值的一个基本定格。虽然不是我重新定位的初衷，但也是我的最终选择。

在我放下亚非研究所原有工作的时候，依然面临着两种选择。一是继续从事行政工作，二是改行回归业务阵线。根据当时的思想状况及其人生指向，则是坚决拒绝行政工作，执意挑选业务岗位。前面叙及，我是在不利境况下重新定位的。对口专业和有志趣的单位，哪有可能让你随意挑选，事实上也曾遭受冷遇。那就只能是见机行事，找到一个可以胜任的业务工作，作为自己后半生的归宿。北京历史研究就是这样一个选择，就是这样一个归宿。有人不禁要问，你就对行政工作这么淡薄，不屑一顾吗？果然如此，你后来为什么担任那么长时间的党支部书记和历史研究所所长呢？这当然是此一时，彼一时吧！为了行文方便，先在这里讲个故事，看是否可释其疑。因为担任支部书记，尤其是担任所长，那是将近十年以后的事了。那时心境比较平和，再则也是盛情难却，一个共产党员怎能置党员的选举意愿和组织的安排于不顾，一味固执己见呢？即使接受了任务还是有个适应过程的。这跟以前的单纯脱产的行政工作是有本质不同的，双肩挑以科研工作为主。在酝酿竞聘所长阶段，我是再三表示，不参与竞聘。到了竞聘者各自发表竞聘演说的时候，我的顶头上司当场将我推荐出去，我不能再那么固执己见了。不然，就是对推荐者不敬。我起身作了一个积极的回应，表示接受推荐，凭借我的经历可以担任所长。结果被聘用了。我为这次条件不成熟的竞选举措三番五次去找领导提意见。说历史所本来就是八方诸侯来聚首，各有各的套路。不到三十人的小单位，出马竞聘者竟然多达四五人，其结果必然是扩大分歧，加深隔阂，不利于历史研究所的团结……忽然有一天，我在蔚秀园那间荷塘书屋静坐深思，回忆应聘经过的时候，想到自己还一个劲地去提什么意见，这是不是善恶不辨，以怨报德？太可笑了。至此，我才偃旗息鼓，不再去烦扰领导了。

但是，怎样选择了北京历史研究的呢？其实也未有什么深奥的道理可言。我定位从事业务工作的时候也曾设想，是不是应该继续留在亚非研究所。因为它毕竟是我大学毕业后的第一个工作站，栖息了14年之久的旧巢新居。在那里打拼过、穿越过。我对它怀有深厚的感情。思来想去，觉得最大的软肋是外语。不能熟练地运用外语阅读文献资料，就很难进行外国问题研究。盲人骑瞎马，夜半临深池，必然是险象环生，那还能出什么成果，做什么贡献？只好下定决心舍弃此处另行他往。

大约是在1979年夏天，一个偶然的机会，在未名湖畔碰上了一个学生，他父母是我们的前辈，也是我们过从较密的朋友。他谈及他的父亲在北京市社科院工作，单位是新建的，正需要人。回家后，我想，这可能是摆在面前的一次机会呢！于是，我与该学生的父亲联系，述说了我想调入北京市社科院的请求。

请调工作进行得比较顺利。未过多久，我就接到北京市社会科学院（当时称社科所）的商调函。报到注册，我成了新单位的一名科研人员。经过近二十年的打拼，我还是取得了一定数量的可喜成果：发表文章七十余篇，出版专著（自著与合著）十余部，总规模接近二百万字。这组数字是令人鼓舞的，但却显现不出其中的奥妙。常言道：外行看热闹，行家里手看门道。我在北京历史研究方面有什么体会呢？拟在后面分三个题目加以诠释。它们是：举步维艰师友帮、殊途同归登殿堂、基础理论显身手。

举步维艰师友帮

大学毕业后，我在北大亚非研究所工作14个春秋，而全身心地专注于科学研究，在北京社科院历史所尚属第一次。书海茫茫，真不知道从哪里着手，又该从哪里举步。用举步维艰加以形容，应该是十分贴切的了。不首先解难就不能前行。最终还是众人拾柴火焰高，是众多良师益友助我解决了危难，帮我开辟一条拓荒路，大大加速了我的垦荒进程。

首先是强重华老师慷慨无私，将自己珍藏的有关北京历史的文献资料，拱手赠与。我从这里开始阅读、研究北京史料，开始思考北京历史研究的大小课题。是老师挚友孙盛权帮我理清思路，为第一篇论文《北京义和团运动高潮的兴起与衰落》拟定写作提纲，精心修改文稿达到付梓水平。此文受到主管业务副院长的重视，将其推荐给清史专家戴逸教授评点，最后得到了戴逸教授的肯定和鼓励。1980年10月22日复函称："此文论点明确，旗帜鲜明，针对×××××说进行批评，文风犀利，文字也很通顺。一位青年作者能写出这样的论文，已是不容易的了。"还说："我看此文参加山东讨论会是没有问题的。"这篇文章居然成了我出席全国义和团学术讨论会的通行证。一个刚踏进学术圈的毛头小伙，首篇论文就能得到社会的一定认可，并得到权威专家的赞许，其功劳应归于孙盛权老师，而我从中受到的教益和鼓舞也非同小可。

差不多在同一时期，金戈同学在百忙中，不吝费时费力帮我审阅文稿，对我写作水平的提升，也起了积极推动的作用。高等教育出版社收入职高教材的那篇散文也曾得到北大中文系孙玉石教授的妙笔添彩。

在我求知如渴的关键时刻，北京大学图书馆向我敞开了大门，给我提供了充足的拓荒"食粮"。孤本、善本任我选，复印、翻拍应我需。尤其难能可贵的是，从为数不多的四五间专业研究室中竟然借用给我一大间，使用了五六年之久。这是一个破例之举，给了我漫游书海、丰富知识、增长才干、提升科研水平和科研能力的时间和空间。我曾粗略地统计，在这里，我大致浏览了近百部文献资料。有的还是大部头，如《光绪顺天府志》《光绪会典事例》《清实录》《走向世界丛书》等。通过查阅，大体了解了北京古今的方方面面，从而可以筛选出相关的研究资料。在精选的基础上，认真阅读了近两千万字的史料，以便更准确地认识和把握北京近代史的走向。最后是摘录重点史料，以备作为历史发展规律剖析案例加以利用。先后摘录各种资料卡片几百万字。其中清实录就有两百多万字（二人合抄）。当年电脑还未普及，网络传媒也未兴起，下载更不可能。《清实录》在未被中华书局出版前，是各图书馆的善本藏书，不外借，也禁止复印，只能坐在图书馆指定的座位上，一字一句地逐一加以抄录，既费力又费时。我在那间研究室里潜心攻读、奋力打拼五六年，可以说是收获颇丰。知识面有所扩展，驾驭史料的能力有所加强，写作水平也不断提高。到1987年北京市社科院开展技术职务评定时，我已完成各类成果八十余万字，从助教直接晋升为副研究员。北京大学图书馆借用的那间研究室起了至关重要的作用。但我至今不知道是哪位领导、老师、朋友施我以大恩大惠，只好志事以谢了。

以后的科研之旅继续得到北京大学图书馆的大力支持，也从国家图书馆、中国第一历史档案馆、中国第二历史档案馆（南京）、北京档案馆、北京市社科院图书馆等机构得到无私的帮助。

成果的发表和出版，也得到了多方面的帮助，现举两例加以说明。《北京名园趣谈》，在写作过程中就得到了李学文、陈文良的支持。出版社也是李学文出面找的。这是一本拓荒之作，拟用插图五百余幅。为了完成这么大量的制图任务，周卫平同学将自己心爱的进口冲洗机借我使用。由于放置不当，被风刮开的窗门扫落摔损，难以修复。老同学唐贞信，主动助我冲洗，为了按时完成任务，我们两人夜以继日，一口气冲洗出六百余幅。真是高强度的体脑劳动啊！《雍和宫漫录》的书名，是黄文镛老师主动出面拜请赵朴初老前辈题写的。书稿则是呈请国务院宗教事务管理局的专业人员帮忙审读把关。河南人民出版社签约负责出版，也是李学文多方周旋的结果。至于一批散文和论文的发表则要感谢《北京日报》的“北京历史上的今天”专栏和《北京社会科学》的编辑同志们。

社会的认可，也是推动我不断前进的一股重要的力量。《北京名园趣谈》是一本畅销书，曾修订再版一次。台湾明文书局有限公司签约翻印发行，在境外广为传播。该书出版不久，《人民日报》有文称：“《北京名园趣谈》这一类普及而比较详密的著作也已陆续出版……这就给想更全面深入了解北京历史的读者提供了方便。”旅游教材也常常采用。其中《团城趣谈》被高等教育出版社选编入职业高中语文教材。《雍和宫漫录》也很畅销，1985年在香港举办的中国书展上，河南省将该书列为与外商合作出版的16种图书之第8种。上海电影制片厂的一位导演来函，帮他在美国留学的一位同行索要此书，拟将其与境外出版商合作出版。我要感谢这位陌生的朋友，是他把我这本拙作传播到了遥远的彼岸。北京大学著名学者汤一介教授评点为：“一部有一定研究水平的知识性很强的著作”，“如何论述与民族、宗教有关的历史和文物，要涉及党的民族和宗教政策。这本书对此也十分注意，能较好地贯彻党的民族和宗教政策”。《中州书林》称此书详密而通俗有趣。行文“却如小河流水，读来轻松、舒畅……”早期散文《慈禧图享乐，太监拉火车》也曾获得1981年《北京日报》优秀作品奖。

此时此刻，我的脚步才逐渐地踏入了北京历史研究的地界，在历史学界取得了某种认知。北京大学国际关系学院有个学生，曾留学美国，在攻读博士学位时，著有一篇研究近代北京的博士论文。后扩展为一本专著，书名为《走向近代的北京城——城市建设与社会变革》，采用多种文本出版。其中文版由北京大学出版社出版。天津《城市史研究》拟为其发表书评。我与作者虽有面晤，但也只能算一面之交，真正相识则是后来的以文会友了。他主要是从一系列的作品中知道我、了解我的。他执意请天津《城市史研究》的编辑同志向我索取书评。盛情难却，我欣然接受委托，写了一篇长达六千字的书评。后被《城市史研究》全文刊发。

殊途同归登殿堂

这是我的第二方面体会。我所理解的科研圣殿，不是说想进就能进得了的，应是有条件的。作为科研工作者应具备一定的科研水平和科研能力，并有一定数量的科学研究成果，尤其具有特点或创新精神的，才有资格论及进入科研圣殿的问题。一名科研人员如何荣登这个理想境地？似乎又没有什么明确规定。只是有一些耳闻目睹的约定俗成的种种套路。在我进入科研队伍行列的时候，常听到前辈告诫：不要急功近利，要不怕寂寞，甘于坐冷板凳，横下一条心，默默无闻几年十几年，不怕水到渠不成。我以为这些告诫是完全正确的，是前辈们总结出来的至理名言。但在实践中，或因过分强调，或因政策失调……进而将一些发表散文、小文或科普读物的科研人员视为不务正业、贪图蝇头小利，也常将其作品统统称作大路货和“报屁股”。这就带有某种侮辱性了。毫无疑问，这些言辞会给刚刚从事科研工作的青年和入围不久的人带来很大压力，但人们还是遵循着，自觉不自觉地照着葫芦画瓢。

我刚从事北京历史研究时，就下定决心，甘于寂寞，从北大图书馆借用一间研究室的初衷就是静下心坐冷板凳的。准备默默无闻，埋头苦干打拼几年十几年，最后荣登科研圣殿，成为名副其实的科学研究人员。

然而，现行的科研管理制度和考核、提职、提薪的政策，与“过去”不配套了。长期坐冷板凳，不屑一顾“报屁股”，每年的成绩考核，拿什么去应对，各级技术职务的晋升，拿什么去申报呢？若连续几年空白，说不定会被迫出围，还怎么荣登科研圣殿！

1980年，领导发来成绩考核表，我无成果可填，统计表格一片空白。但我也还有了一篇论文定稿待发，还不能说我是一无所有。一位口无遮拦的领导同志在表扬××发表几十篇文章的好成绩同时，还不点名地批评了一些成绩不佳的我们。说什么北大怎样？不照样出“土豆”。时下，虽然我不完全理解他讲话的真正用意，心想“土豆”不也是可以充饥果腹？只不过是非主粮罢了。但从他的神态和讲话的语气看，无疑是对我们的一种蔑视。我十分气愤。可是，人在屋檐下，只好忍耐。但也不能无动于衷，任人宰割下去。先向一位知情的朋友询问，领导表扬的那几十篇文章是怎么回事？“没什么，他是社联办公室的工作人员，报道各个学会的建立及其各种活动。”心想，这好办，咱们就迎头赶上吧！既然这里时兴眉毛胡须一把抓，我也可以举起耙子先来搂几耙吧！我就是这样被现行管理制度和相关规定逼上了与“过去”相左的另一条殊途。才有了殊途同归登圣殿的故事。

恰在此时，《北京日报》开辟了一个新的专栏——《北京历史上的今天》。专栏主持人对我们寄予很大希望，要求我们大力协助，积极投稿。真是求之不得、千载难逢，我开始致力于撰写散文，一事一议。按照主持人的约定，先报选题，得到批准后，再撰写文稿。这项工作配合得比较默契。从选题到投稿可以说是一枪不空，一炮不哑。不是每位作者都能有这样好运的。我一连发了三十余篇小文。有的文章还获优秀作品奖。是年的成果统计表不再是空无一字，而是填满了好几张。也没再听到什么“土豆”的讥语。通过这一年的实践，我的思想认识也有相当大的提高，不再把撰散文、写科普当作应对报表的差事，而是把它当作攻坚之前的练兵习作。再说这些小作并非只是急功近利的大路货。广而有精，博而有雅，不广不博，哪来的精和雅。这是一个多么浅显的道理，不知困扰了多少聪明的头脑。有了这种基本认识，其指导思想是，只要有利于科研能力的训练和提高，只要有利于对北京历史的认识和研究，遇到什么写什么，能写什么写什么。不管是短小的、科普的，甚或是“报屁股”的，概不拒绝，且认真撰写和编纂。当一批作品见诸报端和付梓出版后，常常听到同学、朋友传来赞词：“看到你的大作了”，“你写起园林、名胜古迹了！”有些语气虽是赞贺，但也带有某种惋惜。简言之，学政治的怎么搞起了这些细枝末节，是不是舍本逐末。殊不知园林、寺庙历来是北京城市建设的重头戏。定鼎北京几百年的清朝政府，对北京的贡献不在内城，不在皇宫紫禁城，而在西郊皇家园林。西郊五园三山是没有围墙的皇城。仅圆明园一园的建筑面积就超过故宫紫禁城建筑面积的总和。这些园林、寺庙等名胜古迹也是北京政治、文化、历史的重要载体。英法联军火烧圆明园，是中华民族的奇耻大辱。现将其辟为遗址公园，爱国主义教育基地，能说这不是政治吗？雍和宫是雍亲王赐居，雍正皇帝潜邸，乾隆皇帝出生地，最后成为藏传佛教最高圣殿，清王朝民族、宗教政策的标杆寺庙，能说这里没有政治吗？北京大学西校门外有两座不起眼的山门，恩佑寺、恩慕寺，它的背后隐藏了多大的政治？现今畅春园餐馆及其以西的大片基址，曾经是一块卧龙宝地。康熙皇帝首先看中了这块宝地。他在《御制畅春园记》中写道：“沃野平畴，澄波远岫，绮合绣织，盖神皋之胜区”，“足为宁神怡性之所”。康熙皇帝的寝宫“清溪书屋”大片院落就坐落于此。这是康熙皇帝“避喧听政”的圣殿，也是他病重到宾天的最后住所。雍亲王力压群雄，坐上龙椅，当上雍正皇帝的故事，“雍正夺嫡”也发生在这里。这难道不是最大的政治吗？具体事例是很多的。对我而言，北京园林、寺庙等名胜古迹，不是我科研的主攻方向，而是进入攻坚战之前的几场练兵学习而已。

1993年魏开肇在古都学会第十一届年会上发言

功夫不负有心人，经过几年纵横交错的耕耘，从对北京历史由一无所知到知之较广。在即将开展对《北京通史》相关卷次研究、编纂前夕，我尝试着将近代北京历史体系归纳为三大运行特征。第一，从政治上讲，由封建帝王之都演变为半封建半殖民地的统治中心，且逐渐向中华人民共和国首都过渡。第二，从历史文化教育讲，是经过多元文化撞击，北京逐渐成为全国的文化、教育中心。第三，城市功能，由为少数人服务的古都向为市民服务的近代化都市演进。此外，课题设计、资料采集、论点缕析等科研水平和研究能力都有了可喜的进步。更值得一提的是，这其中还不乏精雅之作。一篇500字的散文引出了一项创新型的科研成果。这篇散文命名为《慈禧图享乐，太监拉火车》。该文曾获1981年《北京日报》优秀作品奖。此信息一经传出，就引起了《铁路知识》杂志社的极大关注。主编张培晋老先生登门拜访，邀我一起去采访了一位当年目睹火车隆隆盛况的老太监。事后还约我继续撰写两篇文稿：《宫廷专列——紫光阁铁路》《新易铁路始末》。特别是前者，虽然还是一篇科普性的叙述文，但它叙述了修建这条宫廷专列的来龙去脉，李鸿章奏修该铁路的良苦用心，昭示北京即将成为中国最早的铁路交通运输枢纽。在北京乃至中国交通运输史上，不能不说是一件具有变革意义的大事。触类旁通，由此及彼。时下正在兴起的邮政、电灯照明、电话通讯、自来水、现代学堂……不都同样具有变革意义吗？经过一段时间的思考与研究，至1988年，我用半年多的时间撰写了第一篇具有一定学术价值的创新型论文，拟作“北京历史与现实研究”学术讨论会之用。命名为《晚清北京城市建设中几个新型项目的基本特点与启示》，篇幅近两万字。题目雷人，行文也较繁琐。因为这是一个全新的议题，腐朽没落的清朝政府还能有什么先进性、变革性的举措，岂不是闻所未闻，让人耳目一新，有石破天惊的感觉。对于与此相关的晚清官员，从一片咒骂声中多少也能得到某种正本清源。这么重大的议题，过于简短，难以辨析透彻，也不是三言两语就能让人心悦诚服的。该文先在《北京历史与现实研究》论文集中收录。后经压缩，以《论晚清北京铁路、邮电和近代学校兴起的基本特点》为题，刊发于《北京社会科学》。北京大学著名历史地理专家侯仁之教授，高瞻远瞩，首肯此文。侯老评价称：“这篇文章很重要，它提出了一个重要问题，古老的北京城向现代化迈进是从什么时候开始的。这个问题过去没有很好注意。我看了他这篇文章后，很受启发。我们正在编的《北京历史地图集》第三集看能不能反映这个问题。甚至可以考虑从晚清以后另编一集。”1991年我以此文作为代表作之一，破格申准了正高技术职务，此文成了我荣登科研圣殿的绿卡门票。

政治理论显身手

这是我要陈述的第三个方面的体会。我这里要讲的不是有关政治学的政党、专政、社会制度……而是讲这些政治制度赖以支撑的基础理论，即马克思主义的世界观、方法论。这是我5年政治学习的精髓。它使我入围史学研究领域后，进入角色较快，发表成果较多，且有部分属于创新。可以说它使我具备了明辨是非的标尺，力排众议的胆略，攀登高峰的动力。

最早见诸报端的几十篇散文，看来都是讲的一些趣事、小事，其实不然。是小中见大，体现了作者的世界观、方法论，爱憎分明，褒贬适宜，且有浓厚的辨证理念。第一篇处女作《珍妃坠井》，全文500字。不是简单地一跳一死，而是揭示了珍妃的冤死、逼死、惨死，从而褒扬了珍妃支持光绪变法的维新思想，也无情地鞭笞了顽固派的保守残忍。《妖鸟一声震京城》也是一篇小文，向人们传达一件往昔趣事的同时，也辛辣地讥讽了当局的愚昧无知。出动大批警察侦查围剿，原来是一只普通飞禽夜鹭。后来做成标本展示于中央（山）公园。《慈禧图享乐，太监拉火车》，既揭露了慈禧太后和王室享乐无度，也向人们昭示了北京交通运输变革即将启动。皇太后和皇帝都坐上火轮车，还有几个顽固派敢于提着脑袋去反对兴修铁路呢？《雍和宫漫录》一书的内容如何叙述，涉及党的民族政策和宗教政策，稍失偏颇，就会带来意想不到的麻烦。我之所以编写此书，目的在于尝试一下运用理论的能力，能否恰如其分地展现于世。在涉及宗教故事和宗教用物时，充分介绍其合理性、时代性。对于某些局限性也不是熟视无睹，而是点到为止，不做过多的评点。这样做的效果较好。出版时畅销一空，后又有所翻印。

力排众议的文章也是有实例的。首先讲一下《养心殿里的一束光辉》，这是一篇只有三四千字的叙述文，但却涉及了一个禁烟抗英的大主题。这个题目就有比较浓厚的辩证色彩。看不到灯火通明的紫禁城，似乎是一座昏暗无光的大阴沟。在这大阴沟里闪出亮光，才能让人耳目一新，看到一束光辉。所谓大主题，因为禁烟抗英乃中国近代史上第一个伟大壮举。当人们谈论禁烟抗英的时候，对林则徐、邓廷桢等主禁派大加赞许，确系人心所向。对顽固派阻碍禁烟，口诛笔伐，大加鞭笞。对道光皇帝的动摇、保守，也是无情揭露和批判。但对道光皇帝一时奋起，曾做出某种正确决断重视不够。本文就以一束光辉相比拟，大胆地披露了这条信息，林则徐赴粤前夕，道光皇帝在养心殿连续几次召见，面授机宜，赐予上方宝剑，才有林则徐的南下壮举，虽遭挫折，矢志不移。其间林则徐的个性、天性，即对我国优良传统文化“民本主义”的继承和发扬，也是不容忽视的。此文被《紫禁城》杂志列为重点文章，用中文和日文同时刊发。我在几篇论及义和团运动的文章中，不认同围攻使馆是义和团运动高潮的标志，也不认同义和团在此举中有多大过错。因为围攻使馆是御前会议决定的，所用主力，则是清政府的正规军，即荣禄统领的武卫中军和董福祥统领的武卫后军。义和团摇旗呐喊，英勇拼杀，也只是助攻。成败功罪，是非曲直，主要应由清政府承担、承受。不能嫁祸于义和团，作为联合镇压义和团的借口。还有前面提及的北京早期现代化问题，先后刊发论文、散文近十篇，这里不再一一详解了。

对于一些所谓的反派人物也不是一错皆错，绝对化地加以全盘否定。而是具体问题具体分析，该肯定的就要恰如其分地给予一定的肯定。《宫廷专列——紫光阁铁路》一文，正面肯定了李鸿章奏请兴修铁路的伟绩。对于“满盘皆非，一无是处”的慈禧太后，也未人云亦云地去批判，而是实事求是地加以评点。对于她的一些有利于社会的批示、允准、提倡……我在几篇文章中都做了积极的叙述，绝不认善为恶。如《慈禧太后和中国铁路》《慈禧太后和中国近代学堂》《慈禧太后和北京现代化市政设施》《慈禧太后和北京早期现代化》等等。有人还以为我要为慈禧翻案呢！这是误解，一切皆有基本理论的旨归。对于那位掌管中国海关几十年之久的英籍人赫德，也不是用“西方资本帝国主义代理人”一笔予以勾销，而是实事求是将他制定的现代海关制度和创立的中国邮政及其他一些益善举措予以肯定在案的。

至于用基本理论指导攀登与创新，则要见诸《北京通史》相关卷次理论框架和相关章节的编辑与修纂了。

在考虑《北京通史》第八卷、第九卷的理论框架时，我提出了较新颖的三个命题：近代北京历史体系；历史是运动的历史，是矛盾运动的历史；发展是主要矛盾运动的结果。

首先将近代北京历史体系运行三大特征概括为：衰败、觉醒、抗争、发展。这种概括释放出的是唯物辩证法的信息。由于西方资本帝国主义的几次侵占和清朝政府的腐朽统治，致使北京遭受空前未有的浩劫，处处呈现着“日之将夕，悲风骤至”的衰败景象。经过觉醒了的北京人民在“振兴中华，抵御外侮”的旗帜下，用“师夷之长技以制夷”的方法形成的巨大思想力量和物质力量，进行武装的、非武装的、政治的、经济的、文化的种种抗争，有力地抑制了帝国主义的侵略，有效地削弱了清朝政府的统治势力，推动北京朝着近代城市发展演进，最后获得新生。觉醒了的具有强烈爱国热情的各阶层人民的合力抗争，是北京不可被摧毁的依据，是北京发生变革性创新的主要推动力。

历史是运动的历史，是矛盾运动的历史。无论研究和编纂北京近现代史，都要进行多方面的考查。既要考查矛盾的主要方面，又要考查矛盾的次要方面，还要考查矛盾主要方面和次要方面相互转化，也要考查诸多矛盾正面和负面两个方面的影响以及矛盾运动的结果等。

把发展视作近现代北京主要矛盾运动的结果。我体察到有所创新的时候，就紧紧地抓住它，去深入发掘它。正是这种深入发掘与剖析，弄清每一新生事物的来龙去脉，才明确提出了中华民族主动力的命题。用这个命题去观察问题，分析问题，就能比较透彻地诠释那个“发展”的合理性、变革性、先进性。实践证明，那些物质的、思想的新事新物的出现和发展，把整个北京闹得个“天翻地覆慨而慷”，推动北京由封建帝王之都向近代化城市演进。

这些基本观点不是现在归纳的，而是二十多年前，我在《北京通史》八九两卷写作框架和基本构思中清楚地阐述的。通过这些基本观点的论述，我在《北京通史》清代后期卷中，才能集中登载一些创新内容的研究成果。旧说新议、新说新议是其特点。尤其对北京早期现代化的论述，具有填补空白的学术意义。除前面所说侯仁之先生对相关论文首肯外，著名清史专家李文海教授也有较好的评价。《北京通史》十卷本问世后，1995年4月5日，《北京日报》刊载了专家学术座谈会的发言摘要。李文海教授讲了三点中肯的意见。其中第三点对我参与编纂的《北京通史》清代后期卷做了这样的评价：“内容的拓展与创新……目前研究历史有这样一种情况，就是把过去的东西简单地翻过来，认为是新的东西，这是不公平的。在《北京通史》第八卷中，对许多历史事件的评价比较公平。如清末新政、立宪等，都是从两个方面讲述，没有简单地从一个片面走到另一个片面去。这是值得提倡的学风。”随后，《光明日报》载文对我的现代化研究也有肯定。文章指出：“……还探讨了近代化、现代化历程……从而使《北京通史》洋溢着时代气息。”这些评价表明我在荣获“五个一工程”入选作品大奖的《北京通史》十卷本这座文化大厦构筑过程中曾起过添砖加瓦的作用。

后来我还以《北京早期现代化的历史进程》为题，详细考查了北京早期现代化全程，即萌发于晚清，发展于民国，断裂于日本帝国主义侵占的沦陷期。沦陷期的北京虽有某种程度的发展，但已不属于北京自主现代化的进程，而被日本帝国主义纳入了它的殖民战争体系。

退休之后，曾借到市政府编修志书十来年。其间，自己设计，自己撰写了一部《北京历代建置沿革及其机构》，用时不到一年，篇幅50万字。该书的著述过程使我的研究能力有了进一步提升，对北京历史的方方面面有了比较深入的感知。更为重要的是这部著作是百分之百的政治类专著，直接对北京历代中央政府和地方政府进行论述、评点。

2011年，《北京通史》被北京市文物局收藏，决定再版，课题组于9月29日聚会一次，故作小诗一首以示纪念。

难得一见

《北京通史》课题组，
好似群龙来聚首。
院长子西老师作牵头，
群龙有了首，深水浅水皆可游。

我们毕竟不是龙，
漫游书海，汗牛充栋。
梳理北京历史几千年，
熔铸政治经济思想文化社会城建……于一炉。

《北京通史》十卷本，
十四颗心愿的向往，
十四位社科研究工作者十四年打拼，
十四束智慧之光的聚合。

五个一工程入选作品是大奖，
史无前例，开了北京历史研究的先河。
揭示北京特色风貌精神风标：
大爱包容高效创新坚韧古老新生……

先后离休退休十几年，
同处一城也思念：
曾经的舞台人生的足迹浓浓师友情……
何时再团聚，谁也说不清。

《北京通史》收藏再版是契机，
如约赶来，哪管年老体衰。
来不及张灯，顾不上结彩，
笑盈盈，语声声，依然豁亮，似乎更出彩！

北大教我实事求是

于永梓　　学　号　6018008

对在北大国际政治系5年学习和生活及毕业后50年工作和生活的回忆文章，可以写的题目很多，我对这5年加50年的回忆文章，就围绕着《北大教我实事求是》这个题目来写吧！

入学恰逢实事求是风

1960年8月底，我进入北大的时候，正是国家经济遭遇严重困难时期，社会上各种商品奇缺，粮食和各种副食品尤其缺乏，每个学生都面临着吃不饱肚子的困境。如果只看到这一方面，可能会认为我们上大学没有赶上好时候。但是，如果从历史的长过程看，从社会背景和思想政治氛围看，就会发现，我们正赶上党的政治路线从长期的“左”倾，1958—1960年上半年达到极左的错误中走出来的时候，赶上了党的思想路线从唯意志论，重新回到实事求是的时候。这一点对于学习马克思列宁主义、毛泽东思想的我们极为重要。从这个角度看问题，我们不仅是当时的幸运儿，而且比我们以前和我们以后直至党的十一届三中全会前的历届大学生都要幸运。

现在我们都知道，从新中国成立后到党的十一届三中全会以前，“左”的指导思想一直挥之不去。在长达30年里，各种政治运动不断，大运动又套小运动，运动一个接着一个，一切政治行为，甚至一些经济工作，思想政治和理论问题，都是通过运动进行的。这些运动有一个共同的特点，就是“左”，而且越来越“左”。

在这种越来越“左”的政治压力下，党的实事求是思想路线和实事求是说教不可能起作用，其结果是坚持实事求是的人越来越少，而紧跟错误成为风气。这种情况,使每次政治运动都造成了严重后果，冤假错案遍于中国。其中1958年的“大跃进”和人民公社运动刮起的“五风”（共产风、瞎指挥风、强迫命令风、浮夸风、干部特殊化风）造成了新中国成立后最严重的连续三年大饥荒，给国家和人民的生命和财产带来了不可估量的损失。1958年底,在一些地方就露出端倪，到1959年春，已呈大面积爆发之势。许多地方已是满目荒凉，路有饿殍，人口非正常死亡开始蔓延。这时毛泽东也意识到“大跃进运动”出了许多问题，1959年2月底3月初的第二次郑州会议、3月底4月初在上海召开的政治局扩大会议和随后召开的八届七中全会都有纠“左”意图，但都没有形成实质性的纠“左”行动。1959年7月的庐山会议前期也在座谈纠“左”问题，但是，当彭德怀等人对1958年极左的“大跃进运动”提出比较尖锐的批评以后，毛泽东改变了会议的方向，由纠“左”转向反右，会后又在全国开展了一场反右倾运动。到1960年下半年，即我们入学的时候，党中央终于认识到问题的严重性，终于开始采取坚决的措施纠“左”和调整了。这时的党中央按照毛泽东的意见，分成一线和二线，毛泽东退到二线，把收拾烂摊子的任务交给了在一线主持工作的刘少奇。刘少奇在周恩来、邓小平、陈云等同志的有力配合下，提出了调整、巩固、充实、提高的八字方针，开始纠正实际工作中“左”的错误。这实际上是对几年来“左”的错误的一次有力的拨乱反正。党的八届九中全会又发出了大兴调查研究之风的号召，刘少奇、周恩来都亲自到基层做调查研究，实事求是之风吹遍了全国。到1962年七千人大会（刘少奇在这次大会上提出了经济困难的原因是三分天灾，七分人祸），对几年来党的工作出现的“左”的错误做了一次比较集中的初步清理。就在这前后，一些带有法规性的条例相继出台，诸如《人民公社60条》《人口及粮食问题9条》《高校50条》《工业70条》等，都是这个时候贯彻实事求是思想路线的重要成果。到1962年9月党的八届十中全会召开的时候，国民经济已经明显呈现出好转的态势，经济困难和供应紧张的局面得到了缓解。但是，就在这个时候，由于刘少奇的纠“左”不可避免地触及了三面红旗，而这是毛泽东所不能容忍的，所以，毛泽东在这次会议上从反修、防修的角度重提阶级斗争，“左”的路线重新抬头，并向正确路线进行反攻。刘少奇为时两年的纠“左”、调整和恢复实事求是思想路线的工作被迫中止了。虽然实事求是之风只吹了两年，对于我们却是极其宝贵的。在这段时间里，我们感到了政治环境比较宽松，有一个相对自由的讨论氛围，为我们学习实事求是精神打下了较好的基础。

在解决吃饭问题的细小工作中感受实事求是精神

民以食为天，大学生也不例外。在粮食和副食品供应紧张的形势下，办好学生食堂是一件大事。为了解决好学生的吃饭问题，上至国家领导人，下到校系领导、食堂管理人员，所表现出的实事求是精神，使我深受教育。

进入北大，我们这个五十余人的大班做的第一件事，就是给每个同学评定粮食定量标准。当时国家规定大学生的粮食定量标准每月为28—36斤。考虑到国家遇到暂时经济困难，很多同学都表示不要最高标准，主动给自己压低标准。例如，毕凤翔同学，18岁的小伙子，一米八O的大个子，正是能吃的时候，但他表示不要最高标准。我们也没有不问青红皂白一律压低，那也不是实事求是的做法，不符合国家的政策。例如，许校荣同学就明确提出自己是体育运动爱好者，要求定36斤。同学们一看他的体形，宽肩膀，胸肌发达，知道他是运动爱好者，大家斟酌再三，同意了。其他男生，高的定三十四五斤，我属于中等，定33.5斤，个别有定32斤的。女生多数定28斤，定30斤是个别的。由于副食品严重匮乏，肚子里没有油水，干啃那点粮食，饭量越来越大，饥饿感人人都有。到1960年底1961年初,有的同学发生了浮肿现象，小腿一按一个坑儿。还有的同学得了营养缺乏性肝炎。这一情况引起了校系领导的高度重视，除了有病的同学被安排住校医院治疗外，对办好学生伙食倍加重视。在当时的供应条件下办伙食，坚持实事求是精神极为重要。比如，在1960年8月底，我们入校的时候，还有节约粮票上缴以支援灾区的号召。在当时条件下，向学生发出这样的号召，若响应号召，自己饥肠辘辘，若不响应号召，作为党团员又觉得不好，很让学生为难。当时还沿用过去的粮食定量月月清，过期作废的政策，这不利于保证学生把已经很低的定量，全部吃到肚子里，会造成一种害怕过期作废的人为紧张。所以，这两种做法很快都废除了，取而代之的是粮票过期不作废，节约归己的政策。这种新办法使学生能够把偶尔节约下来的几两粮食积累起来，作为机动粮票灵活运用。当时凭“个人购物证”每月可以买二两水果糖，如果把二两水果糖集中吃掉，可以顶一顿饭。我当时曾用这种办法一次省出2—3两粮票，作为机动用。日子久了，每个同学手里都有不少机动粮票。这样，本来很紧张的粮食定量，变得富裕了。当时党和国家对于低水平食品供应下的人民生活，也采取了实事求是的态度，体育课停开了，还给生活有困难的同学补助了棉衣、棉鞋。为了确保人民生命安全，听说陈云同志指示给每个城市人口在粮食定量以外增加半斤黄豆粉。这真是雪中送炭，比每人增加半斤粮食作用还大。当时还提出"书记下食堂"，这实际上就是让实事求是的精神深入食堂工作。我当时是班级的生活委员，经常为同学办理伙食方面的事情，与第三学生食堂管理员接触较多，对食堂管理员、炊事员的辛勤工作情况了解一些。他们为了改善学生的伙食想了很多办法，市场上副食品紧张，他们就想办法，搞到一些罐头制品，所以，我们经常能够吃到一些市场没有的罐头肉类、藕片等副食品。他们只是默默地工作，从来不张扬，这也是北大的一种风气。由于食堂工作做得好，我们的肚子渐渐有了底，加上北京市委提出克服困难要有思想工作配合，报纸上提出了"多读书"的口号。我们是读书为业的学生，多读书是我们的本分。在困难时期多读书，我们的眼界开阔了，精神振奋了，不再老是想着吃几两，而是把精力集中到认真读书上了。

从党中央的纠"左"的调整中学习实事求是精神

党中央的纠"左"和调整工作,早在1959年第二次郑州会议和以后多次会议都提出过，早已达成共识，而且客观形势已经极其严峻，容不得任何迟疑和拖延，所以，行动是坚决果断、大刀阔斧的。但是，毋庸讳言，当时的纠"左"和调整是不能触动"三面红旗"的，所以，这项工作所坚持的实事求是思想路线很难贯彻到底。这种既要实事求是，又不能彻底实事求是龃龉状态，是当时贯彻实事求是思想路线的一个特点。

党中央的纠"左"和调整工作是当时最重要的政治工作，受到全国人民的高度关注，也是当时高校思想政治工作的重要内容。在北大，校党委对大学生的形势政策教育一直抓得很紧，每周六下午都组织学生学习和讨论。这些学习和讨论活动使广大学生的心和党中央紧紧联系在一起，从中受到了生动活泼的实事求是教育。当然，这种实事求是教育也只能是在上面说的那种既要实事求是，又不能彻底实事求是的矛盾中进行。

纠“左”和调整工作遇到的第一件大事就是压缩职工人数和城市人口。包括北大在内，各单位都有压缩任务。为了落实中央的战略决策，北大召开全校师生员工大会，陆平校长亲自作动员报告。我至今还记得陆平在报告中说过的一些话，如他说这次精简，我们也有些不忍，精简、精简，真是减精啊！等经济形势好转以后还要请你们回来。这既是对精简对象的精神安慰，也是他发自内心的一种愿望。但是，国家的经济形势此后长时期没有呈现出根本性好转局面，下次农民大批涌入城市是改革开放的1990年代的事情了，这时那些1960年代被精简的人员已经到了退休年龄了。这个残酷事实，恐怕陆平也不可能料到。我们的人民非常好，党的实事求是路线人民非常理解，党在人民中享有崇高的威信，党的政策公开透明，党的干部办事公道，几百万已进入城市的农民工很快就回到农村了。

在1960年底以后的一个较长时段，北大校系布置的关于形势和政策教育的内容，一直围绕着“成绩伟大，问题不少，前途光明”三句话十二个字进行着。这三句话十二个字，在1959年7月庐山会议纠“左”阶段，就是会议议论的一个中心题目。由于会议后期转入反右倾，会议之后又在全国开展了大张旗鼓的反右倾运动，使此前提到的“问题”不仅一个没有解决，反而使问题加重了，增多了。到我们入学时，纠“左”和调整成了中心任务，这三句话十二个字也就传下来了，成为对我们进行形势教育的指导性观点。虽然这三句话并不完全符合当时的实际情况，离实事求是还有不小的距离，但是，这是“大跃进”以来，甚至是历次政治运动之后首次出现的对形势的一种比较低调的估计。对于成绩，没有像过去那样说成是“九个指头”，也没有说是“主要的”、“第一位的”，而是用一个抽象词“伟大”代之；对于缺点，也没有说只是“一个指头”的问题，而是承认“问题不少”；另外，强调“前途光明”，这也很不寻常，意味着形势中的“问题不少”有可能使人看不清前途，有人可能产生悲观情绪，所以，需要强调前途光明，以鼓舞士气。对于听惯了高调形势估计，张口就是形势大好，“莺歌燕舞”的人们，听到这种比较低调的形势估计，反而感到其中的实事求是精神和对人民的负责态度，因而倍感亲切、可信，从而对于克服困难更加有信心。在当时的分组讨论会上，同学们都表达了这种情感。

那时，党中央和北京市委不断有纠“左”的文件下达，印象比较深刻有：中央

12条紧急指示信，毛泽东给生产队长等干部的一封信，纠正“一平二调”的文件，人民公社60条、高校50条、共青团38条等，还有北京市委摘编的马恩列和毛主席论正确对待犯错误问题的语录，党内教育读本《做一个好的共产党员》等。对于党中央和北京市委这些纠“左”文件和学习材料，我不仅与本班同学讨论过，还同我中学时几个关系密切的同学在通信和聚会中讨论过。那时与同学聚会，不管人多人少，饭都是要各自回去吃的，因为谁也招待不起。我每次下午外出，都要委托同学把晚饭打好，待回来再吃。有一次，李泽成看见我吃冷饭，称赞了一句：“你真是铁胃呀！”有一位同学顺便说了一句：“你们都谈了些什么，兴趣那么大？”李替我答了一句：“除了纠‘左’形势，什么问题能有那么大的兴致！”李泽成的这句话，既是对我的理解，也是说他自己。其实，当时凡是关心党和国家事业的人，对于党中央纠“左”和调整工作没有不关心的，都希望中央把这件事进行到底。因此，关心、谈论的现象是很普遍的，这也是当时的民心所向的一种表现。

学习党中央纠“左”文件和有关材料对我的教育主要有以下三点：

1.实事求是是最大的权威

只有符合实事求是东西才是正确的，才能够立于不败之地，而一切不符合实事求是的东西，不管是谁做的，以什么名义做的，以什么权力支持的，都不可能成功，迟早必须纠正过来，回到实事求是路线上来。

2.进一步认识了我们党的伟大、郑重

通过北京市委摘编的马克思、恩格斯、列宁和毛主席论正确对待犯错误问题的学习，列宁的一句话——“一个政党对自己的错误抱什么态度，就是衡量这个政党是否郑重，是否真正履行它对本阶级和劳动群众所负的义务的一个最可靠的尺度”——我至今不忘。

3.增强了我的为人民服务的观点

通过学习针对时弊编写的《做一个好的共产党员》党员教育材料，我懂得了党员任何时候都必须如实反映情况，任何时候都要和人民群众站在一起，关心人民的疾苦，代表人民的根本利益，无条件地为人民服务。我决心做这样的共产党员。后来我在这方面的一些表现，遭到了“为民请命”的指摘。我至今不知道共产

党为民请命有什么不对，当然，也没有因此而有任何改变。

在老师的教导和同学之间的交谈讨论中学习实事求是

北大的教师阵容是第一流的，当时的教学秩序已恢复正常，我们有条件接受良好的课堂教育。我们班级的五十余名同学，如沈仁道同学所说，共产党员、共青团员各占其半，其中调干生11名，多为基层党政干部，年龄稍长，有一定的工作阅历，社会经验较为丰富。来自高中应届毕业生的同学，不少是学生干部，大多品学兼优，对政治学有浓厚的兴趣。这种结构状况，在北大前所未有，在全国高校也不多见。所以，同学之间的交谈、讨论，也相当于一个小课堂，从中可以受到许多教益。这两个课堂结合在一起，我在其中接受教育。

1.与王富全同学争论应如何实事求是地估计“大跃进”的成绩

在讨论“成绩伟大，问题不少，前途光明”三句话时，我们小组的王富全同学对“大跃进”运动中的缺点谈得比较多，对成绩谈得不多，我当时认为这样认识“大跃进”运动不利于增强群众继续前进的信心。于是，与王有过争论。当时正赶上写作课乐黛云老师布置自选题作政论文，我就把与王的争论写进了作文。现在已记不起当时争论的具体问题是什么，但可以肯定，我当时对于所争论的问题也感到底气不足，所以，采用了这样一个题目：《是这样吗？——就xx问题与王富全同学商榷》。但王富全同学对于自己的观点底气很足，他看了我的作文以后，即以《就是这样——答于永梓同学》为题进行反批评。李泽成看了我的作文后，对我在文章中引用党的八届八中全会公报中的话作为论证根据提出了意见。他说：“中央全会公报里的话不是真理标准，它也应接受社会实践的检验，引用它不能说明问题。”实践是检验真理的标准，我也是知道的，这是马克思主义认识论的基本观点，也可以说是一个常识。但是，把这个原理同我们的政治生活紧紧地联系起来，真正成为人们的思想武器，那是很不容易的。李泽成却做到了。他对一些事情的看法总是比一般人高出一筹。他的这个观点，与全党和全国人民在付出了沉重代价以后，才在真理标准大讨论中达到的认识完全一致，但时间早了近二十年。李泽成当时说的那句话对我的教育很深，这件事我至今不忘。乐黛云老师也没有支持我，对于我的作文，她没有作任何批语，而在王富全的作文的一处，她作了“击中要害”的批语。这场争论进行到这里，我自知自己违背了实事求是精神而理屈，随即偃旗息鼓了。通过这次争论，我认识到自己思想里，还存在极“左”思想影响，缺少实事求是精神，作为一个重要教训汲取了。

2.在对严重经济困难的认识和思考中认识泽东在“大跃进”运动中的错误

1959年至1961年三年严重经济困难的情况和形成原因是我们当时十分关心的问题之一。那时宣传上的提法，一直是“三年自然灾害造成的暂时经济困难”，说明经济困难的发生不是人祸，与“大跃进”运动无关。但是，这与人们经历和看到的事实不符，难免使人心存疑问。而越是人们心存疑问，事情就越敏感，就越需强调自然灾害。所以，当时人们只要提到经济困难，前面必然加上“三年自然灾害造成的”这个定语，决不肯省略。这种现象有点此地无银三百两的味道，反而使人更加怀疑，引起议论纷纷。

在议论中，来自全国各地的同学言谈证实，那几年基本上没有大的自然灾害，而经济困难却有相当大的普遍性，从南到北，从东到西，都同样面临饥荒，完全不像以往有灾害的年份，东方不亮西方亮，黑了南方有北方，可以互相支援，可以互通有无，而现在却是谁也帮不了谁。这种情况，说明这次经济困难主要不是天灾，而人祸，是错误的政策造成的。再联系到文件学习中曾有过马克思、恩格斯、列宁和毛主席论正确对待犯错误问题的语录，说明党中央是承认犯了错误的，并教育党员和各级干部正确对待犯错误问题，勇于承担自己的责任。因此，我感到完全没有必要讳言人祸的问题。我记得有一次议论中，李学文说我们这次经济困难比抗日战争时期遇到的那次经济困难大得多。抗日战争时期解放区的经济困难是蒋介石的封锁政策造成的，我们用开展大生产运动克服了；这次经济困难因为生产力遭到了破坏，恢复起来需要时间。说到生产力遭到破坏，引出了“共产风”的话题。在人民公社运动兴起时，头脑发热，要“跑步进入共产主义”，“共产风”刮尽了农民家中的一切。过去私人喂养的大牲畜全部归公，很快就因为饲料短缺和无人负责，全部饿死。农民不得不靠人力拉犁种地。农民家中连做饭的锅都被砸光，一为逼农民吃公共食堂，二为大炼钢铁。而公共食堂很快无粮、无柴办不下去，农民只能挨饿。据说河南、安徽、山东、青海等省农村实际情况十分可怕，到处都无吃的，到处都有饿死人的情况，连一些鱼米之乡也照样吃不饱饭。说到大炼钢铁运动，为了1958年钢产量翻一番，达到1 070万吨，大搞全民炼钢运动，砍树毁林，投入的劳动力最多时达到9千万，加上间接支援人员，超过一亿。农业秋收因劳力不足，再加上吃公共食堂，“吃饭不要钱”，秋收无责任心，致使大批粮食烂在地里，结果农民1958年底、1959年初就挨饿。这样的大炼钢铁，岂止是得不偿失？简直就是一场闹剧，劳民伤财。后来，在七千人大会上，听说刘少奇说“三分天灾，七分人祸”。这样大的错误，只有毛泽东有资格犯。而像人民公社运动、大炼钢铁运动所表现出来的空想和浪漫主义色彩，也极符合他那诗人般的情怀。所以，我以为“大跃进”运动的错误，虽然各级干部都在推波助澜，各有自己的责任，但主要责任在毛泽东。想想他过去是何等实事求是，在山沟里竟然能出马克思主义，而现在，竟然陷入唯意志论。议论到这里，我说了一句：毛泽东思想是正确的，但是，在“大跃进”运动中，毛泽东自己违背了自己的思想。

3.对1959年党内开展的反右倾运动的议论和认识

1959年的反右倾运动是“大跃进”时期的重大事件，三百多万党员干部作为右倾机会主义分子在党内受到批判，给当时社会造成了很大的压力。后来的事实证明，在这次运动中被当成右倾机会主义错误的许多思想批判的观点是正确的。我们进入北大不久，党中央开始为受到错误批判的同志作甄别平反，我们系的樊公裁老师就是这时候得到平反，并恢复了系党总支副书记职务的。樊老师在平反之前，就给我们讲过课，他有严重的口吃病，讲课时一句话常常要“唉”好几声才能说出来。但是，他的课讲得有深度，我们都喜欢听。在我知道他1959年那段不平常的经历以后，对于他当时敢于坚持实事求是的精神由衷地钦佩，对他更加尊敬了。后来他的工作调动了，我还真有些不舍的感觉。

党中央为1959年反右倾运动中，受到错误批判的同志甄别、改正工作虽然与我无关，我却极为关心并为之高兴，我感到党的实事求是精神又回来了。这件事也在同学中引起了议论，在议论中自然谈到彭德怀。对于彭德怀同志，我曾表达了这样的思想：他敢于实事求是地向毛主席反映问题，是马克思主义者，不是反党分子。当时人们都估计能给他平反，后来一直没有给他平反的消息，我感到有些失望。但是，我一直坚信，他的问题迟早会得到解决。

4.对人民公社化的议论和认识

我对人民公社的最初认识来自中学的政治课，认为它能容纳公有制从低级到高级多层次发展的需要，一劳永逸地解决了农业的生产关系问题了，以为这是它的最大优越性。进入北大，通过讨论，认识到过去的那种认识的着眼点不是发展生产力，而是改变生产关系，这是先验的唯心主义的，是不符合实事求是精神的。正是这种认识导致我们在农业生产力没有显著变化的情况下，频繁地改变生产关系，因而造成了农业生产的大破坏。出于这种认识，我对人民公社化的必要性持否定态度了。李泽成还谈过公社食堂也不受农民的欢迎，并不节约劳动力，也不方便群众。他还说在一些山区，人们居住分散，有老太太骑着毛驴到食堂吃饭的实例。又说食堂吃饭不要钱并不符合经济管理规律。我则加了一句：其实当时农民也不挣钱，对于劳动不挣钱的农民来说，吃饭不要钱也没有什么可吹嘘的。当时人民公社是三面红旗之一，谁也不敢公开否定它，但我心里不仅认为它办早了，而且还认为办糟了。当时大学生持这种看法的决不在少数。记得在政治经济学社会主义部分课堂上，一位满口胶东话的老师大讲人民公社的优越性和它的政治经济学意义时，第二教学楼阶梯教室二百多名学生实在听不下去了，终于发出了一种表示“不同意”的声音。当这个声音发出时，老师为之一震，他意识到这是学生向他发出的“抗议”之声，他的讲课停了几秒钟，他继续往下讲时，声调变了，内容也明显地删减了，他的这一讲后来草草地结束了。

人民公社60条为纠“左”的需要而制定，其中规定的基本核算单位从公社、大队退到生产小队，提出“三级所有、队为基础”，虽然有点羞羞答答的，但还是从极“左”回到实事求是。就在这个时候，赵洪涛同学从《人民日报》上看到了转载于《南方日报》上的系列文章，总题目是《粤西行》，是陶铸率广东省委一组人员到广东西部山区考察落实人民公社60条时写的一组文章。赵洪涛立即向我推荐，我仔细阅读后认为非常好，又向同宿舍多人推荐。这一组文章批判极“左”旗帜鲜明，实事求是精神很强，对我们教育很大，我至今还记得第一篇文章的题目是《巧媳妇难做无米之炊》。广东省委率先深入实际作调查研究，在纠“左”方面做出了成绩，这使我们想起了陶铸调我们的老系主任李普的用心，也想到李普的这件事情中所起的作用。我们还因此想到陶铸以后可能会被选拔到中央担任副总理。后来在三届全国人大会议上他果然当了副总理，比我们想象的时间还早了些。在

"文革"中，1967年9月的一天，我忽然听到广播中播放"左"棍文痞姚文元的《评陶铸的两本书》，此文提到了《粤西行》系列文章，说陶铸带了几个黑秀才到粤西走了一趟，写了几篇有毒的文章，云云。我当时对姚文元就极其反感。

5.对农业合作化的讨论和认识

农业合作化问题也曾是我们几个同学讨论比较多的一个题目。我赞成李泽成的一个观点，即中国农业合作化前期采取自愿、互利的小步前进的方式比较正确，后期过快，过于激进，问题不少，其分界线是1955年7月31日毛泽东批评"小脚女人"的那个讲话。1956年以前城市人民生活供应比较好，1957年以后城市供应紧张，原因就是1955年冬到1956春按照毛泽东的那个讲话精神，掀起了激进的农业合作化运动所致。我们都认为邓子恢领导的农业合作化坚持自愿、互利方针、稳步发展是符合实际的，对他的批评是违背实事求是精神的。李泽成还指出，先合作化，后机械化的两步走政策不科学，二者严重脱节会造成生产关系不适应生产力水平的问题。正确的做法应该是合作化伴随着国家工业化的发展而发展，合作化与机械化大体同步发展。我一直认为合作化不能过快，应该小步、自愿发展，不求快，但求好。这样有利于培养干部（没有好的干部，合作社是绝对办不好的），也有利于探索出农民喜欢接受的合作化形式，现在又加上李泽成说的，可以与农业机械化统一起来，所以，更加不主张过快。我朦胧地感到，合作化过快只能达到一种集体化的效果，而简单的集体化形式最不利于农民生产积极性的发挥，规模越大越不利。我曾问过本村一位熟悉的农民，为什么人们在队里和自留地里的劳动表现不一样？他说，队里能有多少是自己的！他的这句话我想了很久，不明白为什么说队里没有多少自己的利益。后来我终于明白了。原来他是这样算计的：在队里劳动创造的价值是全队人人都有份的，他自己所占的比例很少。比如，全队五十户，每户劳力、人口相等，在队里大田里劳动，他挖50锹，才为自己挖了一锹，少挖了五十锹，自家的损失还不到一锹。可见，这种集体劳动体制极其有效地激励了偷懒，同样，也极其有效地惩罚了勤劳。而自留地却不然，在那里劳动，每一锹都是为自己挖的，真是多劳多得，少劳少得，不劳不得。自留地对劳动积极性的激励效率是生产队的五十倍。所以，在集体劳动体制下劳动偷懒的人越来越多，而勤劳的人越来越少。懂得了五十锹与一锹关系的奥妙，我明白了所谓个人利益与集体利益一致性的说教没有多大效果的原因，原来这种说教，说来说去，无法绕开五十锹与一锹的关系问题，算得越彻底，偷懒越有理。一个人偷懒，不偷懒的人就认为自己受到了剥削。农民虽然没有文化，但对自己利益的算计是很精明的。

对于思想政治工作，我和全班同学都是积极响应的。我当时确实是在努力改造自己的世界观，遇事不考虑个人得失。毕凤翔曾说我的私心较少。他说得不错，我的确是这样要求自己的，也这样要求别人。记得赵洪涛还批评我以自己的思想水平要求别人，思想工作简单化了。这些情况同学们现在还可能记忆犹新，只不过当时没有把它与弥补集体劳动体制激励机制存在的巨大缺口联系起来罢了。人是要有点精神的。问题在于这种不在乎回报的“精神”在全部生活中所占的比例有多大？为什么“左”的政策解决不了这个问题？北大党委副书记著名哲学家冯定在课堂上给我们回答了这个问题。郭罗基老师为我们主讲的哲学课程结束时，冯定给我们上了一堂哲学学习总结课，学生可以在他的课堂上自由提问，由他即时解答。就在这次课堂上，冯定明确回答：“人的自私性是天生的。”课后我们几个同学曾讨论了这个问题，大家一致认为，少数先进人物由于后天学习、教育的原因，私心少一点是可能的，但对于人民群众，人类整体而言，作为人性的自私性是不可改变的。所谓造就无私心的共产主义“新人”那是连“造物主”也不知道如何设计的“新物种”，是注定不会成功的。那么，怎样让农民和统治集团一样担起责任呢？这一点其实不难，只要放弃极左政策回到实事求是路线上、肯定包产到户就可以做到。这就是把统治集团对土地的权力分解为土地所有权和土地使用权，使统治集团只代表集体行使土地所有权和相应的责任，而把土地使用权和相应的责任交给农民，这就是当时农民自己创造的包产到户的方式。这种方式改变了农民无权无责的状况。农民可以利用土地所有权和相应的责任去追求利益最大化。这样，集体所有制的劳动体制的激励机制的巨大缺口就不存在了。我们当时在讨论中的认识已经接近1980年代农村改革普遍实行的家庭承包制的水平了。

在农村“四清运动”中学习和坚持实事求是

两次下乡参加农村“四清运动”,我在其中学习和坚持实事求是。

第一次参加“四清运动”是1963年秋至1964年春，在北京市平谷县东高村公社，我和张忠有（东晔）、朱传道（向东）被分配在克头大队，工作组组长是车俊生（北京市第二市政公司副经理）。在下乡之前，我和张忠有就想好了，下去后要狠抓阶级斗争，并拟定在运动结束时，写一篇《阶级斗争一抓就灵》的调查报告。但是，在我们深入下去以后，没有发现多少阶级斗争的情况，在干部中没有发现多吃多占的问题，在地富分子及其子女中间也没有发现明显的问题。大队党支部书记饶宝顺在党内外群众中有威信，一直是工作组的依靠对象。大队长刘保清，因为新中国成立前该村保长留下一个账本上记有“保清送XX”几个字，到底送了什么东西看不清楚，因此，怀疑他与保长有什么关系，被认为有历史问题没有弄清楚，受到冷落，但他的工作和政治表现并没有问题。大队会计康永和工作认真负责，账目清楚。我曾详细地检查过他的账目，目的是查看账目是否正规、健全，结果是肯定的。

在克头大队“四清运动”中，有一件事也曾激起了一点波浪，就是工作组在检举箱中收到了一封给组长车俊生的匿名信。信的内容主要是说工作组进村后不依靠广大贫下中农，光听干部的，脱离了群众。据车俊生分析，信可能是一个叫贾××的人写的，因为只有他知道车组长名字。此人在工作组进村时表现积极，经常到工作组的驻地来，虽然没有反映什么问题，但对工作组的人很热情。工作组当时对他也很热情，想听他的意见，希望他成为工作组的依靠对象，后来车俊生从群众中知道贾游手好闲，不务正业，对他的态度不像先前那样热情了，关系冷了下来。贾××原来可能想利用工作组得到点什么，因为没有达到目的，产生了不满情绪。这个人物如果没有被识破，让他的运动中兴风作浪，还不知道会弄出一些什么名堂来呢！

在克头大队，我听到农民对集体经济稍有不满的一种言论，就是在会计室里一位农民在闲聊中说：“现在社员烧柴怎么能不紧张，队里公共场所这么多，大小队部、会计室、饲养院都敞开烧。”这句话引起了我的思考，它说明当时集体经济没有什么发展，基本上就是合作化前各户经济相加之和，所以，连公共场所烧了一点柴草，也会造成农民利益减少，导致社员的抱怨。这个问题表明，如果集体经济没有明显的发展，社员的收入不能明显增加，它是不可能巩固的。但抓阶级斗争就能发展集体经济吗？这显然是文不对题。我虽然这样想了，但不敢坚持，还是紧跟形势，写了连自己也不相信的《阶级斗争一抓就灵》所谓调查报告。文稿交上去，张俊彦老师看了后说了一句话：“阶级斗争一抓就灵，克头的材料不够，就拿别村的材料凑。”一句话道破此文不实事求是的硬伤。

第二次参加“四清运动”是1964年秋至1965年初夏，在北京朝阳区楼梓庄公社，我和曹其全、张克勋被分配在皮村大队。这时的我，刚刚因为前几年形成的一些实事求是的思想认识，被当成修正主义苗子受到批判、打击，以“犯严重错误之身”参加“四清运动”，以观后效。这一期“四清运动”的指导思想比上次更“左”，不仅提出了整风、整社、社会主义教育、阶级斗争、反修、防修，而且提出了重新组织阶级队伍，运动的重点是整党内走资本主义道路的当权派，实行大兵团作战。参加“四清工作”的基本组织是工作队，工作队上有总团、分团，下有工作组。不足200户的皮村大队进驻了由二十多人组成的工作队，两个生产队各有工作组，我和曹其全属二队工作组成员。我心里明白，我在这种极左的思想氛围和强大的组织阵容之下接受考验，只有紧跟政治潮流，“左”起来，我才有可能被认为对自己的“错误”有悔改表现。但是，我没有那样做。我的实事求是品性已经养成，虽然受到了不公正的批评和打击，我当时也不得不认错，但实事求是的品性在我思想里已成为理性的东西，让我去做自己认为 不对的事情是不可能的。所以，我当时并没有紧跟极“左”潮流，没有在运动中特意做出“改正错误”的表现让别人看。我依然保持常态，按照自己的认识，该怎样做就怎样做。

“四清”时合影，左起：李立、曹其全、田凯荣、金金宝、于永梓、王国文

工作队进村以后，农村大队的主要干部都靠边站了。工作队各成员分别深入贫下中农家“访贫问苦”，“扎根串连”，我在这个过程中注意做调查研究工作，并保持自己的独立思考习惯。经过一段时间的调查，我发现这个大队没有什么大问题，干部队伍基本上是好的。党支部书记孙华山虽然被当作党内走资本主义道路的当权派打、批，但我认为他不是走资派。他的主要“问题”有两个：一是他办了“万头养猪场”（只是长远目标），摊子铺得大了一点，被认为是个了不起的大问题。二是他整顿村容村貌时，得罪了少数人，这些人给他扣了“乱砍树”的大帽子。事实是，当时街道被临街的农户私自扩围墙、修厕所、栽树蚕食得不成样子，在整顿时，他下令该拆的围墙、厕所拆了，该挖的树挖了，街道拓宽取直了。这项工作完成时，多数村民是高兴的。他当时对大家说：“现在站在村头上可以看到天安门。”他的这句话也当成问题批判。此外，他树立的模范饲养员（左芳之妻）也被工作组怀疑是假先进。但据我调查，此人与孙华山无特殊关系，左芳一家都是很本分的农民，其妻当养猪场饲养员工作确实认真负责，她当年用自己的乳汁救活一头瘦弱小猪崽，也确有其事。通过这件事，我认为孙华山的工作是正派的。

对孙华山的处理意见，工作队副队长廉××（部队干部）曾两次召集翟××（北京×中教师、党员，二队工作组成员）和我三个人讨论过。第一次议论时，廉、翟先发言，他们都认为应当给孙开除党籍处分。我在他们之后发言，明确表示不同意开除孙的党籍，我说现在揭发他的两条问题，不能开除他的党籍，还认为他是一个比较好的农村党支部书记。为了避免与廉、翟分歧过大，最后这句话当时没有说。一个多月后，“左”的思想稍有缓解，廉又一次把翟和我叫到起议论对孙华山的处理意见，还是他们二人先发言，这次他们不提开除孙华山的党籍了，而认为应给他留党察看处分。我仍表示不同意。这次我敞开了思想，说孙华山的错误不大，可以说是个比较好的干部，对他的教育目的已达到，可以不处分。后来，正式给孙华山的处分是撤销党内职务。我没有参加讨论，我认为这个决定是错误的。我从中体会到工作队自己纠正自己“左”的错误是很难的。明明把人家当走资派打、批是错误的，但总是找理由坚持，坚持不住了，要退也是一小步一小步地退。1965年春节后党员开始重新办理登记手续。那天我听到工作队队长孙砚田对廉××说：“今天孙华山大清早第一个来登记，看来这个人对党是有感情的。”不知他们是否对孙华山的处理欠妥。

这次“四清运动”还有一件事我当时也认为是错误的，即二队工作组对二队队长汪财搞的“扒工分，反剥削”大会。这次大会的决定和策划我一无所知，只是按通知晚上去小学校开会。一进会场，看到黑板上写着“扒工分，反剥削”六个大字，我吃了一惊。汪财平时爱骂人，对一些怠工、偷懒的社员骂道：“这帮东西饿死也不屈？”或者发狠说一声：“一群牲口，恨不得拿鞭子抽！”干部本来是从社员中来的，又都是乡亲、邻里，怎么彼此反倒滋生出恨意？问题既不在社员，也不在干部，而是人民公社体制出了问题。“四清运动”来了，工作组不分青红皂白利用群众整干部，干部没有多吃多占的问题就在工分上做文章。对汪财一年的工分账逐日复查，只要对某一天的工分有一个人喊出“这天没有看见他”，这一天的工分即被抹掉。且不说事情能否记得清楚，查得准，单说一个九十多户的生产队长，要当好这个大家，要计划和组织生产，又要参加上面的各种会议，能和社员一样参加劳动吗？但此时没有人讲这个理。眼看着汪财的工分被扒掉近半。这样做的结果是，社员的怠工、偷懒问题没有解决，又出了一个新问题，干部躺倒了，而且没有人愿意再当干部了。我不赞成这样做，但这又是不能说的。看着汪财站在那里挨斗的可怜样子，心里想着他明年的日子怎么过，我和他一样难过。直到散会，我没有说一句话。

要说我这次参加“四清运动”的思想收获，只有两条。一是在当时极左的政策下，我的实事求是思想经受到了考验，我为此感到欣慰。我也感谢廉副队长两次给我发表意见的机会。二是这次“四清运动”我与社员一起参加劳动的机会很多，我完全和社员一样，干着很重的体力劳动，受到很好的劳动锻炼。

我的实事求是精神在“文革”中经受考验

从北大毕业走上工作岗位不到一年，“文革”就爆发了。对于“文革”，我从一开始就深深地感到它是反实事求是路线的。“文革”的这种来势，对像我这样的，在中央纠“左”和调整时期形成了实事求是的思想认识，并受过极左路线批判和打击的人，显然是极为不利的，我面临着生死存亡的严重考验。我想，一些关心我的老同学，也可能为我在“文革”中的命运捏一把汗。对于我来说，毕业分配离开北京，倒让我免遭一劫。“文革”时期我在宁夏大学附属中学当政治教师，处于边远地区社会下层，又是初来乍到，再加上我没有林昭、张志新等那种为真理而献身的精神，不敢挺身而出，所以，没有遭到厄运。“文革”初期领导指定我当教职员工“文革”小组副组长，主持教师的政治学习。我主持的教工政治学习只是一般地读读报纸、文件，从不引导教师联系本单位搞什么“阶级斗争”。在“文革”极左路线盛行的十年里，我没有伤害任何一个同志。相反，在“文革”后期我受校革委会的委托，对本校“文革”前政治运动中的几个开除公职，或被劳教的错案进行了复查纠正工作，使几位老职工重新回到学校工作。1971年，我参加银川市委会组织的“打农业翻身仗”工作队到市郊掌政公社抓农业生产期间，我受公社领导的委托，对公社“一打三反”运动中遗留的案件做调查处理工作，其中掌政大队一姚姓铁匠的贪污案，原定贪污额万元，经我从头复查落实，最后只有400元说不清楚，此案很快按政策处理结案，其人得到了解脱。

1967年，“文革”出现两大派别斗争甚至武斗的局面，我觉得实在无聊，不愿意再参与其中白浪费时间。想抓紧时间看点书，又找到想看的书，不得已想利用这段时间学学俄语。我通过张克勋之父（张大巅，云南省工业厅）与他联系上了，他为我提供了两本俄文书籍。这段时间总算做了一点事。其实，我的俄语一直没有派上多大用处，只有1980年代的宁夏社会科学院工作时可以看两三种前苏联的报刊，后来经费紧张，停订外国报刊，这点用也没有了。不过我的俄语一直没有丢，直到今日，我的床头上仍有俄文书籍，睡不着时看几段，以砥砺性子，锻炼记忆力。

大约1970年初春节前，我和李泽成有一次偶然相遇，我回山东，他回河北。在人流如潮的北京火车站，我们竟然不期相逢，这不能不说是一件奇事。[①]在见面时，我见他身穿一套再生棉布工作服，工作服左胸前缀着“新北大”三个毛体红字，他的情况我便尽知了。所以，关于他的情况我没有发问。是他开口说了一句：“我知道你们也被弄进来了。你们哪里经过这样的事呀！”我明白他的意思是说我们被株连，并很快就被打蒙了，被征服了。于是，说了一句：“现在像我们那时那样看问题的人更多了。”我的意思是说，尽管“文革”从反修防修的角度对刘少奇

① 李泽成因两次给毛泽东主席写信，反映1960年农村真实情况并提出自己的建议，于1963年4月11日被北京市公安局以“反革命”逮捕入狱。由于审了6年，始终审不出反革命罪，于1969年2月1日放回北大。

纠“左”、调整过程对三面红旗的触及进行反攻、清算，并对一切曾经对三面红旗发疑或批评的人实行打击，从表面上看“文革”气势汹汹，横扫天下，彭德怀元帅仍然大逆不道，而且升级为“反革命修正主义分子”，曾经吃过三面红旗苦的老老少少都变成了三面红旗的“拥护者”，“大跃进”的种种错误、人祸，大饥荒中数千万人被饿死的惨相、事件，好像都成功地被打、压、吓、瞒、哄、骗过去了，三面红旗似乎比过去举得更高了，其实，这些都是假象。真实的情况，正应了“欲盖弥彰”这句话，反而让人们把真相看得更清楚了。其结果是人们更加不平、不服，对坚持错误，倒打一耙的行为更加不满，私下议论的人更多了，也更加公开化了。这也是“文革”必然失败的一个重要原因。

“文革”把毛泽东推到了极端。什么“四个伟大”、“一句顶一万句”、“三忠于四无限”，喊得震天响，“主席”这个称谓，这时已成为只有一人能用的专门称谓了。再加上“忠字化”、“忠字舞”、“早请示，晚汇报”，开会先祝“万寿无疆”、“永远健康”，真是比封建社会有过之而无不及。我对这一套极为反感，但这是不能说的，只是我个人从来不搞这一套。面对当时这些极左和个人崇拜把毛泽东推向极端的做法，我想到中国彻底纠正极左路线和个人崇拜的时候，可能即将到来。基于这种认识，后来出现的抓捕“四人帮”、真理标准大讨论、党的十一届三中全会转向、改革开放新时期的到来等一系列变化，我都不感到突然。我的思想认识达到这一点，原因就在于我头脑中的实事求是思想一直存在。粉碎“四人帮”以后不久，我在本校教师会议的一次发言，所表达的实事求是思想，竟然与赵宝煦老师的一篇文章如出一辙。我的那个发言是通过对毛泽东的一篇文章的分析，讲了要全面、正确、准确地理解毛泽东思想的问题。几天以后，一位老师拿着《人民日报》对我说：“你那天发言与这篇文章英雄所见略同。”我接过报纸一看，原来他指的是赵宝煦的一篇短文。我对他说：“他是我的北大老师、系主任。”这件事不是偶然的，它表明我的思想认识与北大老师是相通的。

我的实事求是思想在晚年达到一个新境界

1965年走出北大以后，我先有15年中学教师生涯，后经中国社会科学院统一招考，进入宁夏社会科学院，却主要从事行政管理工作。在过去50年中，前30年基本上平平庸庸，忙忙碌碌，勤勤恳恳，唯上是从。作为一个读书人，我从来不敢忘记自己的社会责任。出于对我们国家和民族的刻骨铭心的放不下的情怀，我一贯关心政治，关心民瘼。与朋友闲聊，三句话不离本行，很快我谈到政治上了，颇有点像李锐老人诗中所说的，“关怀莫过朝中事”的味道。回顾过去50年的重大事件，有三件事曾引起我的无比兴奋：1976年10月6日由华国锋、叶剑英主导的粉碎“四人帮”伟大行动，70年代末由胡耀邦主导的真理标准大讨论和由邓小平主导的改革开放伟大事业。1981年6月党的十一届六中全会的《关于建国以来党的若干历史问题的决议》曾引起我的高度关注，但对于那个结果并不甚满意。我知道那是当时党内各种意见的“最大公约数”，意识到还有种种“左”的势力的羁绊，但我当时内心还是充满了对未来的热情期待，总的心情是非常乐观的。

于永梓在大沙漠

退休以后我更加关心政治体制改革，我利用闲下来的时间集中精力读书，从亚里士多德、柏拉图、卢梭、孟德斯鸠到普列汉诺夫、考茨基，再到严复、孙中山、梁启超、胡适、巴金、鲁迅、顾准，我狼吞虎咽，如饥似渴地读着，思考着，写了不少读书笔记。这些读书，补了60年代在北大读书时没有读和不敢读的课。在此基础上，我确立了围绕民主与法治研究政治体制改革的课题。我按照顾准说的，从研究民主的源头开始，研究民主政治的产生、民主政治发展的源流。就这样，我从古希腊城邦民主到英国议会民主，从最早的几个民主国家的实际政治到民主政治的基本原理，从外国到中国，从民主政治到法治社会，直到民主政治必然要达到的理想境界——社会主义和谐社会，于2007年完成了一部30万字的研究政治体制改革的专著《民主法治与和谐社会》。

书出版以后，我继续研究工作。在读书方面最值得提起的是，我读了老系主任李普和他那一代一大批被誉为“两头真”的老共产党员写的书和文章，其中主要有李锐、李慎之、胡绩伟、谢韬、何方等人的书和文章。我还读了一些亲历者的追述性回忆文章，以及海内外提供的官方和民间的史料。他们的反思文章帮助我读懂了马克思主义，使我在拙作中的一些还比较朦胧的思想观点更加清晰、明确了。马克思、恩格斯的个人自由、人道主义精神，他们晚年对早期所主张的暴力革命理论的修正，以及关于资本主义和平进入社会主义的正确判断，使我认识到我们过去对暴力革命理论的崇拜是错误理论的核心，是极左路线和极左政策长期挥之不去的症结所在。令人担心的是，我们当前的改革发展得并不顺利。由于1980年代的启蒙运动半途而废，对这场回归人类社会一般发展轨道的改革至今没有达成共识。人们还在彷徨，两种思想还在拉锯；你要回归人类文明主流，他要批判普世价值，你要民主宪政，他说你背离了“核心价值”。因此，我的忧国之心一直放不下来。我如今已年逾古稀，回顾一生如仿孔子戏作自述铭，大体可以这样概括：二十志于学，解惑犯忌，学《九评》更惑，[①]疑存心里；三十未立，虽有心得，终成工具；四十有惑，始可求解；五十浅知天命，初解自由；六十回归自然，从心所欲——实事求是思想使我晚年思想达到了一个新境界。

① 对我在党中央纠“左”和调整时期形成的实事求是思想观点的整殇，是以学习1964年7月14日发表的《关于赫鲁晓夫的假共产主义及其在世界历史上的教训——九评苏共中央公开信》结束的。

燕园风景

——衣食住行忆当年

金　戈　　　　学　号　6018007

燕园，是我有幸生活8年的校园，我1960年以第一志愿考入北大政治系，1961年底休学，1962年暑假后转入中文系1961级文学专业（1961年政治系停招生一届），又因“文革”延误至1968年初春，才攥着一纸印有“新北大”三字的文凭怆然离校。

燕园，曾是我工作后常骑车回来与小学弟学妹们抢座位、听课、向老师们讨教、争辩、出席会议的圣殿。

燕园，是我退休后常来休憩的家园，在百年大讲堂，曾为甘南贫困东乡族娃娃朴拙稚嫩的歌声落泪，曾为国家交响乐团演奏的柴可夫斯基的交响乐怦然心动……曾到图书馆查书送书参观画展。我常常漫步于湖光塔影下拾取记忆的落叶，常常驻足五院中文系斑驳的门楣前，追思着一代代恩师睿智博学的风范，寻找孟二冬们燃烧的目光，心饮那自由醉侠小学弟们酿造的令人眩晕又清醒的佳酿……呵，50年，我的燕园——心中流淌着一幕幕风景……

叮当风景

每当徜徉燕园跻身于青春年少的人流之中，总会有一道遥远的风景在眼前叮当作响：那是我们——佩带“第二校徽”的莘莘学子来去匆匆的人流……

北大一年四季早七时半开课，即使冬日清晨，晨曦尚未亲吻博雅塔尖，叮当的人流就涌向饭厅，涌向教室，涌向图书馆……课间短短的20分钟之间，人们又从西门内的外文楼、化学楼涌出，穿过大道小径奔向东门内的文史楼、地学楼……或从大饭厅附近的二教，哲学楼跑出，奔向一教和西校门……来者匆匆，去者匆匆。人流浩浩，万众一念：快！抢个好座位！所谓第二校徽者，装有饭盆、饭盒、铁勺之布袋也。每人必备，随身携带，用旧布或毛巾缝成。或装在硕大的书包中，或挂在书包带上，随着主人匆匆步履，竞相“叮当叮当”、“哐啷哐啷”——节奏激越而鲜明——随着千人万人匆匆步伐，合奏出独特的燕园交响……

初上北大时，我带了两个小搪瓷饭盆和一把大铝勺，一个装菜，一个装饭。上学不到两个月，三年困难时期开始，人人缩减粮食定量，我的定量从30斤减到27斤，平均一天9两，这在全国已属高标准！那时全民学雷锋，女生普遍富有恻隐之心，毅然主动再节约，我也随大溜缩食到每日7两粮，一个月自吃21斤。节余部分捐献男生，以小人之心度君子之腹——他们肚大比我们更饿！我给自己制订了十分严格的计划经济，每日早晚餐各2两，中午3两。为了让肚子有饱的感觉，必须多喝稀粥，减少干粮，平均一顿要喝2两棒子面（有时还掺杨树叶粉）的稀粥，冬天熬白菜，夏天熬茄子，菜盆已无用武之地，而饭盆又嫌小了，便回家换了一个大搪瓷缸子，可装3两稀粥，缸子有把儿，端着不烫。每当男友从清华来，我就买一大缸子稀粥，共用一把铝勺，他吃两口，我吃两口，有福同享，其乐融融。于是，大缸子和大铝勺就成了我的行头，我的第二校徽。优越的是我骑一辆飞鸽牌自行车，将行头挂在车把上，每日穿梭在叮当大军中，演奏我的一组音符……

说起自行车，当时也是少数北京同学的奢侈品。记得当年我是在男友的陪伴下双双骑着自行车来北大报到的。身为清华自行车队队长的他，要了一把车技，将我的被窝卷前后竖放在他的车把上，把一个纸壳糊上粗布制成的衣箱夹在后支架上，我把装有脸盆及洗漱用具的网兜挂在自己车把上，叮铃铃叮铃铃……从府右街穿过熙熙攘攘的西安门大街，西四北大街又经西直门内大街一路招摇过市……他神气活现要他的杂技，引起路边粉丝驻足，我的飞鸽一路叮铃铃叮铃铃唱着，代我骄傲地向市人宣告：我考上北大啦！我这就去北大报到啦！大伙儿祝福我吧！多么骄傲！我清脆的车铃！多么自豪我纯洁之美的心灵……我们亲密相伴轻松地蹬着自行车出了西直门，呼吸着绿色田园的氤氲……当我们推车进入燕园西门时，已是汗津津面绯红啦！我们兴冲冲奔向哲学楼前的迎新接待站。哈！我梦寐以求的燕园，我终于可以跳着大喊一声：“我来啦！北大！我的北大！我来啦！燕园！我的燕园！”那真是我青春的快乐节日啊！

记得那时毛主席的女儿李讷，国家副主席董必武的女儿董良翚周末回家也是骑车往返于北大中南海之间，我偶尔跟她俩结伴回我府右街的家，行程约十六七里，一路说说笑笑,穿过白颐路高高白杨树下的林荫大道，两旁一望无际绿色的田野，好不逍遥自在！那一刻的我们真是挺酷、挺帅、挺阳光的啊！我们逃脱了“某某人女儿”的背景阴影，鄙视到大树底下去乘凉，真实地生活在阳光下，比今日燕园里某些权贵准权贵女孩不同的是更多了几分自由潇洒，不是吗？……

时过境迁，看今日燕园——当惊世界殊！某些芝麻绿豆官的子女，乘坐公家车跑几百里、几千里被父母七大姑八大姨前呼后拥从者塞途簇拥而至，已经成为高校开学时一道靓丽的风景，清高的燕园亦难以脱俗，官儿爹官儿妈们挺胸腆肚得意洋洋心中窃喜：“老毛老董才傻帽儿呢！手掌大权咋不会用呢？洒家一个大子儿不掏，公家车即私家车也，逃台四大家族腐败之遗风美国佬杜勒斯和平演变之预言——两大毒品伺候着我，这点福气还小吗？”……咳，燕园秋来风景异，怎一个“愁”字了得……真不知被官儿爹官儿妈用民脂民膏填鸭式喂大的暴发户的嘌呤子弟（飘零子弟）每还敢不敢正眼看上自立清高的北大风骨一眼？当年李讷等我辈即使饿得骑不动车，也一定挤上背着大煤气包的公共汽车，挤得前胸贴后背，不时脚被踩，免不了吱哇乱叫两声，也绝不会低下高贵的头，决不会打电话求老爹命公家派给他的专车来接自己——沾那点儿“荫屁（荫庇）”之光，生怕毁了水做骨肉的清白，生怕毁灭自我，那还算什么北大人？！嘌呤子弟每[①]也许撇嘴道：“清白”几斤几两？值多少钱一斤呐？——谁现代谁老旧？看官自有公理。

值得自豪的是，当年在燕园私车公用也不罕见，我的飞鸽曾在通县“四清”时有幸成为我系驻公社联络员的专用坐骑，记得联络员好像是刘东晓，胖胖的两个酒窝笑嘻嘻的，驾着飞鸽飞来飞去吸北风，给分散在各村的同学送文件、送通知、送粮票助学金，甚至灯油……物尽其用，我的飞鸽驰骋于京郊原野也着实风光了一把，协助东晓立下汗马功劳……

难过的是1980年代，我的飞鸽失踪了，之后又连续在校园和家里失去了她的三个弟妹，经报案至今下落不明，不知何时才能阖家团圆……

更让我泣泪长流的是纯朴善良热爱生活古道热肠的东晓竟于去年8月悄悄

---

① “子弟每”相当于“子弟们”，见元杂剧用法。

地却是永远地离开了我们大家，临走以前他还在热情地酝酿着策划着张罗着母校110周年校庆61级大家庭团圆的琐琐细细，电话里一次次传来他乐呵呵地佯装健康婉拒探视的声音。他最怕麻烦别人，却无私而热情地帮助过我们许多人。我也是一个不爱求人的人，但当我有事而不得不有求于人时，首先想到的必是东晓“刘胖”，他是我心目中有求必应的观世音菩萨，因此，他成为我及我们全家最信赖的朋友；然而，在他最后的日子里我却没能去看他……

三过大饭厅而……

每当我带着小儿子来到百年大讲堂，总会给他讲起从前的大饭厅故事……

大饭厅少餐桌无座位，多数人买了饭便站在饭厅里几分钟内狼吞虎咽结束战斗。我却常常买了饭菜端回宿舍坐下来，一边吹着烫嘴的稀粥，一边细嚼慢咽那半个窝头，慢慢品尝……记忆中总抹不掉一件事，饥饿也曾动摇过我的意志，记得是一顿月底周末的午饭，排队买饭时看看饭卡上按计划给男生节约了那么多粮食，沾沾自喜之余，禁不住有点嫉妒男生可怜自己，支援男生——一没有命令，二没有号召，干嘛那么苦自己呀？团结友爱？干嘛男生不友爱女生呀？顿时男尊女卑封建思想一扫光！蓦然抬首一笸箩馒头却在清雾缭绕处——放射出白白的芬芳，经不住馒头那厮的诱惑，（注意，那时吃的是八一面，即100斤小麦出81斤面粉，可不是今天的精白面。八一面没那么雪白，却因含有麸子及小麦胚芽而更有营养，嚼嚼有甜味！）心说：“男生兄弟们，今儿小女子对不起啦！不喝粥，吃它两个白馒头！”一不做二不休，立即对窗口喊道：“4两馒头！犒劳自己一顿！”这一犒劳可坏了，将食之大欲引蛇出洞。

饭后，因要办某事出30斋过大饭厅，一缕热腾腾馒头香气袅袅扑鼻而来，馋虫搅得唾液胃液翻江倒海卷巨澜，情不自禁向饭厅里探了探头，吃饭高峰已过，排队不长，说时迟那时快不由自主趋至窗口掏出饭卡递与师傅，慷慨地为自己再买一个热腾腾的馒头！边走边吃，掰成一小块一小块徐徐送入口内，越嚼越香甜，比今天吃饺子、吃奶油蛋糕、吃冰激凌……都香甜百倍。

办完事回宿舍时，三过饭厅又忍不住而趋入，双脚似被施了魔法鬼使神差奔向窗口，一鼓作气再不衰三更捷——为自己，三买白馒头！细细地掰着咀嚼着品味着一路飘飘然……那是我这辈子吃得最香甜、最开心的馒头。一中午居然吃了4个——8两！破了自己的吃馒头吉尼斯纪录。可是怪哉！肚子居然一点不胀，莫非真成了无底洞?！对自己的消化潜能不胜惊讶，深感有重新解读自我肚皮之必要。解馋过后又难免悲哀；悲哀自己意志薄弱，居然经不起小小馒头的诱惑饿不起体肤，与劳其筋骨睡钉毯的俄罗斯拉赫美托夫先哲之钢铁意志真是相去十万八千里，顿觉无地自容；那个月少支援男生五两面票，事后也少不得耿耿自省，以至于留下深刻的记忆。

在饭厅吃饭要排很长的队，但秩序井然，加塞的很少，排队者有的低头看书，有的三两聊天，有少男少女眉目传情，巧笑倩然。也有伸长脖子指点窗口评点饭香菜劣，更有以勺轻击饭盒叮当的节奏渲泄着饥饿的焦虑，不少书呆子则分秒必争地背着俄语单词或唐诗宋词。背书者中最引人注目的是文三班的子魁老弟，只见他摇头晃脑甩动着覆额的长发，目空一切，旁若无人，朗声诵道："帝高阳之苗裔兮，朕皇考曰伯庸，摄提贞于孟陬兮，唯庚寅吾以降……"颇得吴小如先生声如洪钟字正腔圆之真传，特别把吴师谆谆教读之"降"的古音"hóng"头一仰朝天播出，不由我联想起幼年骆宾王眼中朝天放歌的大白鹅。尽管排队者向他频频抛去白眼，他却故作无人状，继续模仿着吴师摇头晃脑诵着、走着，走向箪食瓢饮，怀揣一颗颜回心，摆出一副嵇康态——这就是当年北大中文系61—3班的刘子魁……

那时只知挨饿是由于3年天灾，也由于苏修逼债之人祸，殊不知人祸之二是来源于浪漫主义毛老爷子的跃进狂热唯意志论极左老年综合征。以至于1964年，困难时期过后，听说毛老爷子过问了大学生的伙食状况，指示将伙食标准从每月12.5元提高到15.5元，每天中午除白菜、萝卜素菜之外，还有几个红烧肉、狮子头之类荤腥大菜可供挑选，大饭厅里充溢着久违了的美味芳香，我还真对老爷子感激涕零……若干年后，渐知许多历史真相，特别是我曾造访同窗某君，他说起毕业后在某省基层工作时曾亲见人食人之惨剧……咳！无论我党如何检讨自己滔天的罪过，那些逝去的生命又如何能够起死回生?……警惕啊！那些制造与欣赏莺歌燕舞粉饰太平的人们！

那时，我还曾与北大"庶务科"结缘，周末或寒暑假回家，必须凭证明到那里去将学校饭卡上的定量换成北京市粮票带回家中——家中仅老爹一人，他虽身居不大不小的副部长尊位，但粮食定量比我还低，我不忍剥削可怜的老爹。1961年冬，我还凭着校医院出具的浮肿病证明到庶务科领过2包（约2斤）重的非转基因黄豆粉，那是学校发给我等浮肿病患者的高级营养补品……但我到1961年底还是由于严重营养不良而晕扑于地，两颗门牙跌落，下唇缝了好几针……不得不休学了。当此时也，众所周知李讷、李敏也跟着毛老爷子节衣缩食，自我惩罚，与民同苦，官民一致，共同承担了毛老爷子与我父辈及各级唯上是从奴性思维干部们的罪过。三年之后，百姓生活才逐步转危为安。毕竟，那一代老革命者心中还装有一本为了忘却的纪念——《甲申三百年祭》——一本开明治人者人治者的教科书。

左起：黄宗良、朱士高、何新中、李泽成、周振华、金戈

卖血添衣

燕园大道小径上来去匆忙的人流，色彩黯淡——蓝灰黑为基本色调。冬天，广东福建等南国同学都衣着单薄，有的甚至一件绒衣过一冬，虽有国家的冬衣补助，毕竟国弱民贫，覆盖不了那么多贫下中农子弟。夏天，不少农村同学穿草鞋，甚至赤脚来去。几乎每个同学都有几件带补丁的衣裤鞋袜，我也不例外。女生人人会织毛衣、线衣，会补袜底，男生会理发、钉鞋的也不乏其人，女生常帮男生补

衣服、拆洗被褥，男生则帮女生钉鞋。那时社会主义荣辱观蔚然成风——以艰苦朴素为荣，以奢侈浪费为耻，饭厅里找不到洒落的一粒米、一粒窝头渣，谁也不会瞧不起赤脚大仙们和草鞋脚。在27斋女生宿舍，最为表率的是毛家女儿李讷，永远是一套学生蓝标准学生装，其次是董必武老人家的女儿——我们班的良翚，常年是洗得发白的草绿色军装（她从军校转来），至今说起她们来还是老校友们心目中的表率。三班从福建山区考来的女孩儿林爱枝有一件枣红底色带碎花的衣衫，我怀疑是她考上初中时妈妈的奖励，补了补丁一直穿到大学毕业，颜色已褪到浅粉，但她丝毫不为没有鲜亮的衣着而自卑，她以朴素、勤劳、正直、要强、活泼开朗而赢得了同学们的尊敬，她在江陵社教时为农民载歌载舞《逛新城》，那曼妙的舞姿，清脆的歌声此时还跳跃在我眼前的荧屏上。

我那时有点儿另类，夏天总穿着无领无袖的花布连衣裙，冬天每年过年都会添一件中式大襟花布罩衣，骑着车在叮当大军中略显招摇。记得有一年支部会上，我因穿了一件黑底印有红绿碎花的人造棉新罩衣而受到批评：那么鲜艳的花衣服——意味着受资产阶级思想腐蚀，同志们给我敲响了"和平演变"的警钟！回家后母亲知道我受批评立即让我改变形象，命我换上她穿过的一件学生蓝布罩衣。记得当时她心里并不服气，一边命我把那件花罩衣缝在一个包裹里，寄给我那远在锡林郭勒草原上工作的二姨的小女儿；一边叨唠说："我就不信，穿四五角钱一尺的蓝布就比穿两三角一尺的花布更艰苦朴素？女孩子为什么非得穿成个男孩儿样！？"……联想起老毛不知批评什么事时曾愤然说："形而上学猖獗！"当时的燕园也可见一斑。我爱美的青春被蚕食着，自然心里也不是滋味，只是面对群众批评敢怒不敢言，也只有与鲁老前辈心有灵犀：而已而已……

那时同学间流行一种玩笑，不管是男生还是女生只要穿一件新衣服，别人就会嘻嘻哈哈走上前去，以打是亲骂是爱的传统方式大声嚷着："哎呀，穿新衣服啦！该死的！"同时在他（她）新衣服上"啪啪啪"打三下，以示祝贺羡慕或嫉妒。

大约是"文革"初，我们班老大哥尹文欣串联中顺便回了趟家，回来时穿了一套灰布新衣服，是四个兜的干部服。因为大家记忆中老文欣从来是补丁摞补丁，从没穿过新衣服，所以，格外鲜亮，格外引人注目。良翚跳过去用两个拳头轮流捣着他："呀，老文欣，真漂亮。打打打！嘿嘿嘿！"一个男生走来，上下打量了他一下，又拍了他三下，慢条斯理道："呵，老文欣，当新郎官了吧？穿这么漂亮？"我也跑过去拍打着他嚷道："哎呀，老文欣，旧貌换新颜了，真当刮目相看呵……打打打！哈哈哈！"在大家打打闹闹的欢乐中，文欣不但没有一丝笑容，反而还满面忧戚，没想到他低声咕哝了一句："闹什么闹？这套衣服是……是姐姐用卖血的钱……"他眼圈发红了……同学们和我顿时吓了一跳，无语凝噎，面面相觑，鸦雀无声，颇为自己刚才的言行举止懊悔……

一位贫穷而勤劳善良的姐姐，原以为自己的弟弟和全家终于熬完了17年寒窗苦，挨到了出头之日，暑假毕业即将走上工作岗位，便卖了自己几百CC鲜血，买了最普通的平纹灰布，在灯下一针一线为弟弟缝制了一套上班的衣裳……"心血"呵，"心血"——我第一次体味到这个词所负载的情义之深，生命之重……

我原以为民生多艰远在屈原老杜时代，最近也只在杨白劳时代，早已一去不复返！哪想到——竟活生生存在于我身边同学的生存境遇中？怪不得毛主席说知识分子其实是最没有知识的，怪不得毛主席一个劲批评毛远新、王海容包括我等高干子弟是吃蜜糖长大的，不了解社会，不了解工农疾苦呢！怪不得1964年暑假北大陆平校长专门把李讷及全校部级以上高干子女用几辆大卡车拉到昌平县泰陵公社上口大队去劳动改造去接受贫下中农再教育呢！怪不得……

我的同学大多来自工农，我有幸在燕园结交了一批朴实可爱的兄弟姐妹，他们给了我爱，帮助和潜移默化的影响，让我明白了自己井底之蛙、生活空间的狭小，经历阅历的贫乏；启发我去追寻"人生皆苦"的深刻含义，鼓励我去憧憬"众生平等"的美好未来，也强化了我"为人民服务"的人生宗旨和实干精神。虽然经历了风刀霜剑的"文革"岁月，却没能冲淡我和同学之间的浓浓情谊，离开燕园40年来，我曾利用各种机会，拜访了能够寻访到的同学，掰开十指算一算，居然造访过孙继川、陆享童、林爱枝、老文欣、吴勤如、赵元真、马以钊、郭雄年、龚衍杞、侯文正、崔凡芝、任宝林、李邦友、张子义、段思、乐铄、顾农、高连生、茹立挺、张忠友、郭启明等两系同学，还曾顺着胡志明小道穿过丛林，在胡志明市寻访到了越南同窗陈春玉兰和武梅白雪……也曾在寒舍接待过孙继川，他直到生病前一直抛妻别子住在办公室，日夜替官僚们呕心沥血起草文稿，直致肝癌吐血而去，我曾为他寻医问药，无能的医学也没能拽住他年轻的生命……还有老白——为守护古城洛阳文物耗尽心力而猝死的朴实诚笃忠职尽责的白献章，还有……相见情景及其人生艰辛当另文追叙了。

聪明臭虫今安在?

男生宿舍8人一间，4张上下铺的木床，床的功能不仅是卧榻，也是提供会议时的坐席，那时会很多、支部会、小组会、政治学习、生活检讨……每周都有会。一次，是夏天，穿着裙子，我和一女生同坐一张床上，会议开始不久大腿就刺痒难忍，一摸，起了一大片扁平包块，究其原因，床主人说："是臭虫咬的。"从此后再去男生宿舍，再不敢坐床，搬一张方凳坐下，因方凳是整块木板钉成，没有缝隙，臭虫难以藏身。

后来，根据男生新闻发言人宣称，才知臭虫生命力之顽强，即便数月无食，饿得前胸贴了后背，只剩两层干皮，也不能作出死亡结论。只要有人来坐来睡——将血肉之躯贡献于床第之上，其血汗气息迅速传播立即发挥功力，两层皮怎么获取信息? 还有待查阅生物学家的研究成果；只知接受血腥刺激后，两层皮大欲还魂，立即振奋生机，张开血盆大口大啖贡献之生灵，不一会儿就大腹便便、圆滚滚、精气神十足了。

男生们大概是竞相效法古代名士，生怕洗澡、换衣、晒被等俗人之举坏了自身风度，一不小心营造了温湿相宜的生存环境，当名士们高卧床榻辩古论今慷慨激昂唾沫横飞之际一不小心施舍了血肉之躯豢养了千军万马的臭虫；加之北大学子智商高，又将此聪明基因遗传于臭虫，坐北朝南的30斋居风水宝地，聪明绝顶的臭虫便瓜瓞绵绵，生生不息。记不得是哪位贤弟的描述版本：某夜，其被臭虫咬得辗转反侧，便自作聪明，移卧于两床间两张对接的书桌上，自以为得计可安眠入梦矣。万万没想到的是，不知臭虫每凭借什么高科技电子信息技术，侦察到逃之夭夭的美味，居然不辞千辛万苦，同仇敌忾，万里长征，爬下床爬上墙，又倒转身来悬爬于屋顶之上，最后爬至正对书桌的屋顶部，于是，千军万马空降兵不期而落，准确着陆于靶心——某贤弟身上，命中率竟达百分之百！30斋有勇有谋步调一致集装甲兵空降兵于一身的臭虫军团实在令人惊叹，所以，至今难以忘怀。

于是，便有了庶务科统一部署各班生活干事亲临一线指挥的全校统一的灭臭虫大战。往往是在一个阳光明媚的星期天，将全校的双层木床抬下一层层楼道，抬到阳光之下，再打来滚烫的开水，一遍遍浇于木床的缝隙之中，记不得是否还用铅笔刀刮，还撒什么药粉了？如此地浇开水，暴晒太阳……打一场歼灭战，总算缓解了臭虫之灾。

如今，莘莘学子安居在一幢幢公寓化管理的高楼之中，享用着学校统一置办的卧具，空调、电视、宽带、淋浴盥洗等设施一应俱全，衣服、被褥脏了到洗衣房按按电钮就开洗，有的还雇来钟点工按期洗涮，可真真羡慕煞我也！少见多怪的是，有的慈母甚至利用黄金周，不辞劳苦、千里迢迢跑进校园为爱子爱女洗涤成堆的脏衣服、臭袜子，劳心子治妈，劳力妈治于子……燕园呵！有勇有谋的臭虫今安在？早已无地自容，逃之夭夭了吧……追求自由平等博爱的燕园啊！广厦美宅是否还会与时俱进孕育出什么转基因虫子，创新出什么高新伎俩变脸香虫子，又卷土重来呢？……

爱之花絮

假如没有爱情的滋润，燕园里草儿不会青青，丁香失去芬芳，燕子不来呢喃，迎春花不再金灿灿，未名湖也许早就干涸……有了爱情的花朵——燕园才永远万紫千红，生意盎然。

燕园爱情有许多浪漫故事，甜蜜的情侣们每每忘了时间，忘了空间……女生们也许记得，当一位姑娘恋恋不舍地与爱人分手回到27斋时，才发现时间老人已轻轻走过了大半个夜晚，把闺门紧锁……她犹豫再三，无计可施，不得不拍打叫门，惊得全楼学妹从被窝里钻出来，开窗探头，谁呀？——原来是我们系学生会的大主席呀！于是，大主席与风度翩翩的H.XJ老师间的师生恋秘密便大白于天下……

小Y学兄，一位高年级才华横溢的诗人，赢得了不少女孩的芳心，然，少女的羞涩及潜意识里礼教的约束，女孩儿们多是情动于心而讷于言。4班的L.YY也被那诗才撩拨，春心颤动，常常在洗脸间里借助于哗哗流水的伴奏和掩饰放声高歌；

红莓花儿开在野外小河旁，
一位可爱的人儿使我日夜想，
心中热烈的爱情让我多痛苦，
满腔的心腹话儿怎样对他讲？

正在洗脸洗衣的姐妹们用合唱为她加油鼓劲:

他却并不知道发生什么事,
一位可爱的姑娘为他害相思,
河边的红莓花儿已经凋谢了,
她心中的爱情仍旧很热烈!
啊……

在歌声的鼓舞下姑娘的勇气日增……

一次,苦大仇深的小Y兄给学弟学妹们做了一个忆苦思甜的报告,他那悲苦的身世及富有表现力的口才让与会弟妹泣涕涟涟。L.YY深埋心底的爱慕之情被阶级感情激发,便电闪雷鸣般暴发了,机不可失,时不再来,她下决心抓住机遇,勇敢地拿起笔来,妙笔生花一封热烈的情书写就。丘比特神矢射去,拨动了诗人爱的琴弦,双双谱写出一首燕园爱情诗篇,我们的YY姑娘,从此载笑载言……

冬练三九,夏练三伏,学校每年要开运动会,四班的小X妹与59级的X.CY大个子学兄同是系代表队的田径选手,每天下午4点都在五四操场见面。小X妹血液中流淌着古越西施姑娘的基因,花容月貌吸引了不少男生的眼球,就连越南小亮崽也曾想吃天鹅肉垂涎三尺,由于两国对跨国婚姻的禁忌,不得不将痴心妄想打入了十八层心狱,才给河北大个子留下了机遇。烈日下小X妹在跑道上一次次飞奔,气喘吁吁,白里透红的脸蛋上香汗晶莹。大个子见状两眼瞪得像《十八相送》里的呆头鹅,暗忖道:别看小模样像挺娇气,还真有一股子锲而不舍的傻劲儿,咦,这小丫头啊……怜香惜玉之情油然而生,于是,身高如同尚未出生的刘翔的"大个子"开始了对X小妹穷追不舍的长跑。南墙下的五四操场成就了一对永远处于竞技状态的金玉良缘。

"四清"结束从江陵返京途中,曾在武昌洪山宾馆小住总结,七月的江城赤日炎炎,一日,承蒙湖北省委招待看电影,集合点名时发现少了S君与小N,有人猜测:"他俩幽会去了吧?""不会!"我斩钉截铁,因想起从北京出发前我曾无意中对老S说过一句:"小N,多么天真的一个姑娘啊……"话音未落,老S竟板起面孔:"别提她,我就是打一辈子光棍,也不会要小N这……"一字字掷地有声……说他俩幽会？怎么可能？！可后来事实证明，我才傻帽呢！不是吗？中了老S的障眼法，竟被他蒙蔽，也许人家早在燕园就开始地下活动了呢！当然，也不排除另一种情况：我对小N姑娘估计不足，人家哪用得着我瞎操心呀！狗抬轿子多管闲事！金港大队8个月的朝夕相处，江汉平原的绿色原野，小娇娃凭借自己的魅力，终于让桀骜不驯的英雄汉老S折下腰来拜倒在石榴裙下。

燕园的爱情也并非全然花前月下唧唧我我一湖甜蜜蜜，酸甜的山楂花甚至苦涩的酸杏……也曾挂上枝头。引得人们低音浅唱那俄罗斯民歌：

呵，茂密的山楂树，
白花开满枝头，
啊，你山楂树呀，
你为何要发愁？
……

LH的恋爱故事或许有点儿忧伤，原本深深爱着自己唯一女儿的可敬的妈妈用心良苦，想用“空间隔绝法”让女儿与自己倾心的一位军人隔绝淡漠直至互相忘却。可惜老妈妈不懂逆反心理学，父母的反对恰恰是爱情火焰的助燃剂，反对愈烈爱情之火愈旺。老妈妈也没念过有关审美距离效应的书，殊不知卢浮宫的画廊之所以很宽，给观赏者留下足够的距离空间，是因为你若站在老达·芬奇的《蒙娜丽莎》眼皮底下，远不如站在两三米外更能发现油画上的美人之美，LH初来北大，内向的她，难免对湖太息，对月伤怀。然而，北大毕竟是五四新文化运动发祥地，LH呼吸着文史楼图书馆里淦女士们笔下五四女儿争取婚爱情自由的清新空气，更坚定了自己的选择，暗自对自己更对老妈妈说；《隔绝》吧！越隔绝，心越近！又在博雅塔下洗手焚香，拜托西去的鸿雁衔去锦书一封，对心上人Z君立下誓愿：

上邪！我欲与君相知，长命无绝衰。山无棱，江水为竭，冬雷震震，夏雨雪，天地合，乃敢与君绝！

鸿雁深受感动，频频往来于博雅塔与大雁塔之间，牵连起千里红线，那红线越牵越紧，越牵越近，直至感动上苍感动老妈改变初衷，有情人终成眷属，四十余年一路走来，不离不弃，牵手到白头。

那时，文学班7个女生中有三个已为人妇——著名的邵华将军，小L和我。

小L的夫君小C是一位复旦高材生，新闻系毕业后分到新华社工作。他们两人家在福建贫苦的农村，遥想当年，毛丫头小L秀发初覆额时，摘了一朵腊梅在门前嘻耍，虎头虎脑的傻小子小C骑着一匹竹马跑来，一边“得儿——哒，得儿——哒……”赶着竹马，一边像蜜蜂似的以小L为圆心飞呀飞个不停，一边拼命地吮吸着L小丫身上飘来的腊梅芬芳，春雨霏霏，一粒两小无猜的纯情种子，渐渐在心田里萌芽……到了1960年代，每到假日，新婚燕尔的小夫妻常在燕园团聚。为了节约，小C常常从城里的国会街步行几十里来到燕园，小L则早早就“当窗理云鬓，对镜贴花黄”啦！并且买好一脸盆西红柿，那西红柿晶莹纯洁无一污染，小L用清凉的凉水浸泡着——盼星星、盼月亮似的等待着敖包相会的那一刻。要知道，困难时期，那一盆西红柿就是他俩一个假日的美味珍馐啊！小C到来后，两人便携手燕园，有滋有味地品尝着那一个个红红酸酸甜甜的爱的结晶……

哎！可别忘了我当年政治系（今天国际关系学院）的几个好姐妹呀！二姐淑云，四妹张小妹，五妹王杰那时情窦未开，后来，淑云、小妹被我们班两个大哥设下机关钩了魂儿虏走了芳心，至如今，志同道合白头偕老。五妹王杰竟被技术物理系一位大哥用核科技布下天罗地网挣脱不得，乖乖地束手就擒了，也许是核辐射过的爱情良种遗传了居里夫妇爱情的坚韧和甜蜜，他俩恩恩爱爱甜甜美美相依相伴到如今。

至于我呢？我的爱情故事留在了政治系（今国际关系学院）姐妹兄弟的记忆里，至今他们和我俩还常常互相串门、走亲戚。我在进入中文系前的1962年暑假结婚，第二年5月生下毛毛小子，感谢文4班同学还带了鸡蛋来贺喜；特别还要感谢的是学校的宽容，按规定，请假超过几周本应留一级的我，不甘心留级请求学校允许我参加每学年开学前的例行补考，学校批准，给了我机会。我利用暑假，一头扎进图书馆，自学恶补落下的课，我补考4门功课全得了4分，开学后跟61级原班同学一起顺利升入了3年级……

我们中文系61级女生多来于城市，而男生中不少来自农村，男生的爱情婚姻更为多姿多彩，有琴瑟相悦的，有书信往来的，有父母包办的，也有像孙喜旺、李双双先结婚后恋爱的……特别是父母之命的婚姻，让远离农村生活的我十分震惊：1942年就有了《小二黑结婚》，1950年就颁布了婚姻大法，而有的同班同学竟然还生活在历史中，生活在新中国成立前？！他们的婚爱竟离理想那么遥远啊！怎么回事呢？困惑之余，面对他们的现实，我成了一棵燕园墙头草，一会儿东风吹来，我对男生充满悲悯，他们没能享受“爱情自由，婚姻自主”的神圣权利，没能沐浴到新时代的阳光，唉！可哀可怜又可怒，“哀其不幸怒其不争”……然而，一会儿西风吹来，当听说某男对发妻有微词时，我又倒向了秦香莲一边：“人家做牛做马给你们家挣工分，上要孝敬你爹娘，下要抚养你子女，你可别当陈世美！”真是可气又可恨，恨不得抬出铡刀来……然而，历史证明，我不仅呆子傻帽，还确实是一个“杞人”。男主人公大都比我成熟现实冷静，后几十年我寻访到的男生如宝林、“刘胖”东晓、老巩等都保持了“糟糠之妻不下堂”的传统美德，没听说谁休妻再娶，更没听说谁养小秘、谁包二奶等绯闻。几十年后我才慢慢活明白一点——柏拉图式爱的理想国确实诱人，不可忘怀；然而，人类还要走过千里万里遥远的路程；倒是那位女作家写出了朴素的真理：婚姻就是踏踏实实过日子。纯情的爱在哪里？马克思老爷子不是早就论说过吗？哪样精神的东西能逃脱物质的纠缠呢？

想起燕园，就想起了同学之间兄弟姐妹般的种种情义，想起了种种的欢乐与忧愁，也想起了当年自己许多书呆子本本主义及左派幼稚病……

左起：何淑云、张晔、王杰、金戈、刘继南

寒窗五年终有成

马国泉　　　　学　号　6018021

许多青年学子都希望能进入北京大学学习、深造。1960年，我将要高中毕业，憧憬无限美好的明天，希望能考上重点大学；考上北京大学求之不得了。当年夏天，经过全国统一严格考试，再经政审、筛选，我终于接到了北京大学政治系录取通知书，激动心情难以言表。那年秋天，乘着北上的火车第一次来到庄严、古老、世人向往的首都北京，来到盼望已久的美丽又庄重的北京大学。愿望实现了，新的学习生活开始了。当时的大学学习、生活既紧张又艰苦，而且充满着浓厚的政治气氛。压力很大，动力更大，人民送你上大学，国家下本钱培养你，不认真、努力学习，怎么对得起人民和国家呢！我们这一代人，老师就是这样教育我们的，我们也是这么想的。因此在5年寒窗生活中，除了学习、交流思想，其他非分想法是"奢侈品"，哪有像现在学生那样生活丰富多彩、思想自由奔放、谈情说爱是校园靓丽风景？但那时的学习环境培养了我们艰苦奋斗精神，学到了许多理论知识，为以后工作打下了扎实的基础。现在回忆半个世纪走过的路程，自己虽然没有做出惊天动地的大事，但在社会科学研究工作岗位上出了不少成果。不经过大学5年认真、努力、艰苦、踏实的学习，不经过将近两千个日日夜夜寒窗生活，在工作岗位上就不可能开花结果。

方针

现在的北京大学国际关系学院是在原国际政治系基础上建立起来的；而国

际政治系的前身是政治系，是在1960年成立的。我们是政治系的第一届学生，因此，称得上是北大国际关系学院的元老。我不知道现在北大国关学院的办学方针是什么？作为一个大学，尤其是名牌大学，制定正确的有远见的办学方针是非常重要的。我记得刚开学不久，在一次全班会上，系领导在讲话中就明确指出，政治系要培养三种人：马列主义理论家和理论工作者、大学师资、国家中高级干部。

在这一办学方针指引和指导下，我们班的学习风气是很浓的，特别对学习马列主义毛泽东思想的原著积极性很高。有些同学还能把学到的理论分析社会实际问题，在当时情况下这么做是非常难能可贵的。可惜的是，后来在极左思想和极左路线指引和统治下，这一原本正确的办学方针受到了批判，被戴上修正主义和资产阶级的帽子；显然在“修正主义和资产阶级”办学方针指导下培养出来的学生，当然是资产阶级知识分子了。在共产党领导和教育下，在1960年刚成立的北京大学政治系，居然培养出一批资产阶级接班人。这不是新的天方夜谭吗！现代年轻人不可理解，但当时极左思想统治下，就是这么个逻辑，无法解说，也不能解说；否则，就是反对毛泽东思想，对抗无产阶级司令部，就是反革命分子。

但半个世纪的实践和历史证明，政治系60级办学方针是正确的。据我了解，60级五十几位毕业同学中，有的早已成为本部门的业务骨干和领导，他们在各自的工作岗位上任劳任怨、默默无闻地辛勤劳作，为国家建设添砖加瓦；有一半同学已成为副教授、教授、副研究员、研究员、博士生导师，其中有几位同学还获得了国务院政府特殊津贴。他们教书育人，桃李满天下，著书立说，发表论文、著作不计其数，产生了良好的社会影响和效果；有的担任了处级、院级、司局级、部级领导，政绩斐然。北大政治系60级毕业生现在可以自豪地说：我们是一个出人才、出成果的班级；我们为国家和人民做出了有益的积极贡献；我们永远不会忘记国家和人民对我们的培养；我们从心底里感谢老师的教诲和引导；我们深感政治系办学方针的正确和远见。

现在我们虽已是白发苍苍的老人，但我们依然关心着北京大学办学方针，更关心北大国关学院的办学方针。过去不能与现在相比。在上世纪五六十年代，能上大学的是极少数人，他们被称为精英分子；现在大学入学率已经很高，考入大学已不是很难的事，但要想考上北京大学，仍然像登蜀道一样不容易。因此，我认为北京大学在任何时期都不能办成大众化的学校；北大国际关系学院当然应该招收高材生，培育精英分子，培养出一些世界级的顶尖人才，这样才对得起国家和人民的重托。

培育高精尖人才，首先就要有一套有远见卓识、与众不同的教学方针指导；千篇一律、没有自己特色的教学方针，怎么能培养出高精尖人才呢？怎么能称得上北京大学及其所属的北大国关学院呢？在西方发达国家，大学已相当普及，但国家和世界一流的大学仍然是极少数，它们培养的不是一般人才和普通劳动者。那么，作为举世闻名的北京大学及其所属的北大国关学院，招收高才生，培育高精尖人才，是理所当然的事情。所谓“池深王八多”，不是什么耻辱之事，而是恰恰说明，北大有人才，值得自豪。

上世纪五六十年代，高等学校是政治运动的重灾区，北京大学尤甚。在历次政治运动中，不知摧残了多少人才。这种破坏和损失，不是用金钱可以衡量和补救的。现在回过头来看，被批判和否定的东西，大部分是正确的；特别是北京大学的民主与科学精神和传统，更应该继承和发扬光大。现在摧残人才之事大大减少，但埋没和压制人才现象依然严重存在，这是非常值得我们思考和研究的社会大问题。因此，北京大学培育出来的人才，不要成为墙里开花墙外香，北京大学不要成为向发达国家运输人才的传送带；否则，不仅是北大的悲哀，更是国家和中华民族的悲哀。

历史是一面镜子，回忆过去是为了总结经验。北京大学政治系的简短历史，是北京大学的一个缩影，在这个缩影中包含着丰富内涵，需要我们深入思索、深刻领会、深度检讨。思索、领会、检讨，不是背上沉重包袱，而是为了更好、更快前进。

北京大学及其所属的北大国际关系学院要有正确、远见、独特的教学方针，办成全国顶尖、世界一流的大学，向国家输送高精尖人才，这是我们北大老学友的愿望，想必也是全国人民的期望。

学习

学习是艰苦的，但又是快乐的。在我们那个年代，艰苦绝不是空泛的形容词，而是实实在在摆在每个人面前，看得见摸得着，每时每刻都能碰得到。就拿每天吃饭来说吧！一日三餐，主副食都是定量供应，填不饱肚子，也不能多吃一口，

马国泉读书

不然，下顿就没得吃的了，所以，学生常常饿着肚子上课、学习、做作业。吃饭都是站着，或者是边走边吃，哪有像今天这样，有桌子有凳子，舒舒服服坐着吃；吃剩的饭菜全都倒掉，白花花的粮食变成垃圾，毫不心痛和可惜，这在我们年轻时期从未发生过。在冬天，宿舍里暖气片经常是冰冷的，半夜里常常被冻醒；第二天一早起来，毛巾被冻成冰块，无法洗脸，这是不足为奇的。在这样艰苦年代，我们照样努力学习。

我们那时的学制是五年，共开了三十几门课程，有政治、政治学说史、哲学、法律、逻辑、汉语、历史、空想社会主义、俄语等等；当然，马列主义毛译东思想、中共党史、联共(布)党史是重点课和必修课。学习马列主义毛泽东思想，不仅仅听老师讲课、看讲义，更注重学习他们这些人的原著；那时这些著作被称为经典著作。对于学习这些经典著作，我们不敢懈怠，不敢偷懒，都是原原本本、认认真真、仔仔细细、反反复复学习，如《共产党宣言》《国家与革命》《新民主主义论》等等，不知学了多少遍，学后还要深入讨论，深刻领会其精神实质，写心得体会。每学年还要写一篇学年论文。至于写毕业论文更是煞费苦心：跑图书馆，查资料，翻阅笔记本，复习学过的书本知识，经过深思熟虑，完整构思，写成初稿后，再要翻来覆去修改多次，就这样大约花去了半年时间，一篇毕业论文总算初成；经老师审阅通过，“大功”才能告成。写论文，尤其是写毕业论文，确实要下功夫，绞尽脑汁，很辛苦，但写完后，特别是获得老师评审通过，高兴和快乐心情是无法用语言表达的。

现在，我经常在媒体上看到有抄袭论文和买卖论文的情况，这在我们那个时代，从未听说过。使我不可理解的是，学习是自己的事情，学了本领，进入社会，走上工作岗位，就能发挥作用，于己、于人、于社会于国家都有好处；在学校里，不好好学习，不刻苦学习，学不到本领，即使领到了毕业证书，走出校门，找到了工作，能胜任得了吗？想混吗？混一阵子可以，混一辈子行吗？别人不说你，你自己心里舒服吗？几十年来，我深深体会和感受到，学习确确实实很辛苦，但学到了知识、理论和本领，在工作岗位上能发挥自己作用，为社会做些贡献，在自己所在领域刻上痕迹，在走过的道路上留下足印，是多么愉悦的事呀！

我们那时的学校生活还有个特点，就是课余生活很单调，除了星期六晚上和星期天有电影看、能跳舞外，其他娱乐活动是极少的；而且电影往往是在大操场放映，要自带小板凳才能坐着看，不然就只能站着观赏了。如果不看电影、不跳舞，就只能看书、翻杂志报纸了。我对乐曲节奏反应迟钝，几乎是没有感觉，在舞池中学了几次，一直未能学会，就此远离了跳舞这一娱乐。至于电影也不是每场必看。因此，休息天和课余生活，参加体育运动，跑图书館，坐阅览室，是我的爱好，是我自寻乐趣的地方。

北大图书馆藏书之丰富，是国内大学中首屈一指的。在图书馆里能借到许多在外面找不到和买不到的书，例如，孟德斯鸠的《法意》（现译为《论法的精神》），卢梭的《爱弥儿》《论人类不平等的起源和基础》，马尔萨斯的《人口论》（又译《人口原理》），柏拉图的《理想国》，莫尔的《乌托邦》，康帕内拉的《太阳城》等等都有。这些书籍现在都能买到，人们阅读这些著作是很平常的事，尤其是大学生，更应该学习这些名著。但当时看这些被认为是资产阶级、封建阶级和奴隶主阶级思想家和代表人物的著作，看一些空想的不符合马列主义毛泽东思想的书籍，是觉悟低、目的不纯、有资产阶级思想的表现，是走白专道路。因此，在偷偷阅读这些著作时，外表要包上一层马列或毛泽东著作的封皮，免得被人发现在看剥削阶级和反动阶级的书籍。但走上工作岗位以后，尤其是改革开放以后，深深感到，浏览群书，知识面广，爱好广泛，对工作是多么有帮助！对研究社会科学是多么有用!

学生时代，衣食住行都得靠父母和兄弟姊妹，或者部分依靠国家的助学金维持学业，所以，被称为穷学生。上世纪五六十年代的学生，绝大部分是很穷的。那时想通过自己的聪明才智和勤劳双手到社会上去挣点钱，是绝对不可能的，根本没有勤工俭学一说。许多学生在休息天很少进城，因为买不起三分、五分钱的车票；有时想到城里去玩玩，常常是靠双脚步行。到了寒暑假，许多外地学生想回家，这种愿望也很难实现，因为拿不出十几元的车票钱。我记得很清楚，5年寒窗期间，我只回过3次家，原因就是买不起火车票。话得说回来，休假期间少进城、少回家，不但节约了金钱，更重要的是能利用这些时间学习和锻炼。所以，作为学生，没有钱，不常进城，很少回家，也有很多好处。我看了很多课外书、闲书、禁书，大都是在寒暑假、休息天、课余时间阅读的。广览书籍不但能增加知识，开阔眼界，增强分析问题能力，而且在文化和娱乐生活极度贫乏和单调的年代，读书是最好的消遣，最好的娱乐，最好的陶冶，最好的营养，最愉快的事情。古人说：书中自有黄金屋，书中自有颜如玉。对这些古训，过去挨了严厉的批判，被乱棍打死，似乎永世不得翻身。其实，这些古训并没有错，看你怎么解读和领会了。

俗话说，活到老学到老，学无止境。学习不但能丰富头脑，而且还能减少疾病，强健体魄。现代医学证明，经常用脑的人，不易感冒；爱思考善动脑的人，老了会远离痴呆症。据我所知，我们60届的同学，现在都已离退休，都已进入老年行列，活着的人都比较健康，没有一个人得老年痴呆症的，这与爱学习、爱动脑是有很大关系的。我退休已经十几年，但从未停止过学习和动脑，这是从学生时期养成的习惯；尤其是在大学里，培养了我刻苦学习和钻研精神，所以，至今依然精神饱满，头脑清醒，体魄健康。

学习，学习，再学习，千万不要停止学习！动脑，动脑，再动脑，千万不要不动脑！这是我古稀之年的人生感悟，也是我七十几年的人生经验总结。

运动

我喜爱体育运动，从小学到中学再到大学，直到现在年逾花甲，依然坚持体育运动。篮球、排球、足球、乒乓球、跑步、游泳等等体育运动，我都喜欢、爱好。

在中学时代，我是班里体育委员，是篮球队队员。在全校运动会上，我参加1 500米中距离跑，获得了前三名。由于我经常为上海市中学篮球比赛当裁判，“执法”公正，有一定水平，因而被评为篮球国家三级裁判。考入北京大学后，全市高校篮球比赛，邀请我做裁判，大家认为，判定果断、正确、公正，得到了篮球界的好评，被晋升为国家二级裁判。能当上篮球国家二级裁判，在学生中没有几个。至今，国家篮球二级裁判证明还保留着，已成为我的藏品。

1960年进入北京大学政治系后，在校五年学习期间，我从未停止过体育运动，即使学习很忙，天气寒冷，刮风下雪，照样坚持体育运动。我还清晰地记得，来到北京第一年冬天，天气很冷，未名湖上结了厚厚的冰，这在南方，我的家乡是从来没有见到过的。我见许多同学在未名湖上滑冰，趁此机会，我向体育馆免费借了一双冰鞋，试着在冰上学起来。我本想在真冰上学滑冰比在水泥地上穿四轮子冰鞋滑要难得多，没想到，穿上冰刀鞋，很容易站起来，不像穿四轮子鞋，一站起来，不是后倒就是前倾，初学时，是很难站稳的。就这样，我凭着自己的爱好和兴趣学会了滑真冰。后来，我还到什刹海等滑冰场去显露了几次。我深深体会到，北方的冬天，滑冰是锻炼身体非常好的体育运动。

上面已经说过，放寒暑假，我很少回家，住在学校里，我常去的是两个地方：图书馆（阅览室）和运动场。打球、跑步、游泳、滑冰等等，是我经常参加的运动项目。北京大学离颐和园很近，出了西校门，步行过去，二十几分钟就能走到，五分钱买张门票就能玩遍全园。当时，我去颐和园，并不是去观风景，因为颐和园已经去了无数次，园内的景观已经看够了；去那里，一是为了看书。颐和园北边有条苏州河，河旁是土山，山上树木成林，炎热的夏天，这里凉风习习，是避暑的好去处，坐在树底下，背靠树干，阅读图书，看累了，在河边散散步，这是多么舒适和惬意呀！去颐和园还有一个目的就是游泳。那时在昆明湖是可以游泳的。当时的公园管理部门，在昆明湖东边，在知春亭和现在的渡船口一带，专门开辟了一个游泳场，供大家免费游泳。暑假里，我经常去那里游泳。有时，在这小范围里游，觉得不过瘾，就到排云殿码头下水，一直游到南湖岛，再游回原地。有一次，在游泳时，有人在南湖岛附近湖底的淤泥里挖到一颗炸弹，据说，是日本侵略军投下的，幸运的是，炸弹满身都已生锈，药性已失去作用，没有爆炸。那时在昆明湖里游泳是没人管的，很自由。

对于游泳，我情有独钟。直到迈入古稀之年，我依然天天游泳，风雪无阻，所以很少得病，退休15年来，没报销过医药费，为国家节约了不少开支，也为家庭消除了许多烦恼，更重要的是，提高了自己的生活质量。由于自己身体健康，行动敏捷，为我的出行提供了有利条件。我几乎年年出去旅游，跑遍了全国34个省、自治区、直辖市、特别行政区。2009年秋天，我已是72岁老者，仍能到西藏旅游。5 013米的米拉山口和5 190米的那根拉山口，我都把它们踩在脚下。我还经常出国旅游，往北最远旅行到了芬兰、挪威和瑞典，往南到了新西兰和澳大利亚，向西到了美国和加拿大，向东去了日本，已经游玩了二十几个国家。今后，我要继续周游世界，踏着地球前进，享受美好生活。

这里，我要讲个真实的故事。1995年3月，我曾给当时任中国共产党总书记江泽民和中国国民党主席李登辉各写了一信，要求横渡台湾海峡，请予批准。给李登辉的信，石沉大海，杳无音信；给江泽民的信，中共中央有关部门通过国家体委港澳台办给了我回信，全文如下："中国社会科学院马国泉先生：您好！您3月20日给江总书记的信，中共中央有关部门已转来我处。您自幼爱好体育并在游泳方面练就了一套过硬的本领，特别是年过半百仍有为炎黄子孙争光横渡台湾海峡的雄心壮志，使我们深感欣慰。但是，正如您所知道的，目前两岸关系虽有发展，可由于台当局仍不接受三通，台湾海峡还不能自由通行。近年来全国各地有许多像您一样的同志要求横渡和横漂台湾海峡，为确保安全，我们均没有能批准他们的要求。想必您一定能理解我们的做法。希望您继续锻炼身体，待台湾海峡可以自由通行时，我们将鼓励和协助您实现宏伟的壮举。谨向您致意。1995年5月18日"。文末盖上了"国家体委港澳台办公室"红色大印。此事已过去18年，海峡两岸已实现三通，我坚信，横渡台湾海峡总有一天能实现。我会继续努力。

我能重视体育运动和坚持锻炼身体，应该感谢我们的老校长马寅初老先生。他坚持真理，有骨气，一身正气，从不向邪恶势力屈服，在中国学术界和理论界，特别需要这种人。他的硬骨头和持之以恒精神，还表现在锻炼身体上。他一生重视体能锻炼，直到耄耋之年，依然坚持洗冷水澡。他坚韧不拔的精神一直鼓励着我，影响着我。我非常敬佩他。

运动不但能强身，而且能强家，强国。这些道理，我们的老祖宗早已懂得。且听古人的教诲："天之生物，故恒于动，人有此生，亦恒于动"；"一身动则一身强，一家动则一家强，一国动则一国强，天下动则天下强”；“流水不腐，户枢不蠹，动也”。我们的老祖宗关于强身、强家、强国的谆谆教导，永远值得我们记取和学习，更重要的是要去运用。生命在于运动。现代医学和生命科学都证明，运动能保持和激发青春活力，运动能促进心理健康，运动有利于开发智力，运动能提高学习和工作效率，运动能防治疾病，运动能延缓衰老，总之，运动有益于健康。可是，现在我们的家长和学校对体育运动太不重视了，这要害己、害人、害家、害国呀！大家都来重视体育运动吧！

成果

1965年7月，5年学习期满，告别培养、教育我们的母校和母系，进入社会，走上工作岗位，从此，开始了独立生活。那时，不像现在，大学毕业要自己找工作，许多学生为了找工作，到了大三就把主要精力和时间放在就业上了，大学四年，实际学习时间也就三年左右，这能怪学生吧？不能。学生是出于无奈。市场经济嘛，大学生统一分配肯定是行不通的。自找工作，最大的好处是自由，不喜欢的地方可以不去，不爱好的工作可以不干；最大的困难是工作不好找，称心如意的工作更难找。我们大学毕业时，人人都有工作，用不着自己操心，只有服从分配一条路可走。我被分配到中央文化部门，从此与文字工作打上了交道。在三十几年的工作中，虽然换了几个工作部门，但从未离开过文字工作。所以，我与文字工作结下了深厚感情。

我热爱文字工作，我的毕生精力都贡献给了这个工作，为这座工作大厦添了砖、加了瓦，同时，自己也收获了成果。我在搞出版编辑工作时，为人家做嫁衣裳，审阅、加工、编辑过政治、经济、哲学、历史、逻辑、法律、外语等等稿件，字数达几百万，公开出版了几十本书，为文化事业做出了有益的贡献。做出版编辑工作，使我深深感到和体会到，大学时期浏览群书，多看些“闲书”，知识面广博一些，是多么有用！多么重要！多么有好处呀！

上世纪80年代改革开放以后，我们终于有了自找工作、跳槽的机会了，我就辞别了出版单位，来到了社会科学院，参加到社会科学研究行列，但仍然是舞文弄墨，搞文字工作。不过从专业上说，我归队了：研究共运史、社会主义理论。我开始为自己“做衣裳”了。

进入社会科学研究领域，我已经接近天命之年了。但是，还不晚，毕竟我们这一代人，基本理论是学得扎实的，知识面是比较广的，更重要的是我爱好社会科学研究。由于有了改革开放的大环境，再加上自己的努力，十几年来，我出版了十几本著作（含合著），主（副）编了几百万字的两部大型工具书，发表了几十篇论文，翻译了几十万字的著作。在这些著作和论文中，重点是阐析中国特色社会主义理论，论述改革开放的重要性和必要性，只有改革开放才能使中国发展，使我们国家兴旺发达。在上世纪80年代中期，比较详细和全面论述中国特色社会主义理论和改革开放的著作是不多见的。深圳是改革开放的窗口，是改革开放的试验田，但当时有许多人，包括一批老干部，就认为资本主义已在深圳复辟，深圳是在走资本主义道路。针对社会上的这种情况，我们于1986年上半年到深圳深入调查研究后，写了一篇有说服力的报告：《马克思主义在深圳》，当年发表在《马克思主义研究》刊物上，后来其他媒体作了转载，反响热烈，反映很好。早在上世纪80年代，我们就写文章，阐明政治体制和户籍制度改革的必要性和迫切性。这是比较超前的观点。作为社会科学研究工作者，对解决社会问题，应该要有前瞻性；不然，要我们干什么！

马国泉2010年5月摄于联合国总部

1989年“六四”政治风波以后，社会上和上层有些人反对中国特色社会主义理论和走中国特色社会主义道路，对此，我们以马克思主义基本理论和发展观点为指导，更加详细和全面地阐述了中国特色社会主义理论既是对马克思主义的继承，又是对马克思主义的发展，是发展了的马克思主义；中国特色社会主义道路既坚持了社会主义方向，又符合中国国情，是一条社会主义康庄大道。我们的著作和文章，不但获得了经济效益，更是获得了社会效益，有利于中国特色社会主义事业的发展。因此，我们有的著作曾获得全国图书“金钥匙”奖一等奖、中宣部精神文明建设“五个一工程”奖。

由于我在社会科学研究领域尽了绵薄之力，获得了一些成就，得到了社会的肯定，组织的褒奖，除了职称上被评为研究员外，1993年10月还获得了国务院政府特殊津贴。这是我一生中的最高荣誉，是对我做一辈子文字工作的圆满结论。

人生一辈子，在世界上和社会上能生活七八十年，至多是生存一个世纪左右，经历坎坎坷坷，很不容易；能健康、乐观活着，坦然面对是是非非、褒褒贬贬、荣荣损损、升升降降、上上下下、起起落落、饱饱饥饥、温温寒寒、热热冷冷、富富贫贫……更是难呀！只有识破红尘之人，才能做到。但世上有几个这样的人呢？

人活一生，努力了，能有所收获，不枉此行；反之，也不必懊悔，更不要责怪自己，因为世事许多条件和大环境由不得自己决定和创造。我见过、相处过、碰到过许多能力很强，学历很高，阅历丰富，知识广博，见解深刻独到，智商和情商都高的人，由于没有遇到好的社会大环境，没有良好的机会，或者与上面、上级思想和意见相左，一辈子沉在底下，默默无闻；或者虽有名气，但被有权势之人划归到另类，更惨的是被打入十八层地狱，活着时一直没有翻身。想想这些人，我们是幸运的。当然，历史会对他们做出正确评价。

我很感谢北京大学，感谢北京大学国政系，感谢老师们，是她（他）们教育和培养了我，使我学到了很多知识，懂得了高深理论，使我看清了世界上和社会上很多问题，明白了许多道理，掌握了做学问的本领和方法，更重要的是培育了乐观向上、热爱生活、豁达开朗的世界观和价值观，培养了艰苦奋斗、坚韧不拔的精神和独立分析问题的能力；更要感谢北京大学创建的民主和科学精神与传统，是它们照亮了我前进的道路！

啊！北京大学——我的母校！北大国政系——我的母系！我的成果首先应该归功于你们的培育！我永远铭记你们！真心诚意感谢你们！

点滴记忆

曹其全　　　　学　号　6018034

我历来坚定确信：北大政治系（后改为北大国际关系学院）60级班是个政治向上、团结、好学、和谐的集体。难忘的5年大学生活，使我这个出身贫苦的农民儿子，学知识，长才干，懂知理，受益匪浅。

生活艰苦朴素

1960年9月，刚踏进北大校门，正值国家三年困难时期，当时，口粮定量不高，副食缺乏，油水又少，肚子吃不饱，我从南方乍到北方，生活很不习惯，就忍着点，饿了就多喝开水，从无怨言。寒冬来临，对我这个来自浙江的南方人，数九寒天，没有多带御寒的棉服，经常冷得打哆嗦，宿舍有暖气，只得躲在宿舍里，不敢外出。幸运的是，学校党政领导，及时送来棉衣棉裤，真是雪中送炭，让我温暖过冬。五年的寒冬就这样过来了。我穿在身上，暖在心上，对党和学校无限感激！

学习认真努力

学习是我们的本职，只有认真学习，才能学到真才实学，才能报效祖国。对一个贫苦的孩子，能进全国高等学府，机会难得。我常常警示自己：要珍惜这个机会，不要浪费光阴，要对得起党和人民，要对得起父母的期望。因而，我上课都认真听课，下课整理笔记；课余，只要有时间，就去图书馆，而且总是早早去占位子，放下书包，才去食堂吃饭；因此，所学的十几门课的成绩都较好，大都是5分，个别课是4分。

北大的学习生活丰富多彩，有各种文体活动，还有不同学科的讲座，我们的知识不仅来自课堂，而且来自课外讲座，我经常去听讲。我记得，有一次鲁迅夫人许广平来校讲：鲁迅的治学精神。我很早就去，坐在前排。许广平说：鲁迅先生治学首先是严谨。他为了撰写《中国小说史略》，这部篇幅不算太长的学术著作，鲁迅先生前后花了20年时间，搜集资料，对资料的搜集，他主张“竭泽而渔”，力求齐备；运用资料，严加筛选，博中求精；引用资料，重视资料的可靠性，讲求精确适用，决不哗众取宠。最使我难忘的是：许广平说鲁迅先生治学有惜时精神，鲁迅说过：“节省时间，也就是使一个人的有限生命更加有效，而也等于延长了人的生命。”鲁迅先生的名言：“哪里有天才，我是把别人喝咖啡的工夫，都用在工作上”。惜时，这个至理名言，使我终身受益，终生难忘。

曹其全与张侠书记

社会工作尽力而为

为同学做点事，这也是“人人为我，我为人人”的体现。做社会工作为大家服务，也是对自己的一种锻炼，更是一种能力、素质的提升过程。在这五年中，我先是学习委员，后来又当生活委员。每个月按时到学校财务科去领取我们班同学的助学金和工资（调干同学的工资），及时发到每个同学手中，分文不差。在班里，我事无巨细，不管是谁，只要需要，我都尽力而为，努力去做，即使办不到，也要有一个明确的交代。记得，我有一个卫生箱和一个工具袋，有时在宿舍楼道里为同学做点缝补服务。担任学习委员，主要是在任课老师和同学之间，做一些及时沟通工作，反映同学对授课的要求、意见；特别是考试前，把老师要求和重点传达给同学，尽量起到老师和同学之间的桥梁作用。

积极下乡参加社教“四清”工作

1965年初，中央下发“二十三条”在农村搞“四清运动”的指示。下乡后，我和贫下中农同吃、同住、同劳动，和他们打成一片，虚心向他们学习。当时正值春节来临，大部分同学回学校过年，我和几位同学留在农村和贫下中农一起过年。有一天，邻村突然发生火灾。我当时是大队社教工作组长，就立即召集工作队和村干部开会，部署救灾工作，使邻村的贫下中农生活很快安定下来，我们的工作受到社教队总部领导的肯定。

尊敬师长，虚心求教

上大学，我们的专业是政治学，第一门课程是《中共党史》，任课老师是张俊彦教授。他备课认真，教案工整，教学一丝不苟，上课从不照本宣科；而是对一些重要历史事实，逐一阐述，从不马虎，论点论据十分清晰，而且谈自己的见解，使我们加深了对党史史实的了解，对党史重大理论问题有了正确理解。他是我终生难忘的老师。听说这位85岁高龄的资深教授，因病医治无效，于2010年8月14日在北京逝世，我痛失了一位一生致力于教学、科研，为教育事业献身的好老师。

赵宝煦教授，是我们政治系的老主任，是政治系的创始人之一，是我国著名的政治学家。他博学多才，著作等身。无论是著述还是演讲，“文以载道”的强烈使命感溢于言表，满腔赤子之情化作大量艰苦具体的实际工作而富有成效，显示了一代爱国知识分子和杰出学者的高尚情操。在多年的教学工作中，他特别强调教书育人，为培养青年后学竭尽全力。平生淡泊名利，实事求是，保持着老一代知识分子刚正不阿的气节和可贵学风。温良敦厚，平易近人。能书善画，诗文俱佳。他和蔼可亲，态度谦和，未开口先笑，不管谁向他求教，他总是有问必答，有求必应。我有时向他求教，去他家两次。一次是在校期间，他家一栋三间的小院，书房整洁有序，宽敞明亮。他告诫我：治学要勤奋，做事要求实，做人要实诚。谈到我的名字，他说“曹其全的‘全’不是‘人’字头，而是‘入’字头。”我自己的名字，稀里糊涂这些年，都不清楚怎么写。我半信半疑地回去查字典，果然如此，使我一辈子都难忘怀。第二次是本世纪初，我再次去拜访、求教于老主任，我刚一进门，他拉住我的手说：“曹其全，你从新疆调回浙江了？”

“是，赵主任。”我回答说。“那好！那好！”他十分高兴地说。“谢谢老主任的关心。”我说。

这时，他拿出一本《新北大简介》小册子递给我。当时，我非常激动，难以言表。

很不幸，我敬爱的老主任，90岁高龄，因病医治无效，平静走完了他的人生旅程，2002年1月21日噩耗传来，我悲恸不已。老主任一路走好！

同学之间，情同手足

五年的同窗生活，同呼吸，共患难，我与同学们结下不解之缘。我与陈喜增“同床”三年多，他睡上铺，我睡下铺。他很关心我，体贴我；他善于思考，学习认真，工作积极，处事沉稳，是我学习的榜样；还有魏开肇、何淑云两位同学，后来他们俩喜结连理。这些年，我每到北京，他俩都热情地款待我，关心我，问这问那；“文革”期间，我从新疆回校“闹革命”，李学文同学主动将他的床位让给我住，而他自己每天往返近三十里，回他姐姐家休息，我不胜感谢；凡此种种，充分体现了同学之情，胜过于手足之情。啊！还有老大哥张永安，无论我在边疆工作，还是调回故乡工作，他始终和我保持联系。再有沈仁道、潘国华、江长仁、高金海、王杰等同学都十分关心我，经常问候我。特别是王杰，虽然她身体一直不太好，前些年，身患癌症的她，一直牵挂着我，经常打电话给我，问寒问暖；她那种积

1964年春节，左起：王富全、郑金永、曹其全、郭新文

郑金永与曹其全

极乐观的人生态度，那种面对病痛，坚韧不拔、无所畏惧的精神，永远值得我们学习。我还记得，在大学毕业离校时，江长仁赠送一本日记本给我，他题词道："永远做党的驯服工具。"毕业至今，我在实际工作中，就是这样实践的。

我爱60级，它是一个政治向上、团结奋进的群体，它是一个温馨的集体，毕业后，我们班同学在自己不同的岗位上，默默无闻地为党、为人民做出了不同的贡献，像黄宗良走进中南海为政治局领导讲课；刘继南担任中国传媒大学校长、书记十多年，退休后，又在南京创办中国传媒大学南广学院，担任院长，现在还担任世界大学女校长论坛组委会主席等职，她是一位不知疲劳、一心为工作的女强人！王国文在陕北，走东闯西，在几个贫困县担任县委书记，成为陕北名人；还有沈仁道、潘国华等人都为北京市和北大做出了巨大贡献……还有许多同学在自己的后半生，做出了许多业绩，为人称道，举不胜举，而曾经有人说："60级是一筐烂桃子"，铁的事实驳斥了这些人无耻的谰言。

我爱60级的每一位同学，他们是我的榜样，相比之下，我很惭愧。但是，我扪心自问，从我入党那一天起，我始终没有忘记自己是一名共产党。在担任瑞安市委宣传部部长期间，我始终没有忘记自己是党的路线的宣传员。

我要深深感谢政治系老师对我的栽培，感谢他们对我谆谆的教诲；感谢与我相伴的老同学们对我的帮助和关心。

我衷心祝愿老师们、同学们健康长寿！

2013年6月1日于浙江瑞安

1975年向东在延安毛主席窑洞前

岁月如歌心依旧

刘继南

学　号　6018040

2010年8月28日，北京大学国际关系学院校友会举办“60级校友入学50周年聚会”。当年全班50人，但这次重返校园的只有30余位。有的斯人作古，再也回不来了；有的毕业后音讯杳然，不知在何方；还有的原因种种未能赴约。“风流云散，一别如雨。”那时的一群意气风发的大姑娘、小伙子，如今也都白发苍颜，青春不再了。真是人生苦短呀！半个世纪的风雨历程，这其间多少可歌可泣的动人故事，还有那些刻骨铭心的人生感悟，难道不应该记录下来、放在床头案牍、供闲暇时刻来细细品味吗？她或许能让我们这些老人们的心灵再度沟通，或许还能展现出我们60级的真实风貌。

家有三姊妹

我的祖籍在湖北孝感，祖上可谓耕读世家、书香门第。祖父刘升亭是当地德高望重的老先生。他毕生的精力几乎都放在了自己一手创办起的私塾上。祖父乐善好施，对读书的贫寒子弟，从来不收分文学费，有的还给予资助。他还常常买些乌龟、甲鱼、鳝鱼、小鸽子去放生。我那一生以慈悲为怀的老祖父，在剃头师傅给他理发时睡着了就再也没能醒来。祖父去世已经六十多年了，我一直有禁忌，拒绝吃他生前放养过的那些小动物，以示对他老人家的一片孝敬之心。

我的父亲自幼在祖父创办的私塾里念书，后来在那里教过书。1930年，我的父母结婚。他们颇希望有个儿子能为刘家传宗接代；然而，事与愿违，他们膝下只留下了三个女儿。其实，在母亲正常生育的六个孩子中，有三个是男孩，但都在婴幼儿期就不幸夭折了。就在我出生后两年，母亲生下了一个男孩，一家人为此欣喜不已，并采取一切措施来保全这个弟弟。为此，家里给弟弟取了个再低贱不过的乳名“母狗”，还特意把属虎的我送往姑母家寄养，避免“龙虎斗”。然而，弟弟一岁多时，还是患急性肺炎不治。印象中，母亲在四十多岁时还生过一个叫“末末”的小弟弟，出生42天就发低烧，吃药、求神、拜鬼；但统统没有奏效。疾病又一次夺走了弟弟的生命，也夺走了我那善良父母的最后一丝希望。从此，续香火的夙愿如同一个迷梦在我们家里灰飞烟灭了。

“有女不算绝后”，父母亲在他们几近绝望后，终于想通了——把女儿当儿子来养。父亲还特地请了一位当地有威望的老先生来给我们姊妹赐名。老先生觉得“绍”、“继”二字很好，均表女继父业的意思。由于我的父亲叫刘理南，所以，姐姐叫刘绍南、我叫刘继南、后生的小妹妹叫刘晓南。天赐人愿，最终我们姊妹仨都当上了“教书匠”，忠实继承了祖父、父亲的书香事业。

我们三姊妹中，姐姐长得最像母亲，聪明能干。她从小就跟着祖父、父亲识字念书，还是妈妈的好帮手，洗衣、做饭，照顾我和妹妹。小时候，我长得虎头虎脑，性格像男孩般大大咧咧，很不讲究。我10岁之后才开始留长头发，一头浓密的头发，常常搅和着汗水、灰尘、油垢，像一堆乱茅草难以梳理。姐姐每次为我梳头，都要臭骂我“憨牛一把尾”，还用中指打我的头，打出一个个肿起的红疱。一年的正月初一，我终于等来了“报复”姐姐的机会。那天，姐姐要准备全家人的午饭，就在她弯腰低头从缸里舀米时，我使尽全身力气，一只手压住她的头和背，一只手拿着扫帚猛打她的屁股，速战速决，然后大步流星地跑到街道的对面，手舞足蹈地跟气急败坏的姐姐扮鬼脸，以示我的“胜利”。当时恰好下雨，姐姐怕弄脏了她的漂亮绣花鞋，没有追打我，只是站在门口跺脚大哭。父母对这突如其来的一曲，也笑得前仰后合。

我的姐姐是花园当地一名“女强人”。家乡刚刚解放，她便开始组织妇女识字班，开展扫盲运动。无论是1949年创办夜校，还是1951年创建小学、1955年始建初中，她都是主要领导之一，也是唯一的女干部。从骑龙店夜校校长，到白合乡小学校长，再到黄云埔初中校长，最后到花西中学校长，我的姐姐从15岁的“小刘校长”干到55岁离任时的“老刘校长”，40年如一日，为家乡的教育事业鞠躬尽瘁、奉献了所有。对于我们这个家庭而言，姐姐始终是顶梁柱，她也是我们三姊妹中唯一一个为父母了却心愿的女儿。为了给刘家继后，她和姐夫协商让自己的三个孩子一律姓刘。姐姐步入晚年后，基本丧失了生活自理能力，尽管子女都很孝顺，但天各一方，终究不能朝夕相伴，她而今的孤寂与苦楚可想而知！

我的妹妹是在母亲已逾不惑之年才出生的，这个乳名“幺”的妹妹是我们姊妹仨里的老小。正是因为排行最小，妹妹是我们家里最娇惯的孩子，但也没有过上几年好日子。母亲离世前两年，已是疾病缠身，经常卧床不起，懂事的妹妹不得不辍学回家照顾她。母亲去世后，她更一度孤苦伶仃，后来还是好心的姐姐把她接到了身边，安排在她任教学校附近的小学里念书。天资聪颖的妹妹小学毕业后，考上了花园中学，后因家境所限，没有继续升学，在当地小学代课。她边教边学、进步很快，考核成绩优秀，转为正式在编教师。几年后，还当上了这所小学的“刘校长”呢！

1938年，日本军进攻武汉，我家就住在京汉铁路附近。一天夜里，一声“日本鬼子来了”的叫声惊醒了熟睡中的村民，万籁俱寂的夜晚，顿时变得惶恐混乱。那时候，我的母亲身怀六甲，挺着大肚子，慌不择路，翻高墙，穿刺林，衣服、皮肤都划破了，可肚子里的胎儿却安然无恙，大家都说“这孩子福大命大”。母亲肚子里的胎儿就是我。当时全家逃到离家20多里路的陈家大湾。年底，我在一家猪棚里出生。母亲没有一点奶水，只好每天去村里一户做米糖的人家讨一杯糖稀，用手指蘸着来喂养我。父亲常常夸我憨厚、泼辣，吃饭从不挑三拣四。1941年家乡遭受灾荒，我家几乎每天都吃胡萝卜煮麸皮。母亲用木碗给我盛上一碗，我接过来就不声不响、狼吞虎咽。

1957年我初中毕业，原定可以保送到孝感一中，但后来上级决定全市统考，我被黄陂一中录取了。孝感一中是当地的名校，黄陂一中高中部设立较晚，主要招收的是黄陂学生。1957年录取的100名学生中，就我一个孝感人。每到周末，大伙儿都回家了，宿舍里只我一人，想家、害怕、孤独极了。为什么单把我录到黄陂一中？百思不得其解。1990年，黄陂一中彭校长（当年他是教务主任，负责招生工作）来北京看望校友，我和陈昌群请他吃饭，聊天时无意谈到当年招生情况，他说：“那年招100名学生，录取了99人，我留了一个指标，想选个学生干部，在孝感学生档案中，看到刘继南的材料，觉得很合适，就悄悄把档案掖走，设法录取了。”彭校长的一番话，让我恍然大悟！我马上给彭校长敬了一杯酒，难得他一片苦心！我到一中不久，就让我做校团委副书记，高中二年级时又兼任学生会主席。1958年，一中党支部通过了我的入党申请，因黄陂县县委领导下基层大炼钢铁，拖到了1959年，由于时间太长，一中党支部只好重新讨论，1960年1月6日，县委组织部陈部长找我谈话，他批示我的党龄从这天计算。

对于父亲母亲，我一直心怀愧疚。母亲于1959年初阴历腊月二十七，因气血两亏、心力衰竭离开人世，享年50岁。在极为有限的生命中，她终日为生计操劳，为了能有个儿子，淌干了眼泪、流尽了鲜血。我的父亲是在1992年初去世的。1991年11月，我在西安开会期间突然接到父亲病危的通知，火速赶回家。我一进门就钻到父亲的卧室，陪了父亲4天，父亲居然缓过来了。他催我回京，并起来送我出门。我们父女俩眼里都含着泪水。没想到，这是我最后一次见到父亲。3个月后，他老人家还是离世了，姐姐和妹妹安葬了父亲，“三七”过了才告诉我。毕竟是父女情深，那段时间，我总是心神不安，做梦常见到父亲。妹妹还告诉我，父亲常拿我的信看，每封信直到看破为止。我听了，心如刀绞。父亲晚年，每日每时总想见到他思念的女儿。那时，我虽然不能常回家探望，但多写几封信应该是可以的吧！想起妹妹的话，父亲看信的情景总是在我的脑海里不停地浮现。对于这今生无法弥补的过错，我悔恨终身！

燕园入与出

说来话长，早在念初中时，我参观了一个中苏教育展，在展览会上得知北京大学是中国的最高学府，莫斯科大学被誉为苏联的北大。从那时起，我就暗下决心，一定要考上北京大学，或者去莫斯科大学求学。1960年5月，正是高考冲刺的攻坚阶段。一天清晨，我突然感到头昏脑涨，全身酸痛，一量体温竟然高达39度多。我喜欢洗冷水澡，心想可能是着了凉。原来以为吃些伤风感冒药，打个退烧针就能痊愈，但没想到一连五六天持续高烧。学校的张校长和班主任心急如焚，他们请来了一位老中医用汤药治愈了我的病。这时，大学招生简章基本到齐，高三学生都在商定填报志愿的事，班主任管老师建议我，放弃填报理工类的想法，报考文史哲比较有把握。正巧北京大学又来了一份补充招生简章，增加了政治学专业，在湖北招收2名，其中应届毕业生1名、调干生1名。管老师认为政治学专业对我很合适，于是，第一志愿填报了“北京大学政治学专业”。

目标既定，接下来就是全力以赴了。我拖着尚未康复的身体，一鼓作气地复习完所有备考的科目。功夫不负有心人，那年8月21日，我欣喜若狂地等来了北京大学的录取通知书；可是，亦喜亦忧，一年前母亲去世，父亲的工薪只能勉强维持一家三口的基本生活，哪还有钱供我上大学呢？就在全家人一筹莫展时，姐姐站出来了。她极力劝说父亲不要犹豫：“卖掉刘家的老宅，让继南去北大报到！”1960年8月28日，我怀着喜悦而沉重的心情，踏进了燕园门。

1960年9月1日，政治系召开全体师生见面会，进行入学教育。系主任李普，党总支书记张侠，先后讲话，然后分组讨论。同学们尽量试着用普通话发言，我也十分费劲地别着腔调讲“普通话”。但是，我刚讲了几句话，张见秋老师便说：“刘继南怎么像外国人学中国话？”我听了这婉转的批评，脸唰地红了，不知如何是好。这时，有同学向我建议：就讲湖北话听听。我如释重负，马上用家乡话发言。同学们高兴地说：“听懂了，听懂了！”黄宗良同学还顽皮地夸我：“继南的发言，整理出来是一篇很好的《人民日报》社论！”就这样，南腔北调伴我几十年。历史真是嘲弄人！没想到25年后，我竟然做了北京广播学院的党委书记、院长，担当起培养全国广播电视播音员、节目主持人的重任。教育部李卫红副部长见到我就开玩笑，她说：“真不可思议，培养了那么多国嘴的大学，校长还不会讲普通话。”我自知有愧，不是迫不得已，大庭广众下，是不会讲话的。我的同事赵玉明副院长讥讽我：“刘院长只给外国人讲话，不给中国人讲话。”有一次，在人民大会堂宴请日本大学校长一行，我刚致完辞，日方一位教授问我校外事处长：“你们的校长讲的是中国话吗？”真是啼笑皆非！我常用这个事例勉励外地入京的学生：“千万要记住，一定要学好普通话。”

当年，北大校园是全国最漂亮的校园。秋天的燕园，层林尽染，雕梁画壁，未名湖碧波塔影，书斋院优雅宁静，真是个读书圣地。学生们十分珍惜天堂般的时光，一个个肩背沉甸甸的书包，来来往往一溜小跑。环境陶冶情操，氛围催人奋进。1960年9月中旬，政治系新生开始上课，作息时间安排得紧张有序。我们6个女生住在一室，一般都是王杰叫醒。早上6点起床，洗漱后，我们一起到学三食堂吃早餐，7点多钟就往教室赶。好像当时是7点30分上课，从食堂到有的教室要走十多分钟的路。早饭后，经常没有时间洗碗，往往把碗塞到自制的口袋，装进书包里。那时，流传一个广为人知的歇后语：北大学生的书包——里盛碗（李承晚当时是韩国的总统）。上午如果没有课，就上图书馆。如果没有座位，想看的书又不能带走，只好席地而坐，一坐就是半天。从周一到周六，循环往复。每周日休息半天，睡个懒觉，洗头、洗衣服，上街买日用品。晚上6点30上自习，9点半下自习，10点熄灯就寝，自觉已成习惯。同学们学外语都很下功夫，外语讲义和单词卡片都随身带，有空就看，见缝插针，买饭排队时，也要抓紧背一两个单词。我的外语基础差、发音不准，特别害怕课堂上老师提问，所以，每次上课，都要坐在一个高个子同学的后面，让他挡住老师的视线。但我记忆单词、背诵课文还行，一般笔试问题不大。有时，在考试中忘记某一个单词，但它在讲义的第几页、第几行、第几个字位都记得，可见翻阅课文的次数之多。

从南方到北方，气候的变化使我的健康面临了严峻考验。北京的天气比湖北要冷得早，1960年10月30日，我已全副武装——棉衣、棉裤、棉鞋全穿上了。体弱难禁风寒，随着气候更加寒冷，我得了风湿性关节炎，两条腿膝关节红肿、疼痛，严重时关节变形，右腿比左腿短，走路失衡，高一脚、低一脚。外出走路，总有女同学陪同。“祸不单行”，接踵而来的是，颈淋巴疼痛加重，检查结果确诊为淋巴结核，需要进口链霉素才能治愈。回想高中三年级上学期，我班班长胡兴星患肺结核已到开放期。他不愿意休学，因家庭经济困难，想坚持到毕业，以便参加工作。但全班50个同学，正好两人用一张桌子，我自认为身体不错，自告奋勇与他同桌，坐最后一排。没想到5月高烧生病后体质下降，结核菌趁机而入，侵蚀了淋巴。屋漏又逢连夜雨，在1961年春天，肝炎病流行北大时，我是全班唯一患上肝炎的。6月3日，我住进了北大校医院，直到8月中旬出院。北京市给大学生每月每人半斤点心，二两奶糖，班里同学自动分出一半送给我，表达了同学间的友情和无私精神。校医院大夫对我十分关心，出院后还批准我到保健食堂用餐三个月，保健食堂每人每月2斤肉、2斤鱼、2斤鸡蛋、1斤糖，这对我的体质恢复起到了很好的作用。特别不能忘怀的，是从我进大学的第一个月，到毕业的最后一个月，每月享受人民助学金12.5元。毛主席1963年春节座谈会后，每月增加3元，共15.5元。这个数字正好是我每月的伙食费。

根据北京大学学籍规定，一般患肺结核、肝炎的同学是要休学的，我出院后的第三天，政治系教学秘书严复明老师来宿舍看我，商谈这个问题。我表示坚决不同意休学。我认为自己能够坚持完成学业，如果休学就等于失学，不休学的意见得到了严老师的同情和认可，我心里十分感激。

在我的印象里，北大党委比较紧跟当时的政治形势，经常安排学生参加政治活动，接受社会主义实践教育。60级政治学专业学生，先后两次参加农村的“四清运动”。第一次是1963年在平谷县，半年时间。第二次在楼梓庄公社，3个月。这两次，我都全程参与，与贫下中农同吃、同住、同劳动、同搞“四清运动”。同吃，是到各家吃派饭。我自带一个大缸子作饭碗，开始，老百姓以为我怕脏，当知道我有肝病怕传染他们时，大娘、大嫂还设法给我做好吃的，如用榆树皮磨面掺红薯面，包白菜帮子肉皮饺子，用糯高粱面做驴打滚等，体现农民对青年学生的一片真情。每当想起他们，我心里总是暖暖的。

五年的燕园生活，安排得紧紧张张。尤其是我的肝病反反复复，几乎贯穿我大学生活的始终，成天忙于应对，没有什么休闲活动，连北大附近的颐和园、香山、圆明园等风景名胜，我也不记得曾去玩过，更不用说天坛、故宫、长城这些地方了，都是我到北广做了校领导后，陪外宾参观游览时才去光顾的。

其实，北大也是名声在外，那时北大的办学条件并不比普通大学好多少。学生7人住一间房，公共课在“一体”、“二体”教学楼几百人一起上。食堂拥挤，无一桌一椅。记忆犹新的是毕业前的会餐，那天上午，生活委员通知我们，把自己的洗脸盆洗刷消毒，中午到食堂打菜，6菜1汤，像解放军战士一样，大家蹲在地上，围着7个脸盆，10人一圈。“天下没有不散的宴席”，我们美餐一顿，次日，告别燕园，各奔东西。

到哪里去，学校公布了用人单位的计划，要求我们每人填写三个志向，我经过“九评学习”和参加“四清运动”，心灵受到了深刻的“洗礼”，决心与工农结合，不愿意继续在大学里生活。我填的第一志愿是陕西省，那里有西北农村；第二志愿是《人民日报》，它下属有印刷工厂；第三志愿是中央广播事业局，它有许多高山发射台。我被分到了中央广播事业局，听说是该局人事部门点名要的。

1965年8月30日，我带着有关证件，坐公共汽车到中央广播事业局人事部门报到。接待我的是一位40多岁的男士，他说：“我带你到北京广播学院去报到。”我一听，“嗡”地一下懵了！哪里来个“北京广播学院”，在北京5年从来没听说有这么一所大学。我极不情愿地跟在他身后，进了真武庙二条，很快到了校门口，放眼一看，全是一片高高低低的楼房，我纳闷——怎么没有校园？那位男士把我送到一楼人保科就告辞了。人保科一位女职员看了我一眼，叫我到二楼教务处去。教务处又是一位女职员，她抬头便问："考上哪个系了？"我当时扎着两条大辫子，还是一副学生模样，我想她俩的态度可能和这个打扮有关。我马上回答："我是北大毕业分配来的。"她一听又把我支到人保科了。这次，我主动说明情况，她查看了一下新进人员资料，便告诉我到二楼东头政教室报到。政教室主任是北大党委副书记冯定的夫人，叫袁方。她原是中央广播事业局理论部主任，创建北京广播学院时，成建制带过来组建政治理论教学研究室。

那时，北广只有新闻系、无线电系和外语系三个系，开设十来个专业，不到一千名学生，教职员的基本骨干都是从局里抽调来的。政教室只有十来个人，分布在哲学组、政经学组、党史组和时政组。我被分到党史组，做韩俊峰老师的见习助教，并负责联系65新闻一班、二班，共计100个学生。原来的北广整个校舍就是一幢大灰楼和一座小灰楼，大灰楼共5层，第五层是学生宿舍，四层、三层是教室、图书馆，二层是教学研究和管理部门，一层是行政后勤及教师、学生的食堂。小灰楼三层是教工宿舍，地板是木质的，隔音不好，上面走路下面听得清清楚楚。我住二楼，四个人住一间房，非常有趣的是，四个人各具一格：一位放映员，晚上7点就进宿舍，穿尖尖的高跟鞋，"咔嗒"、"咔嗒"，出出进进直到深夜；一位图书管理员，脑袋还没挨到枕头就开始讲梦话，有时哭、有时笑，有时突然惊叫，直到早上起床；一位语文教师，简直是一只地地道道的夜猫，每夜不到三四点不回来睡觉，如果上午没有课，她可以睡到中午吃饭才起床。可我呢，神经衰弱，常常是彻夜难眠。

1965年9月1日，学校领导召开新教师欢迎会，党委书记兼常务副院长左荧同志讲话。他介绍了北广的历史、现状和未来发展规划。左荧书记是一位办学有理念、有志向、有事业心的领导人，热爱教育事业，在北广工作期间有许多建树。在讲话中，他突出强调了北广的发展宏图。为广播培养人才是国家领导人的指示（北广是刘少奇主席提出创办的），为了办好北广，经中央批准，要在全国若干所名校中，选录一批大学生加强教师队伍力量，今年从北大、人大、南开、南大、北师大、中山大学等10所大学共选了32人。他的这番讲话，使我们深受感动和鼓舞。

1966年春节开学后，我随外语系师生搬到北广今天的校址，条件有所改善。但不久一场急风暴雨式的"文革运动"开始了，学校停课，真武庙校区的师生都合并到定福庄校区来了。江青在外交部接收北广斯瓦希里语专业毕业生的报告上批示："北广这原是彭真等人的黑基地，接收他们的学生要慎重。"一些人心领神会，掀起了砸烂"黑基地"的疯潮；后来，又决定北广下马，教职工遣散河南淮阳干校，"一辈子走五七道路"、"一辈子扎根农村"。1969年9月初，我携儿冷小京到了淮阳干校，一待就是两年零10个月。

淮阳"五七干校"是中央广播事业局的干校，干校的领导是中央广播事业局"军管组"。干校设直属队和按部门组编连队。北广教职员工编为第五连、第六连。我任第六连副指导员兼任党支部宣传委员和组织委员。全干校负责耕种2 000亩庄稼，另加饲养猪、鱼、鸡、鸭、鹅及种植瓜果蔬菜等副业。春夏秋三季干活儿，冬季搞农田水利建设。白天下地劳动，晚上开会路线分析。北广还要继续砸烂"黑基地"，我常常写大字报到深夜，实在太疲倦，困得笔掉了，一惊醒，捡起来再写，日复一日，天天如此。说来真怪！那时候，也不知道从哪里倾泻出来的热情和干劲，大大超过了常规的极限。挖鱼塘、运泥土，我可以驾辕；秋收运粮，200斤的麻袋，我扛着就走；在齐胸深的水里做工，我一干就是半天。当时的口号是"高温高速炼红心"。有次烧砖出窑，砖还是红的，就叫大家去搬运，每个人的手都烫破了皮。食堂开晚饭时，一片"啪巴"声，原来是烫破皮的手，端不住装满热稀饭的碗。稀饭泼到脚上或身上，又造成了新的烫伤！人们对此只能习以为常，因为在那个时候悲天悯人的人文情怀早已淡忘了。

冬去春回。在周总理的亲自关怀下，北广"复校重办"的红头文件1973年3月正式下达。北广教职工于1972年11月28日返校后，经民主推荐，中央广播事业局批准，成立了复校筹备领导小组。我作为青年、教师、女性"三合一"代表，进入了复校的领导班子。复校重办，百废待兴。经过干校这段特殊日子的教职员工们，大家同心同德、同向同行，夜以继日，超常工作，不到一年半时间，北广又枯木逢春，生机勃勃。1974年秋天，400名学子走进了北广，培育广播电视人才的中国最高学府又昂首阔步了。

梦想变现实

春华秋实，中国传媒大学已经走过了60个春秋。从良乡、真武庙二条到定福庄东街，从下马河南淮阳干校到返京复校重建，从过去的北京广播学院到而今的中国传媒大学，这期间，她经历过凄风苦雨，也曾一度扶摇直上。我有幸与之共同成长了49年，风雨同舟近半个世纪。从1972年到2006年，在这34年里，我参与了北广的校级领导工作，其间（1990年至2006年）任党政主要领导16年。我从助教、讲师、副教授到教授、博导，从班主任、教研室负责人、宣传组长、政工组副组长到校党委副书记、副院长、党委书记、书记兼院长，院长再到校长。“合抱之木生于毫末，九层之台起于累土。”我脚踏实地一步一步走到了今天。从1965年我踏入校门的那天起，北京广播学院（现中国传媒大学）和传媒教育就注定要融入我的生命，它承载着我的梦想与追求，更成就了我的事业与人生。在这里，我播种过三个梦想，并且一一实现了那些曾经许下的心愿：

梦想之一：提升办学品质，将学院升格为大学

1990年，我被任命为北京广播学院党委书记；1993年，又兼任院长。当时，这所广播电视行业的单科性院校只有19个本科专业和6个硕士点，尚没有博士学位授予权。刚刚上任不久，我就许下过这样的心愿——要把北京广播学院建设成为中国信息传播领域里首屈一指的、享誉世界的重点大学。我很清楚，现实与理想往往差之千里；然而，这种距离不也意味着一位大学校长事业发展的广阔空间吗?

经过十几年艰苦卓绝的奋斗，2004年9月7日，在北京广播学院50年华诞之际，她正式升格更名为中国传媒大学。从北京广播学院到中国传媒大学，更名意味着她经历了一次质的飞跃，标志着学校综合实力和办学水平的迅速提升：由仅3 000多名学生的小型专业性院校，发展成为拥有30 000余名学生的综合性传媒大学；由一般行业性院校，发展成为教育部直属的“211工程”国家重点建设高校；由只为广播电视培养人才，到致力于为广播、电视、电影、报刊、出版、互联网及新媒体等培养“大传播、全媒体”人才；博士点从无到有并发展到21个，硕士点也增加近8倍，本科专业数量翻了两番，学科门类囊括了文学、工学、艺术学、管理学、理学、经济学、法学等7大类，至此，综合性大学的框架已初步搭建成功；由当初仅与几个国家少数机构有交往，现拓展到与五十多个国家、近二百多所传媒机构和大学建立了交流合作关系。

2006年5月19日，当我卸任校长一职时，我为之耕耘、为之奋斗的大学已经成为中国信息传播教育领域里，学术研究最权威、学科专业最齐全、师资力量最雄厚的知名学府。16年前，在我心灵土壤上播种下的那粒种子，终于生根发芽，枝繁叶茂了。

梦想之二：革新办学模式，创建南广学院

传媒领域日新月异的发展带来专业人才的紧缺，中国传媒大学毕业生供不应求；然而，我们的办学空间受限，学校规模难以继续扩大。寻找契机，让中国传媒大学走出北京，去经济发达的南方建立一个新校区，成为我的第二个梦想。

本世纪初，教育部提倡“名校办民校”，我们适时地抓住了这个机遇，经多方考察，最终选定在六朝古都南京办学。2004年9月，中国传媒大学南广学院正式挂牌成立，我兼任院长。

南广学院并非中国传媒大学的简单“克隆”，而是“层次互补”、“南北呼应”。中国传媒大学是国家重点大学，主要为中央传媒机构和各省市媒体培养引领传媒发展的研究型人才；而南广学院是私立大学，扎根经济繁荣的“长三角”，辐射全中国，培养占领传媒市场的应用型本科传媒人才。

2010年11月11日，我从院长职位上退下时，南广已经拥有10个二级学院，开设了36个专业，在校生达11 000多人，并且已经为社会输送了12 000多名传媒人才。不可否认，她已经发展成为国内以传媒教育为主要特色的知名私立大学和中国应用型传媒人才培养的重要基地。11月上旬的南广，正值南国的金秋时节，看着校园里那些笑靥如花的孩子们，一种欣慰的幸福感油然而生，我的第二个梦想也开花结果了。

梦想之三：搭建国际交流平台，设立现代女性领导力研究院

“女人并非生为女人，而是被造成女人的。”这是著名的女权主义者西蒙·波伏娃在《第二性》里写的一句话。女性生来就不得不“戴着镣铐跳舞”，所以，在社会劳动分工中普遍存在的“玻璃天花板”现象也就不足为奇。身为女性，身为十多年的大学女校长，我深知女性领导之艰辛和女性领导力提升之不易；作为一名传播学研究者，我更明白一个交流平台对于凝聚女性领导力的重要意义。于是，我又开始酝酿我的第三个梦想：让来自不同国家、不同种族的女校长们聚集起来，沟通、分享各自的管理理念和治校方略，交流、探讨如何培育并提升女性领导力。

早在1996年我就萌生了发起组织世界大学女校长论坛的念头，但因故直到2001年才开始举办。迄今，我们已在北京、南京、厦门举办了六届主论坛，还举办过奥克兰的大洋洲论坛、东京的亚洲论坛、夏威夷的美洲论坛、伊斯坦布尔的欧亚论坛、哈拉雷的非洲论坛以及墨西哥的南美论坛。总计有94个国家或地区1 000余人次的女校长参会，得到多国领导人的重视和主流媒体的关注。

2009年9月第四届世界大学女校长论坛期间，参会的女校长们游览扬州

2012年5月世界大学女校长论坛欧亚分论坛参会女校长合影

历届论坛上，女校长们呈现的事迹和业绩，让我感动、敬佩。中国传媒大学著名女性传记作家赵凤翔教授曾说“女人要写女人”。受其启发，我下定了“女校

长研究女校长”的决心，将那些长期任职、成绩卓著的女校长的成长历程、治校方略、育人理念，记录下来，传播出去。2010年7月30日，由我们发起成立的江苏中外大学女校长教育发展基金会启动了“完善中国现代大学制度视域中世界女子高等教育及大学女校长研究”的课题。五年来，在中国传媒大学的组织协调下，由80多位学者组成的研究团队，对34个国家80位女校长进行了个案和群体研究，对27个国家的女子高等教育做了系统研究，其研究成果50本专著已在2014年9月第六届“世界大学女校长论坛”上发布。课题由第11届全国人大常委会副委员长、原全国妇联主席陈至立女士任总顾问，并获得中国教育部重大攻关课题立项和国家出版基金的资助。

随着历届论坛的推进和自身年龄的增长，我一直在思考如何将论坛达成的共识、理念付诸行动，建立结构化长效机制，实现可持续发展。2012年10月，我们开始酝酿建立一个致力于女性领导力，尤其是高等教育领域女性领导力研究与提升的常设机构。2013年6月，中国传媒大学联合江苏中外大学女校长教育发展基金会，向民政部申请登记注册成立“现代女性领导力研究院”。2014年2月，现代女性领导力研究院获批。根据中国有关法律规定，研究院是非营利性公益组织，我们制定了《现代女性领导力研究院章程》，设置了理事会、学术委员会和院务委员会，由我任院长兼法人代表。

现代女性领导力研究院是高端的。研究院聘请第11届全国人大常委会副委员长、原全国妇联主席陈至立女士担任名誉理事长；理事会成员由中国教育界、妇女界及企业界等有志于女性事业研究的杰出领导组成。现代女性领导力研究院是国际化的。学术委员会拟邀请国际知名女性组织负责人、世界著名大学女校长和资深的女性领导力研究专家（男女皆可），建设一个跨国界、跨领域、跨学科的学术共同体。现代女性领导力研究院还是综合性的，集科研、教学、培训、活动举办于一体，与权威的女性研究机构、著名大学及MBA、EMBA合作，寻求将中外女性领导力的研究、女性领导力的教育与培训、大学女校长论坛的举办、杰出女性领导的评选和《世界女性领导力发展研究报告》的发布等有机结合。

现代女性领导力研究院已于2014年9月在北京举办的第六届世界大学女校长论坛开幕式上，由第12届全国人大常委会副委员长、全国妇联主席沈跃跃女士，第11届全国人大常委会副委员长、原全国妇联主席陈至立女士，全国政协副主席林文漪女士揭牌成立，联合国副秘书长兼妇女署执行主任姆兰博、联合国教科文总干事尹琳娜·博科娃女士分别发来视频祝贺。

1965年，我自北大毕业，分配到了北广，就一天也没有离开这里。北广的一草一木，一人一事都已融入我流淌的血液里。我常想，我就是校园里的一棵白杨（中国传媒大学的校歌叫《年轻的白杨》），既然把我植根于此，我就要在这里生存发展，不挑不拣、无怨无悔，从土壤里汲取营养，还这块土地一片绿荫。

2006年5月19日，我卸任了中国传媒大学校长的职务；2010年11月11日，校董事会批准了我不再担任中国传媒大学南广学院院长的辞呈。至此，我45年来，在高等教育这块沃土上，全天候耕耘的生涯告一段落。现在，我任中国传媒大学的名誉校长和南广学院的名誉校长，有选择地参加相关活动。我希望在有生之年，继续做好“世界大学女校长论坛”，推动“现代女性领导力研究院”的发展，为倾注了我毕生心血的中国传媒大学和南广学院，为女性领导力培育与提升，再尽绵薄之力。

阳光·雨露·人生

王　杰　　　　学　号　6018023

岁月匆匆，不经意中跨过了古稀线。回眸人生，可谓百感交集。一辈子没有干过惊天动地的事，从小学中学到大学，直至留校任教，几乎全在书的海洋里荡漾，在学校里奔波，时而激情满怀地站在讲坛上，时而默默地趴在书桌上。生活很平淡，却都具有挑战性，直到依依不舍地离开讲台为止。我很知足，我喜欢这种平淡而充实的生活。

虽然生活在“书斋”里，心却始终没有离开过社会，经常和亲人、友人沟通……走下讲台以后,仍然和过去一样，我并不寂寞，反而心情十分愉悦。之所以如此，是他们给了我力量。因此，我想借此机会，一泻心中的思念和感激。他们是我生命中的一缕缕阳光，是雾霾后的碧水蓝天。

母亲的目光

母亲给了我生命，也教会了我做人。她是我一辈子无人可以替代的老师。九年前母亲走了，虽然她老人家走得很从容，我却知道她走时很牵挂。她因脑梗卧床十年，很难熬；但是，这是我们母女俩在一起最长的时间，只要我在她身边，她的心是踏实的。她知道我得了重病，并且动了手术。记得我出院后第一次走进她房间时，她笑了，这是发自内心的喜悦。她比我镇静多了，似乎什么事情也没有发生。她问：“会开完了？”“开完了……”我一愣，瞟了她一眼，生怕被她看出破绽。我住院前曾经骗她说我要出国参加一个学术活动，她信以为真。她看到我能够走路了，十分高兴，她却禁口不提住院，一向率直的母亲变得十分谨慎。但是，凭我的第六感觉，看出她已经知道了事情的真相。看到母亲依然健康，我放心了；但是，万万没有想到两年以后她走了，她的离去使我顿时感到茫然，甚至万念俱灰。

母亲是一个苦命人，早年丧母，生活贫困。外婆活着时，虽然清贫，母亲还是无忧无虑的。不幸的是在她八岁那年，外婆和三个姨妈都得了白喉病去世，只留下外公带着舅舅和母亲两人，从此日子就难熬了。没有了母亲，一切都变了。在她10岁那年，外公给她找了婆家当童养媳。从此她的苦日子就开始了。

夫家就是我父亲家。王家本来家道殷实，平日里，家里有十多个雇工干活，加上爷爷又办了一所私塾学校，在方圆几十里小有名气。客观地说，当时外公把他的小女儿送给王家当童养媳似乎有一点残酷；但是，我懂外公是出于无奈，更何况婆家也说得好好的，答应让她读书，不必缠脚①等等。这样的好人家对她来说是一个蛮不错的归宿。于是，10岁那年母亲就进了王家门。

没有想到进了王家，一切都变了。我父亲兄妹五人，他排行老二，大伯文化程度最高，上过师范学校，却不幸英年早逝。家里除了我父亲老实巴交，整天闷头干活以外，剩下的小叔和两个姑姑还小。于是，母亲进门以后除了给十几口人担水做饭外，还得带两个姑姑。其劳累是可想而知的。一个才10岁的孩子干着一个家庭主妇的活，让人气愤；但是，母亲说，累一点也就罢了，她还要受气挨打。这样的苦日子一直持续到她19岁，她和父亲结婚了。从那天起，她终于松了口气。

在我的记忆里，母亲总是对我充满了期望，她常常说："我这一辈子的苦已经受够了，不能让我的女儿再受罪。"她疼我，但是，从不惯我，她要求我做一个诚实的孩子，决不能"人穷志短"。她告诫我任何时候都不能贪婪。使母亲放心的是，我逐渐明白了做人的道理。

父母婚后离开了爷爷家，直奔东海边的一块盐碱地。这块地是被爷爷因抽鸦片而卖掉的，父母想通过自己的劳动把它赎回来。听母亲说，临走时，只拿了爷爷家三升玉米面和一床被子，几件旧衣服。我不知道他们是怎样度过这困难的建家时光的。等我出生以后，如果说我们有"家"，那也是两间用芦苇搭起的窝棚。冬天透风，夏天漏雨，艰苦的生存环境使我一出生就依恋母亲的怀抱，只有母亲的

---

① 旧时代的中国女孩子从儿童时期开始裹脚，即用很长的土布紧紧地把脚裹成粽子似的，不让其生长，其疼痛难忍。虽然女孩亭亭玉立，但却摇摇晃晃，反映了封建社会对女人的性别歧视。

怀抱最温暖、最安全；但是，即使这样贫穷却安宁的日子也没有维持很久。

日本鬼子来了，不久，父亲参加了农民抗日救国会，并且成为这一地区的领导人，母亲也成了地下联络员。汉奸、伪保长不断派人盯梢，我父亲几次都差一点被抓走；但都因有人提前通风报信，得以逃脱。我母亲却没有躲过一劫。在我4岁那年的一天，我们村被鬼子包围了，抓住了母亲和我，被关进了江苏省启东县东部石堤日军监牢。在敌人的威胁利诱等手段下，我母亲做好了最坏的准备，并且装痴作呆，应对日本鬼子。在被关进监狱的第10天，我们忽然被鬼子释放了。后来才知道鬼子误认为母亲是一个地地道道的村妇，以为从她嘴里得不到他们需要的东西，加上党组织通过一个有良知的翻译官的斡旋，我们才获救。

出狱以后，母亲更加积极地参加抗日斗争，白天下地劳动，天黑以后就走家串户发动群众。那时，刚刚懂事的我就怕天黑，天一黑，就意味着母亲要出门，也就是说我将又要被寄放在邻居家。白天很乖的我，一到天黑，就寸步不离地跟着我母亲，她一说要把放我在邻居家，我就哇哇大哭，抓住她的衣服不放。为了工作，她一次又一次地把我寄放在邻居家，我一次又一次地从邻居大妈怀抱里挣脱，追上母亲，任她说破嘴我也不让她走。就这样一次又一次地追赶，一次又一次地被送回。最后，我母亲急了，一顿暴打是难免的。我的屁股被打红了，腿打肿了，母亲一边哭一边打："看你还追不追？"最后，我哭累了，她也打累了，邻居大妈埋怨我妈："看你，是亲妈吗？打成这样，你也下得去手？"母亲一肚子的委屈化成了一场和我抱头痛哭……打小起，我就认定了一个死理：跟着母亲最安全，不管她怎样打我，我就不离开她。

抗战胜利以后，母亲追随父亲参加了新四军。即便在十分艰苦的环境里，我也没有离开过我母亲。父母亲都说任何财产都可以抛弃，孩子一定要带在身边！我就是这样在父母亲的呵护下逐渐长大的。

母亲虽然在一个书香门第人家当童养媳，爷爷也曾经许诺让她上学；但是，爷爷没有遵守诺言，没有让她上过一天学。母亲曾经多次告诉我她是多么渴望念书，当她听到教室里孩子们的琅琅读书声时，她又羡慕又伤心。在王家，她是一个丫鬟，她没有主宰自己命运的话语权。等到我出生以后，她下决心让我念书，她说过，哪怕砸锅卖铁也要让我上学。记得我刚满5岁，母亲就把我送到了一所农村小学念书，后来在行军路上，只要部队在一个地方待上10天，父母就立即把我送到附近的小学，就这样我上了三年小学一年级。这样的日子一直持续到1949年4月全国解放，我才真正上学。那时，我八岁了，仍然是一年级。

1960年，我考上北京大学。虽然父母没有充分的思想准备我将离开他们；但是，希望自己的独生女考上了大学是他们共同的心愿。没有想到的是我的大学生活是和国家命运紧密联系在一起的。那时正赶上一场新中国成立以来最惨痛的灾害——三年大饥荒，这是天灾人祸造成的。全国老百姓首先遭遇的是物质匮乏，粮食奇缺，饥饿是普遍现象，浮肿、体乏无力是大多数老百姓的生理特征，我也没有幸免。浮肿、胃病使我不能正常参加学校的各种活动。虽然我手中不缺粮票[①]，并且是全国粮票；但是，我舍不得花，这是母亲从牙缝里省下来的，她常常在我返校时悄悄把粮票塞进我的口袋。当我发现口袋里的粮票以后就问母亲，哪儿来那么多粮票？母亲的回答十分轻松，她说："不要担心，我在食堂工作，那里有很多胡萝卜，这东西又顶饿又有营养。"我听着听着就哭了，我知道妈妈最讨厌吃胡萝卜。在我们家乡，胡萝卜是用来喂猪的。我记得母亲说过她怀我的时候，因为妊娠反应，特别想吃芋头，父亲没有钱买，就给她煮了几个胡萝卜，母亲一闻胡萝卜味儿就呕吐不止……从此以后，一说到胡萝卜就产生条件反应。她怎么会把胡萝卜说得那么美味呢？困难时期，她为了我，愣是硬着头皮吃，把粮食省给我……

点点滴滴的回忆，刻骨铭心的思念，常常使我彻夜难眠。我以为随着我身体的恢复，可以好好陪陪母亲，甚至可以像小时候那样，四仰八叉地躺在母亲的身边……我百思不得其解的是为什么她不再陪我，竟撇下我走了呢……

过去总想给母亲下一个正确的定义，但是怎么说都觉得不全面。现在，我知道了什么是母亲：母亲就是那个把生的希望和快乐留给孩子，把死亡和苦难留给自己的女人。

母亲走了，她带走了我的思念，留下的是我永远的牵挂。记得我曾经写过一首关于母亲的诗：

> 昨夜我又梦见您，瞬间相见，您又离去。

---

① （1960–1963）三年困难时期，国家采取定量供应粮食政策。根据不同年龄、工作性质规定每人每月的粮食供应量，以粮票的形式发到每个国民手中。粮票又分为地方粮票和全国粮票两种。

我四处狂奔找您，哭喊着："母亲！"

您却头也不回。

母亲，您为何如此忍心？

撇下我，只留下您孤独的背影。

我到处追寻……

母亲，我愿留在梦中，想沿着您的足迹寻觅。

寻找您90年的人生，重温您走过的旅程。

不幸的童年、艰难的青春，曾经惨遭日寇的欺凌。

还有你用母亲特有的胸怀，为我付出的艰辛。

……

母亲走了，但家里还处处留下母亲的气息。任何时候即使遇到天大的困难，只要我想起她奋斗的一生，记着她对我的期望和牵挂，我都会坚强地走下去，我感到她的目光永远追随着我。

左起：王杰、金戈、胡素华、张晔、刘继南、何淑云

盏盏明灯

每当西方国家热烈庆祝感恩节的时刻，我虽然体会不到西方人的那种热烈和兴奋，却被西方人的那种感恩的情愫感动。为此，我常常考问自己：我的成长是个人奋斗的结果吗？世界上有谁是通过单打独斗而成就一番事业的呢？每个人只要认真回忆，就会发现，每一个人在生命旅途中从来都不是独行者。我们都在不知不觉中不断得到无数人的帮助和陪伴。特别是当你走到一条窄路的拐弯处，正在犹豫徘徊的时候，是谁为你指点迷津，告诉你路在何方？是谁在有形或无形中帮助或者鼓励你前行？与我们相伴的有我们的父母、爱人、老师，也有在我们困难的时候伸出援手的长辈、兄弟、姐妹、同学和朋友，没有他们的帮助，我怎么能够走出困境？无论上天为我安排了何种命运，他们每一句温暖的话语甚至一个鼓励的眼神，更不用说无私的帮助了，它们都是我黑暗中的一缕光，指引我前行。

每当此时此刻，在我眼前常常浮现出一群和我没有血缘关系的友人，他们虽然不是亲人，却胜似亲人。是他们在关键时刻给了我温暖和爱抚，帮助和鼓励，在我饥饿时得到了食物，在我生命垂危、颓废和消沉甚至想放弃生命的时候，给了我活下去的勇气和力量，使我重新振作起来，承担起我应该承担的责任。

我的童年是在贫穷和战争环境中度过的。从懂事时起，惊恐、寂寞常常伴随着我。特别是我父母后来调动工作以后，我见到父母的机会就更稀少了。父母把我四处寄放，居无定所。因为没有人管我，我曾经成了吕四小镇上的一个“流浪儿”。有人把我的情况告诉我母亲，说看到我身上穿着脏兮兮的衣服，脚上穿着一双露出脚丫子的鞋子。母亲知道以后急得直掉眼泪；但是，由于革命工作的需要，她无法照顾我，后来只得把我托付给我父亲在吕四镇的一位战友。记得这位姓杨的叔叔又高又大，他是带兵打仗的指挥员，让他照顾一个小丫头实在是太为难他了，可是，当时只能如此。他把我带到了军营，既当爹又当妈，给我洗脸洗脚。从此，他成为我最亲近的亲人，他走到哪里，我就跟到哪里，我被杨叔叔昵称为“小尾巴”。虽然父母不在身边，有杨叔叔的照顾，我感到很安全。这一段日子对于我是终生难忘的。

但是，好景不长。1950年10月25日，抗美援朝战争爆发了。杨叔叔率领战士到朝鲜作战。过了不久，从朝鲜战场上传来了他牺牲的消息，我伤心得大哭。就在这时，我才知道他还没有成家。想起他临上朝鲜战场以前，曾经拉着我的手，神情凝重地说："孩子，叫我一声干爸吧！"天真烂漫的我毫不犹豫并且甜甜地喊了一声"干爸爸！"我看到他的眼睛湿润了。一声"干爸爸"似乎是给了他一个承诺，于是，他头也不回地走了。到我长大后才明白他的用意。杨叔叔已经做好了牺牲的准备，他希望有一个自己的孩子；但是，一场残酷的战争使他失去了一切，于是，把本该属于他亲生骨肉的爱给了我，把我当成他自己的孩子。可是，我又能够为他做些什么呢？杨叔叔的恩情我会铭记一辈子，我又愧疚一生。他是在我最需要爱抚的时候，给了我只有父亲才能给的爱。这份爱来得及时，却在几个月以后消失得无影无踪。从那时起，他的背影永远铭刻在我的脑子里。杨叔叔离开我已经六十多年了；但是，他给我的父爱使我永世难忘。即使在那些艰苦、寒冷的日子里，我也会感到温暖。

杨叔叔的为人还使我懂得，其实，帮助别人并不难，关键是你是否有一份关心别人的愿望。记得在"文革"年代，像我这样"根红苗壮"的革命后代也曾经被以"莫须有"的罪名以及侮辱人格的语言所折磨。这是中国人的灾难，我当然也在劫难逃。"文革"中期，全国人民盼望停止无休止的斗争，修复破碎的家园。恰恰在这个时候，北京大学在"五七指示"的指引下，2 037个教职工拖儿带女赶赴鲤鱼洲"五七干校"，其他两千多名教师分别到陕西汉中和北京郊区锻炼，当时，"享受"北京大学同样待遇的还有清华大学的教师。人们都知道，这里荒无人烟。鲤鱼洲地处鄱阳湖底，是曾经围湖开垦出的一片土地，关押过一批劳改犯。因为血吸虫猖獗，这里早被江西人遗弃，后来连劳改犯也转移了。在这里建立"五七干校"不仅条件艰苦，危险性是可想而知的。第一批来到鲤鱼洲的人士必须面对这样的现实：一切都得从头开始，连起码的居住草棚也得自己建造，更何况还要遇到血吸虫的侵袭。更加令人恐怖的是，我们常常在鲤鱼洲的湖底看到堤岸外的船坞，说明鄱阳湖的水位远远高出鲤鱼洲的地面，鲤鱼洲随时都有被湖水吞没的危险。如果不是周恩来总理指示江西省把鄱阳湖的堤岸加高到22米，北大、清华的四五千名教职工早已全部葬身鄱阳湖底，成为冤死鬼了。事实也确实如此，在我们离开鄱阳湖的第二年，因为一次垮堤，我们的"五七干校"变成了一片汪洋……

记得临行前，工宣队找我谈话说，党组织认为你需要到最艰苦的地方锻炼，江西鲤鱼洲干校最适合你。虽然我早已做好思想准备，早晚有这一天；但是，我考虑到当时体弱多病，我要求随我丈夫到他的锻炼基地——陕西汉中分校。虽然去汉中对我来说也很困难；但是，那里起码有居住的房屋，我的这一要求立即遭到工宣队的严词拒绝。说实在的，当时，心中的怒火一触即发，真想向他们讨个公道；但是，我丈夫阻止了我，他决定陪我一起去鲤鱼洲。虽然我知道我们此行凶多吉少，对于他来说，完全失去了从事科研的机会，并且给他的身体也将带来极大的伤害；但是，在当时的条件下，我们别无选择。到了干校，一切与我们预想的一样，白天劳动，晚上开会，几乎没有喘息的机会。唯一使我感到安全的是我能够在原单位——政治系连队劳动，那里有我的同事、老师。虽然劳动条件十分艰苦，有时从天黑干到天明，实现所谓的"挑灯夜战"。吃苦对于我来说已经算不了什么了，本来就是让我们去劳动改造的，我必须面对"艰苦考验"。但是，我已经预见到非让我去鲤鱼洲干校绝对不仅仅是一般的"劳动改造"。事实果然不出所料，我生了女儿以后不久就匆匆赶回连队参加劳动。此时的我已经弱不禁风，不堪一击，连续劳动一周以后突然高烧不退，一病不起，这还仅仅是开始，批判"五·一六运动"开始了，我被定为批判的对象之一。当时，一些造反派的语言之激烈使我吃惊，其事实似是而非，十分可笑。当一系列莫名其妙的罪行铺天盖地扑来时，从未有过如此遭遇的我感到无法忍受的侮辱。我又气又急，而且还无澄清事实的机会，肉体和精神的痛苦使我看不到光明，几乎到了崩溃的边缘。在丈夫的劝慰和周围一群好友的鼓励下，我鼓起勇气活了下来。虽然同事们不敢公开和我联系；但是，在我情绪低沉时，我的老师和同事常常以他们特有的方式表达对我的关心。有一天，我在半昏迷中听到宿舍门"吱"的一声打开了，进来的是我的同事，现在的北京大学国际关系学院的著名教授刘金质。当时，我记得他对我只说了一句话："没有什么了不起，好好活着！"这句话是漫漫长夜里的一缕光呀！他的鼓励使我流泪，也坚定了我不再放弃的信心。我也知晓此时的他处境并不比我好多少，他和他的妻子张敏秋教授也被以一个十分可笑的"罪名"隔离审查。但是，每当看到他们永远昂起的头和相互搀扶着前行的身影，我便暗自下决心：记住他的话，不能垮掉，必须活着！我深深地感到关心别人并不需要很多的语言，及时的点拨就是雪中送炭，它甚至能够拯救一条生命。

工宣队意识到我在政治系连队不可能被斗倒，于是，以"照顾夫妻关系"为由，把我调到一个陌生的连队，即我丈夫所在连队，企图展开攻势逼迫我交代他们想当然的“罪行”。他们没有想到我虽然被调到一个陌生的连队；但是，大部分北大教师都十分善良，工宣队动员少数人对我围攻，实行白天黑夜连轴转，以为我熬不住折磨时自然会交代“罪行”。他们没有想到的是我虽然被他们折磨垮了身体；但是，他们永远别想找到我的“罪行”，我的所谓罪行是“炮打谢富治”、“五·一六嫌疑分子”等。可笑的是我连谢富治的所谓“罪行”是什么都不知道，何来攻击？真是欲加之罪。此时挺身而出保护我的是我的丈夫，他在公开场合为我鸣不平，他的结局是可想而知的——他受到工宣队在全连大会上点名批评——“划不清敌我界线”。但是，这些都压不垮这位东北汉子。我永远不会忘记还有我的老同学——当时干校十连（政治系）连长魏开肇。他听说了我的情况以后，到了我所在的连队，看到奄奄一息的我，他什么话也没有说，含着眼泪走了……没有多久，连队通知我可以和丈夫住在一起了……许多年以后，我看到了老魏写的一首诗才知道是他帮助我走出了困境。

随着时间的推移和阅历的增加，我逐渐明白在苦难的中国，没有谁能够彻底幸免灾难。回顾历史，我应该庆幸还活着。何况对每个人来说，苦难并不纯粹是一件坏事。如果你没有经受过困难的考验，就不可能坚强。从“五七干校”回到学校以后，除了满身伤痕以外，业务也荒废得差不多了，但是，无论如何，我们感到欣慰的是又有机会从事教学工作了。可是，没有想到“屋漏偏逢连夜雨”。1973年我又突然出现剧烈头痛，医生确定为脑血管破裂。经过抢救，我终于活下来了。那时，虽然病情严重，但神志是清楚的。当我的同事们得知我爱人由于白天黑夜的守护，十分疲劳时，她们放下手中的工作和对自己家庭的照顾，组织了一帮热心人看护我。他们的帮助不仅减轻了我爱人的负担，还给了我战胜重病的信心。

出院以后，虽然医生告诉我已经没有生命危险了，但是，仍然不能进行脑力劳动。这对我来说真是晴天霹雳，我的职业是教师，不能进行脑力劳动，我还能干什么？一年以后，我不顾医生的警告，偷偷地拿起笔，尝试着写文章。没有想到，我连起码的记叙文也写不完整，正如有的同志所说：“她仅仅能够把中国字连在一起。”当我开始怀疑自己是不是还能够走上讲堂的时候，又是我的老师——著名教授陈哲夫老师鼓励我“不能放弃，争取慢慢恢复记忆”。他甚至逐字逐句地帮助我修改文章，直到我后来能够单独撰写论文、著作为止。恩师的鼓励使我有勇气从研究中共党史开始扩展到亚非拉民族解放运动、联合国、国际非政府组织等国际关系领域的研究。肯定地说，恩师的教诲和鼓励坚定了我重返讲坛的信心。迄今为止，我在北京大学工作了四十多年，迎来送往了一届又一届学生。如果说我对北京大学的教育工作有一点贡献的话，那么应该肯定地说，我的每一步都离不开恩师们的帮助和鼓励。正是因为恩师们的帮助和鼓励才使我能够克服疾病带来的痛苦和业务荒废造成的困难，他们是我挪动沉重脚步的动力。

时光的流逝以及友人给予的温暖推动我去思考人生，也就是如何为人处事。人世间原本是千姿百态的，当你得到了充分关怀的时候，也应该准备应对不公正的待遇。我不断明白，在成长的旅途中，不仅要感谢帮助过我的人，鼓励我前进的人，还要学会坦然接受并且容忍、原谅曾经尖锐批评过我，甚至不择手段伤害过我的人。虽然即使是在那个年代，我也不会采取以牙还牙的手段进行报复；但是，难免委屈、生气。经过了几十年的磨炼，我的头脑逐渐冷静，认识到这是中国特有的社会现象，个人是无法改变的。随着厄运的慢慢逝去，我的心态与年轻时相比，完成了一次又一次的蜕变，逐渐变得坦然了。我逐渐领悟：世间万物都有其自身规律，如同春华秋实一样不容违背。人的欲望亦如潮水有涨有落；但是，任何时候都不能奢望；愚昧者常常想让欲望的潮水只涨不落，醒悟之人会领略任何事都应有度。不同的人将品尝到不同的果实。我觉醒之时，终于收获了人生的淡定和宽容，生活变得更加充实。

我曾经为帮助过我的老师和同事写过一首诗表达我内心的感激。这首尘封了几十年的诗，现在看来仍然有价值。诗是这样写的：

我多么想说声：谢谢！
您却埋头在我的文章中“挑剔”，
哪怕是一个小小的标点。
我只得把“谢谢”藏在心间。
我多么想让您歇歇，
您却继续在书丛中寻觅，
为我的文章增彩添色，
我不敢流泪怕被您发现，

我想告诉您我害怕挫折，

难熬在路口徘徊的苦涩。

您却扬起眉对我大声说：

“坚强些，过了严冬才是春天！”

我逐渐领悟感恩不必用语言，

用心灵去谱写一曲华章，

留下坚实的脚印，

恰是最丰厚的感谢。

举杯，左起：张永安、毕凤翔、王杰、向东

爱已无声

冬去春来，一年又一年，在不知不觉中进入老年。直到离开讲台，我把对教学的热爱和对学生的真情深深地埋在心中，可以说“爱已无声”。但是，那份执着和依恋似乎与年龄无关。记得我过60岁生日的时候，一位学生为我唱了一首词曲优美的歌《懂你》。歌词是这样的：“你静静地离去，一步一步孤独的背影，多么想伴着你，告诉你，我其实多么的爱你……”这位学生一边唱，一边观察我的表情，我对着他笑了，但是，眼睛里含着泪花。我打趣地问：“我孤独吗？”大家都哈哈大笑，一致摇着头说：“不孤独，因为有我们！”我问：“你们懂我吗？”有的说：“懂！”有的说：“没有全懂！”人群中产生了不同的声音。“到底是懂呀？还是不懂？”我故意挑衅。同学们不说话了，只是嘻嘻地笑着或者窃窃私语。我很得意，终于把他们问住了。这首充满感恩、思念、凄美的歌曲使我感动，我和同学们都喜欢它。其实，60岁时我并没有感到孤独和寂寞，因为我的生命是和学生联系在一起的，学生是我生命的动力。我知道这位学生试图以一种婉转的方式告诉我：如果某一天你感到了冷清，请记住：有我们在！

曾经有人把教师描绘为蜡烛，我常常为此沉思。在现代化的今天，在灯光如昼的城市里，蜡烛的光是多么微弱，倘若遇到一丝微风还会摇曳不定；但是，不管如何，它毕竟是一缕光，它曾经给需要光明的人照亮过脚下，我心甘情愿当蜡烛。

记得大学毕业前夕，负责学生分配工作的老师建议我到中央某部机关工作，这个充满挑战而有诱惑力的岗位没有吸引住生性懦弱的我，我恳求老师批准我从教，我的要求很快被批准了。从此，我没有离开过讲台，没有离开过学生。44个春夏秋冬，我几乎可以闭着眼睛走在北京大学的每一条大路小道，也能够闻声就知晓这位学生是谁以及他的模样和特长。回忆我的教师生涯，感到格外幸福、快乐，因为我的辛勤劳作已经获得丰收。我曾经享受着和学生共同探索学问的快乐。当我看到我培育过的小树已经成林，其欣慰远远超过辛苦。

左起：王杰、郭文清、姚遥、刘兵海

……耳边再一次响起《懂你》是在我病重以后，一切都在发生变化，我焦急的是已经立项的国家项目可能要泡汤，即将毕业的学生论文由谁负责辅导？此时，一批好友和年轻教师一个个伸出援手，帮助我完成任务，不仅没有耽误学生的学业，还为我安心休养排除了一切障碍。学生们为了不影响我，减少了和我的接触；但是，我知道他们正在忧虑地等待我的消息。我非常想他们，却已经无力和他们一起激扬文字，再也不能把讲坛变成沙场了……这是一种煎熬，我不知道我这艘破船将驶向何方……“多想靠近你，告诉你我其实一直都懂你，把爱全给了我，把世界给了我，从此不知你心中苦与乐，我想告诉你，其实我一直都懂你……”我的眼泪和歌声融化在一起。如果被学生读懂是我最大幸福的话，那么，我唯一感到内疚的是因为我的多病给学生造成了不可弥补的损失；但是，他们充满感情的爱和关切使我感到格外的温暖，也使人们惊奇地看到一个曾经穿越了鬼门关的人竟然奇迹般地活了下来 。

我还庆幸退休以后仍然享受到了学生如潮水般汹涌的关爱。当看到我的邮箱中一封又一封的邮件时，我这颗“寂寞的心”感到格外温暖，当我看到我的学生取得一个又一个的成果时，我感到从未有过的欣慰。我不再落寞，我不再担心事业后继乏人，我相信他们一定会比我做得更好，他们是未来的希望，为此我内心感到十分充实。他们成为我生命的重要组成部分。我曾经写过一首诗，表达我对学生们的期望，其中一段是这样写的：

……

我
　　常常大言不惭地宣告：我是一个世界级富人！
　　财富无法用数量表达，
财富
　　不是金钱
　　不是家产
它
　　就是你们大家
　　希望的火花
我
　　依然是普通学人。
昨天
　　已经告别
告别
　　却永远不能忘却
明天
　　你们将渐渐走远

未来

　　你们将翱翔在蓝天

　　却割不断师生的情结

我

　　也许听不到你们的雄辩

　　看不见你们可爱的笑脸

我

　　却依然用我特有的方式

　　送去祝福寄托我的思念

……

多少年过去了，回忆起和学生在一起的日子我仍然心潮澎湃，离开了讲坛进入另外一个陌生的领域，多了几分自由和宁静，却增加了少许寂寞。《懂你》的美丽旋律常常给我带来无限的思念。我仍然如一支摇曳的蜡烛，在静静地期待，默默地祝福，愿我的蜡光也能够为他们留下一丝光亮。

人生苦短，本来就不长的岁月经过七折八扣，剩下的那些年月又匆匆而过，真正用在事业上的时间并不多，我常常感叹：好无奈！但是，现实给我提出了这样一个思考题：如果人生可以重来，我们能够改变命运吗？它会不会是个太平盛世，我们将生活在无忧无虑的社会里呢？结论是否定的。它仍然需要你用一生的辛劳回馈，尝尽人间的甘涩，才能画上休止符。以我看来，人生虽然有遗憾；但是，也带来了许多有益的因素，它告诫我们在恶劣的环境中，要善于思考，学会逆风而行。当外面无论是狂风大作还是风平浪静，你都要学会保护自己，用善良人给予你的力量和满怀感激的心去保护比你更弱小、更需要保护的人，这才是一种脱离了世俗的良心，也是我写作此文的本意。

回首小事的大事

江长仁　　学　号　6018016

入　学

我父亲是上海铁路局东站的装卸工，因而，我初中、高中都是在上海铁路中学念的。初中成绩全部5分，还在上海人民广播电台少儿节目专门介绍过学习经验。上高中，我喜欢政治、历史，担任一些社会工作，还擅长文艺表演，在学校小有名气。毕业那年，我报考提前录取的北京电影学院导演系，经过面试和即兴表演，被录取了。铁中校长王平梅把我叫到校长办公室，批评了我一通："你的特长是社会工作和政治理论，搞什么表演，报北大、复旦政治系。"校长之命，不敢违抗，于是，第一志愿报北大政治系，第二志愿是复旦政治系。高考之后，因为家庭困难，我一直在做小工。一天，我正在上海铁路五小建筑工地上抬沙子，刚抬到二层跳板上，就听到"江长仁，你的录取通知书来了！"我的心怦怦直跳，是哪儿的？！连忙拆开一看，我欢喜若狂，啊！是北京大学来的，被北大政治系录取了！很多人为我高兴，我这一天，完全处于兴奋之中，没有一点心思干活，第二天就歇了。

我家祖宗八辈，都是文盲，如今出了一个大学生，而且又是到首都北京上大学，我家亲戚都来道喜。在上海四行仓库做搬运工的舅舅给我买了个脸盆。好像是1967年秋天的一个深夜，突然，北大校园大喇叭广播："同学们，带着脸盆到圆明园参加救火！"我带着这个脸盆，参加了圆明园民房救火行动。我们在现场排队打水，接龙传递，火被扑灭了，脸盆找不着了。第二天，在大饭厅一大堆脸盆中才找到；可是，已经面目全非了，但至今我还保存着。在上海南站“扛码头”的姨父送给我一支钢笔……父母专门为我买了一个小布箱子，做了两套衣服。离开上海时，父母送我到上海北火车站上车，给了我30元钱说：“这是两个月的生活费，以后每个月给你寄，一定要好好读书啊！要不是共产党来了，我们这些‘扛码头’穷人的孩子，能够上大学吗？”我铭记着父亲的话：一定好好读书。

温　暖

我扛着行李到大饭厅报到，北京的同学高金海、李学文、王家驯、于永梓、毕凤翔……帮我拿行李，买饭票，介绍学校情况，热情地接待我们，把我送到39楼（现在已经改建为40楼），安排住宿，使我感到很温暖，犹如回到家的感觉。

我生长在南方，不知道北京冬天有多冷，1960年秋上北大，没有带褥子，只带了一条线毯和一床棉被，也没有棉裤，三九寒天，冻得我只打哆嗦；没有褥子，经常在睡梦中冻醒。那时候，做褥子、棉裤要布票、棉花票，这都是按人头计划供应的物质，有钱也难以买到。我所在的第三团小组向团支部、党支部反映，班委会让我提出申请，申请上交一个星期后，我领到了北京市给困难学生发的寒衣（补助我一条两边带红线的公安民警裤，太长了，我自己把两条裤腿剪去了两寸多）。这条棉裤，我一直穿到大学毕业。班内不少同学又向

前左起：江长仁、胡素华、曹其全、陈喜增
后：王继宪、石志夫、向东、周文信、董志立

我伸出了温暖的手，他们东拼西凑，为我无私地拿出自己仅有的一点布票和棉花票。至今，我还不知道，是哪几位热心同学的赞助。今天，在这里，我深深地向你们鞠躬——谢谢你们啦！还要感谢何淑云、刘继南、胡素华等同学帮我做褥子。从此，我得到被褥的温暖，更感受到如同兄弟姐妹般的同学们给我的温暖，给我的爱。

占 位

报到两天以后，政治系在办公楼召开成立大会暨开学典礼（北大、人大、复旦政治系是毛主席1960年批示成立的），系主任李普、副主任赵宝煦（1960年底接任系主任）、党总支书记张侠，分别在会上讲话，激励我们为祖国发奋学习。

“为祖国发奋学习”成了我的座右铭，于是，每天我们班同学基本上是“三点一线”，即宿舍——图书馆——饭厅。有人说：现在的博士生不如硕士生，硕士生不如本科生。我说：“现在的本科生不如以前的本科生。”现在，大学学制短，活动又多，有些大学生不知为什么学习，恋爱至上；有些人经常逃课，混日子、混文凭，学了两年半或三年，“半瓶子醋”就开始找工作，没有把精力放在学习上。

在“为祖国发奋学习”的指引下，我们班上课基本没有逃课的；相反，我们还经常利用课余时间到法律系、哲学系、中文系、历史系去“蹭课”。50年前，北大图书馆的条件比现在差得远，阅览室座位又少。一大早起来，我们（王继宪、田凯荣、董志立、朱士高、高金海、李学文、胡素华、曹其全、我……）背着书包（里面还放着饭碗，当时有人说“北大学生的书包”,打个政治人物的“谜语”——里存碗“李承晚”）就到图书馆，或文史楼三楼文科借阅室，或小东门文科阅览室去占位子。因图书馆人满为患，拥挤不堪，后来，学校发座位号，一班一个，我们轮流去，没有座位号的，就去一教、二教自习。为什么这么发奋？赵宝煦主任对我们说，要真正学到、掌握马克思主义的理论就应该不折不扣地读原著。他要求我们必读《马恩选集》（二卷集）《列宁选集》（四卷集），通读《毛泽东选集》（四卷集）。读了原著，联系当时的时代背景，才能领会经典作家的理论深度，才能看到经典作家对当时无产阶级革命运动的伟大指导作用。理论的魅力使我们对马列主义的信仰更加坚定。今天，我们之所以能够在高校进行教学和理论研究，完全得力于五年中培育出的“占位子”的精神，得力于对经典著作的阅读，才使我们在实际工作中，运用经典作家的立场、观点和方法去认识问题和处理问题。

信仰可以自由。理论上的追求，也是个人的自由。不信仰一种理论也可以，不同意或者反对某一理论，也无可厚非。学术问题可以讨论，理论问题可以研究，可以磋商、探讨。然而，要批判某一理论，必须首先认识、了解、研究、熟悉某一理论。马克思、恩格斯在对黑格尔的辩证法认真研究后，对其正确的、科学的、唯物论加以“扬”之，对其唯心论的一面给以“弃”之；马克思对费尔巴哈唯心主义的批判，也是建立在熟读费尔巴哈著作的基础上，才能全方位进行批判；恩格斯花了两年多的时间，写下了一系列批判杜林的文章，严厉批判了杜林反动的唯心主义先验论，系统地论述了马克思主义的唯物主义反映论；批判了杜林在政治经济学上的先验主义和形而上学观点和庸俗政治经济学；揭露了杜林假社会主义的实质，进一步阐述了社会主义从空想到科学的发展过程和科学社会主义的基本原理；他在德国党的机关报——《前进报》上将这些文章陆续发表。1878年7月才印成单行本，这就是著名的理论巨著——《反杜林论》。而现在，有些年轻人，不读原著，不了解经典作家理论的真正含义，人云亦云，对马列主义不感兴趣，甚至拿起来就批。对中国现代史不了解，对毛泽东著作不读、不研究，拿起来就批，这是一种十分浮躁的作风，是对人、对历史不负责任的作风。

牵　手

我的婚事比别人长。在我懂事的时候，就听说：当我母亲怀我后，我父亲就和怀孕的姑母指腹为婚。在他们看来这是“肥水不流外人田”，是“亲上加亲,不断亲缘”。我父母没有文化，也不懂法律，两家定下了我们这份“姑表亲”。直到十八九岁，我在上海，那一位在湖北农村，我们从来没有见过面，双方的长相、人品、性格一概不知。随着年龄的增长，法律常识也增多了。《婚姻法》明文规定：“直系血亲和三代以内的旁系血亲”禁止结婚。血缘太近是个问题，生出来的小孩会畸形，或者会隔代遗传，会把某些肉体上、精神上的弱点和缺陷累积地遗传下来，对子孙后代以至民族的健康带来不良后果。近亲结婚也不符合伦理道德的要求，而且有了矛盾就会破坏几家人的和谐。于是，我违背“父母之命”，给姑父母写了一封退婚信。为此，我父亲动手要打我，“打也要退婚!”我当了一次“不孝之子”。

我深信“书中自有千锺粟”、“书中自有黄金屋”、“书中车马多如簇”、“书中自有颜如玉”。高中乃至大学，我一直没找女朋友，那时大学也不准谈恋爱。再说我们班原来六朵金花，有的是高干子女，高攀不上，有的早有“主”了，不能当“小三”，死了这条心，好好读书吧! 工作后再解决另一半的问题。

毕业后留校工作，不到半年，就随北大大队人马下乡搞“四清”。我分到门头沟区军庄公社灰峪大队第二生产队工作。我工作十分认真，办事比较干脆利索，又能吃苦，表现较为突出。1966年2月1日，我“火线”入党。当时在第一生产队“四清”工作的孙兢华，对我的为人产生了好感。她长着一双明亮眼睛，肤色白腻，眉目传情，衣着淡雅脱俗，一头带有自来卷的黑发特别诱人，说话小声小气，慢条斯理，身材瘦弱，有点弱不禁风，我的第一印象是“娇”、“骄”二字。

由于工作需要我被调往第一生产队当“四清”工作队队长。和小孙接触的时间多了，对她了解也多了，感觉她做事仔细、踏实，还比较老实，逐渐产生了好感。说来也奇怪，当时，在同队工作的一位北大附小的女老师，对我有爱慕之心，很关心、照顾我，和我说话都有点“嗲声嗲气”; 可是，我就是不以为然。只是对小孙感兴趣，这就是缘分吧。小孙体质弱，我就派活给她派轻一些，在很多方面给予照顾，她对我也更加深爱了。“四清”明文规定: 不准谈恋爱。吃派饭，我就故意分开。但是没有不透风的墙，“四清”军庄公社团部好像知道了，让灰峪和“四清”大队长分别找我们谈话。我们俩都说没有那回事，也就不了了之。1966年春节，我留守，其他队员都放假回家、回学校过春节了。小孙回来偷偷地给我带来了一些北京点心，还给我买了牙膏、手绢等日用品，我从内心里感激她。1966年6月1日，北大贴出了“第一张大字报”，6月5日，我们被召回学校，搞“文化大革命”。临走前，我对她放心不下，委托她的房东耿大娘照顾她。不久，“四清”工作队都撤离了农村，小孙她们集中在北京政治学校学习，抽空给我织毛衣。原灰峪“四清”工作大队队长问她给谁织的? 这时，小孙理直气壮地说:“江长仁。”

“文化大革命”刚开始，那时特别讲究“成分论”，我们开始牵手。虽然我到她家，什么活都干，但准丈母娘唯恐我说假话，特地派小孙的二弟到上海我家去看一看，是不是工人家庭。考察的结果是: 家中一张木方桌，几条木板凳，一个车站码头装卸工家庭，“根红苗壮”。准丈母娘这才放心。

1967年5月1日，我和小孙举行了简单的仪式。史春和、黄宗良、刘兵海、曹其全等同学，还有陈峰君、黄见秋、付茂贞、刘绍荣等老师到小孙家喝了喜酒。我父母也专程从上海来参加婚庆。我俩在财斋（今红二楼）114，两张单人床一拼，就是洞房了。同一天，魏开肇、何淑云也喜结良缘。同事们送给我们很多《毛主席语录》、红宝书、毛主席像章、毛主席石膏像。石膏像时间放长了，积了很多灰，有的地方又有裂纹和破损，抹布一擦，很多黑灰道，十分难看，既不敢扔，又不敢砸。要是“扔”或“砸”被人看到，那就是“现行反革命”了。我们只好在深夜，敲碎了用报纸包着扔进垃圾箱。

我们婚后感情一直很好，不管谁有一病二痛，恨不得，取而代之，彼此都竭尽全力照顾对方。家，要经营，要营造，它不需要“台风”、“飓风”，更不需要“龙卷风”，它是避风港。女方嫁给你，是要寻找靠山，寻找“保护神”，她需要安全感。每个人都有自己的个性，别想改变对方来适合自己；要想改变，最好的办法是改变自己，这样才能维持原本的爱情。夫妻在家庭里，不是讲理论辩的地方，这里很需要的是相互尊重和理解。老实说，我们也经常嚷嚷，没有矛盾是不可能的。“天上下雨，地下流，两口子吵架，不记仇”，我们的矛盾不过夜。两人都要大度一些，宽容一些，我脾气急，嗓门大，她就不做声。一般来说，她退让的多，包容的多。她有高血压，脾气也大，爱嚷嚷，说不定，什么时候就甩我两句，我就诙谐地说：“我又犯错误了。”哈哈一笑，就过去了。家务事不要争个你高我低，千万不要把“离婚”两个字放在嘴边，这两个字是很伤人的。

小孙在北京有色金属公司上班，无论春夏秋冬，每天6点起床，要倒5次公共汽车，近两个小时才能到单位，每天在路上，要花去3个多小时；我每天还要照看两个孩子，我们俩都十分辛苦。在此，我要感谢杨文娴、萧超然老师。他们为了解除我的后顾之忧，报请校党委调小孙入北大，经项子明副书记批准，1983年1月，小孙调入北大附中校办工厂任会计。从此，我们俩都在北大忙碌着。

“我是耙子，她是匣子。”我们两人从来是经济公开。我的工资、讲课费、稿费、奖金，“一切缴获要归公”，我从来没有小金库。12年前，我去北大深圳研究生院工作。那时深圳是一个改革开放的新城市，接壤香港，暗地里有“红灯区”、有“二奶村”。有人对小孙说：“你小心老江带一个二奶回来。”小孙说：“我放心！”

这是她对我的信任。在夫妻之间，信任则是维系夫妻感情的纽带。只有彼此以心换心，完全信任对方，才能保持夫妻感情的历久弥新，达到相敬如宾，沟通无极限的至高境界。如果一方对另一方的人格持怀疑态度，不相信对方的感情，则可能伤害了对方，以致让邪魔入侵，风言风语、飞短流长乘虚而入，长此以往，夫妻之间的裂痕和隔膜就会越积越深厚，最终导致劳燕分飞。英国诗人毫厄尔说过："一旦疑心从前门走进，爱情就会从后门溜走。"在深圳有的人"工资交家、奖金浇花"，我不敢拈花惹草，既没有这个贼心，也没有这个贼胆。我很传统，我的感情专一，我要对另一半负责，从来没有二心。

原苏联教育家霍姆林斯基说："真正的爱情不仅要求相爱，而且要求相互洞察对方的内心世界。"我们结婚在"文化大革命"初期，结婚四十多年没有照过结婚照，小孙盼望照一张婚纱照，2006年，我们补照了五十多张，她需要买按摩浴脚盆，买！她要买测糖仪，买！她想到外地旅游，我们四游深圳（世界之窗、民族村、锦绣中华），到昆明、穿石林、登黄鹤楼、上东方明珠、览外滩、观虎丘、游西湖、去香港、经澳门、看珠海、逛三亚，飞到天涯海角。2005年12月20日，我带她到160米高53层的深圳国贸大厦旋转餐厅欢庆她62岁寿辰，坐在原位，旋转餐厅一小时旋转360度，鸟瞰深圳全貌和香港部分风景，温馨浪漫，其乐无穷。她喜欢北京小吃，爱喝豆汁，我们隔三差五去护国寺，我陪她去磁器口、地安门、北海东门、天坛北门、牛街、九门小吃……无处不到，跑遍了北京城，满足她的内心需要。

我们出入成对，行走成双，凡是教务部、马克思主义学院搞春游、秋游，或者老同学聚会，只要主办方同意，我们俩都结伴同行；小孙的中专老同学、老同事都十分赞美、羡慕她："你们是天生的一对！"是啊！来世，我们还做夫妻。

扛排骨

1967年我和小孙结婚，北大没有分配给我住房，只是暂住在红二楼114集体宿舍，要感谢汪其来老师，原来我和他合住一间，为了我结婚，他主动搬到其他屋和别人合住，114就成了我们的洞房。1973年，我们已经有了两个孩子，寄住在东四大通胡同22号我岳母家，两个孩子从出世以来，都由我岳母照看。每逢星期六、节假日，我进城看望岳母和孩子，当然，不能空着手去。冬天，我带着"小炉匠"式的狗皮帽，买一整扇排骨（胸排和腔骨连在一起），忽悠忽悠地扛回去孝敬岳母。次数多了，老同学见状觉得我十分滑稽，总是学我扛排骨的神态。

岳母是一个善良、勤劳、节俭、传统的妇女，1951年3月，我岳父因病辞世，留下四个孩子，岳母当时才33岁，又没有工作，经济拮据，但是，她坚决不"往前走"，只好给她妹妹看四个孩子和做家务来弥补家庭的困难，连同我爱人兄弟姐妹四人，我岳母要照看八个孩子，还要洗衣、做饭，一天忙到晚，腰都直不起来。好不容易把我爱人兄弟姐妹四人拉扯大，也工作了，接着又为我姐夫、我、两个小舅子和外孙女共看养了三代七个孩子，真不容易啊！所以，我常说："岳母是我们家的功臣！"

知恩图报，岳母年纪老了，我把她接到北大和我们一起生活了十多年，由于长年积劳成疾，岳母先后开过4次刀，体质每况愈下，1992－2007年，15年基本上长期住在北大我家，岳母长年患高血压、胆结石，体质衰弱，2006年生活不能自理，有时大小便失禁，地下全是屎，我就用手抓，裤子内有屎，就帮助清洗，经常不厌其烦，帮助倒屎倒尿，当时有子女想把岳母送往"敬老院"，我对爱人说："你要送，我就和你离婚，我来照看她。"这样，岳母一直住在我家，虽然我工作很忙、很累，我还是经常给老人做她喜爱的饭食，特别是馅食。好吃的饭菜、水果都先给老人，老人需要什么，有求必应。人生于世，长于世，源于父母，我把岳母看作是自己的母亲。这些都是我们做儿女的天职，是中华民族的传统和美德。

2008年，岳母去太原姐夫家，不幸跌倒，中风，脑溢血，左半身瘫痪，住院八个多月，不见好转。2009年10月底，我们把她接回北京住院治疗，已经一年半了，上下引流，失去语言能力，由于93岁高龄，病情有恶化的迹象，每星期我和小孙去看望她三次，家里还要接送孙子、外孙女上下学，有时累得我在车上都睡着了，还坐过了站。即使这样，再苦再累，我也要坚持去看望岳母。以往"扛排骨"，现在一定要养老送终，尽我的孝道，尽我的责任。2010年，我被评选为"北京市万名孝星"，获得了北京市万名孝星证书、奖金和奖章。

俗话说"百善，孝为先。"人类繁衍生息，与之对应相系的孝心是人类最朴素的感情。孝是百行之首，是德之本；孝，意味着责任，责任如山；孝，体现着做人的基本道理。2010年冬奥会上，短道速滑名将周洋在夺得1 500米冠军时说了一句"让我爸我妈生活得好一点"的感言，这是一句朴实无华、真情流露的大实话，体现了周洋对父母的孝敬。然而，国家体育总局副局长、国际奥委会副主席XXX表示："说孝敬父母、感谢父母都对，心里面也要有国家，要把国家放在前面，别光说父母就完了。"有一些官员，说惯了官话、套话、大话、假话，也要求别人和他一起说套话。可恶！

当然，首先说感谢国家也没错，因为是真实的感受，感谢父母更没错。一个人如果不知道孝敬父母，也很难想象他会热爱自己的祖国。其实，感谢父母和感谢祖国并不矛盾。当周洋夺得奥运金牌，让五星红旗在异国他乡冉冉升起，当《义勇军进行曲》在空中回响，谁能说周洋不是用行动表达了对祖国的感谢？

获奖感言是自己的真情表露，不应该统一模式、统一语言。张国政拿到雅典奥运会冠军时感言说："老婆，我爱你！"李娜在闯入2010年澳网四强时感言时说："我感谢我的老公，是你当了我的出气筒，谢谢你一直都忍耐我的坏脾气。"举重运动员龙清泉获得北京奥运会冠军时感言说："奥运奖金我最起码拿出一半给我的家人。"这些话多么精彩、多么有个性、多么有特点啊！在全世界任何一个国家，不可能想象一个官员去批评一个奥运会冠军，指责她说拿了冠军之后，不能先说能让爹妈过上好日子，唯独出自中国官员之口。

温家宝总理在《政府工作报告》中说："我们所做的一切都是要让人民生活得更加幸福、更有尊严。"活得"更有尊严"，恐怕不简单是物质生活的富裕，"有尊严"生活的前提，应该是建设民主法治国家，让公民权利真正得到落实，让公民有说实话的基本权利。

口无遮拦

我在北大生活、工作五十多年，很感激北大给了我一个十分宽容、自由的环境，给了我发表个人观点、意见的权力，同时，这也助长了我口无遮拦，随心所欲、任性的缺点。我是一个炮筒子，一点就着，嘴上没有锁，是一个爱提意见，想说就说的人。校长办公室、党委办公室或者某个校领导的办公室，敲门就进；有时不顾场合，不给人面子，说话很刻薄。1997年7月北大附中、二附中合并，党委副书记、组织部长岳素兰、副校长林钧敬找我谈话：党委常委决定让我去附中当校长。我愿意教书，做一个自由自在的"教书匠"，不愿意"升官"，平平淡淡、安安稳稳退休最好，顶了半天，没有去。领导没有给我戴上“不服从分配”的帽子；1999年，北大第十次党代表会上，我面对吴校长说：“您去勺园的次数比去教室的次数多得多。”2004年，在深圳研究生院的一次座谈会上，我面对许校长说：“您是一校之长，一年只来一次深圳研究生院，太少了，这叫‘不作为’，‘不作为’是违法的。”在教代会和不少部门会议上，我有意见、有想法就提，言词尖锐，有的是正确的，有的也是苛求与人，有时会弄得领导很尴尬、很难堪。

校长容忍了我，有关领导容忍了我，没有一个打击报复、给我穿小鞋的。要是在别的地方，恐怕早就打入“地狱”了。这就是北大“爱国、进步、民主、科学”的传统。学术问题可以讨论，理论问题可以讨论，政治问题也可以讨论；党内也好，学校也好，机关也好，鸦雀无声，听不到不同的声音，学术怎么发展？理论怎么发展？工作怎么能发展？民主空气窒息，长此下去，后果是严重的，也是很危险的。如果说，要发表一点工作上的不同意见，政治上的不同见解，经常都是战战兢兢的话，那就很难设想会出现一个生动活泼的政治局面。民主的精神不在于少数服从多数，更重要的还在于少数人的权利必须受到尊重，也许少数人的不同意见是可以借鉴的呢！毛主席认为：让人说话，天不会塌下来；不让人说话，鸦雀无声，总有一天要垮台的。这是为无数历史事实所证明了的一条客观规律，也可以说是毛主席晚年的悲剧。大家还记得庐山会议固然是真理的失败，更是党内民主的失败；“文化大革命”不让人说话，不仅是党内民主生活的被践踏，也是社会民主生活的被蹂躏，结果以给党、国家和各族人民带来严重灾难而告终。

“一号快捕”

我在北大50年基本上是个“教书匠”，由于党组织的培养和信任，我担任过北大马克思主义理论教学中心副主任，校马克思主义教学指导委员会秘书，九年半的北京大学教务处副处长，四年半的北京大学深圳研究生院教务处副处长、处长，一年半的北大方正软件技术学院教学督导委员会副主任，基础教学部主任兼任政治理论教研室主任，都是“双肩挑”。

我在教务处（现改为教务部）工作时间最长，主管教学管理科（毕业审查、保研推荐审查、证书验证和发放、课程安排、学风管理与建设）、学籍科（复、休、退、转学籍管理、本科学生出国审批）和办公室工作，我的大量精力放在前两项。

尤其是抓学风管理与建设中的抓考试作弊最为艰难。每学期考试前，我们坚持召开考前三会(学校召开各系教学主任考前工作会 、各系任课和监考教师动员会、学生考前动员会)，加大校广播台、电视台、校刊正面宣传考试工作的力度。抓好考风，要建筑在思想工作的基础上，要防微杜渐，防患于未然。

“树欲静，风不止”；考试舞弊，抓不尽。每学期，我们教务处都会抓出十八九人，我一个人就能抓出八九人，有的学生、教师戏称我是“克格勃”（特工）、“一号快捕”、“厉害的矮老头”、“可恶的矮老头”……学校领导、全体教师和绝大部分同学是极力支持我们整顿学风，狠杀考试舞弊之风的，但也有个别“好心”的监考老师，一见我们来了，就大声告诉学生：“同学们要注意考试纪律，学校会有人来检查的。”实际上是“通风报信”。俗话说：“若要人不知，除非己莫为。”有的留学生在字典中夹带；有的把写满了考试内容的外文纸裹在铅笔上；有的写在胳膊上，还有不少学生把考试内容微缩复印成极小的文字；更有甚者，夏天，有个女生把作弊的文字写在大腿上，当她不断拉动裙子时，我们请女监考老师查看，阴谋就被揭穿了……有的监考老师说：“你真是火眼金睛，我们怎么没有看出来？”很简单，在考试中，绝大部分考生的神态很自然，而舞弊的人，他总是提心吊胆、做贼心虚。他贼眉鼠眼地看着你，提防着你，注视着你，当你的眼睛和他的眼睛会合，注视他时，他的神情表态，就有异常变化，当你走近他时，他就紧张起来，于是，一抓就准。

抓舞弊也有风险。有一次，抓住一个学生打小抄，她当时就晕倒了，我们立即把她送往医院抢救；有的学生说：“我不想活了，你处理我，我就死给你看。”还有的说：“小心你们家窗子！”说完就飞快地跑了。只要我负责这个工作，死都不怕，还怕窗子被砸？好在我家住在四楼，至今，所有玻璃都完好无损。

抓住作弊的学生，麻烦事更多，按规定有的学生要留校察看，有的要取消学位资格、有的要给予纪律处分……熟人说情的有之，家长、学生下跪的有之；送钱的有之；说风凉话的有之，“你有本事把社会上的腐败抓一下！”

坦白地说，我没有那么大的能耐，社会上、党内不正之风、贪污腐化，应该抓、必须抓，这些应该由党和政府部门去抓，我不可能“越权”。“铁路警察各管一段”，在我职责范围内的事，我不能昧着良心，不负责任。考试不正之风，确实

2004年江长仁夫妇在海南岛

是社会风气不正、腐败现象的一种反映。不可想象，一个考试作弊的人将来不会腐败。考风是校风的具体反映。严谨、奋进的校风，必然是严肃、务实的考风；疲沓、懒散的校风必然导致考场纪律混乱，舞弊丛生。考风不正，管理不严，实际上是对刻苦学习、认真答卷学生的一种打击，是对弄虚作假、投机取巧者的鼓励，也是变相的贻害学生，更是对正义的亵渎，是对学生的不公正。

我深信“两会”期间温家宝总理在会见中外记者时所说的话：“公平正义比太阳还要有光辉！”

怀　念

我们60级班调干多、党员多、年龄大的多、实践经验丰富的多、学习好的多，我只是“中不溜”的。可是，“文革”中“四人帮”说什么“文化大革命”前十七年教育战线是资产阶级专了无产阶级的政，是“黑线专政”，有的人就说我们“60级是一筐烂桃子”。屁话！

我们60级49名同学（原有52名，有三人退学）受训于政治系，1965年完满完成学业，如期毕业。毕业后，有20余人在高等院校或中央党校、省市级党校担任教学、科研工作，他们中很多人是教授、副教授、博导、研究员、副研究员等高级职称，还有一部分同学享受国家政府特殊津贴；有的担任过县长、县委书记、海淀区委书记、北京市常委、北京市统战部长；有的曾任中国传媒大学校长兼党委书记、北大国际关系学院常务副院长、外交学院副院长；有的担任过出版社社长、主编，有的在中央部委、省市级机关工作；还有的当上了“老总”；他们在自己不同的岗位上，默默无闻地作出了各自不同的贡献，黄宗良同学到中南海给党和国家领导人讲过课，所有这些都是我们班的骄傲！让“烂桃子”论调，见鬼去吧！

我怀念我们班同学在一起时很和谐、很团结、很愉快的时光，时间长了还有不少外号（有些不雅，但很亲切），有的叫“朱娃子”、“老绵羊”、“摇摇”、“金宝”、“石老夫”、“大毕”、“四川吴”……我很怀念老大哥赵洪涛、赵开才、史大哥、周大哥、老沈、老潘……怀念我们班“朗诵王子”——帅哥金海；怀念并感谢在我担任班体育委员时，同学们对我工作的支持！怀念我们班的“五朵金花”（原有六朵，一朵金戈，移植到中文系），特别怀念多愁善感的“林妹妹”王杰，她嫁给了“霍夫斯基”——老于。老于是个老实厚道、会挣钱，会做饭，又会开车的人，他真是一个好“伙夫司机”，他对王杰的照顾真是做到了200%，她找到了真正的爱情。

成家、结婚意味着责任，意味着相互搀扶，相敬如宾，相濡以沫，他们做到了,是我的榜样。而现在的小青年，把婚姻当儿戏，就是列宁批判的“杯水主义”，“离婚”不仅是口头禅，而且成了风。2009年，有一个统计数字令人寻味：第一名:北京离婚率39%；第二名：上海离婚率38%；第三名:深圳离婚率36.25%；第四名:广州离婚率35%；第五名:厦门离婚率34.9%；第六名:中国台北离婚率34.8%；第七名:香港离婚率33.8%；第八名:大连离婚率31%；第九名:杭州离婚率29%；第十名:哈尔滨离婚率28%。有人说，离婚自由，不错，可是不要忘记：太自由，就没有自由了。

十分怀念我们的老主任赵老，“文化大革命”中，赵主任两次到东四大通胡同我们家看望我和家人，进行家访，使我十分感动；怀念我们的老师张汉清、张俊彦、高作明、张侠、萧超然、王向力、张映清、沙健孙、梁柱、樊公裁、李景鹏、刘雪章、孙盛权、杨阴滋、陈哲夫、汪其来、付茂贞、贺守銮、屈国英、徐燕、黄见秋、姚曼华、岳麟章、毛承颖、王玖芳、王永裕、黄美富、朱美宜、林代昭、严富明、王炳元、李石生、梁守德、陈峰君、方连庆、李清聪、强重华、唐湛尔、杨淮生、姚紉荃、魏式琪、刘劲秋、刘绍荣（爱称刘姥姥）……今天，我们之所以还记得教我们的这些老师，包括办公室、资料室的老师，记得他们的名字，是因为我们一直没有忘记老师们的辛勤栽培。没有老师们的血汗浇灌，就没有我们的今天，我们永远怀念他们。

我很怀念我们60级的集体，我们曾一起在斋堂植树；班主任张映清带领我们去大兴劳动；我们到平谷东高村、楼梓庄、东壩，两次搞“小四清”；在三年困难时期，不少同学浮肿，我们没有怨天尤人，没有牢骚，没有对党和国家丝毫地动摇，而是相互鼓励，共渡难关；班内不管谁病了，大家分别去问候，陪伴到校医院看病、帮助拿药。有一次于永梓低血糖，晕倒在厕所，班内同学发现后，立即把他抬出来，帮他擦洗干净身上的污垢，即刻送往校医院，经过治疗，他很快就康复了。60级班集体不仅给了我温暖，更重要的是：直到毕业时，49名同学都信仰坚定、主义纯正，“为祖国发奋学习”、为党和人民工作，没有一个人退缩。我记得，高我们一届的一位同学分配到四川雅安市天全县工作，在去报到的路上路过二郎山，汽车的颠簸、道路的险要，使他胆战却步，跑回了北京；而我们49名同学分到哪里，就落实到哪里，在分配的路上，没有一个“掉链子”的。

在这里，我们怀念并向已经仙去的杨宗普、郭新文、郭文清、张克勋、赵洪涛、石志夫、李泽成同学默哀、敬礼。

人老了，怀旧心情重了，老同学如同兄弟，如同战友，都是70多岁的人了，见一面就少一面，除了我在深圳的那几年，班内只要有聚会，我必参加，用冯巩的话说：“我想死你们啦！”

2011年向东在黄河边

忆往昔岁月蹉跎

毕凤翔　　学　号　6018004

回顾半个多世纪的人生，真是感想万端。曾经的辉煌，经历的苦难，有的和60级同学相似，有的却不同。回首往事，可以用一句话概括：我的悲欢是一代人的人生写实。

从留苏预备生到北京大学政治系

当人生进入古稀之际，经常萦绕于心头，在记忆中感到最为深刻的，总是在人生面临转折关头的那些人和事。

记得在高中毕业前夕，我被学校定为留苏联预备生。准备到莫斯科大学学习八年。不久，突然，校党总支书记王兆庸书记找我谈话，说接上级通知，鉴于中苏关系恶化，留苏预备生一律停止去苏联。于是，我随同应届高中毕业生一块参加高考。我通过高考进入北京大学政治系。进校以后，为了我们每个人都能够树立正确的人生观和世界观，系里为我们班开设了《中共党史》《国际共产主义运动史》《中国政治思想史》《外国政治思想史》《中国通史》《政治经济学》《哲学》《法学》《逻辑学》《现代文学》《俄语》《马恩列斯经典著作》《毛泽东选集》（四卷）等，为我们走向社会做好本职工作奠定了坚实的理论基础。5年在校学习期间，除了安排我们到工厂、农村劳动锻炼外，还在1963年冬天安排全班同学到平谷县东高村公社参加农村“四清运动”。1964年，我们到朝阳区楼梓庄公社参加农村的社会主义教育运动，把我们学习的理论知识同社会实践结合起来。1965年毕业分配时，系领导找我谈话说："解放军政治学院来北大要3名政治教官，条件是出身好、学习好、身体好、年龄小。系里研究决定推荐你，你个子高穿上军装多威风啊！想征求你的个人意见。"我毫不犹豫地回答："我从小学读到大学毕业17年，从家门到学校门，现在毕业分配到学校，又从学校门进学校门，不了解社会。在北大五年，学校教育我们要与工农群众相结合，为工农群众服务。我响应国家面向边疆、面向基层的号召，要求下基层锻炼。我希望到基层工作。"我填写了5个志愿都是下基层。我被北京市人事局分配到房山县委组织部待分配。

1964年9月《大众电影》拍摄"并肩前进"招贴画，右起第三人为毕凤翔与留学生合影

从无产阶级革命事业接班人到黑苗子

1965年9月19日，北京市人事局派应届大学毕业生20多人到房山县参加"四清运动"，我被房山县委组织部分配到崇各庄公社岗上大队，拜吴春山做老师，学习农业生产管理。我在他的身边受益匪浅，特别是学会了如何做人。他几十年的经验总结是：我一不贪污，二不盗窃，三不搞投机倒把，四没有男女作风问题，什么运动来了也不怕。他说这话的时候，怎么也不会想到半年以后开始的史无前例的"文化大革命"，他这面北京市"农业学大寨"的红旗，竟变成了彭真旧北京市委对抗毛主席"农业学大寨"的黑旗。造反派把他打成"地主管家"、走资派。我在

岗上大队只待了一个多月，就接到县委组织部的通知，调我到周口店公社瓦井村。后来才知道，在我们分配到房山县的一个多月里，县委副书记张令德在战争年代受伤的手背骨髓炎复发住院。在他出院后，听说分配二十几名大学生下基层，他要求县委组织部抽调几个人跟着他在周口店公社蹲点，我被抽中。1979年，我从房山县调到二外理论教研室讲授《政治经济学》，在讨论诸如“社会主义有没有剩余价值”、“马尔萨斯人口理论有没有合理成份”等问题时，我才发现，有的从家门到学校门，再从学校门到学校门只有书本知识的理论教师，在认识上存在明显的差别，产生差别的根源就在于实践。实践是认识产生的根源，是认识发展的动力，是检验真理的唯一标准。只有理论联系实际才能正确地分析问题、解决问题。

俗话讲：不怕不识货，就怕货比货，有比较才有鉴别，相比之下，才能看到差别。在现实生活中经常会有人向我提出类似的问题：北大毕业时分配你去解放军政治学院你不去，你非要求下基层，经历艰难困苦，还险些丢了性命，你后悔不后悔？我承认我选择的是一条艰难曲折的道路，在这条道路上充满了不可预知的矛盾和困难，在这条人生之路上能够求得真知，能够对社会做出更多的贡献。要获得真知不仅要读万卷书，还要行万里路。几十年社会实践的摸爬滚打，在我的脑子里装的不仅是书本知识，更多的是社会实践知识，我能用这些知识去比较、去鉴别书本知识中的真伪、谬误。可见，在社会科学中产生悖论以及教条主义的根源之一就是理论脱离实际，无法鉴别书本知识的正确和错误。

瓦井村的近邻是隔着公路的南韩继，是北京市学大寨的又一面红旗。在没有自然水源灌溉的旱高台上，硬是靠人工挖几十米的深井，抽水浇灌实现小麦稳产高产。党支部书记徐庆文是解放军一个骑兵营的营长，复员回乡参加农业生产，看村里太穷，发展农业生产缺少资金，就把自己的复员费全部捐给生产队，一心一意带领全村社员走社会主义道路。他和吴春山两个人都是全国劳动模范、人大代表；可是，两个人的工作作风、管理方法却各不相同，各有特点。吴春山是帅不离位，坐在大队部里运筹帷幄，对全队成竹在胸、指挥若定。徐庆文总是冲锋在前，战斗在生产第一线，哪里艰苦，哪里危险就出现在哪里，经常在几十米深的大口井底指挥打井，穿的破衣上满是汗水、泥水，像个叫花子。他把人民军队官兵一致、吃苦在前享受在后的革命作风带到农业生产中，成为北京市“农业学大寨”自力更生、艰苦奋斗的一面红旗。徐庆文靠科学种田，我们今天称为农业循环经济。

他发展养猪主要是为增加粮食生产提供有机肥，他把全部秸秆还田，把地种成旱涝保收的海绵田，实现连年稳产高产。可是，就是这样一位发展农村集体经济的带头人，在“文化大革命”中被“造反派”打成黑帮，这面本来被命名为北京市农业战线上学大寨的红旗变成为旧北京市委彭真对抗毛主席“农业学大寨”的一面黑旗。徐庆文还被村里的“造反派”称为徐阎王，给他头上戴一顶铁制的大帽子，脖子上用细铁丝吊上一块大木牌游街示众，边走边拳打脚踢，用自行车的铁链子抽打脸颊，把槽牙打掉，对人身实施残酷的肉刑。我同情张成基、吴春山、徐庆文这些在“文化大革命”中被冲击、被折磨的老干部、老劳模，这也是“造反派”们把我打成大右派、保守派头子的主要原因之一。无产阶级革命事业的接班人变成了黑苗子。

1966年5月，农村的“四清运动”还没结束，“文化大革命”就开始了，参加北京市农村“四清运动”的11 000人集中在北京市委党校等几处开会，组织我们收听中央领导的讲话。不久，我被打成大右派、保守组织的头子，冠以大反王力、关锋、戚本禹炮打中央文革的反革命帽子。1967年11月，我在房山大街十字路口演讲揭发“造反派”头目陈文泽和王力、关锋、戚本禹的黑关系时，陈文泽带着二百多名打手把我抓到县委北院一个有五间房的大屋子里，用钢丝鞭、皮带、棍棒、啤酒瓶子严刑拷打一个小时。后来以陈文泽为首的“造反有理”的头头们直接把我送到北京市公安局北新桥炮局拘留所关押。我被送到炮局拘留所的第三天，李所长和一名年轻警察把我送上一辆卧车说要给我包扎伤口，车开到积水潭医院门口，护士、大夫热情地打招呼：“李所长来了。”李所长说：“先打试验针。”护士给我做皮试后告诉李所长，破伤风皮试已经有反应了。李所长发出指示：分两次打。看来，李所长对医疗业务十分熟悉，护士给我打完破伤风针，把头发剃了，头上和腰上的伤口都包扎好了。我被送回北新桥炮局拘留所，关进牢房，与小偷、流氓、赌徒、杀人犯关在一起。经23天的审查后，我出炮局时，已经是皮包骨，前心贴后心，肚皮贴着脊梁骨，老街坊邻居都说我已改变模样了。

从霞云岭到北大荒

1968年2月13日，在全国大联合的形势下，北京卫戍区司令付崇碧出面召集房山两派群众组织的负责人到市里开会，实现大联合。两派群众组织的负责人都作为常委进入县革命委员会，我也进入了革命委员会。革委会还要求常委下乡到山区蹲点，有的常委不愿意去，安排我去霞云岭公社，我服从分配。1968年9月25日，霞云岭公社书记李万顺安排我在四合村长流水第三生产队与社员同吃、同住、同劳动。这个生产队的十几户人家分住在大山深处的三个台子上。每天天不亮，摸着黑干活。早饭后再干一上午，午饭后马不停蹄，一直干到天黑。山里人这一辈子都离不开背篓，从会走路就开始背个小背篓，直到长大成人。女人背140至150斤，男人背180斤的大花篓。把山旮旯里的土搜罗到一块，再用背篓背到猪圈里，再把猪粪、人粪各种农家肥背到地里，地里产的玉米、白薯、桔秆和山顶产的蔓菁，全都靠人用背篓背回来，每天吃水用水都是靠人背的。一年到头离不开背篓的山里人，体力上的支出要比平原用车运输大得多了；可是，山里人一天三餐除了中午吃玉米、小米粮食，早晚两餐都吃蔓菁粥。蔓菁有毒，我开始不适应，晚上肚胀，在土坑上翻过来掉过去，睡不着觉。队长张宝平的70岁老母亲拨亮油灯，抓几粒花椒放在饭碗里，倒上暖壶水让我喝下去，肚子就不胀了。后来，我的脚脖子让蝎子蜇了，大家到处找蜘蛛吸毒，但没找到，只好掰开大公鸡的嘴，把黏液抹在我的伤口上，农民这些土办法还真管用。十月份正赶上梨秋，全队男女老少几十口子人都要背梨下山，走五里山路把梨背到公路边存放等候装车。我也背上梨筐和背梨的人群一起行走在山间的小路上，几天下来上衣的后背就被梨筐硌破，全队男女劳力都挑大拇指称赞我能干。我很不理解，我和你们女劳力一样，只能背140至150斤的梨筐，从来没背过男劳力背的180斤的梨筐，有什么值得你们夸奖的？原来这些山里人心里有杆秤，据他们说：从北京来的医疗队每个人身上只背个小药箱，走在山顶的窄路上向下看悬崖峭壁深谷，吓得双手着地爬行。相比之下，你不仅没有四脚着地爬，还背着一百多斤的梨筐跟我们一块走这山路，太不容易了。

不久，我接到上级通知，县里让我到6161部队农场劳动锻炼，接受工农兵再教育。此通知遭到生产队领导的拒绝："毕凤翔来我们村劳动锻炼已经三个多月了，和工农群众已经结合了，结合得挺好，社员群众评价不错，为什么非要去你们部队农场？"孙海同说："你赶快通知毕凤翔，陈文泽和其他大学毕业生都已经去了，他的关系已经都转到部队农场了，如果他不去报到，就要扣发他的工资、粮票。"张宝山说："你扣发10年工资粮票，我们四合村就养他10年。"就在几天以后，孙海同派他的秘书到四合村接我。这位秘书穿着大皮鞋爬三里多山路到我住的第二道台子上，一屁股坐在三队队长张宝平家屋门口的门槛上，喘着粗气问我："你怎么跑到这么个山沟里了？累死人了！"我回答："这不是我自己跑到这个山沟里的，是县革委常委会决定的。"他和孙海同主任一直把我送回宣武区西草场我的家里，苦口婆心，软硬兼施地做我妈的工作，让我尽快去嫩北他们的部队农场报到。

1969年1月6日，我带着北京市房山县革命委员会在1968年12月14日写给6121部队农场的介绍信，坐上了北去的列车。从北京站乘火车到齐齐哈尔，再倒车到嫩江北的莫力达瓦旗巴彦车站，眼前是千里冰封、万里雪飘的北国风光，零下40℃的严寒。中午12点，室外的温度仍有零下38℃，感觉天空的太阳像个冰球，没有丝毫的温暖，从嘴里和鼻孔里呼出的气，在羊皮帽子周围结成一圈冰霜，眼眉和须发都呈现银白色，一片"银装素裹"的打扮。

1969年1月8日，我在莫力达瓦旗巴彦车站找到6121部队农场的31分队一排。开始为期一年的军垦生活。过去，只是在史书上读到三国时期，曹操和诸葛亮为恢复遭到战争破坏的农业生产，都搞过军屯和民屯。如今，自己将要亲身体验当代的军屯生活，酸、甜、苦、辣，究竟是什么滋味，一切都是未知数。

从清查"5·16"学习班到长阳农场

我从拉皮村赶回场部，车票已买好，于是，我按照毛主席关于"办学习班是个好办法，许多问题可以在学习班得到解决"的最高指示，回到北京房山县参加学习班。我被关在县文教局的一间四面透风的仓房里，冬天时，西北风吹过破门缝发出"呜呜"的叫声，一关就是两年。1967年，关在炮局拘留所时，每天上、下午还要放两次风，而这个被称为毛泽东思想学习班却没有放风的时间安排，不准看书、看报，包括马列主义著作和《毛泽东选集》。我让我妈从家里带个扎针矿石，连接在铁丝窗纱网上面做天线，只能听中央一个台。这也被看守我的铁四师的两名战士在对我凶神恶煞般地斥责后，给扯下来没收了。我过了两年与世隔绝的变相牢狱生活。审查我的专案组由6个人组成，他们轮番地审讯我，逼我承认策划武斗。我坚持说没策划过武斗，他们却不达目的誓不罢休，发现从我嘴里得不到他们想要的口供，就展开大量调查，结果他们得出的结论是"毕派保毕凤翔"。他们调查知情的工人、农民、学生、干部，结果一致反映“12·24”武斗不是毕凤翔策划的，他们说的是真话。出学习班以后，我听向东说：专案组的人问他毕凤翔是怎样策划武斗的？向东明确讲许多工人、农民要打，毕凤翔不让打，把来开会的人用棉织厂的北京卡车130和供电局的南京嘎斯都送回琉璃河北洛、南洛、李庄，各地打电话要来支援的电话，他让电话局的话务员一律都回绝了……专案组的人威胁说：“你不说实话，也要让你进学习班。”向东说：“我说的都是实话，你们非要我也参加学习班，我现在就跟你们走。”其实我做了些什么，我自己心里最清楚，我没有后台。支左办公室主任炮六师的作战科长张忠林对我说过：你别看陈文泽打砸抢没有事，你要敢像他那样胡干，立刻就要抓你。县革委会成立以后发生的一件事证明了张忠林主任的话，其中两个陈派学生在一个村里被农民打死了，市里派出调查组找我谈话说：“毕派杀了人，你应该知道。”我说：“全县几十万人我才能认识多少人，杀人和死人的双方我都不认识，你怎么怀疑是我指使、我策划的呢？我从来没讲过‘来一个打一个，往死里打，打死一百我负责’这种话。陈文泽敢这样讲，我不敢讲，因为我负不了责。因为双方都是群众，不是敌我矛盾，我是尽量说服被对方打砸抢激怒的群众不要去搞武斗，想方设法劝回和疏散愤怒的群众。”不过，我深深感到这工作很难做，群众组织的群众运动有时是很难掌控的。我听到两边群众的两种反映：一边群众说，武斗失败了，我谁也不恨，就恨毕凤翔，就是他太右不敢干，压制我们不让打；另一派群众却感谢我：要不是毕凤翔压着不让打，他们一千多人打进县委北院我们这一百多人都活不成了。不过毛泽东在发动“文化大革命”运动时就讲过：恶有恶报，善有善报，不是不报，时候没到，时候一到，一切都要报。尽管审查我的专案组给我做的结论有不实之词，但他们始终没开成全县批斗会；而对陈文泽，不仅全县召开批斗大会，而且在各公社游斗陈文泽，最后经司法机关（房山县法院）宣判：判陈文泽有期徒刑10年。

1972年林彪事件发生以后，清查“五·一六”的学习班结束，把我安排在县药材公司吃住，等候做结论。我每天上午烧一茶炉水，下午和药材公司的职工打球，在防火池里跳水、游泳，参加房山县的摔跤队，向1959年全运会最轻量级冠军河北代表队于勇学中国式摔跤，代表房山县参加远郊九个县的中国式摔跤比赛，在1974年和1975年的比赛中我连续获得两届次重量级冠军。房山县奖励我一对各重24磅的铁哑铃。专案组还送给我一辆旧自行车，每个周末可以骑车回宣武区西草场的家，我把家里唯一的一台电子管老式收音机带到药材公司，听中央台的英语讲座，从26个字母，48个音标学起，因为从高中到大学八年时间只准学俄语，在大三时，听说要开第二门外语课；可是，按照毛主席的批示，大学文科学生都要参加农村社会主义教育运动（简称“四清运动”），一直到毕业也没能学习第二门外语。在药材公司这几年正好补第二门外语课。不过自学的英语毕竟不如在学校学的俄语，我参加中国社会科学研究院的研究生考试，俄语得了69分。调到二外以后参加正高职称时的俄语考试得了80分，虽然丢了十多年的俄语，总比自学的英语要有把握、有信心。

1975年的下半年专案组结束审查工作，我被县革委会安排到长阳公社（又称长阳农场、中柬友好公社）长阳牛队，做知识青年的思想工作。我和这些中学毕业分配到牛队的青年学生一块喂牛、挤奶、清理牛粪。

开始“批林批孔运动”以后，组织上让我把法家代表人物的像画出来，挂在食堂的墙壁上，后来把我调到公社宣传组为各生产队讲课培训社会主义教育的政工干部。不久，又把我这个不是党员的普通群众安排到长阳公社党校讲哲学，讲国际共产主义运动史，讲马列主义的经典著作，讲中共党史。而我面对的是各基层单位、工厂和农村的工人、农民、干部，不能只讲空洞的理论，必须理论联系实际。我相信列宁讲的：理论有时是灰色的，生活之树是常青的。总的来讲，我在长阳党校的讲课还是获得学员好评的。

左起：朱士高、赵洪涛、沈仁道、毕凤翔

公社领导为了使抓革命、促生产能够落到实处，安排所有能下去的干部都要下到生产队蹲点，我被安排在稻田大队，这是靠近丰台区的一个有五个生产队的大村子。我成了这个村党支部书记连文志的“秘书”，我写好讲话稿，他在大队广播室通过扩音喇叭对全体社员做思想动员，安排农业生产。

随二外转轨搞旅游

十一届三中全会以后，国家实行改革开放，由计划经济向市场经济转变，鼓励人才流动。在这社会大变革时代，由于我北大同班陈喜增和张晔同学的帮助，1979年我离开房山县，到北京第二外国语学院政治理论教研室担任政治经济学的教学工作。我开始在东欧语系、亚非语系，后又到二外分院讲授“政治经济学”。以后又随着二外转轨开始旅游的教学和科研工作。

中国旅游业是先发展国际旅游赚取外汇，后发展国内旅游的。国际旅游是先发展入境旅游，后发展出境旅游。发展国际旅游的首要障碍是语言交流，因此，国家旅游局首先选中了二外，先建旅游系，再进一步实现外语向旅游转轨。1982年8月，国家旅游局由人教司陶汉军司长带队，组织二外、天津南开大学、西北大学、上海旅游专科学校等共10人组成国家旅游局旅游考察团，赴广东省（广州、深圳、珠海、中山市）、湖北武汉市、广西桂林市等地，对宾馆、饭店、旅行社、旅游景区（点）旅游车船队等部门和单位进行调查研究，了解旅游业中关于食、住、行、游、购、娱等各个组成部分，各个重要环节的现状、发展以及管理中存在的问题。通过28天的考察，我积累了丰富的理性和感性资料，为我今后从事旅游教学、研究、写作、规划等各项工作奠定了坚实的基础。

为了进一步提高自己的实践经验，我还曾经担任旅行社总经理。据我了解，几乎所有旅行社的总经理都有两点共同感受。第一点体验是谁当这个总经理，谁少活十年。食、住、行、游、购、娱不管是哪个接待环节出现问题，旅行社都要承担责任。因为外国客人是旅行社组织来的，接待中出现的任何问题，理所当然地要找旅行社解决。譬如，民航不能按时刻表起飞，延期到达目的地，许多带薪假期的游客担心被炒鱿鱼到旅行社办公室哭闹；民航把行李丢失了，旅行社要全国各机场联系寻找，行李找到了客人已经离境回国了，旅行社要一件一件地把行李寄给每位游客，增加许多工作量。不管是谁捅的娄子，都要由旅行社去处理。第二点体验是旅行社是旅游业的窗口，导游是旅行社的灵魂。导游员同他所接待的外国客人朝夕相处，是旅行社所有工作人员中同游客相处时间最长的人，游客把导游看成是旅行社的代表，导游员的一言一行都给游客留下深刻的印象。在旅游业为游客提供的各种服务包括餐饮服务、住宿服务、交通服务、游览服务、娱乐服务、购物服务、海关服务等各种服务中最重要的是导游服务，如果给旅游服务打100分，导游服务要占50分。如果导游服务好，游客满意，能打上40多分，其他服务能得上几分，就是及格分。如果导游服务很差得不上几分，其他服务再好也是不及格分。由此可见，导游服务在旅游服务中占有特别重要的地位。

我没有接受珠海旅游公司的邀请，考察完回到二外，向旅游系主任钱忠汇报，向旅游系学生做旅游考察讲座，为院刊写介绍广东、广西引进外资发展旅游业的成功经验。1985年组建旅游科学研究所，我作为国内旅游研究室主任参加了《导游基础知识》1988、1991年两个编写组的编写工作。作为旅游资源分支学科的副主编参与了《中国旅游百科全书》的编写工作，1999年1月由中国大百科全书出版社出版。自1989年到2000年的11年里每年的导游资格考试，我都担任中央一、二类社的面试口试考官。曾经到广东、广西、湖南、湖北、河南等全国近百个省市地县考察、讲课、咨询、论证和规划。从1988年为房山县制定云居寺、石花洞、上方山、十渡各景区（点）规划和总体规划，到2005年，先后参与制定了河南周口地区九县一市的旅游总体规划，以及哈尔滨、太原等地区的旅游总体规划。在中国旅游学院、北京旅游学院、北京吉利大学、首都经贸大学长城旅游学院、中国传媒大学南广学院的大学讲台上，我讲授过《政治经济学》《旅游经济学》《旅游概论》《旅行社管理》《导游业务》《导游服务技能》《导游基础知识》《旅游资源学》《导游法规知识》《旅游资源开发和规划》《会展旅游》等十多门专业课，累计讲课10 000多小时。在报纸杂志发表文章、论文，还有北京航空航天大学出版社出版《银狐洞探秘》，军事医学科学出版社出版《生命与自然》等书籍，共一百多万字。

1991年到1997年，我在北京房山区佛子庄乡下英水村开发溶洞旅游资源。从探险、规划、开发到经营管理，我担任银狐洞总经理6年。下英水村是北京市政府上了红头文件的贫困村，为了发展该村的旅游事业，只好发动村民集资，共集资32万元。开发了2千米旱洞，又冒着生命危险开发了1千米的水洞。于1992年4月5日试营业，到年底收入41万元，1993年收入78万元，1994年87万元。1995年地下河投入运营接待游客，又赶上实行双休日，全年门票收入267.8万元，1996年240万元。1993年就还清了村民的集资款，还翻建了小学校，使教师有了宿舍，冬季有了暖气，建起了银狐洞办公室，还有两层楼的接待设施，30万元购买德国原装的帕萨特卧车，北京212吉普车，北京130卡车。银狐洞地下河水经过北京地质工程勘察院对丰水、枯水、平水三个季节进行一年的水质化验，又经专家进行地质分析，定为低矿化度弱碱性锶型矿泉水，最后颁发国家级优质矿泉水证书，又引进资金建起银狐洞矿泉水厂。1993年8月，第十一届国际洞学大会的英、美、法、德、日等14个国家的地质专家考察银狐洞，一致评价银狐是世界最大的毛状晶体，还在英文论集中刊载了我写的一篇论文。

我在下英水村六年栽下旅游和矿泉两棵摇钱树，村貌大改观，村民收入增加，生活水平提高，许多家庭购买了彩电、冰箱等家用电器，有的还盖了新房，1996年国家旅游局副局长孙刚在全国首届旅游脱贫致富大会上举的第一个实例就是下英水村银狐洞，开发一个洞富了一个村，成为旅游脱贫致富的典型。国家旅游局何光暐局长在《新世记》这本书中把银狐洞定为农村旅游脱贫致富的典型。1997年，我离开下英水村，又接受韩村河书记韩建建筑集团董事长田雄的邀请，对房山第二煤矿的地下河水进行一年的检测化验。通过国家级鉴定，颁发锶型优质矿泉水证书，建起韩建矿泉水厂。2000年在山东省临沂市沂水县的一位承包溶洞开发的民营企业家搞仿铜制品起家的张善久向我进行旅游咨询。我把一个旱洞搞人造景观的溶洞开发成全国十大漂流中唯一的溶洞漂流，投入4000万元取得一个多亿的经济效益。我还为唐山市丰润区潘家峪村编写“旅游资源开发生态农业、循环经济综合开发可行性研究报告”，并得到潘家峪和丰润区相关领导的认可。

我自1965年北大毕业到1979年在房山县14年，1979年调入二外任教，1982年被评为讲师，1991年被评为副教授，1998年被评为正教授。2001年退休后担任“中国老教授学会旅游专业委员会”的副秘书长、“中国旅游未来学会”理事、“北京旅游学会”理事、“中国未来学会”理事，我还受聘为北京科普讲座讲师团成员，参加一年一度的科普周讲座，其中有两届的讲稿被选中出书。我还作为北京市政府宣传部讲师团的成员，面对社区开展讲座，在北京电视台播放两次以后，又在互联网上待了8年。

中国传媒大学南广学院任教八年

自2006年到南广学院任教至今已是第8个年头了。在我讲授的《旅游资源学》《旅游经济学》《导游业务》《导游法规知识》《导游基础知识》《会展游》6门课中，我努力做到理论联系实际，联系历史实际、社会实际、自然实际、科技发展的实际、学生的思想实际和德才实际，以马克思的辩证唯物主义和历史唯物主义，认识人类社会发展规律和30年改革开放，以及帝国主义的新战略，从爱因斯坦的相对论到科学技术发展的最新成果。在传授自然科学和社会科学知识的同时进行创新，启发性导游基础知教学。从宇宙空间科学到地球的六大圈层讲解地质、地貌、水体、生物、气象、天象、气候各大类自然旅游资源。中国是个多山的国家，山地占国土总面积的三分之二。在20世纪三四十年代，日本侵略者在侵占了东北、华北、华中、华南大半个中国铁路沿线的大中城市以后，在山地作战中，日本的机械化就失去了优势，日本派遣军侵华总司令官冈村宁次在他题写的条幅中，把中国的山看作敌人，是他最害怕的敌人。"敌非敌，地形是敌，征战我不爱山水"。国破山河在，正是这些山使毛泽东的持久战得以实施 ，使蒋介石的以空间换时间得以实现，最后战胜凶恶的日本帝国主义。如今，在改革开放的大潮中，青藏高原、云贵高原、蒙古高原以及喜马拉雅山、天山……三江源，四大佛教名山，四大道教名山，五岳、黄山、张家界……众多名山构成中国丰富自然旅游资源的半壁江山，从宏观到微观的讲解，把众多不同类型的旅游资源分门别类形成体系，这种方法相对于零打碎敲、支离破碎、就事论事的讲解要便于理解和记忆，同时也潜移默化地增强了爱国主义情感。过去一讲古代中华民族对世界文明的贡献就要讲四大发明，却不讲瓷器、丝绸、茶叶，也不讲八卦、周易。其实，正是6 500年前三皇五帝之首的伏羲仰观天象，俯视白龟画先天八卦和周文王演绎的后天八卦，即周易启发了德国和美国的科学家。德国数学家莱布尼茨根据《易经》的二进制，制造出世界上第一台手摇乘法计算器，并送给康熙皇帝一台。后来，美国的科学家又根据二进制的基本原理制造出世界上第一台电子计算机，上面镶嵌着八卦阴阳鱼的标志。讲课时加入这些事实的介绍，使学生从中认识到我们中华民族始祖对世界文明的卓越贡献，增强民族自豪感。同时，也应当使学生了解，尽管到明代郑和下西洋时，中国在经济、科学技术、航海技术等各个方面都居于世界领先地位，尽管在康乾盛世时，中国人口和国民生产总值（GDP）都占世界的三分之一。但是，在清朝闭关锁国两百多年后，我国在用蒸汽力代替人力、畜力的第一次科学技术革命中；在用机器制造机器——内燃机、电动机、发电机的第二次科技革命中；在用机器控制机器（自动化）的第三次科学技术革命中；在体力劳动的机械化中，都落在发达资本主义国家后面。在弱肉强食、优胜劣汰的世界上，落后就要被动挨打，就要遭受帝国主义、殖民主义列强的侵略掠夺。自1840年鸦片战争以来，英、法、美、俄、德、日等各帝国主义列强使用武力强迫腐朽的清政府签订一系列不平等条约。自1842年中英《南京条约》割地赔款开始，中俄《北京条约》《瑷珲条约》等条约把有着丰富石油、天然气、煤炭、森林等各种资源的几百万平方公里的土地，一块一块地割让给沙俄。中日甲午海战，中国战败，还被迫签订《马关条约》，赔款2亿3千万两白银，相当于日本全年国民生产总值8千万两的近三倍。被法国著名作家雨果说成是强盗的英法联军闯进圆明园洗劫了比西方所有教堂所藏珍宝总和还要多的珍宝之后，放火焚毁了这座举世无双的万园之园……讲这些让人发指、罄竹难书的侵略罪行激励起青年学生的爱国热情，激发学生奋发图强的进取精神。

改革开放以来，中国科学技术突飞猛进大发展，在宇宙空间技术、遗传工程、生命科学技术、纳米技术、计算机自动化技术、信息化技术、核聚变控制技术、新材料，新能源等在脑力劳动机械化的各个领域都步入世界领先行列，正在赶超世界先进水平。这就使同学们深刻认识到科学技术是第一生产力论断的正确性。在人类社会由低级到高级，由简单到复杂的发展进程中，展示出生产力发展的规律性。生产力水平越低，越靠人的体力劳动，生产力水平越高，越靠人的脑力劳动。被马克思在《资本论》中称为简单劳动和复杂劳动，少量的复杂劳动可以和大量的简单劳动相交换，复杂劳动需要学习和培训，在劳动中包含比较多的知识和技能的运用；而简单劳动只是人的体力支出，不需要学习和培训，马克思把生产工具看作是生产力发展水平的标志，他认为："手推磨产生的是以封建主为首的社会，蒸汽磨产生的是以工业资本家为首的社会。"从而使学生们认识到"科教兴国"是中国由贫穷落后到繁荣富强的唯一出路，要求学生教学不忘科研，教学与科研结合，以科研促教学。

在教学中，我尽量联系自1982年涉足旅游业以来，三十多年中参与旅行社、旅游风景区的创建以及经营管理的心得体会，尽量结合教学内容，联系为河北省、河南省旅游发展战略咨询，为房山区、太原市、哈尔滨市、石家庄市、河南省周口地区九县一市、山西省昔阳县、山东省沂水县、包头市石拐区、广西壮族自治区灌阳县、云南大理喜洲山海古镇等地进行规划、设计、开发的实践，并进行讲解。我曾利用暑假一个多月时间完成《河北省唐山市丰润区潘家峪红色旅游、绿色农业、循环经济开发可行性研究报告》，提出在中国广大农村发展沼气生产和沼气发电是解决广大农村能源短缺问题的重要途径，对抵御自然灾害和战争对国家电网的破坏具有战略意义。沼渣是经过高温杀菌的优质有机肥，对防止土壤板结沙化，改造全国的中低产田，提高农产品的品质和产量有重要作用。我把该报告文本交给学生进行传阅讨论，教学与科研结合，教师要以身作则，不能只说不做。2010年，我还在中国未来研究会的论文集上发表了关于中国经济可持续发展的论文，2011年发表了解决中国淡水资源短缺的论文。2012年把20万字的《神州大地游考》书稿交给中国当代出版社。总之，教学不忘科研，教学与科研结合。

在处理和同学的关系上，我也尽量做到以身作则，我要求学生应当做到的，自己先要做到，我要求学生刻苦学习，掌握所学的知识，自己必须首先认真备课，讲好每一堂课。课堂上允许同学提出不同意见，展开讨论，把教师的一言堂和同学们的群言堂有机地结合起来，调动学生学习的积极性，采用问答式的讲课方法。我教育学生勤能补拙，俭能养廉，要求学生要以勤俭为荣，以铺张浪费为耻。生于忧患，死于安乐，自己先要做到不追求吃喝穿戴，坚持在学生食堂用餐，以素菜为主。外出考察实习，我选择司机座位旁副驾驶的车座，这是全车最危险的座位，也是保障安全行车，保证一车人生命安全的最重要的座位。我坚持和学生一块爬方山、栖霞山、查济一带皖南的山。学生在日记里管我叫“毕爷爷”，写道：“毕爷爷带我们爬山。”2005级参加实习的同学在领取报酬后表示要先请我吃饭，我表示感谢，但绝不能接受邀请，建议同学们把钱寄回家，孝敬父母，不管钱多钱少是一份心意，是对父母的一份孝心，亲情是最大的安慰。在我眼里始终把学生看作是朋友，我作为学生的老师，有责任帮助每个人成材，在我所教的2005、2006、2007、2008、2009、2010六个年级的学生中，成绩最好的和成绩最差的都是少数，面对这种两头小中间大的格局，我采取抓两头带中间的具体措施，首先是一视同仁，一个也不放弃，委托学习好的同学帮助学习差的同学，一帮一，一带一，从端正学习态度、改进学习方法两方面有针对性地采取相应措施，这种做法的结果是学习差的同学成绩提高了，而且加深了同学之间的友谊和团结。事实表明，这种抓两头的做法是成功的。对学习差的学生，千万不要歧视，更不能唾弃。对于中间的多数，支持鼓励他们的进取精神，对于他们参加江苏省一年一度的导游资格考试给予帮助。结合课堂教学尽量想办法为这些参加考试的同学吃点偏饭，并在每个周末的晚上拿出2个小时进行辅导，指导参加考试学生自己动手编写景点导游词，并逐个进行试讲。鼓励学生通过普通话考试，拿到中文导游证的同学继续参加英语口试。要求学生在掌握英语口语会话能力后，再学第二门、第三门外语。从旅游应用角度，离我们最近的发达国家是我们的主要客源国，第一位是韩国，第二位是日本，按这个排序应当学习韩语和日语。如果从发展科学技术角度再学一门德语，从应用范围广度分析，再学一门阿拉伯语。阿拉伯世界15亿人，美、英、加、澳、印度及原英属殖民地20多亿人讲英语，这些数字表明只要掌握了中文、英文、阿拉伯文，那么全世界70亿人口的80%的语言障碍都解除了。总之，我鼓励学生加强外语学习，目前来看是通过导游资格考试取得外语导游资格证书，登上这个与各国客人进行语言交流的平台，进一步掌握与国际接轨的语言工具，扩大学生的视野，提高学生的外事活动能力，为自己的国家和民族，为全世界人民做更多的事，作出更大的贡献。

为提高旅游专业同学对旅游业实际情况的了解，我还主动邀请二十多年前在二外学习、现任江苏省中旅总社总经理的杨奇龙来媒介管理系做报告，并组织2005级和2006级学生到江苏省中旅总社和维景国际酒店考察，还安排2005级毕业班的部分学生到维景国际酒店实习，使同学们学习的书本知识能够同旅游业的实际相结合，成为德智体全面发展的人才。我在每学期“会展旅游”的第一堂课上，赠送每人一本《银狐洞探秘》，介绍这本书是由单士元、侯仁之两位学界大师题字，银狐洞和所在的北京市房山区佛子庄乡下英水村分别在国家旅游局长何光暐在他主编的《新世纪》一书中、国家旅游局副局长孙刚在他主持召开的1996年全国旅游脱贫致富大会讲话中被肯定为旅游脱贫致富的典型。我还经过3年努力，通过两处矿泉水的国家鉴定，帮助创建银狐洞矿泉水厂和韩建矿泉水厂，鼓励同学们要学以致用，运用所学的知识为社会多做贡献。从2005级到2009级的毕业班，不管是就业还是读研，许多同学打电话、发短信给我，有些同学还专程回校，关心学校的发展，关心我的工作和健康。

在1965年8月北大毕业时，我们的奋斗目标是健康地为祖国工作50年，这个诺言即将兑现。在为祖国培养优秀人才贡献自己的一份力量，老有所为，使我的晚年人生更加充实多彩，更有意义。

我还有一个梦想正在实现。2013年国际产业集团遵照绿色、环保、可持续发展的理念，要对银狐洞的旅游和矿泉水进行深入的高水平的开发。我在有生之年还能为打通自银狐洞到1 500年前北魏郦道元探险的孔水洞以及石花洞，二十多里的地下长河，开展溶洞漂流，使银狐洞旅游业起死回生贡献一份力量，这是我古稀之年的最大愿望。

左起：何新中、向东、胡素华

在风浪中成长

朱士高　　　　学　号　6018022

为纪念我们北大毕业50周年，同学会要搞一次聚会，出一本书，要我们写点回忆文章，我虽然已到古稀之年，仍非常赞同积极支持，欣然命笔，历时几个月，多次修改，写了以下的文字，作为我的一点人生体验，向母校老师和同学汇报。

燕园情结

1960年8月，当我接到北大政治系的录取通知书时，真是热泪盈眶，激动、高兴，一连几宵没有睡好。四方乡亲、亲朋好友都为我高兴，都来祝贺。公社、大队等领导还来送行。因为我考上了北大，而北大是中国的最高学府，在老百姓中享有极高的声誉和地位，使我一夜之间就成了众人关注的“高才生”、“金凤凰”了，其实我很清楚自己，我出生在贫苦的农民家里，生活十分困难。如果没有国家的政策，没有政府经济的支持，我是不可能上大学的，连中学都上不完。所以，感恩党、感恩祖国、感恩人民，一直是我的人生宗旨，直到现在也不变。

来到北大后的第一个感觉，就是感到北大很大，而且越来越大。从南门到西门，从西门到东门要走很长的路，我们到教室上课都要提前走，老师上下班都骑车，有条件的学生也骑车上课。还有北大图书馆好大呀！藏书多、你想借什么书都有。还有大教室、阶梯教室，可以容纳上千人同时听课，好大气派！还有大食堂，几千人的学生食堂，我从来没有见过，在吃饭高峰时十几个窗口同时开放，排起长长的队，少有饭桌，大都站着吃，好热闹呀！

来到北大后的第二个感觉是，北大校园太美了，燕园风貌，风景如画，不是公园胜似公园，到处是绿树成荫，古木参天，又有亭台楼阁，古朴雅典。尤其是高高的博雅塔倒影在未名湖中，形成漂亮的湖光塔影，是北大最亮丽的风景画。如果你有闲围绕未名湖走几圈，一定会心旷神怡，心情特别舒畅，什么烦恼都没有了。在这样优美的环境里学习，让我感到无比的自豪和幸福。

来到北大后的第三个感觉就是人才济济，不说教师队伍的藏龙卧虎，大师云集，就说我们班的同学，个个都是好样的，不是共产党员就是共青团员，出身好、思想好、学习好，都是品学兼优的“三好生”。无论调干生、干部子弟，还是农民子弟，个个能说会道、生龙活虎、好学上进。在历次的劳动和“四清运动”中都表现非常出色。我在中学里学习成绩也算名列前茅，也当过班长、团支部书记；可是，到我们班里一比就差得远了。各方面都显得是个“小弟弟”了。为此，我曾暗暗下决心，一定要好好学习，向老师学，向周围的同学学，增长知识，增长才干，以后报效祖国，报效社会。后来在“文革”初期听说，我们班是“烂掉的班”，说我们班简直像一筐“烂桃子”挑不出几个好的。我听到后非常生气，于情于理我都不能接受。

当时我住在北大39楼209室，同屋住的有沈仁道、赵洪涛、李泽成、于永梓、毕凤翔、王富泉和我，我们7位同学来自北方和南方各地，大家都是党团员。尽管我们宿舍后来成为有名的“重灾区”；但是，我当时的感觉和现在的看法仍是一样的，留给我的是美好的、团结的、互助的记忆。

我们宿舍是一个非常温馨的小集体。两位调干生赵洪涛和李泽成同学成熟老练，有一定的工作和社会经验，我们称他们为“老大哥”；沈仁道同学虽不是调干生，但在我看来，与调干生一样的成熟老练，而且特别厚道，对我们非常关心；于永梓同学是我们班的生活委员，工作十分热情主动，搞卫生、买饭票之类小事，他都办得非常认真；我和毕凤翔同学同一个床的上下铺五年，我们之间无话不谈，互相照顾。记得有一次我发烧躺在床上，是毕凤翔同学帮我打水、打饭，沈仁道、于永梓问长问短，关心备至，使我感到像在家的感觉，现在还记忆犹新。

我们这个小集体在生活上互相关照，学习上互相帮助。还记得当时为了把宿舍的学习空间让给二位年纪稍大些的调干生，我们年轻一点的，基本上都往外跑，跑图书馆，跑教室，背上一个大书包，装上饭盒、水杯，还成了有名的“占座族”，即给别的同学占座位。我们在图书馆找资料，看原著，抓紧时间拼命学习，一待就是一天。在外语学习上，我们给老大哥作辅导，在政治学习方面，老大哥们经常给我们指点迷津。我记得李泽成同学给我介绍他家乡的情况，并亲自给我修改文章，指出文章的优缺点，还给我讲解如何阅读《红楼梦》等等。现在回想起来，我还对他很感激。

经常到我们宿舍来串门的有张忠友，他是赵洪涛的老乡，是一位活宝，爱开玩笑，开朗的性格和逗乐的话常给我们宿舍带来欢乐和笑声。刘继南，老大姐是党员，同一党小组的。为人正直厚道，说着一口湖北话，我们有时假装听不懂，让她反复说，大家都乐了。何淑云是团支部书记，是我们班团员的领路人，她经常深入团员之中，了解情况，做思想工作。还有一个李学文，当时他还是团员，我是团小组长，他按时缴团费，积极参加团组织的活动，还经常向我汇报思想，作为一个高干子弟，一点没有架子，没有优越感，还能向团小组长汇报思想，要求进步是难能可贵的，当时我非常钦佩他。还有我的老乡王杰，我们是高中的同班同学，一起考上北大政治系的，在大学同学又五年，所以，我们见面感到格外的亲，爱聊点家乡的事。她是干部子女，各方面都比我强，但她对我很关心，她从小体弱多病，表面上看弱不禁风，但实际上是非常坚强的。我记得入学后第一次劳动，去西山植树造林，王杰和我们一样背树苗上山，挖坑浇水，不怕累，不怕苦，干得非常好，还得到班主任的表扬，初显她的吃苦耐劳和自强不息的精神。以后许多事实都证实了这一点。在她一生中所经历的坎坷和磨难中，在她战胜疾病和事业的成功中，都闪耀着她的坚强。

我们宿舍的一大特点是关心国家大事，喜爱议论政治问题。一到了晚上大家都回来了，议论就开始了，你一言我一语，讨论可热闹呢！有时也有争论，直到熄灯还在讨论。因为我们多数是从农村来的，对农村、农民问题议论比较多。例如，粮食问题、浮夸风问题等等。这些讨论都给我留下深刻印象。对于我们青年学生如何观察问题、如何分析问题是非常有益的，也体现了北大的民主自由的光荣传统，应该值得发扬。

但在后来的“九评”学习中，这些议论都被说成是“错误”的。要我们互相揭发，深刻检查。例如，“怀疑三面红旗”、“阶级斗争观念淡漠”等等，上纲上线，帽子满天飞，把一个好端端的集体，搞得关系紧张，人人自危，互相之间都不敢说话了。有的同学还被打成“反革命”，有的同学受到各种处分。这些错误做法，实际上把大家引向了极左的错误方向。

连队锻炼

1965年8月，我们毕业了，离别了母校，告别了同学老师，踏上了人生新的征途，奔上新的工作岗位。我和田凯荣、何新中三人被分配到解放军政治学院工作，即现在的国防大学。我参军入伍，成为一名光荣的中国人民解放军军官，可以为我国的国防事业作贡献，我感到无限的光荣，非常高兴。

到了政治学院后，大学生入伍必须经过至少一年的下连当兵才能提干。院领导对我们从人大和北大分配来的十多位大学生寄予厚望，并提出了很高的要求，还派我们去东北某部队下连当兵锻炼，要求我们要和战士一样地摸爬滚打，一样地吃大苦、耐大劳。我们下到连队，编入班排，就是普通一兵了。严格的纪律和紧张的连队生活，使我完全置身于集体之中，没有一点个人行动自由，凡事都得服从命令听指挥，连上厕所也要报告，这对于自由散漫惯了的大学生来说是很不适应的。

下到连队就感到一种紧张的气氛，“备战备荒为人民”、“一不怕苦、二不怕死”的标语贴满了营房。部队要开得动，拉得出，随时准备打仗的气氛很浓。为此各部队开展了大练兵、大比武的热潮。十天一小比，一月一大比，严格的军事训练，每天搞射击，练投弹，出操跑步。虽然简单重复枯燥无味，但它确是磨炼你的意志，培养你的耐力，锻炼你的体能。当我看到自己在各项考核中成绩不断提高时，心里有一种说不出的高兴。但我最怕的还是野营拉练，急行军，那真叫吃大苦、耐大劳。记得那年冬季搞了一次800里野营拉练，每人身上的负重就有五十多斤，一个大背包上面放着卷好的大衣，带上三天的口粮，四颗手榴弹，还有一支半自动步枪外加100发子弹，全副武装，在那冰天雪地急行军，一天要走50到60里路。有一次，走了九十里路，而且是高低不平的山路，真累趴下了，一到宿营地我就躺下了，不想起来，什么都不想干了。但不行呀！班长催着，还得吃饭、泡脚。夜里还要站岗（每人站岗一小时），还要睡好觉，准备明天继续拉练。我的两条腿都肿了，脚上还打了许多泡，走路非常疼。但连队的思想工作是很强的，连长、指导员问长问短，非常关心。班里的战士更加体贴了，争着帮我背包，减轻我的负重。我非常感激，看到这些战士，年龄很小，但都走得很好，没有一个掉队的，多么坚强的战士啊！他们是一群热血男儿，怀揣军营梦想和保家卫国的决心，远离家乡，远离亲人来到部队，表现出那样的坚强和勇敢，这给我极大的鼓舞，人家能做到，我也能做到。我咬牙坚持下来，而且还做别人的思想工作，还唱歌、编快板鼓舞士气。

朱士高夫妇

在连队，我和战士们打成一片，一起摸爬滚打，一起站岗放哨。结下了深厚的友情。这种战友情难以忘怀，现在回忆起来还历历在目。连队开展“一帮一、一对红”活动中，我先后与两位战士结成一对红，互相谈心，互相帮助，共同提高。我们都评为五好战士。我离开连队多年仍与他们保持联系，有的战士服员后还专门来北京看我。

经过一年的连队生活锻炼，我在各方面都有了提高，在政治思想上更加成熟。我积极要求加入中国共产党，连队党支部经过严格考察，发展我入党，使我光荣地成为一名中国共产党党员，这是我人生中的一大亮点。从此，我一心热爱党，一生跟随党，为党工作50年。

记者生涯

1966年8月，我下连当兵回来，一场史无前例的“文化大革命”已经爆发了。我在解放军政治学院工作没有几个月，就被选调到中央“文革”记者站工作。记者站主要任务是向中央文革、国务院、毛主席反映各地“文化大革命”实况。当时我们五十多位从各单位调来的优秀干部，其中大多数是从部队调来的，真正担任过记者的不多。我们以《红旗》杂志社记者和《解放军报》记者的身份，经过短短一周的培训就迅速奔赴到全国各地，在各省的省会都建立了记者组，我被分配到黑龙江省哈尔滨市，反映黑龙江省的“文化大革命”情况。

1967年元旦，我冒着严寒到了哈尔滨，当时的哈尔滨正处于最寒冷的季节，但“文化大革命”却搞得热火朝天，“造反派”已经夺去了黑龙江省党政大权，在全国“一月风暴”的推动下，哈尔滨市两大派搞“大联合”、“三结合”，成立了“黑龙江省红色造反者革命委员会”。潘复生任革委会主任，省军区司令员汪家道和“造反派”的头范正美任革委会副主任。《人民日报》发表社论——《东北的新曙光——祝贺黑龙江省的革委会成立》。我们记者组集体研究而写成的一篇总结经验性的文章《黑龙江省红色造反者夺权斗争的基本经验》被采用，在《人民日报》上发表。“三结合”的经验和文中首次提出的“革命委员会”名称被中央采用，全国推广。

在大好形势下潜伏危机，好景没有多久，哈尔滨市两大派又分裂了，一派打，一派保，斗争愈演愈烈，武斗不断升级，已经动了机关枪和坦克等重型武器。有一次“捍联总”依仗着军队的支持，包围了当时“炮轰派”总部哈师院，群情激昂，武斗一触即发，当时我和另外一名记者，深入现场了解两派的观点。我手里扬着记者证，口里喊着：“我是记者！不要开枪！”我们来回穿梭于武斗现场，把第一手情况摸清了，连夜写稿立即发送给北京，向中央汇报。后来中央军委命令省军区领导派军队制止了一场将会伤亡很大的武斗。

“哈一机”即哈尔滨的第一机床厂，是我军制造坦克的重要军工厂，被“造反派”控制后，把坦克开到大街上，引起人们的极大恐慌。如果动用军用武器进行武斗的话，其后果不堪设想。我们把这个信息报告给记者站，引起了周总理的极大不安。因为黑龙江省地处北部屏障，和苏联接壤。当时中苏关系非常紧张，一旦发生动乱容易引起国际关系的紧张。为此，周总理要求省军区领导和记者组的同志立即回北京汇报情况，我和记者组长一起回到北京，在人民大会堂向周总理做了全面汇报，总理问得很详细，有些问题我们能回答，有些问题我们答不上，省军区领导讲的多一些。那么近距离、面对面的看到了我们最敬爱的周总理还是第一次。日理万机的总理那么慈祥，那样神采奕奕，又那样的平易近人，我的心情十分激动，高兴激动得连总理讲话的内容都没有全部记下来。只听总理最后说：“要搞好两派大联合，要多做思想工作，一定要制止武斗，两派手中的武器都要上交，要抓革命、促生产，一定要把生产搞上去。”临走时，总理还亲切地和我们一一握手告别。得到总理接见，听到了总理的重要指示，我们很受教育和鼓舞，连夜返回哈尔滨，立即传达贯彻。

“抓革命、促生产”是毛主席发出的伟大号召，是周总理积极贯彻的战略方针，得到了全国人民的热烈响应。记者站要求各地记者及时反映这方面的经验和典型。哈尔滨记者组派我和另一名记者李玉桥奔赴黑龙江省鸡西煤矿，据说那里在解放军“支工”下“抓革命、促生产”的形势非常好。我们两人花了一个多星期的时间，走访了重要矿区——鸡西滴道煤矿。原来那里有三个群众组织，长期争论不休、互不服气，没有联合起来。全矿155名副科级以上干部，被停职反省的有48名，被批斗的56名，生产缺乏有效的指挥调度，生产日渐下降。1967年3月，黑龙江省军区派部队进驻军管后，组织了多个宣传队，下矿井，深入群众，了解情况，宣讲毛主席著作和党的方针政策，帮助有缺点错误的干部，认真检查改正，支持不敢大胆工作的干部解除思想顾虑，勇挑重担。最后使全矿区155名干部下矿劳动，到第一线指挥，负起领导的责任。干部上岗了，工人团结了，心情舒畅了，生产积极性增强，生产大幅度增长。掌握了第一手资料的我们从鸡西回到哈尔滨后，立即写了一篇通讯报道，题目是《鸡西滴道煤矿工人抓革命促生产形势大好》。也就是2000多字的一篇报道，发给北京记者站后，中央领导看到了稿件，得到了伟大领袖毛主席的批阅，没有几天就全文发表在《人民日报》的头版上，而且还加了一段很长、评价很高的按语。后来周总理在接见记者站记者讲话时，还表扬了此事。我们两个小人物写的这篇小文章能在《人民日报》头版重要位置发表，是对我们工作的极大肯定，是对我们的最高褒奖。在当时大动乱的年代，我们为宣传了毛主席的正确路线感到非常高兴，非常激动，这种心情一直激励我做好以后的工作。

在记者站工作的两年多时间里，我走了许多地方，写了许多稿件。每天起早贪黑，忍饥挨饿，有时吃不上饭，睡不好觉，有时还要冒着生命危险，奔走在“武斗”的现场，真有“出生入死之感”。但为了捍卫毛主席的革命路线，让党中央更准确地了解下面的情况，这一点苦和累算不了什么。

作为一名中央“文革”记者，要严格遵守中央规定的纪律，既要有胆量，又要有胆识；既要热情，又要冷静。我们不是“文革”运动的参加者，而是运动的旁观者，只能做客观报道，不能表态。但是，人是有感情的，看到那些无法无天的行为和不尊重人性的暴力，以及那些群众受压之事，心里总是愤愤不平，这时要做到克制和冷静是很难的。时间长了他们发现记者也有倾向性，会在情感上支持某一派。为此，我们也遭到过对立面的围攻和责难。有一次，竟把我们的照相机砸掉了，把我们唯一的交通工具自行车偷走了，给我们的采访制造了种种困难。但我们不怕，即使坚持徒步采访，也要完成领导交给的任务。

政治斗争十分复杂，我们在下面工作真不知道上面发生了什么事情。当时，我们年轻、单纯，凭着一股热情工作，对政治斗争的复杂性和残酷性缺乏认识，认为无产阶级司令部里的人都是好人，都应该听从的。哪知道有那么多的坏人为了达到他们的阴谋目的，在蒙骗我们，在“运动”我们，真是“采得百花成蜜后，为谁辛苦为谁忙？”我们写的稿件，有的莫名其妙地给毙了，有的改头换面了，有的改动很大而且有重大的原则性改动，也不和我们商量，不知道是我们的观点错了，还是上面的观点错了。总之，在当时特殊的历史条件下，要坚持实事求是，坚持讲真话也是很难的。但我对自己的要求是严格的，道听途说的信息绝不能写文章。耳听为虚，眼见为实，一定要亲眼看到事实，而且不能只听一派的意见，必须深入到两派之中，两派的意见都听到了，有个比较，写出来的文章才是真实的，自己也放心。

作为一名记者，要有很强的调查研究能力，应付突发事件的能力，以及较高的写作能力。在这些方面，我作为一位刚毕业不久的大学生，是有很大的差距，是不适应的，但经过自己的刻苦努力和向实践学习，各方面都得到了锻炼和提高。但就我的基本素质和基本能力来说，还是得益于母校——北大五年的学习，使我掌握了一定的马克思主义基本原理和确立了革命的人生观。曾记得张侠书记、赵宝煦主任常教育我们如何做人，如何做学问，不断激励我们为祖国发奋学习。我现在还清楚地记得，哲学课老师那生动活泼的讲课，那些辩证唯物主义和历史唯物主义的基本观点还深深地映在我的脑海里。张俊彦老师的中共党史课也讲得非常好，引起我们浓厚的学习兴趣。中文系老师给我们上的写作课也是非常有用的。在五年的学习中，我们五次下乡下厂参加劳动，两次参加农村“四清”运动，指导思想虽是错误的，但对我们来说，增强了劳动观念，增进了工农感情，培养了吃苦耐劳精神，锻炼实际工作能力，还是大有益处的。对于我们毕业后走上工作岗位，很快适应环境和工作，打下了一个坚实的基础。

国防大学任教

1970年，我军三大院校（即军事学院、政治学院、后勤学院）合并成立军政大学，黄永胜任校长，张秀川任政委。大家一看就知道，这是林彪一手控制的学校。他想办成一所黄埔军校，培养一批忠于他的党政军领导干部，贯彻他的“极左路线”。

军政大学下设五个大队，我分配到四大队训练处担任政治教官。

朱士高在军校

为贯彻毛主席的“领导干部学马列”的指示，军政大学给在职的师以上干部进行培训，重点学习马列著作。从总政治部开出的30部原著中选出几部，如《共产党宣言》《反杜林论》《哥达纲领批判》《法兰西内战》，列宁的《唯物主义与经验批判主义》《国家与革命》《无产阶级革命与叛徒考茨基》等等。针对当时军队领导干部文化水平低、阅读原著能力差的特点，学校采取集中上大课的方式，由教师在课堂上逐段逐句进行领读式的讲解，一篇原著要分许多天才能讲完。这在当时是一种新的创造。我当时担任学员队的小辅导，我曾讲解《法兰西内战》《国家与革命》等著作，这些著作我在北大都读过，由于我准备充分，资料丰富，得到学员的一致好评。我着重讲清该著作的时代背景，是在什么情况下针对什么问题讲的，讲清基本的理论观点，帮助他们理解原著中的立场观点方法，提高学员的自学能力，把方法教给他们，不要急于联系实际。我非常不赞成林彪的一套：学马列要“立竿见影”、“刺刀见红”、“简单对照”的所谓“活学活用”……按照他们的那套做法，实际上要把学马列引向错误的方向。

“林彪事件”爆发后，军政大学办不下去了，接着就是内部整顿，揭发“黄吴李邱”的罪行，开展“批林批孔”运动，运动是搞了，但极左路线根本没有触动，以左批左，还是左的。当时部队存在严重的山头主义、宗派主义，并且非常严重，干部提拔使用，如果没有后台，上面没有人支持，是根本不可能的。后来就成立了国防大学，首任校长是萧克，政委是李德生。情况有所改变，为了加强政治理论学习，成立马克思主义理论教研室，我担任科学社会主义理论教学。十一届三中全会后，解放思想，实事求是。我们的教学主要研究改革开放中的现实问题。当时我主讲《邓小平理论》《中国特色社会主义理论》。在这个时期，人们思想活跃，能干一点自己想干的事，能说点自己想说的话。我的教学水平有了很大提高，大班小班，大课小课都能上，无论高级干部进修班，还是校内外的研究生班上的讲课，都能胜任，有的能得到学员的好评。有的专题课还被录像，作为教学示范课在学校电视里播放。在这个时期，也是我科研成果最多的时期，在各种杂志上发表论文数十篇，出版书籍十几本，有的还获得了各种奖励。如《马克思恩格斯论工会》《马列统一战线学说史》《科学社会主义简明读本》《共产党员党性修养》等等还获得过北京市和国防大学的科研成果优秀奖。

在担任军队院校的教师这几年中，我感到光荣，心情愉快。因为我能受到学校的领导和学员的尊重。我们这批从北大和人大分配来的本科毕业生充实军队院校建设，比他们从部队提拔上来的干部要强许多，无论从文化知识水平，还是接受理解问题的能力都要强。尽管我当时比学员年轻，职务也低，但他们对老师非常尊重。在上大课时，这些军队的中高级干部，都要列队进入课堂，等候老师到来，当老师说了“坐下！”学员才能坐下。上课时，当老师看到前面齐刷刷的、精力非常集中听讲的学员时，老师的心情涌现出说不出的愉悦感和讲好课的责任感，讲几个小时很快就过去了，不觉得累。力争把自己理解最深的东西传授给他们。尊重老师还表现在尊重老师在课堂上讲解的观点，他们认真做笔记，课后甚至还相互对照笔记。认真讨论，在讨论中发言热烈，对老师的观点作加深性的理解，一般都是正面理解，直到真正理解弄通、弄懂为止，很少有逆向思维的，提出一大堆怪问题。学员的学习非常认真、非常刻苦，他们还把笔记本整理好装箱带回部队。

我在军队院校工作25年，接触大量的我军中高级干部，也经常下部队调研。接触大量的基层干部和战士，使我深深感到，中国人民解放军是一支装备优良、纪律严明、忠于党、忠于人民的军队，是全心全意为人民服务的军队。有了这样一支强大的人民军队，为发展国民经济保驾护航，我们的国防安全就有了保证，人民生活安全就有了保障。在突发事件中，在抗灾抢险中，人民解放军都发挥了先锋队和突击队的作用。这是举世公认的。也许有人会说，那是因为他们的职责所在。可是，请他们不要忘记，奔赴现场是生与死的抉择，别人是靠知识吃饭，军人是靠生命吃饭的。军人的最高境界不是战争，而是维护国家的和平与尊严。不是因为和平才存在军人，而是有了军人才存在和平。我不否认部队里也有坏人，他们的存在让外界对军人多了一分误解。可是，请不要因为军队里有个别的坏人，就否认了所有的军人。因为没有哪个职业能保证全是好人。我们的军人永远生活在刀尖浪口，是非常不容易的。请不要用傻大兵称呼他们，他们的傻是奉献，他们的傻换来我们的平安。我作为军人，能为这样的军队出力、做点贡献，感到由衷的高兴。

首钢党校扬帆

1989年底，为响应邓小平同志提出的“要裁军一百万”的号召，我主动要求转业到地方工作。领导批准后，我来到首钢党校，担任教研室主任、教研处长等职。当时正值首钢改革，首钢承包制发展到高峰期，在国内外享有盛名。

首钢改革前的三十年发展十分缓慢，是个有名的冶金博物馆式的、污染十分严重的老企业，实行承包制后首钢靠自我积累、自我改造、自我发展，把一个单纯生产型的钢铁企业发展成为拥有18万职工、8大公司、98家工厂、44家合资企业、12家海外企业，跨行业、跨地区、跨国经营的特大型企业集团。职工生活得到显著改善，12年建职工宿舍172万平方米，相当于改革前30年建房总数的17倍，职工工资收入和福利待遇大大超过北京市一般工业企业水平。首钢改革试点的成功，为搞活国有大中型企业提供了宝贵的经验。我来到首钢后，以极大的兴趣和热情投入到研究“首钢承包制”和宣传“首钢承包制”中。在党校厂处级领导干部培训班和党委书记、支部书记轮训班中，“首钢承包制”是必修课，我的讲课提高了领导干部对承包制的认识，从理论的高度回答承包制实践中发生的种种问题。我还担任《国有企业党的领导和党的建设》课程。为此，我多次下厂矿调研，召开党委书记、支部书记座谈会，了解和研究在首钢承包制下如何加强党的建设问题。因为首钢实行承包制后公司领导体制发生了重大的变化，简单来说，三句话：“职工代表大会是最高权力机构”，“职代会选举产生的工厂委员会领导下的厂长经理负责制”，“党委实行政治领导”。什么是政治领导呢？也就是说，党委只抓好贯彻“党的方针政策”和“党管干部”这两条，不再具体管生产经营活动了。这在当时是个重大改革，是个热门话题，遭到来自“左”和“右”方面的攻击。以前实行党委领导下的厂长负责制，事无巨细都由党委统管，没有时间来研究和抓好大事。现在党委实行政治领导，正是加强了党的领导而不是削弱了党的领导，更加有利于向现代企业制度的过渡。我在讲课中大胆讲述我的观点，解决了领导干部中的认识问题，加快了首钢改革。

首钢承包制，首钢改革搞了十年，取得了很大成绩，但后来也出现许多问题，主要是首钢党委的主要负责人居功自傲，搞家长制，搞独断专行，想把首钢发展成门类齐全、自给自足的独立王国，这和现代企业制度是相悖的。

我在首钢党校创办了校刊，内部发行，为党校教师的科研成果提供发表的平台，提高了教师科研的积极性。同时还加强了教研室的基础工作，各学科结合首钢改革的实际，自编教材，发给学员，提高了教学质量。我们还组织观摩教学，“走出去请进来”，相互学习共同提高。我还向母校老师同学请教，向赵宝煦主任请教有关国际共运的理论问题，多次向黄宗良请教苏联解体后的情况，毕凤翔老同学经常来我家交流教学体会，他的艰苦奋斗的精神对我鼓舞很大。王家驯同学前来传经送宝，洪文炳同学特地远道来看望我，给我带来他在事业上成功的信息。还有不少同学经常电话通信联系，交流经验体会。

我在首钢干了10年，直到退休，付出很多，“早七晚八，星期天白搭”。起早贪黑，革命加拼命，但得到的也很多，多劳多得，工资待遇当时比北京市的国有企业都高，而且在精神上给予很多奖励。这几年，我得到的奖状一大堆，“优秀共产党员”、“优秀党支部书记”、“双文明先进工作者”、“优秀教师”、“优秀教务工作者”……还有一些论文和科研成果获奖等等。更重要的是，我完成了从军队干部到地方的转换，很快适应、很快干出成绩，在我的思想上更充实了，在人生的道路上有新的收获，使我更多地了解了国有大企业的状况，深深感到它的改革起步艰难，与市场经济接轨还任重道远。

在纪念我们毕业50周年之际，我回顾了自己的一生，写下了以上的文字。我的一生是平凡的一生，没有大的波折，没有显赫的成绩，没有耀眼的光环，但我能在平凡的岗位上，勤于耕耘，洒下汗水，一片中心献青春，闪耀着一颗赤子之心，没有辜负北大老师和同学们的期望。数十年历程回顾，母校情、师生情、同学情，令人感慨万千。现在我已退休十多年了。这十多年我的生活非常幸福，吃穿不用愁，还年年给我加钱。看病能报销，坐车、去公园都不要钱。我有一个幸福的家庭，老伴很贤惠，儿子、女儿都已成家立业，各自都有了孩子，家庭生活非常美好。我根本没有后过之忧。现在社会进步了，科技发展了，生活水平提高了。很快过了古稀之年了，回顾过去我仍然满怀喜悦。展望未来，夕阳无限好。我衷心祝愿母校永葆青春，再铸辉煌！

在逆境中奋进!

许校荣　　学　号　6018020

我从1960年9月进北大政治系学习，到1965年11月毕业参加工作，都不是一帆风顺的。但经过艰难、曲折和奋斗，我最终实现了我的愿望。毕业后，我等待15年，到1980年落实了专业对口的政策，走上了高校马列主义理论教学的岗位。在校学习了5年马列主义的理论总算有了用武之地；同时经受了二十多年的考验，我终于在1981年加入了中国共产党，实现了我一生的夙愿。我能在逆境中奋进，与北大政治系党总支、北大团委、班级团支部，还有同学们对我的培育和帮助是分不开的。

生病、养病、休学、艰难完成学业

进北大的第一关是劳动关。上西山栽树，我背的树苗在班里是较多的；在燕园割草，我不一会儿就撂倒一大片。同学们都说我力气如牛，起外号叫“小牛”。因为我从小在浙江农村长大，上山砍柴、草地割草是常年的劳动，在高中我又是学校体操运动员，有的是力气，所以劳动关轻而通过。但到了1961年经济困难时期，粮食定量关没有过去。我从高中的月定粮60斤一下到36斤，每天饭吃不饱，学习负担又重，日积月累，身体抵抗力下降，加上当时各种传染病流行，1962年体检时，我被查出肺结核病，而且有孔洞。这对我来说，如同五雷轰顶，不知所措，“屋漏偏逢连夜雨”，本来家里经济就很困难，一家五口靠我父亲一个人工资为主要生活来源，得了这样的富贵病，哪有钱来治疗。就在我走投无路时，经过系党总支和班级团支部的推荐，北大团委送我去亚非国际学生疗养院疗养。在当时，这里过的就是“天堂生活”，主食随便吃，副食鱼、肉、蛋天天有。我能吃又吸收好，加上药物和医护人员精心护理，经过4个月的疗养，我的病奇迹般地好了，孔洞也不见了。我高兴地回到了学校。但按校规，耽误4个月的课就要休学一年。我无奈之下，回到上海。但上海不让落户口，口粮也就不能供应。我如实向系领导反映了情况，最后，系和学校同意我提前复学和跟班学习。直到1965年9月，同学们毕业分配走了。我一个人留下来又补了4个月的课。经考试合格，1965年11月，我也拿到和同学们一样的毕业证书，等着分配。当时，我心里久久不能平静，我终于完成了5年学习任务。如果没有系和学校的支持，我很可能选择退学，半途而废，也就没有我的今天。

1964年游长城，前右起：杨宗普、前中许校荣、右4陈喜增；
后右起：郭文清、赵宝煦、石志夫、沙健孙、向东

毕业分配遭非法派遣，调查后纠正错误，但影响无法挽回

1965年11月毕业后，我从系里拿到派遣证，派我到河北省唐山市人事局报到。但一报到就傻了，把我分到一所初级中学当老师。还没等我弄清楚是怎么一回事，又立即派我到农村去参加“四清活动”，直到红卫兵把“四清”工作队赶出农村，

我才又回到唐山。由于学校房屋都被红卫兵占领，没有地方住，教育局不得不把从“四清”回来的人员都临时安排在唐山饭店住。这样，使来自全国高校的毕业生有机会聚在一起。和我有同样经历的还有35人，其中北大物理系就有10人，他们学6年原子物理和化学，被分配到初中去教物理、化学。其他还有中国科大、北科等二十多人，也都是专业不对口、学用不一致。他们比我早来几个月，也曾逐级向上反映了问题，但是问题不但没解决，反而被“四清”工作队领导一顿训斥，说我们摆知识分子的臭架子……这次聚在一起一定要想法解决这个问题。我首先提出，要吸取过去的教训，不能书生气十足，我们要以毛泽东思想为指导，从调查研究入手，把情况搞清楚，就能找到解决问题的办法。我提议大家白天分头到各学校去看大字报，发现什么新情况晚上我们坐下来一起研究想办法。有付出就有收获。果然，有一天一部分毕业生在教育局大院看到一张大字报，主要内容是说，1965年教育局领导从北京要来一批右派当老师，责问领导执行的是什么教育路线。当晚大家议论纷纷，我们怎么会成了右派？当场大家推选几位信得过的人，组成一个调查组，由我当组长，北大物理系的张蓉生为副组长。第二天调查组先到唐山专署调查，问他们1965年分配给唐山市多少毕业生？他们把名单拿给我们看，我们都不敢相信自己的眼睛，名单上居然没有我们36人的名字。于是，我们连夜坐火车到河北保定，向负责毕业生分配的组织部了解情况。他们手里也没有我们的名字，他们也纳闷，你们没有经过我们这里，是怎么到唐山去的？他们就这么一说，我们明白了，问题出在北京市教育局，他们是主管全国毕业生分配的。我们立即向北京市教育局和高教部进行深入了解。最后查出：1965年10月，唐山市教育局领导打着唐山百万矿工子弟没有老师上课的谎言，通过关系网找到北京市的一个副局长，经他点头，高教局长同意，他们到各高校去求援，名义上是要超编制人员，如给应届毕业生更是求之不得。当时已处在“文革”前夕，“山雨欲来风满楼”，有些高校领导也愿意把应届毕业的待分配生，甚至国家的储备生都推出去，免得运动来了受冲击。双方就这样不谋而合。

而高教局则违背1965年大专院校毕业分配的派遣手续，没经过河北省、市主管毕业生分配部门的许可，直接把毕业生分配到唐山教育局，使毕业生蒙受巨大损失。

分配真相调查结束后，我们把调查报告通过高教部送到国家计委。计委领导接见了我们，并给出了解决问题的办法：学理工科的应届生调送到专业对口，河北解决不了，由北京解决；学文科的暂时原地不动，等“文革”结束后，调入高校当老师。根据当时的形势，大家对此办法都很满意。

我就待在唐山九中，等待“文革”结束。1972年，为解决夫妻两地生活的问题，我调入鞍山市，仍在中学当老师，一直到1980年7月，鞍山人事局给我落实政策，专业对口，把我调入鞍山师专（鞍山师院前身）从事马列主义理论教学。

如果从1965年11月毕业算起，到1980年落实政策，从事专业理论教学，这中间长达十四五年的苦等，大多数同学都已硕果累累，建功立业，但我的事业才刚起步。这种错误的分配，无论是对我的事业，还是对我的后半生所造成的影响都是无法挽回的。

在漫长的等待后，在同学们的帮助下，我才顺利登上了高校马列主义理论的讲台

1980年7月，我到鞍山师专马列教研室报到后，室主任要我在暑假里好好备课，开学后接两个班的中共党史教学任务。说实话，当时我的脑子里是一片空白，荒废了十几年的中共党史知识基本上都忘光了。在当时的学校里，既没有教材，也没有参考资料，这课怎么备？急得我像热锅上的蚂蚁团团转。在情急之下，想起了尚在北京的老同学。没等学校放暑假我就赶到北京。首先找到尚在（当时改为国政系）系里的潘国华同学。潘国华当时已是系的负责人了。他知道我的来意后，在百忙中帮我找了很多有关中共党史方面的资料，还送我不少黄宗良访苏回国后所作报告的录音，大大开阔了我的眼界。

在北大，我还看见了曾是我班团支书何淑云，她当时在科研处工作，她除了送给我几本有关党史方面科研论文的校刊，还介绍我去找中央党校的高金海、解放军政治学院的朱士高和北京二外的张小妹（张晔），说他们那里有我需要的东西，按照她的指点，我先找到高金海。说实话，在校时与金海接触不多，但一见面他的热情和好客，一下子拉近了我们的距离。他知道我的难处后，陪我去党校内部书店去看看，这里的党史资料应有尽有，我记得在北大学党史时，有三个口袋的资料是不能带出资料室的；可是，在这里这些资料却没有人看。这里能见到的资料，

过去从没见过，也从未听老师讲过。在这里各种版本的中共党史读本，在外面的书店是见不到的。这一天，我就像“牛进了菜园”，头也不抬地拼命看，也没看几本书。金海留我住了几天，直到我买了一大摞参考资料和教材回到北大。

随后，我又去了朱士高和张小妹家，他们除了热情款待外，还给我提供了许多新的信息。现在备课的条件一应俱全，关键是如何尽快备课写出讲稿。可是我没有学过教育学，不知如何备课写讲稿，正在我发愁时，在北外已讲过几遍中共党史课的张小妹，不但耐心指导我怎么做，而且把自己用过的讲稿借给我参考。这样，我回到学校轻车熟路，很快写出了一学期用的讲稿。开学后，我第一次很顺利地踏上高校理论课讲台。我在这里再次向那些帮助过我的老同学表示深切的谢意！

我的讲课受到同学们的好评。1981年7月，我加入了中国共产党，实现了自己21年的夙愿，也深知自己肩上责任的重大。由于十一届三中全会后，党中央重新确定了实事求是的思想路线。党史学科拨乱反正，不少禁区被打破，新的资料大量公开发表，很多问题在校时没有接触过，急需更新知识，重新学习。在学校领导的支持下，我主动联系并报名参加了上海等高校主办的党史进修班，从1981年9月到1982年7月，通过一年的进修学习，我的基础理论、专业知识和业务能力都有较大幅度的提高。

进修回来，鞍山师专已升改为鞍山师院，并成立了政史系，招了第一届学生。1985年，组织上安排我当政史系主任，先后担任中共党史专业课和毛泽东思想研究的课程。1987年，马列室从政史学分离出去。由于当时自由化思潮泛滥，上共同课教学难度较大，作为共产党员，我主动要求去马列室工作，承担8个班中国革命史共同课教学任务。同时我还承担全校师生党课和理论学习辅导的任务。

1991年7月，我晋升为副教授，学校评审组的意见是这样写的：“该同志热爱政治理论教学，对马列理论课在学校的地位有深刻的认识。1982年，社会上资产阶级自由化泛起，在这种情况下，他顶住压力，坚持理直气壮地讲马列理论课。还按照国家和省教委要求，顺利完成我校三门理论课，课程设置的改革任务。他在教学中，坚持理论联系实际的原则，批判资产阶级自由化思想，他为了使理论课能联系学生的思想实际，经常搞各种形式的思想调查，为教研室老师树立了榜样……他三次（1986、1989、1990年）被评为优秀共产党员。”学校的评语，基本上反映了我在鞍山师院17年的概况。

在1990年至1991年期间，我老伴冠心病第二次发作，造成右侧半身瘫痪，生活不能自理。我们老家都在南方，在鞍山举目无亲，两个孩子都在求学，我不得不辞去党政工作，只担任几个班的共同课任务，大部分时间在家护理老伴，直到1997年退休。因为我没有时间搞科研、写论文，我只好被迫放弃晋升教授的机会。但我的内心已很满足，一个工农子弟在党和国家的培育下，在老师和同学的教育和帮助下，成长为一名大学老师，使我感到十分欣慰！

未名湖畔，前右：许校荣、何淑云、赵开财、魏开肇、金金宝；
后右起；何新中、徐潮江、向东、杨宗普

寻梦人生

洪文炳　　　　学　号　6018038

从工作岗位上退下来以后，我终于有时间回忆我的人生旅途了。当我的学友鼓励我写出自己的精彩人生时，真是百感交集。我们这一代人应该说是活得都不容易，我的大半生可以用“悲喜两重天”来形容。

高中毕业时，我是一个意气风发、品学兼优的年轻人。当时，我有许多梦想，其中一个就是“当官”，现代语就是当一名公务员。为了实现这个愿望，我踏上了寻梦旅途。

追梦

在抗日战争炮声中，我诞生在福建美丽的侨乡。父亲是一位归国老华侨，我家祖祖辈辈为了逃避饥荒、抓壮丁、强盗、匪军等天灾人祸，背井离乡下南洋谋生路。我九岁时，家乡解放了，迎来了新中国，分到了田地，做了主人。我记得小时候，有一天，我骑上大红马参加庆祝游行活动，打扮成一名光荣的村官，感到特别开心。从那时起就做起了“当官梦”。我从小学到中学参加少先队、共青团，后加入中国共产党，可以说是一帆风顺。高中毕业和高考后，为了圆自己的“当官梦”，在填写报考大学的志愿时，我的第一志愿毫不犹豫地填报了北京大学政治系。

当时，家境贫困的我，为了筹备上大学的费用，利用假期带领一百多位同学到福建著名的戴云山原始森林里伐木，通过勤工俭学为上大学做准备。有一天，学校通知我被北京大学政治系录取了，真是喜从天降，我忘掉了在深山老林伐木的艰险辛苦，忘掉了熊狼野猪嚎叫的恐惧，急急忙忙返回家中。特别是华侨亲友听到我这个特大喜讯时，都奔走相告，并且寄来侨费资助我，我母亲还为我做新衣服，买新鞋袜……于是,我提着一个旧木箱告别父母，坐火车直奔北京大学政治系报到。

美梦

到达北京车站后，北大校车把我接到北大39斋学生宿舍，开始了我5年的学生生活。到学校的第一天，我急急忙忙地洗漱干净整齐，带着一份书生的儒雅和新生的兴奋心情，参观了藏书几十万册的北大图书馆，我感到我已经进入了知识殿堂。我和同学漫步在垂柳和劲草的未名湖畔，感到如入仙境。高中毕业时，我报考北京大学政治系，认为政治系是培养官员的。被北京大学政治系录取令我欣喜的是我寻梦的第一步成功了。进入北京大学校园，那“湖光塔影”深深地吸引住我。在美丽的校园里漫游的时候，我久久肃立在革命先锋李大钊、青年毛泽东铜像前，立志做社会主义接班人。

记得在政治系迎新会上，张侠书记、李普主任给我们谈世界、谈中国、谈北大、谈政治系的培养目标，谈到要把我们培养成反修防修的坚强战士、培养成为毛主席的好干部等，使我兴奋不已。从此，我进入当官美梦的第一步，我深深地感到选择北大政治系选对了。我在学习期间，曾经担任了北大学生会的“官”，在国庆节时，我带领全校几百名同学到天安门参加国庆联欢晚会，跳集体舞，在观礼台亲眼见到毛主席，我激动地高呼：“毛主席万岁！万万岁！”

回顾5年的大学学习、生活历程，有欢乐，有悲伤，有收获，有成长，又有悲痛，有教训。5年中收获是主要的。5年中，我系统地研读马恩列斯和毛主席的原著，系统研修了政治学理论，读了古今中外的历史名著等等，打下了坚实的马列主义、毛泽东思想基础理论功底，树立了坚定的共产党员的理想信念，坚定了永远走社会主义道路的决心，树立正确的人生观、世界观，并且培养了自己“北大人”的精神风格，确立了理论联系实际的方法论，树立了辩证唯物主义和历史唯物主义的历史观等等。这些都为我在后来几十年的工作中迎着艰难上，百折不挠，刚强不懈，堂堂正正做人、做事，勇往直前提供了正能量。

毋庸讳言。在五年中，在当时“左”倾教条主义政治背景下，接受了“左”倾教条主义思潮的影响，接受了“以阶级斗争为纲”的理论，形成了对毛主席个人崇拜。特别痛心的是，在1962年北大政治系整党整风中，我被牵进反修防修中、抓反革命、批判“和平演变”的运动中。我曾经惨痛流泪，睡不好觉、吃不下饭。我诚心诚意检讨自己“和平演变”的过程，检讨我在资产阶级大染缸中由红变“黑”的过程。祸不单行，有一天，系领导找我谈话，要我交代与海外华侨的通信情况，交代接受海外资本家的侨汇以及“里通外国”的情况，并且要把我转出政治系等等。当时，我没有任何思想准备，不知所措，思想负担很重，又不知道如何为自己辩驳，加上我不注意劳逸结合，随后我就得了一场大病住进了医院。但是，我仍然坚持一边治病，一边坚持上课读书。虽然那些年身体一直十分虚弱；但是，我咬着牙坚持到毕业。毕业前，我参加农村社会主义教育工作队，在工作中得到肯定和锻炼，当了一回工作队专案组的“官”，圆了当官的美梦。

左赵洪涛、右张忠有、后洪文炳

梦断

毕业后，我无条件服从组织分配，奔赴大西北报到。离开母校时，我曾立下“猪圈难养千里马，花盆难栽万年松，意在西北战黑风”的雄心壮志。

到甘肃省报道后，我被分配到天水一中任教。这是我万万没有想到的，就像五雷轰顶，受到严重打击。当时，我表示不服从分配，要求到基层工作。后来，领导同意我跟随省委工作队到河西走廊新疆甘肃交界的“酒泉基地”附近搞社会主义教育，清理阶级队伍。

那里的生存条件之艰苦是我没有想到的。北边是内蒙古大沙漠，西边是大戈壁滩，气候十分恶劣，温差特别大。当地人是这样形容的：“早穿皮袄，午穿纱，围着火炉吃西瓜。”真是一点也不假。我这个来自福建的年轻人特别不适应。为此，我常常感冒发高烧；但是，组织上信任我，让我担任工作组组长。当时我有一句口头语：“死都不怕，还有什么困难克服不了的。”我咬着牙，顶风沙战病痛，坚持每天清晨吹口哨同社员下地干活，晚上挨家挨户动员社员开会，宣传党的方针政策，宣传社会主义道路，抓革命、促生产。累了一天，我回到队里的饲养圈同老饲养员实行“三同”其乐无穷。为此，我经常受到工作队领队的表扬。

“文化大革命”开始，我回到兰州，在待分配过程中，我主动坚持到工厂接受工人阶级再教育，下农村接受农民再教育，上高原走戈壁，支农扶贫，为农民做好事。在“文革”中，我这个“臭老十”（臭老九加海外关系），使我常常处于忐忑不安之中，时不时地考虑有可能在我身上发生的各种难以估计的事件，心情十分沉重，那段日子真是难熬。但是，现在回忆那段日子也不仅仅是我个人的遭遇，遇到不公待遇的何止我一个人？并且我的人生中也不是遇到的都是坏事。有一件事情改变了我的悲观心态。这就是我有幸遇到了一位姑娘，经过有限的接触，不久，我们决定结婚了。与这位有缘姑娘的结合，使我在无望中看到了一线光明。虽然我们结婚既没有婚礼，也没有婚房，只是借了一间集体宿舍，在两条板凳上铺上一块木板，买了一床新棉被，这就是我们结婚的全部家当，但是我们就在这样简陋的条件下成亲了。不久，我们有了孩子，一个幸福家庭的建立使我从消沉中振作起来，感到了家的温暖。可是，高兴之余，又出现了新的困难。低工资的我此时感到经济困难，加上我身体又不好，真是“屋漏偏逢连夜雨”。这时组织上正式把我分配到陇西冷库工作，我下车间杀猪，进冷冻库搬运猪肉。有一次，派我去浙江沿海小岛上采购水产品，我乘小船冒风险，把收购到的水产品集中到上海港整理急冻，装上火车冷冻专列，亲自押运到陇西冷库冷冻。虽然危险、吃苦；但是，我无怨无悔，而可恨的是上级领导知道后，说我这次行动是想“下海投敌”，对我进行政治审查。我愤怒到极点。我冥思苦想：我是一个北大毕业生、老共产党党员，始终坚持艰苦奋斗，勤勤恳恳地为老百姓工作，为什么没有人信任我，我委屈至极。于是，我找省委组织部老领导诉苦，要求调回兰州工作。这位领导说我是一位北大政治系毕业的学生、老党员，理应得到重用，就把我调回甘肃省委党校工作。报到后，我又生气又失望，党校领导再次审查我，说我政治条件不合格，不适合当教员，就把我安排到资料室当资料员。虽然内心不服；但是，现在想起来还真是因祸得福。没有想到我在当资料员的过程中接触大量系统的党中央的文件，高级领导的回忆录等。这使我感受到在大学里学党史课实在太肤浅了。我反复思考党内斗争的历史事实，正确总结了党内历史教训，领会了毛泽东为什么能成为中国共产党的一把手，成为伟大英明的领袖。另外，想到了由于建国后，全党对毛主席个人崇拜迷信，发生了“文化大革命”，给中国人民带来了灾难的历程。资料员岗位使我有机会看到了许多没有看到过的资料，使我明确什么该做，什么不该做。在后来“批邓”、“反击右倾翻案运动”中，因我不批邓而受到批判，但是，后来事实证明我做对了。

“文革”结束后，我被调到甘肃省粮食厅政治处工作。我回家乡走亲访友，见到了多年不见的华侨亲友，大家一起议论了“左”倾华侨政策。没有想到回兰州后，又有人说我“里通外国，接受资本家的影响”。又把我发配到农村支农扶贫。我愤怒抗议，要求调到兰州大学马列主义教研室教书育人，组织上同意我的要求。1982年，我在兰州大学被聘为讲师。

“四清”时，前江长仁、马国泉，后李学文、洪文炳

新梦

1983年，时任福建省省委宣传部部长张格申同志将我调回福建省委党校任教。张格申同志在1965年北大社会教育运动时，任北大政治系工作组组长，“文革”中被批斗时，我曾多次去拜访他，给他留下了深刻印象。打倒“四人帮”和“文化大革命”结束后，党中央拨乱反正，总结党的历史教训，开展“实践是检验真理的唯一标准”的大讨论，改变了“左”倾教条主义路线，深入批判“左倾”思想，

我深受教育，解放思想，自觉联系个人的思想实际，批判了大学五年中脱离实际，读死书硬背马列毛原著，受“左”倾教条主义思想影响，接受了阶级斗争扩大化的理论，接受了“阶级斗争为纲”的左倾路线，形成对毛主席个人崇拜等错误思想，消除个人主义人生观、世界观。经过拨乱方正，我更加坚决拥护十一届三中全会正确路线和思想，坚决拥护邓小平关于社会主义建设的新理论，特别是关于改革开放的政策。在教学研究中，我深入反复学习党的十一届三中全会以来的文件，领会党在社会主义初级阶段的理论、路线、方针和政策。在党校系统的教学工作中，我敢为人先，编写讲授有中国特色社会主义理论专题，同“左”倾教条主义思潮作斗争，帮助基层领导干部解放思想，拨乱反正，不断清除“左”倾教条主义影响。我深入基层实践，在晋江总结过去社会主义建设经验教训，大力宣传发展乡镇企业，建设新侨乡的新路子，积极参与晋江建设新农村模式的调研，同阻碍改革开放的保守思想、故步自封等行为进行斗争。还大胆冲破所谓的“旧观念”，到香港探亲考察三个月，宣传共产党、宣传社会主义，批判“左”倾华侨政策，了解侨情港情，大胆接触资本主义，接触资本家，分清什么是资本主义，什么是社会主义，什么是人类社会共同进步发展的文明历史，加深对邓小平关于“发展是硬道理、中国不改革开放只有死路一条”的理解。同时努力利用参加海外同学会、同乡会，招商引侨资，建设侨乡。在旅港时，我看到中学的同学们个个开公司，先富起来了，受到很大的触动。于是，我参观了亲友开办的股票经纪公司，上了市场经济的一课。回党校后，我第一次穿上“洋装”，后来又第一个用了手机，结果招来了有些同事的非议，他们气愤地说：“党校老师怎么能穿西装，拿手机呢！”幸运的是，不久胡耀邦总书记也穿上了西装。1992年，邓小平“南方谈话”前，中国社会出现了风波，党校系统重新讲授“阶级斗争理论”，反对搞市场经济，反对自由化等。我的讲授专题被叫停了，让我去晋江石狮搞调研。1992年，邓小平“南方谈话”后，中国大地进一步拨乱反正，强调大胆改革开放，解放思想，强调搞社会主义市场经济的大方向，强调要对外引进“三资”建设中国特色社会主义，发展社会主义市场经济等。这时，我也碰到了实际问题，儿子、女儿中学毕业需要就业，当老师的又没特权，只能将儿子、女儿送到石狮侨乡的“三资企业”打工。后来又帮助开办小企业，为了推销商品，我和儿子到夜市摆摊，教授变成了小摊贩。庆幸的是儿子后来事业有成，我终于过上了幸福的晚年。1992年，我动员菲律宾的亲友在厦门市开办一家房地产公司和投资石狮侨乡，创立崇景综合工业开发区。注册资金3 500万人民币，计划利用侨资5亿人民币发展家乡经济。后因我大哥突然病逝，加上华侨对中国法律、法规的不理解、不执行、不雇工、不配合，使公司成为了只留下我一个人的空壳公司，我一个人既当经理又当勤杂工，经过十多年的辛苦拼搏，千辛万苦，闯过无数个难关，才建成具有几十栋厂房、初具规模的工业开发区。通过招商引资，我为家乡做了一件有意义的好事。

半个世纪过去了，我已是年逾古稀的老人了，离开了工作岗位，我终于有时间静下心来思考各种问题，特别是人生价值。我原本是一个普通的福建青年，怀揣着一颗为人民做点事情的愿望，也就是我在文章中所说的“当官”的愿望进入了以为可以为我创造“当官”平台的北京大学政治系，但是人生道路往往是身不由己的。我从北京大学到大西北，不管条件多么艰苦，我始终坚持跟党走、为人民服务的原则。虽然后来改行进入经济领域，但我仍然保持着年轻时“寻梦”的航向。虽然寻梦很难，但是我始终在追寻我的梦想。现在回忆当时的情景，仍然历历在目。欣慰的是我没有辜负党和人民的期望，也没有辜负北京大学政治系老师的教育和培养，始终坚持一条为大家服务的信念，这也是我写此文的目的。

受党之恩涌泉相报

——我这六十年

张永安　　学　号　6018052

2013年5月4日，北京大学国际关系学院授予我“热心院友工作者”先进称号。7月1日中国共产党生日，我又被中央电教评为“优秀党员”对此，我深感荣耀。

离休后，该如何度过夕阳时光？有的著书立说，称一家之言；有的含饴弄孙，享天伦之乐；有的周游列国，览天下之美景；有的荣归故里，报乡亲养育之恩。我则选择了离岗不离业，以一颗拳拳赤子之心，报答党的恩泽，所以，离休后一直在党政机关就职。我先被聘为中华研修大学副校长、研究员；后任中央电教离休党支部书记，我之所以作如此的抉择，是因为我的成长经历所致。

少年时期，党是我的领路人；青年时期，党是我的培育人；步入社会，党又是我用武之地的开辟人。如此特殊的人生经历，怎能不让人永存感激，涌泉相报呢？

少年，党是我的引路人

我的家乡原河北省大平原，东邻白洋淀，西接太行山。从抗日战争到解放战争，这里战争频繁，炮火连天。最残酷的是，1943年日本帝国主义对边区实行三光政策：烧光房屋，杀光百姓，抢光财物（主要是粮食）。百姓们颠沛流离，悲痛万分。但是，哪里有压迫，哪里就有反抗，压迫愈深，反抗愈烈。边区人民在党的领导下，抗日烽火熊熊燃烧，军民团结一心，浴血奋战，很快斗争形势大逆转。正如电影《小兵张嘎》曲中唱到“一九四三年呀，环境大改变，白洋淀的岗楼拿了多半天，子弟兵们多勇敢……”就是在那战火纷飞的年代，党吸纳我参加了革命队伍，当时的领导是裴仁同志（新中国成立后任北京机电院党委书记）、高志升同志（新中国成立后任保定地区粮食局局长），他们代表党接纳了我，让我做支前工作，从此我就踏上了革命的征程。

当然，我能在少年时就成了革命队伍中的一员，也是经过历练的。之前，我参加过儿童团，经常给八路军送信。我家是堡垒户，我家的北院有个死堡垒，常驻八路军地下工作人员。那时，他们白天不敢露面。只能在夜间活动，如晚间向国民党伪军炮楼喊话，宣传共产党政策，揭露国民党贪污腐败的黑暗统治，劝其放下武器投降等等。白天，地下党人在堡垒休息，传递信息的任务就交给儿童团去做。我多次给干沟村的卜一同志送信（卜一同志当时是县六区委书记，新中国成立后为外贸部局长）。我送的信息，主要来自我父亲。

我父亲当时任徐水县七区敌工委员兼城工委员，主要任务是掌握敌情，分化瓦解日伪军工作，也曾多次给区长李汉同志送情报（李汉同志新中国成立后任冶金部司长）。除送信外，还经常站岗，监视敌人的动静，给地下党反映情报等等。

回顾少年时代的斗争生活，至今仍兴奋感叹不已，给地下党送信时，一路小心谨慎，常为躲避可疑人，装作玩耍的样子……而站岗放哨时，又睁大眼睛，不放过任何可疑人。在学校与小朋友拍手唱战斗歌曲“汪精卫呀么呦依呦，你真可怜，你在上海当汉奸，真不要脸……”在课堂听老师讲：吴阿毛开汽车，把一车日本鬼子开到河里去同归于尽的故事，”随时考试的题目：八路军总司令是谁？（答：朱德、彭德怀）

张永安和赵宝煦教授

总之，少年时代的我，读着革命的书，唱着革命的歌，听着革命的故事，做着革命的事情。在浓浓的革命环境中成长的我，全身流着革命的血，身上烙着革命印。一句话，少年时是党把我引向了革命的路。从此，我就是党的人，我就是革命的人。

青年，党是我的培育人

新中国成立后，我作为“红小鬼”被分到粮食局，跟随第一任粮食局局长史准同志和秘书邢世昌同志。因为我只有小学文化，只好做些送达文件和简单的业务工作。大概是一年以后，局里各项工作都在走向正轨，深谋远虑的领导，着手考虑我的前途，多次找我谈话，教育我说：“没有文化、缺乏知识不能为党、为人民多做工作、不能为社会有更大的贡献。”之后，领导送我到夜校学习，夜校开设文化课、政治课、书法课，通过一段时间学习文化，工作的确有所提高，但我并不满足，同时局领导也不满足。后来我才得知，局领导多次研究，报请县委要送我到外地学习。

终于等到1954年，党组织保送我到毛主席号召创办的“工农速成中学”学校去学习。那时叫脱产学习。想一想，当时像我这样的年轻人仅保定地区就有上千人，可有几个这么幸运呢？我珍惜宝贵的机会，不遗余力，拼命学习。

通过4年的中学学习，我不仅丰富了文化知识、更重要的是在思想上有了质的飞跃。小学学习是童真、童趣，学习目的懵懵懂懂；中学学习则是增加了责任感，把学习看成是在积累为人民服务的资本，所以，有动力，也正是在这浓浓的气氛中，早期加入了中国共产党的我，第一次将自己与祖国联系在一起，思想一下成熟了。

中学毕业后，我何去何从？谁也没想到，党组织对我的前程早已做了精心安排。没让我回原籍工作，而是要我继续深造，保送我上了大学。先是保送到中国矿业大学，后因身体的原因，转到北京大学。北大、北大！全国最高学府！人们神圣的天堂！我一个普通农村的孩子要进天府了。骄傲、自豪、感激的潮水时时在我心中涌动。

5年的大学经历，重塑了我的人生。不仅开阔了视野、增长了知识、更重要的是对人生、对社会有了更清晰、更深刻的认识。给今后为党为人民的工作打下了坚实的基础。

回顾青年时期求学之路，从夜校到中学到大学，可谓“三部曲”。而每一曲都渗透着党的心血，党的关爱！经济上，包揽了学习、生活等一切费用（如果按现在大学学费计算，十年要花30万）；政治上，始终以党员干部身份来培养我。十年！党终于把一个普通的农村孩子，培育成一个名牌大学毕业生！一个优秀的共产党员。中国有句成语：滴水之恩，当涌泉相报！我如同一棵小树，深受党的雨露浇灌、阳光照耀，茁壮成长。而成才的我，怎能不一生一世倾尽心血，报答党的培育之恩呢？

步入社会，党是用武之地的开辟人

历史是个舞台，战争年代出战斗英雄，和平时期出劳动模范。没有战争，怎能有八路军朱总司令？没有和平，哪有水稻之父袁隆平？同样没有“星光大道”就不会有朱之文、阿宝。没有中央电视台，也不会有朱军、董卿，这说明无论是小人物还是大人物，他们的成功离不开舞台，更离不开搭建舞台的人。

1965年，我从北大毕业，此时党已给我搭建了工作舞台，先分配到中国图书馆政治部工作。后又调到教育部机关党委，我尽心尽力、埋头苦干。再后来又调我去做电化教育工作。我深刻地理解到，这是党又给我搭建了新的舞台，让我施展才华、有所作为。我总结经验、发挥特长、得心应手、如鱼得水，很快适应了工作。十几年中，先后与高校电教系统合作，制出了几十部电教片，对此，下属单位满意，也受到了上级领导的称赞。

至此举一例明示：

20世纪80年代，我制作的电视片《模范边区晋察冀》主题是歌颂晋察冀边区在军民抗日战争的伟大胜利，再现了当年以聂荣臻同志为首的边区党政军民万众一心、群策群力、实事求是地贯彻执行中共中央、中央军委的正确路线，方针政策和命令，战胜了日寇、汉奸、伪军及伪警察的斗争故事。晋察冀边区是我党、我军仅仅依靠血肉相连的人民群众，在敌人后方创建的第一个模范抗日根据地。这是党政军民同心同德、艰苦奋斗的伟大胜利，是人民战争的伟大胜利。

该片受到中央军委聂荣臻同志的高度赞赏。聂帅说：“就谈话的整体内容来说，彭真同志说得很好，我都同意。彭真同志从1938年就到晋察冀任中央北方局书记，统一领导晋察冀地区方面的工作，直到1941年赴延安，晋察冀取得的成绩是与他分不开的……”该片1991年在人民大会堂首映，参加人有李瑞环、李铁映、宋任穷、邓力群，以及中宣部、国家教委、电影电视部、中央党史研究室等人员；部队有杨成武、萧克、李运昌、程子华、吕正操、王平、孙毅、李葆华、宋劭文等。

试想，如果不是党给我搭建这个舞台，哪会有此片的诞生呢？又怎么会受到这么多领导的高度赞赏呢？所以，成绩荣誉全部归于党。其次，1992年，我曾出版《思想教育》一书，35万字，其中两部分为教育专题片；1994年参与编写《中国纪录大全》5 228千字；参与编写《中国县镇年鉴》250千字。后被聘为中国县镇发展研究所副所长、研究员。此一阶段的工作受到领导部门及专家的好评。如北师大教授郭友，在我参评副编审时，评语："张永安同志的工作水平、理论水平较高，符合副高条件，推荐其为副编审。”中央电教馆人事处评语是："该同志热爱电教事业、具有较强的组织能力、积极组织出版了一系列电教教材，从各方面、不同领域开发选题，尤其是，张永安同志多年来一直重视思想教育类节目的制作，完成了一系列针对大学生思想教育的系列电视教材。在制作过程中，从确定选题物色主讲人，现场录制，后期编制，直至审查都有他积极参与、发挥作用，表现出一位老编辑工作者的责任感。”

除此之外，党和国家还给了我很多的荣誉，如90年代初，曾几次荣获“中华教育艺术研究会突出贡献奖”，曾出席过全国“五讲四美”大会。1979年5月3日曾参加中华全国青年联合大会，受到华国锋主席、邓小平、李先念、汪东兴副主席和国家领导人在人民大会堂接见等等。

回顾几十年的工作，确有不少成绩、荣誉。而成绩、荣誉的取得，首先要归于党的培育和关怀。其次才是个人的努力。因为没有党的培育，我不可能有胜任此等工作的能力；没有党搭建的舞台，我就无从获取成绩和荣誉。当然，领导的支持、同事、朋友的帮助也很重要；但如果不是党的派遣，又从何处遇到智慧的领导和热情的同事、朋友呢？所以，我一直认为，成绩归功于党，个人不值得骄傲。知恩图报是做人的起码条件。为党工作是党员的应尽义务，是不可推卸的责任。我常对人说：没有地球，哪有地球人？所以，地球人应保护地球；没有父母，哪有儿女？所以，儿女应当孝敬父母；没有党的教育，哪有我的成长？所以，我应当倾心为党工作，无怨无悔！这就是我为什么离休以后一直不离岗不离业、默默无闻敬业工作的原因！

从工作到离休，几十年如一日，算一算似乎很长，想一想似乎很短。战争年代，风风火火；和平年代一帆风顺；十年浩劫，有惊无险。风雨虽飘摇，道路却平坦。感谢启蒙教育的老师，感谢引领我走向革命的人，感谢毛泽东主席创办的速成中学对我的培养，更感谢北京大学对我的哺育。时光飞快，转瞬间历史车轮转到2013年，翻开历史，回望自己成长的历程，总会涌现对党的无限感激之情。审视自己的工作经历，又觉得为人民做的事太少太少，有种自愧不如的感觉；但转眼一想，一生中虽无英雄壮举，却也没有愧对自己，愧对他人，我也能称得上是一真男儿了，保持一颗平和的心吧！愿国富民强，世代幸福美丽！

六位老大哥，前排左起：金春显、郭功臣、赵洪涛；后排左起：史春和、张忠有、张永安

一个北大国政系60级学子的人生感悟

区　南　　　　　学　号　6018042

我从北京大学国际政治系（现国际关系学院）毕业参加工作到退休的30多年，都是在机关学校从事行政和教学管理工作，很少动笔写文章，特别是退休十多年几乎与“笔”无缘。这次继南同学筹资出版“国关”60级同学毕业50周年回忆录，永安、金海等同学要我写篇稿，我深感为难，但同学之盛情难却，只好硬着头皮，主要写些毕业后本人工作经历与人生感悟。如果《五十年前北大一个班》收集的话，只算滥竽充数了吧。

踏入北大

1960年8月20日，对我来说是个大喜日子。高考后参加完支农秋种返校不久，就接到了北京大学录取通知书，我荣幸地被政治系（后改为国际政治系，现国际关系学院）录取了，欢喜若狂，高兴得跳起来。回家后立即将喜讯告诉母亲，母亲既高兴又舍不得，舍不得我远离家里，但千载难逢啊！母亲最后还是筹集了路费让我上北大。

北京，祖国的首都，北方大城市。在我们广东人看来，“北方”很遥远，冬天冰天雪地，很冷啊！北方的冷，只有从电影上看到，究竟冷得如何，我没有多想。在我们珠江三角洲地区，冬天，年轻人有一件绒衣（广东人称卫生衣）便可过冬了。所以，我只收拾了几件单衣，一张薄棉被和一件姐夫送的半新半旧的棉衣。1960年8月底，从未出过远门的我，离别母亲、兄姐，提着简单行李，独自一人，从岭南小城——中山出发了。我先到广州坐火车，经过三天三夜（在汉口转车）的长途跋涉到达北京。出永定门车站，看到北大的学兄、学姐们举着迎接新同学的牌子，我找到他们，随即上了校车，不久就把我们送到南校门。下车后，我直奔系里报到。之后，由先前到系里的同学带我到39斋，帮助我安排食宿。

到北京大学上学，这是我人生的第一个转折，也是我家族世世代代所出的第一个大学生，并且又是我国最高学府的学生。我出身于贫苦的家庭，祖祖辈辈与书本无缘，是共产党、人民政府把我从一个穷家子弟培养成为一个大学生、国家干部。我衷心感谢党、国家、人民的培养！

到北京，第一次进北大，人生地不熟，一些生活习俗少不了还带着岭南色彩，出了“洋相”。例如，入校不久，天气还不冷，晚饭后，逛校园时穿着木屐（广东人夏天晚上逛街多穿的一种木质拖鞋），走起路来咯咯响；还有一次，我穿着深红色绒衣服进城玩。这些“洋相”自然引起路人的好奇目光，回想起来十分好笑。

“6018042”，这是我在班上的学号，在政治系用了5年，虽然过了五十多年，仍记忆犹新，可随时脱口而出。对班里的事抱着“逍遥”的态度，对于毕业前夕班里发生的那场“狂风暴雨”的“洗礼”，我只感到突然，实情并不清楚，只是平和地过去了。

在北大经过5年学习，系统地学习了马列主义、毛泽东思想的基本原理、基本理论和其他相关基本知识，为毕业后的社会实践发挥了重要的指导作用。“实事求是”这个马列主义、毛泽东思想的基本原则、活的灵魂，也是我一生做人处事的应有品格，使我在50年的人生道路上没有“出轨”。无论在哪个单位工作，领导和同事对我的工作态度，人品都“没得说的”。我始终铭记着我是北大（国政系）培养出来的，也没有忘记毕业时同窗郭

相聚颐和园

前左起：曹其全、王富全、刘继南、庄友桂；

后左起：刘兵海、向东、陈喜增、区南

文清同学（可惜英年早逝）的谆谆嘱咐：“区南，要为北大（国政系）争气。”50年来，我始终堂堂正正地做人，认认真真地做事，踏踏实实地生活。回首往事，我可以无愧地说：“我以实际行动，珍惜和维护母校（国政系）的形象和声誉。”这些都得益于母校老师的教导，得力于母校（国政系）的培养！我对母校（国政系）、老师感激之情难以言表！

融入社会

毕业了，结束了学生时代生活，我开始人生旅途的第二个转折。1965年9月，我怀着满腔热情，立志为建设祖国贡献青春，践行“祖国的需要就是我的志愿”的情怀，奔赴祖国大西北（大三线）——青海高原。我被分配到省会西宁市人事局，进入社会生活领域，参加社会工作。本着老老实实地做人，踏踏实实地做事的理念、宗旨，我以一个“普通一兵”的姿态立足社会。

当年，过了国庆节，我们这些刚出校门、没有社会实践经验的大学生，先参加城乡“四清运动”。我被分配到西宁市城东区大众街办事处玉带桥居委会，我参与“清理现阶级队伍”工作。这个居委会的居民主要是回族人，是当年青海大军阀马步芳的大本营所在地，情况较为复杂。在“清理阶级队伍”中，我没有戴着有色眼镜，没有固定模式。经过深入地内查外调，摸底排队，“梳辫子”，“阶级队伍”情况基本清楚了，“情况”并不像原来想象得那么复杂，“阶级敌人”、“敌情”并不是那么严重。对有问题（其实是一些普通历史问题）的人，发动群众开展“说理斗争”（因为这样的“斗争”会都不开，很难向上级交代），但我一直记住大学时所学的实事求是原理。坚持摆事实、讲道理。实践证明，我们的做法是正确的，符合党的方针政策。这次“清理阶级队伍”，没有冤枉一个人，为日后街道、居委会工作提供了较清晰的民情。在“四清运动”中，我放下知识分子大学生架子，与群众同住同吃，从实际出发，深入各家访贫问苦，和他们打成一片，消除民族隔膜，很快取得了他们的好感与信任，以致回单位多年后，他们见到我，都热情地跟我打招呼，亲切地叫我“区同志”。

“文革”开始不久后，我就离开“四清”工作队回到单位，一边工作，一边参加“文革”。在局里揪斗“走资派”时，一位年轻科长被疑为“走资派”，有“历史问题”。在军宣队召开部分人参加会议上，讨论某位科长是否列为“走资派”对象时，我本着实事求是的态度。那位科长时年才30岁出头，东北解放时还是个学生，是受党教育成长参加工作的，工作踏实，政策性强，会有什么“历史问题”呢？后来事实证明，他历史清白，也不是什么“走资派”。

1968年底，为响应毛主席的号召，各地纷纷办“五七干校”。我作为“三门”（家门—学校门—机关门）干部和其他一部分机关干部到西宁市“五七干校”——西宁市园艺场（农场）劳动锻炼。一边政治学习，一边和农工一起进行果树栽培、蔬菜、小麦种植，进城里的公厕掏大粪等劳动，接受“再教育”。我们与农工劳动、生活和睦相处，彼此没有隔阂，劳动中他们很照顾我们。说实在的，干校生活劳动轻松、悠闲，又远离烦恼的“文攻武卫”的“造反”社会氛围和喧闹繁杂的城市场景，而且星期天可回家。干校的劳动生活进一步加深了我的工农感情。

1969年底，经过一年的干校劳动锻炼，我返回机关了，被安排到市劳动局“知青办”工作。其实，那时西宁市已停止了“上山下乡”。此时的“知青办”工作主要是审批知青回城并安排工作；另外，一方面了解知青的生产、生活情况，并进行慰问。1970年夏天，在去青海湖（我国最大的内陆咸水湖）农场慰问知青时，有机会登上当年文成公主入藏时所经的海拔近4 000米的著名的日月山，饱览山下山花烂漫、牛羊成群的广阔草原美景，领略青海湖的秀丽风光。在去我国聚宝盆——柴达木盆地格尔木市农场慰问知青时，驱车经过我国最大盐湖——察尔汗盐湖上的百里“盐桥”（在盐湖上面用晶盐铺成的公路）。“盐桥”独具的壮美令我终生难以忘怀！不久“知青办”撤销，我就到了工资科，主要负责全市企业奖金审批，直到调回中山。

1971年“9.13”林彪事件后，西宁市委市政府抽调一批干部下乡宣传并开展“社会主义路线教育”。我作为“单身贵族”每逢下乡都是少不了我的。那年初冬，我到一处穷乡僻壤海拔近3 000米的高寒山村（青海人称该地貌为“脑山”），与贫下中农“三同”（同吃、同住、同劳动）。该山村缺水，唯一的一条小水沟流经村中，沟水浑浊，人畜共饮。主食土豆，偶尔有点卷心菜、萝卜之类蔬菜，面食为奢侈品，肉食更不可想象。早餐、午饭吃的是土豆（把土豆整个煮熟，蘸点盐花就是一顿饭了），晚饭有时玉米面糊糊加个青稞面馒头。这样吃没几天，肚子就“闹革命”了，经常肚胀。住的是土房子（墙是用土块垒起来的），睡的是冷炕。山路崎岖，要翻山越岭去开展工作。这些对于长期生活在城市，特别是生长在岭南水乡的我来说，生活环境和工作环境的艰苦可想而知了。我始终以北大（国关系）人要求自己，以北大精神鼓励自己，努力发扬母校培育的艰苦奋斗作风，终于克服了现代城市人生活上难以想象的困难，完成了一个月的“社教”任务，磨炼了意志。经过这次“社教”，我深感山民们生活的清贫和人生坚定的品质、坚韧的性格、顽强生活精神，这都令我深受教育，在我的人生道路上刻下了难以磨灭的印记，这是我人生中难得的一次难以忘怀的经历。今天，虽然物质丰裕了，但我感到无论山珍海味，还是粗茶淡饭，样样都好，从不计较，这很大程度上受到山民们生活的感染。

西宁市是青海省省会，海拔2 300米，气候较差，属大陆性高原气候。随着年龄的增大，我不大适应这里的气候，又适逢中山改革开放，需要人才，我就向局里领导申请调回中山工作。由于我在劳动局工作了十多年，业务比较熟悉，工作踏实，人品、群众关系又好，深得领导好评，领导开始不同意我调走，后经多番努力，局长好不情愿地同意我调回中山。1983年8月，我依依不舍地告别了生活工作18年的西宁市的同事、亲友回到中山。这是我离开家乡23年后“打回老家了”。

当时，我对改革开放不久的中山情况不大了解，心里只有一个意愿，能回到中山工作就好了，至于哪个部门、哪种工作，没有过多地考虑，任由组织安排。由于我毕业于北大国政系政治学专业，时值中山市广播电视大学（成人高校）开办，学校急需我这种专业人才，于是，中山市人事局把我安排到了中山电大。

由于放下书本18年了，重新拿起书本，从事教学工作，从一个熟悉的部门到一个既不相干又生疏的部门，从一种熟悉的业务到一种截然不同的业务，180度的变换，一切都得从零开始。我铭记自己是北大学子，一定要表现出北大人精神。我潜心于教学，如饥如渴地到书店、图书馆找（购）参考书、相关报刊，搜集大量资料，听校外老师的讲课。凡是有参考价值的资料，我都统统收集起来，去粗取精。初始的一年，学校缺教师，我就独担两门课程（辅导课），还兼任班主任，压力很大，经常备课到深夜一两点钟，第二天就要走上讲台。几乎没有节假日，寒暑假也很少休息。经过一年的教学实践，知识丰富了，教学业务较为熟悉，教学质量提高了。期末考试（由中央电大命题统考）合格率较高，压力也减轻了。不久，组织上提拔我担任学校相关部门的领导，这样我就成了一身兼二任的“双肩挑”，直到退休。

我在电大（20世纪90年代初市委市政府决定与中山大学孙文学院合并）工作十多年，全心投入教学行政管理和教学中去，为人师表，教书育人，在传授知识的同时，很注重学生的德育，寓德于教。我爱学生，尊重学生，学生也很尊敬、尊重我，师生关系融洽和谐。直到现在学生们聚会都邀请我参加。由于勤奋工作，忠于教育事业，两次受到市里奖励，一次是市政府的立功奖励，一次是市优秀教师奖励。但我不看重它，只是把它看作是自己的责任，是自己人生旅途上一个印记而已。

退而不休

1998年初，我“下岗”退休了，这是我人生旅途的第三个转折。如何安排自己晚年生活呢，每个人都有个人选择。我秉着老有所为，老有所乐的理念，应聘到市交通安全培训教育学校任教员，发挥“余热”。主要工作是向考领机动车驾驶证的学员讲授道路交通安全法规，同时还做一些与考核相关的辅助性工作。目的是让自己精神上有个寄托，活跃思维，充实自己，让自己的脑和心不空下来，填补退休后那种孤寂。学校地处郊外，环境优美，工作轻松，没有压力。同事和学员大多数是青年人，他们有朝气，与他们相处、接触，受他们的感染，自己身心显得年轻、有活力，精神振奋，身心健康。这是一种积极的“为”和“乐”。在这里工作很称心、很开心，使自己有机会发挥“余热”，为我践行为祖国健康工作50年的宏愿目标提供了又一个平台。

珍惜身体安度晚年

退休了，我除了发挥“余热”，重要的是珍惜身体，提高生活质量，过好每一天。我的做法是——崇尚自然，享受绿色生活。

人有百爱，我爱游山赏水，爱郊野乡村游。我生长在山清水秀、河道纵横、富裕美丽的珠江三角洲鱼米之乡的中山。从小亲近大自然，酷爱大自然，晚年更是如此。中山是孙中山先生的故乡，境内青山连绵峰峦，有座二百多平方公里明媚“绿肺”的五桂山，有一望无际的田园阡陌，自然环境优越，是座宜居的园林式的优秀旅游城市，很适合休闲生态游。我本着崇尚自然，绿色生活的理念，选择了与众人不同的、别有情趣的生活方式，那就是游山赏水，品味山村美景，欣赏水乡田园风光，陶冶身心，健康身体。

退休了，轻松无压，有更多时间去悠闲游。节假日大多是我老两口，有时带上儿女孙辈，或约上两三个老同学一起，或独自骑车“上山下乡”，逃离都市尘埃与嘈杂，到山村水乡走走，听听蝉鸣蛙叫，鸡啼犬吠。信步鸟语花香的山村田园间，观赏一派青山、苍松、秀竹、小桥、清溪碧水、炊烟袅袅农舍的景象，有一番记忆中童年时家乡世外桃源般景致的感觉，亲切感受扑面而来的馨香乡土气味，深深呼吸负离子浓郁的清新空气，尽情享受原生态绿色休闲游时光，轻松体验大自然山水的灵动幽静，领略大自然的美貌，赏心悦目，心旷神怡，使人重新焕发活力。走累了就到农家屋前树下歇歇，与热情、憨厚的老乡聊聊家常、农事，如合时令，还可买到新鲜荔枝、龙眼等岭南应季佳果品尝，很是惬意。这里的鱼塘河边，有各样农家菜馆（餐厅）之类食肆，大都用竹木、杉树皮搭建的，很有乡野特色。午间在那里用餐，不仅能品尝到地道的别有风味的农家菜肴，更能让人亲近自然，身心得到轻松陶醉。怀旧之心人皆有之，有时候我步行或骑车到市区寻访学生时代到过玩过的古老街巷、百年古旧建筑、古宗祠堂。这些“古董”具有南洋风格和浓厚的中国传统文化印记，但在城市现代化进程中日渐稀少。几十年后再去回味，就另有一番情趣了，返璞归真，怀旧之感油然而生，这也是一种休闲生活享受。

晚年怡然多彩的生活，使日子更加充实，避免了“退休综合征”，令老人的暮年不再是黄昏，大有益于身心愉快，促进心态健康。

坚持适度有氧运动。

赏心郊游也是一种很好的养生之道，生命在于适度运动。步入“知命”之年后，我开始重视并坚持运动。适度运动是选择自己体质承受得了的合适运动方式，每天运动时间1小时左右。我从两方面去做，一是走路。保健专家说，世界上最好的运动就是走路。晚饭后睡前行走30—40分钟约三公里，很有催眠作用。二是早起后，进行30分钟左右身体其他部位运动，所谓“自选动作”，如头部运动、四肢运动、腰背运动、下蹲运动。在轻松愉快的心境中达到锻炼身体的目的。

现在，我腰不酸背不痛，健步从容;身材平均适中，腰板硬朗，精神矍铄，耳聪目明，面颜红润，牙齿还是原生的，近些年才现两鬓飘霜。能吃能睡，不易生病。这些都得益于我长期坚持适度体育锻炼和良好的生活习惯，保持健康心态。

合理饮食。俗语说“病从口入”，现代病许多都是吃出来的。坚持均衡饮食，养成健康生活习惯，有益身体健康，延年益寿。我重视食疗，从不青睐“保健品”，因而，吃出健康身体。近年体检未现“三高”，其他指标基本正常。我的饮食习惯是：粗细粮搭配。午晚餐主食大米，早餐五谷杂粮粥（糊）加牛奶鸡蛋，配以全麦杂粮面包、红薯。多食新鲜蔬菜水果。鲜菜餐餐有，鲜果天天吃。木耳（云耳）、香菇、灵芝（煲鸡或猪骨汤），每星期吃一两次。多吃鱼类水产品，不吃或少吃煎炸品。戒烟限酒。不吸烟，聚会喜庆酒少量。每天一杯（碗）“保健汤”（红枣、桂圆肉、枸杞子党参、黄芪等熬汤）。

科学的生活方式和合理的饮食习惯是增强健康的有效手段，虽然两者难以真正做到，但我一直在努力。

珍惜健康　完美人生

晚年，更加感悟健康的价值，更珍惜健康，完善美好人生。

（一）人生包括健康、事业、家庭等。

我在50年的人生旅途中，工作平凡，生活平淡，人生平常，心态平和，身体平安，虽然没有什么轰轰烈烈的场面，也没有曲折离奇的情节，却得到了健康身体和良好心态，得到了一个和睦家庭。健康身体是革命和建设的本钱，有了健康就有希望，才会有一切，失去了健康，就会失去一切。健康是人生最重要的部分，它比金子还珍重。如果没有健康，事业、家庭再好也没有实在意义，名利权钱等身外之物都是“零”。如果说健康身体是人生的“硬件”，那么，心理（精神）健康是人生的“软件”。毕业时同学们豪情满志地立下了“为祖国工作50年”的宏愿，现在，我离这个目标已经不远了，这首先得益于我有一个健康的身体。

现在我和老伴颐养天年，与儿女、儿媳、女婿、孙辈生活在同一市区，逢年过节相聚在一起，热热闹闹，其乐融融，幸福安康。这种平和、快乐和美生活，使我精神上、心理上得到极大满足和欣慰，更加促进了身体健康。

（二）保持良好心态　塑造美好人生

保健专家提出养生的十六字诀：合理饮食、适量运动、戒烟限酒、心理平衡。心理平衡首先就要保持良好心态。一位哲人说过："你的心态就是你的主人。"一个好的心态比金钱、地位更可贵，它可使人乐观开朗，淡泊名利，过上快乐幸福生活，获得健康和财富。人生中平常心是不可缺的。待人处事，没有良好的心态，难以适应社会、立足社会。人生不可能都是一帆风顺，艰难坎坷的事难免，重要的保持轻松愉快、和谐稳定的心态，拥有坦然舒畅的心情，就能焕发出克服困难的勇气，促进体内各器官正常运转，达到益寿延年。

许多人都赞许我的身体好，神采奕奕，精力充沛，一点也看不出我是已逾古稀（75岁）的人了，这得益于自己拥有祥和宁静的心态，明净的心灵以及悠然自得的心境。心灵不老，生命就不老。

50年来，在我努力塑造美好人生中，深深感悟到，做人就要襟怀宽广，乐观向上，豁达包容和善，不计较名利得失。名利、地位、荣辱都是过眼云烟，我从不放在心里，始终怡然自得。我秉着干平常事，持平常心，做平常人的理念，待人处事笑脸相迎，实事求是，敦厚正直，光明磊落，勤勤恳恳，爱岗敬业，甘当孺子牛，这是我的人生准则。几十年来，我接触、相处过的人许许多多，从来都"勿说人非"，

左起：王家驯、许校荣、张永安、李泽成、史春和、向东、区南、刘兵海

从未树敌他人，始终以一个洁净品格、诚实和善的良好形象出现。有了宽容并包，厚道豁达的健康心态，就能使自己对人、对事更加平和，身心更加愉快，生活质量更优，人生更美好。回首往事，我无怨无悔，一生无憾，这是我人生中的最大安慰。

同学情更珍贵

毕业离开北大（国关学院）到边远的青藏高原后，由于信息闭塞，与很多同学失去了音信，四十多年不曾见面。直到2008年，一次偶然机会与黄宗良同学取得联系，后有幸被邀请参加国关学院第三届院友代表大会，这才得与参加大会的几位同学以及王杰等同学见面。这是四十多年后，第一次见到老同学，同时也是第一次亲切地见到李普主任、赵宝煦主任、张侠书记等当年系（院）领导。见到恩师们健在，心里由衷高兴、欣慰。这种真挚、质朴、深厚的师生情、同学情、母校情，让我终生难忘！

岁岁年年花相似，年年岁岁人不同。2010年8月28日至30日，国关学院隆重举行纪念60级入学50周年活动，我有幸参加，见到众多毕业后未曾谋过面的老同学，大都跨入古稀之年了，不少同学银发齐眉，但神采奕奕，乐观向上。见到此情此景，我感到十分欢欣、亲切、兴奋，激动心情难以言表。同学们久别重逢，欢聚在一起，首先合影一张"北京大学国际关系学院60级入学50周年纪念"照。座谈会上，同学们叙当年友情，忆同窗傻事，谈工作经历，那种辉煌过后复于平淡的真诚，带来美好的回忆和新鲜的体会。大家畅所欲言，气氛热烈、踊跃、感人，把珍藏了50年的心里话倾吐出来，让50年来各人的种种经历、相关事事浮现，历历在目，有笑有泪。透过这些真情，品到的是人生沧桑和世间的万象。我深切地感悟到，经历了50年的人生风雨，面对世态炎凉，人情冷暖，人间最纯洁、最亲切、最真挚的还是同学同窗的情谊，情同手足。这种同学情是最难得的，也是最难忘的，它比黄金还珍贵，值得我们珍重，定会铭刻在我们心中。这次难忘相聚绝不是最后的一次，同学们希望毕业工作50周年时再相会。我满怀信心期待这一天，等候这一天的到来！

我离开北大四十多年了，但对燕园依然充满依恋。前两次返校，都待了一个多星期，从东到西，从南到北，母校的花草树木，湖光塔影，亭台湖泊仔细品味，全方位看到母校的建设和发展，欣欣向荣，勾起了我对四十多年前校园美景的感怀与陶醉，对母校这片智慧知识宝地充满感恩之情。因为它培养我成为一个大学生，给了我知识，给了我力量，我有幸用所学的知识投入到为建设祖国，服务人民的现代化事业中去。我默默地为母校祝福，也深深地为自己作为北大学子感到骄傲和自豪。

“满目青山夕照明”，夕阳更绚丽、更多彩更明媚！愿老同学们多保重！

着唐装合影，左起：张汉清教授、李普主任、赵宝煦教授、张映清教授

师恩似海　学友情深

何淑云　　　　学　号　6018006

我们政治系60级，从入学到现在，已经横跨了半个世纪，在这半个世纪中，经历了跌宕起伏，低谷和巅峰，各自在工作岗位上经受着锻炼和考验。但无论何时何地，同学时建立起来的友谊，一直在鼓舞和帮助着我。毕业以后，虽然其间工作有过变动，但是，无论从事何种工作，北大人的那种精神永远鼓励着我前进。

继南的探望

上个世纪60年代，我们刚入大学，国家陷入了三年困难时期。入学教育之后就组织我们到西山植树造林，每天背着几十斤重的树苗往山上爬，气还没有喘过来，就开始种树。当时，说实在的，如此劳动强度实在有点吃不消，但是，一想谁都是这样呀！于是，我暗下决心坚持住。当任务完成时已是深秋初冬了。不久，我的胃病犯了，只好回家休养。

当时，家里的食物供应很紧张，是按照国家计划供应的，有时总后勤部发给八一厂一些黄豆，这就是最好的营养品了。父亲分到一两斤，母亲就分成几次做成豆酱给我们吃，这可是最奢侈的享受了。

有一天，天气异常寒冷，继南从学校来看我，她带来了我当月供应的粮票、油票，这是我的生活保障。我接过来以后，看到她又慢慢地打开一个小纸包，我好奇地等着她拿出来，啊！原来是一条肉干。事情是这样的，我们每人每月发二两猪肉票，当月发当月买，过期作废。继南为了使我能吃到这二两肉，她想了个招：她给我买了肉，把肉风干保存，又把这难得的营养品给我送到家，我爸妈感动得连声说谢谢。

在继南等同学们的关心下，经过一段时间的休息治疗，身体逐渐康复，我又回到学校和同学们一起学习了。

飘香的椒盐芝麻

在三年困难时期，面临粮食供应紧张，副食短缺，常常感到饥肠辘辘。

记得入北大的第一个春节后，即1961年2月，开学前几天，回老家的同学纷纷返校。同学们互相串门、聊天，交流家乡的新鲜事。有一天，王杰手里举着一瓶东西回宿舍，叫我们猜猜是啥东西？大家七嘴八舌地说着，她打开瓶盖，一股香味扑鼻而来。她说是刘兵海从家里带来的椒盐芝麻送给我们品尝的。大家开心地把芝麻夹在馒头里，咬了一口，“哇！好香呀！”真想再吃一个夹心椒盐芝麻馒头，可是已经没有了，早饭的定量只有二两馒头……感谢刘兵海和他的家人，让我们在寒冷和饥饿时尝到了如此美味。想起那时的情景，现在任何的美味大餐都比不上兵海的椒盐芝麻馒头。

房东薛宝义大叔

1963年11月，我们跟随海淀区的干部一起组成工作队，参加了平谷县东高村公社的社会主义教育运动，即“四清运动”，同时，也是我们学生的实践活动。要求我们深入群众接受教育，提高思想觉悟。

全班分成若干个小组，分到各个生产大队。我和张小妹（张晔）同学分配到赵家务大队，黄见秋老师是我们领队。我们三个女同胞被派到薛宝义大叔家，和奶奶以及小女儿住在一个炕上。

薛大叔一家对我们非常热情，照顾得很周到。我们这批城市里长大的师生从来没有见过那么大的水井，让我们自己打水真不知道如何下手。薛叔叔手把手地教我们，经过几天的锻炼，我们竟然能够挑着满桶的水摇摇摆摆地回家了。

白天，我们的工作是参加查账，“访贫问苦”，召开调研会，晚上“挑灯夜战”写村史。这个地区是革命老根据地，有着光荣的革命历史，特别是抗日战争时期，有许多可歌可泣的英雄事迹。晚上，我和张小妹经常写得很晚，薛大婶就经常给我们添灯油，往炉子里添煤，怕我们晚上受凉，还把他们的新被子给我们盖上，贫下中农的这份朴实的心意使我们感到格外温暖，甚至亲如家人。我们常常给他们的小女儿扎小辫儿，给她讲故事、聊天、讲笑话，整天高高兴兴的。

三个月的下乡锻炼很快结束了，我们该返校了，彼此都依依不舍。大叔还专门为我们宰了一只羊，为我们又是炖羊肉，又是炸丸子、蒸豆包，做了一桌丰盛的饭菜为我们送行。回到学校以后，常常想念叔叔和大婶，贫下中农的这份真挚的感情永远留在我们的记忆中。

永远的怀念

一次偶然的谈话，得知二外院的前党委书记张天恩书记逝世了，我很悲痛。张书记是一位好领导。记得我在二外工作的时候，我住2号楼的一层，他住二层。他虽身为党委书记；但是，他没有架子，平易近人，和蔼可亲。他参加我们英语系党支部的活动，每逢组织生活，他都按时参加，是一个朴实的党的好干部。

“文化大革命”开始以后，他靠边站了，挨批斗是经常的事，吃了不少苦头。但是，我们知道他的经历十分简单，三八式干部，后来组织决定他到学校抓教育工作，任劳任怨工作了几十年；但是，他没有逃过“文化大革命”一劫。

那是在1967年夏天，二外两派严重对立，一派守在14号楼，另一派准备攻楼，火药味十分浓烈，武斗将一触即发，后果不堪设想。我们的心都悬着，但是，又无可奈何。有一天，听到有人敲门，开门一看是张书记。他开门见山地说：“小何，有件事看你敢不敢做？”我问:“什么事情？”他说：“现在形势很严重，武斗一触即发，后果很严重。我想去劝说，但是，需要有个人做证明。不然，说我挑动群众斗群众，事情就麻烦了！”我想，面对正义，需要的是勇气。于是，我立即回答：“这事呀，我不怕，可以陪你去！”我们很快到了14号楼。好家伙，楼门紧闭，只留着一个小门，门口堆着许多砖头。我们俩艰难地爬了进去。他让我寻找楼里一位有影响力的干部，劝他离开此楼，千万不能激化矛盾……那位干部本来就不愿意留在楼内，经过张书记的说服，他第二天就离开了14楼。这样就化解了矛盾，对立气氛逐渐消除，避免了一场群众斗群众的场面。

事后想起当时的情景真有点后怕。张天恩当时是一个被审查的干部，他的这一举动是“违反”常规的，是有风险的；但是他毕竟是一个久经考验的老同志。在逆境中，他首先考虑的是党和群众的利益、学生的生命。他的品质令我钦佩、令我震撼。这种不顾个人安危，永远把党的利益和人民利益放在第一位的精神值得我学习。

张天恩同志离去了，但他的精神永存。我没能参加他的追悼会，谨以此文以示纪念。

师妹陪我去看病

1974年深秋，天气已经很冷了，我们一家三口都感冒了。孩子最重，看病以后，医生让她在家吃中药；但是，孩子得有人在家照顾，我本人也发烧、头晕，起不来床。魏开肇在家照顾孩子管不了我，加上他也在感冒。正在为难之际，住在同一小区的王杰得知了我的困难。她安慰我说，别着急，想想办法再说，那天不巧的是校医院停电，有些检查不能做，我们只能到西苑中医研究院看急诊了。她把丈夫于立德也动员起来，让老于骑车带着我，她陪在我身边。到了医院，王杰把挂号、抓药全包了。经过检查，我患的是重感冒，心里就踏实多了，加上有王杰夫妇的陪同，感到很温暖。看着她瘦弱的身体，跑前跑后忙得满头大汗，心里真有一股说不出来的滋味，时隔几十年了，感激的心情时时在我胸中涌动。

师长教诲记心间

1977年后，学校的结构重新调整，师资干部随之变化。我在学生时期就有一个愿望：当一名教师；但是，没有实现。有一段时间我还失去了工作岗位，正当我苦闷的时候，北大社科副处长蔡次明老师问我愿不愿到社科处工作，处于失业状态的我欣然答应，于是，我很快到外语科上班。马克成老师是外语科负责人，热情地接待了我。夏自强处长很了解我的心情，为了使我的专业知识不荒废，他与图书

左起：王家驯、王杰、张晔、金戈、刘继南、刘学文、何淑云、田凯荣

馆庄守经馆长联系让我每周抽出一定时间参加资料的收集和整理工作，以提高科研工作的能力。后来，苏志中、吴同瑞在担任处长时，对我的发展和工作也很关心。他们的报告、发言都是自己亲自动手完成，还经常深入系里，了解教师的科研情况，不断发现人才和科研成果，并且对我们强调必须深入调查研究和加强学习，总结出一些规律性的东西来，提出“脑要勤、手要勤”。在他们的指导和帮助下，我们写的工作总结、研究文章经常得到上级单位的表扬，我的工作能力也得到了逐步提高。

我还要感谢曾经鼓励过我的严富明老师、张德修老师。有一段时间，我为工作心中郁闷，严富明老师语重心长地开导我说：“其实做什么工作都一样，只要自己努力，都会做出成绩来的。咱们也可以考虑别的途径呀！你不是正在学习英语吗？可以边学习边翻译，由浅入深，这也是一条路子呀！我顿时感到豁然开朗，是呀！我干嘛非撞南墙不可呢？路是人走出来的，我应该开阔思路才对。更何况我也喜欢外语，不妨一试。后来严老师的先生张老师又为我找来了比较容易入门的英文材料，让我从少量翻译开始。我毕竟是初学英语，困难不少，记得学校的李盐老师、亚非所的梁英明老师，还为我修改过翻译稿。张德修老师还把我的一篇翻译文章送到《读书》杂志发表，使我对自己有了信心。此事我回忆起来都仍然觉得很感动，严老师、张老师，我谢谢你们啦！

还有一位使我印象深刻的老师就是李庆聪。我在图书馆收集资料时间，在郑月明、姚曼华老师的组织下，收集了许多新中国成立前学生运动的资料，后来因社科处的工作范围广了，图书馆的工作也就不得不放下了。过了很久，李庆聪老师建议我们原来参加收集资料的几位同志一起把资料整理出来；不然，搁置一边十分可惜。她又和方明同志联系由北京市党史研究室帮助出版。这是一件好事情，但是，它又是一件繁重的任务。这一任务最后落在李老师的身上，从制定资料编写提纲到具体分工以及校对事无巨细，她都考虑得十分周到、细致，一丝不苟。我从中学到了她对研究工作的认真、踏实的优良作风。以前只知道她是我们系的老师，能写一手漂亮的钢笔字，后来在工作接触中才有了进一步了解。她工作敬业，待人和蔼可亲，永远值得我学习。在她的努力之下，经过一年多时间的努力，《抗议驻华美军暴行》一书终于出版了。

借讲义

“文革”之后，耽误了十多年时光的我们，业务都荒废了，虽然工资低，生活负担重；但是，我们从来不因为种种困难而耽误工作，个个奋起直追，不计个人得失。

大约在1980年前后，许校荣同学来信说，他调到鞍山师范学院教政治课，想借一本中共党史讲义借鉴一下。这的确是件小事，可是，有一定难度。因为大家都在起步，谁手上有党史讲义暂时不用的我也不知道。当时家家都没有电话，也没有复印机；但是，许校荣的这个忙得帮呀！于是，我一个个问教过党史的同学，其中有两个同学正在讲课，无法借出。还有谁呢？我突然想起张晔党史课教得早些，试试看吧！我把许校荣的情况向她说明之后，张晔二话没说，爽快答应。之后的事都很顺利。许校荣由于得到了张晔的帮助，开创时期的困难终于得到解决。我由此十分感慨：老同学之间的感情就是不一样啊！

母亲走了

1986年11月，母亲病重，住进了301医院。这件事情被向景洁教务长知道了，他约了吴同瑞老师，急匆匆地去看我母亲。那时，母亲已经上呼吸机抢救，不能说

在座谈会上，左起：张晔、何淑云、王家驯

话，不能交流；但是，从她的眼里能看出她的感激。我在她耳边告诉她两位老师的名字，她不断地点头，紧拉着我的手，表示对两位老师的谢意。没过几天，母亲因抢救无效离开了我们，我抚摸着尚有母亲体温的病床，号啕大哭……

母亲去世的消息被赵宝煦老师知道了，他特意给我写了一封信，对我母亲的病故表示哀悼，嘱咐我节哀。老主任的牵挂使我感动，我的心中永远保存了这份感谢。

我母亲是一位典型的中国传统妇女，从小接受了教会学校的教育。她聪慧多才，练得一手好书法，每年家里的春联都是她写的，邻居也常常请她写对联；她还会吹箫，声音美妙动听，至今，她的一曲《苏武牧羊》常常在我耳边回荡。然而，人生都有遗憾，她的大半生是在旧社会度过的；但在她离开人世时，能够得到我校领导、学者的关怀是我母亲最大的安慰。我从心底里感谢他们。

母亲病逝，医院的医药费我无力偿还，可是，有关规定是账没有结清，无法办理后事。面对困难，又是社科处的同事纷纷伸出援助之手。饶毅、王戎、刘锋，还有学报的李盐老师等，是他们帮助我渡过了难关，这份深情我永远铭记在心。

在北大国学研究院服务的日子里

我在北大国学院服务，一晃就是20个年头，经历了许多学术活动，目睹了北大知名学者专家的学术风范，受益匪浅。

经过20年的奋斗，国学院在上级领导、社会各界的关怀和帮助下，走过了艰苦的路程，也取得了丰硕的学术成果，人才辈出，也为中华文化走向世界贡献了力量，终于开始实现了季羡林先生早年预见的“东学西渐”。

院长袁行霈教授治学严谨，求实创新，处处以身作则。他在组织课题和学术活动时重心都放在学术上，一丝不苟，并力求完美。国学院的大型年刊《国学研究》现已出版了29卷，袁行霈教授是该刊的主编。对《国学研究》的来稿可以说都是用两个字可以概括，那就是“深”和“新”。每篇稿件都要经过两位以上的同行审阅，编委会集体讨论后方可决定取舍。同行专家所写的不少意见几乎都可以称为论文。

国学院组织撰写的大型课题《中华文明史》四卷本，它是一部多学科融合的学术著作，共120万字，历时6年多，个中的艰辛，可想而知。一开始，为统一指导思想和体例就讨论了三四次。其后又确定了36位作者，然后是编写每卷每章的详细提纲。数十次的讨论、修改，提纲定下来，各自收集资料动笔写作。文稿先后写出，又是一遍遍、一篇篇地论证……经过六个寒冬酷暑，终于在2006年4月出版了。国务委员陈至立给袁行霈先生写信表示祝贺，称“这部巨著是先生及各位教授潜心研究多年的智慧结晶，不仅对学术研究是一个重要贡献，而且是对继承民族优秀传统文化、弘扬民族精神、增强民族凝聚力，以及构建和谐社会都将发挥积极作用”。在随后的6年中，袁行霈教授又得到美国人文与科学院院士、著名汉学家康达威教授翻译团队的支持，同意将《中华文明史》四卷本翻译成英文本，这样，才有可能将这套巨著呈现在世人面前，让中华文明的光辉与博大精深灿烂地展现出来。

袁行霈教授对于《中华文明史》英文本，学术要求同样严格，与康达威教授的电邮切磋之频繁自不必说，为译稿召集的学术研讨会在北大就开过两次，使主编、副主编、原作者和译者之间充分沟通，消除翻译中的障碍。会议召开时天气寒冷，但为了保证翻译质量，年已高龄的张传玺教授等都准时出席了会议。为了看译稿，袁行霈教授拼命“恶补英语”，令人钦佩不已。

“龙”、“虫”并雕是国学院研究工作的宗旨之一。《中华文化讲座》《中华文明之光》两大系列电视片是将中华文化推广到广大群众的具体实践。与美国南海公司合作拍摄的100集《中华文化讲座》电视片受到北美华人华侨广泛好评，也是中华文化走出国门的坚实一步。与中央电视台合作拍摄的150集《中华文明之兴》系列电视片被当时在任的副总理李岚清称之为“你们……把大学课堂延伸到了社会，把高雅文化普及到大众”。这两套电视片的拍摄也给学者出了难题，要他们把高深的学术变成浅显的话语说给大众听，还要一遍一遍地论证、审片直到通过为止。著名学者侯仁之先生曾担任《中华文明之光》中《明清北京城》一集的主讲，他为了使准备工作精益求精，借鉴别人的拍摄经验，硬是在病床上看完了在他之前拍摄的20集，这种严肃的治学精神令人深感震撼。

以上几例，只是国学院学术活动的一小部分，但这体现出来的严谨、求实、创新的学术风气已足见一斑。国学院的专家们永远是我学习的楷模。

前年，我有一段时间生病，袁行霈教授和夫人杨贺松教授在百忙中打电话安慰我，还说：“需要的话可以陪我去医院。”简直像兄长一样，令我久久不能平静。吴同瑞副院长、朱邦芳和耿琴老师等也对我多方照顾，经过不断调整，身体很快恢复。

总之，我在学者的身上看到了北大人的学术风范，也在工作中感受到了同志间的友爱和温暖。

时光荏苒，半个世纪过去了，恩师和学友们给了我知识和关怀，这是我永远的精神财富。请让这美好的师友情谊继续给予我力量、鼓舞我永远前进！

一塌（塔）糊（湖）涂（图）未了情

刘兵海　　学　号　6018011

日月穿梭织风景

水中的鱼，游风景；天上的鸟，飞风景；地上的人，活风景。我们在欣赏风景的同时不要忽略了，大家都在风景中。

说到北京大学，人们自然就会想起最高学府的美名，想起李大钊、毛泽东，也会想起伟大的“五四”爱国运动，还有爱国、进步、民主、科学的优良传统……

与此同时，还会想起那既逗乐又真切自豪的“一塌(塔)糊(湖)涂(图)”！尤其是博雅塔、未名湖，早已成为北京大学的标志。那塔屹立湖旁，像一位亭亭玉立的美女；那湖平静如镜，湖光塔影如诗如画。而北大图书馆的馆藏，又以种类丰富、珍品荟萃而著称。这样一块宝地，一块圣地，莘莘学子谁不向往！

北大，除了“一塌(塔)糊(湖)涂(图)”外，还有那园林化的美丽校园，雕梁画栋的琼楼玉宇，以及名人大师、专家学者、精英学子、美女帅男。

1960年8月30日，作为一个普通农民的儿子，我由昔日对北大的深切向往，一下子置身于北大校园。雄心薄薄立志矬/智商平平脑子拙/不知如何撞大运/北大报到带羞涩。上边几句顺口溜，是我当时真情实感的写照。但考上北大也不是完全的靠运气，国家的教育政策、家人的全力支持、恩师们的谆谆教诲、自己的刻苦努力，缺一不可。

到了北京，到了北大，生活在祖国的心脏，虽处于困难时期，但精神层面上，好像天天都沐浴在幸福的阳光里。每当国庆节、“五一”劳动节，人们迈着矫健整齐的步伐，在长安大街上游行、喊口号，在天安门前接受党和国家领导人的检阅。晚上，在金水桥边，跳舞、唱歌，看焰火狂欢！

在北大，聚精会神听学校老师、教授的精彩讲课，可说是大餐享受：认识历史与现在，了解国内与国外，研究表象与本质，探讨发展与规律。其中，长期担任国际政治系主任的赵宝煦老师，可以说是老师队伍的代表，我对他的谆谆教诲印象很深，对他的治学精神敬佩难忘。在赵老师90华诞时，因事未能赴母校参加纪念活动，就把自己的一首诗作邮寄给了组织者。与此同时，还从网上搜到先生和别人合影的一张照片，连同那首诗作一并发到了我的博客，以表示对先生的敬贺。那首诗是这样的：贵为长者/丹心如火/童颜鹤发/青春脉搏/贵为师者/持道为乐/杏坛春永/累累硕果/贵为学者/等身著作/谈古论今/率真执著/贵为智者/从善选择/途程轨迹/慧心把握/九秩同贺/心吟祝歌/健康快乐/寿比江河。但令人没有想到的是，90华诞不久，从学友处得知，恩师永远离开了我们……

在北大，同学们一起上课听讲，一起在图书馆阅读，一起排队买饭，一起学习雷锋好榜样，一起反修防修，一起挨饿浮肿，一起农村“四清”……不分高干子女和工农子女，大家一个样。

在北大，大家刻苦读书，倾心求知，把“莫等闲白了少年头，空悲切”，“谁不能燃烧就只有冒烟”，“走又红又专的道路”，“努力攀登科学技术高峰”，“学好本领，报效祖国”等等牢记在心，勇于践行！

在北大，和全国其他高校一样，贫困学生，每月享受助学金补助，生活、学习没有后顾之忧。我上大学后，就一直享受助学金补助，直到毕业。1962年，妹妹考上了河北大学，也享受助学金补助。

在北大，班里十来位“调干生”(参加工作当干部后又上大学)，带头苦读，关心他人，来自高中的同学，都亲切地尊称他们当“大哥”。中文系教我们作文的女老师乐黛云，在深入我们宿舍辅导作文时，见我们亲切地称呼“调干生”张永安为“张大哥”，她也称呼他为“张大哥”。

在北大，遇到周末，高金海多次邀我去他家，去感受大城市的家庭生活，让我这个农家子弟倍感温暖。吴厚生同学看我没有擦脸的大毛巾，从自己家中特意拿来一块给我，当他发现我的粮票不够用时，还自己节食而支援我粮票。

一次暑假我准备回老家时连天阴雨，赵洪涛大哥让我带上他的雨衣，使我回家途中免遭30里地大雨淋浇之苦。史春和大哥，无微不至地关心我的学习和生活……这是我想起的，还有更多我想不起的，甚至是受恩惠后根本就不知道的，还有好多好多啊！

和北大有缘的还有我的几位亲人，我的妈妈、姐姐、妹妹，后来我的儿子，都曾经造访过这所名校。

在北大，入学后不久，党的八届十中全会召开，从此开始了"阶级斗争"天天讲，月月讲。在"以阶级斗争为纲"的年代，来自河北隆化县委党校教师的60级调干生李泽成，以共产党员的责任感使命感，就"人民公社"是"早产婴儿"、"大炼钢铁，得不偿失"、斯大林搞"个人迷信和崇拜"、彭德怀不是反党等重大时政问题在同学中发起议论，还曾两次上书毛主席。在当年，这是何等的情怀！何等的勇气！(1963年4月，他以"现行反革命"被抓捕定罪，几年后得以平反。)

在北大，也有一些痴情男女，爱情至上。笔者在哲学楼某教室听课时，不经意间，看到有人将西班牙诗人裴多菲的诗，写在课桌里面："生命诚可贵，爱情价更高。若为自由故，二者皆可抛。"可惜的是，那位情种把后两句篡改成"若是失了恋，宁可水中漂。"让人看了，觉得此君可真够"小样"的。

在北大生活学习的五年，是我最受教育、最长知识、成长最快、终生难忘的地方。唯此，虽离开母校已半个世纪，只要是有机会总是会想方设法去拜访她！

2010年8月27日，到北京参加校友聚会，除了当天下午拜访高中学友，晚上到国家大剧院看节目，回到学校已是夜里11点多。劳累了一天，洗澡躺下，按说应该甜蜜入眠，可不知怎的，就是没睡意。好不容易眯了会儿，却又醒来。于是，自自然然兴致勃勃，再次追寻拜访难忘的图书馆、博雅塔、未名湖。后来我还写了一首诗，述说这件事：学友五年情甚笃/盛邀难却匆匆赴/全天奔波夜难眠/忽醒轻步忙出屋/急寻昔日塔湖图/求博淡利远世俗/寒来暑往半世纪/庄民再拜是此处。我认为，到图书馆攻读求知(图书馆)，苦读修得知识渊博、品行高雅(博雅塔)，最终淡泊名利、服务社会(未名湖)，这不正是国家和母校对我们的最大期望吗？这不正是我们青年人前进的方向和奋斗的目标吗？

以上的过去，以上的亲历，以上的感动，以上的幸福，键盘不能删除，岁月不能磨灭！

校友会会长沈仁道在《60级在政治风浪中成长》的文章中说：60级同学，政治上比同龄人相对更为成熟，思想作风上更为俭朴。走向社会以后，又遇上十年“文化大革命”灾难磨砺，大家对党的十一届三中全会的正确理论及其后改革开放的伟大实践，体会更为实在而深刻。60级同学无愧于北大的声名，无愧于众多良师的悉心教诲，无愧于党和国家的培养。

沈仁道同学深思熟虑后说的这几句话，多么地实在、确切啊！

这60级的同学都是谁呢？让笔者的《大学同学联名诗》一个一个告诉你吧：

燕园国政六〇生，(潘国华、王国文、马国泉、吴厚生)

帅哥靓妹仍年轻。(张小妹)

山南海北遥相呼，(刘继南、欧南、高金海、刘兵海、姚遥)

绪追翔云满苍穹。(毕凤翔、何淑云)

志高弄潮中国龙，(董志立、朱士高、徐潮江、何新中、胡肇龙)

龙子龙孙泽友情。(李泽成、庄友桂、张忠友)

文道良杰贵有继，(李学文、周文信、郭文清、洪文炳、朱传道(向东)、黄宗良、王杰、王继宪)

洪新宗克夫仙行。(赵洪涛、郭新文、杨宗普、张克勋、石志夫)

荣华金贵不是梦，(田凯荣、许校荣、胡素华、周振华、金金宝、金戈)

人安家和万事兴。(张永安、王家驯)

仁爱奋为喜开心，(沈仁道、江长仁、陈喜增、魏开肇、赵开财)

克己求全青春永。(王富全、曹其全、史春和、郑金永、于永梓)

这些同学，经过几十年的修行，几十年的打拼，个个都有显著业绩，个个都有精彩的人生故事。其中不乏出类拔萃者，有的成了耀眼的大学女校长，有的成了高等公务员，有的成了曾给中央最高层授课的著名学者，有的还成为书法家、作家……

写到这里，我想再写点和北大似乎无关但其实真有关的一些往事，看看当年那个农村娃，是如何一路行走、一路看风景、一路走进北大校门的。

和“贵人”不沾边

鼠标点在笔者人生的1954年，然后“打开”它。

在农村刚刚读完小学、高小的我，该考初中了。

解放不久，刚刚吃饱穿暖，但仍处在贫困线上的这个八口之家，有能力供我上初中吗？认识几个字、新中国成立前入党并担任过村武委会主任的父亲，很开明，很有眼光。他没有阻拦我，让我考。在他看来，没有文化家不能兴，国不能强，没有文化就没有前途。由于当时我在高小学习成绩也不是很好，能不能考得上自己心里也没有底。记得当时一个姓王的长辈邻居，话说得更明白：“那么多人去考，就录取那么少。像选‘贵人’一样，考不上，还不是‘瞎子点灯白费蜡’？”

我自知和“贵人”不沾边，咋看也没有所谓的“贵人”相，所以，考试过后自觉着没什么希望，就老老实实在家下地干活。当农民怎么了，祖祖辈辈不都是农民吗？还不是照样活？

谁知考试不久，录取通知书下来了，我考上了！全县唯一的一所县城中学，我们学校50多人只考上3个，我们村近十人只考上我一个。但我不是“贵人”，我只是新中国千千万万名青年学子中的普通一员！

接下来的三年初中生活，则更加证明了，我虽然考上了初中，但的的确确我不是“贵人”。

我们村在县城北50里地，不通公路，不通铁路。开学前一天，爸爸对还未成人的儿子独自出远门不放心，执意亲自送我赴校。一个装满被褥、衣物的几十斤的大包袱，及一个日常用品的小包袱，两人轮换背在肩上。那年雨水大，那天虽没有下雨，但一路泥泞、一路趔趄、一步不敢歇。就这样半后晌才赶到滹沱河北岸，搭船过河就是县城中学。为了省下坐船过河的费用，为了不耽误家里的农活，父亲执意立刻原路往回返。当时父亲岁数也算比较大了，且终年操劳，身体不好，看到他吃力回返的瘦小身影，我难以控制自己的感情，眼泪夺眶而出。后来我听说，父亲半夜走到一个村子的小学，向老师说明情况，那老师深受感动，并让他在小学教室借宿，第二天才赶回家。

这一幕虽然已过去将近60年，但终生难忘。我有一首诗写的就是这件事：阴雨连绵踩泥浆/行李铺盖肩上扛/老父送儿读初中/五十里路趔趄忙/乌云罩船秋风凉/望断忽觉泪两行/渡舟靠岸蘽中到/慈父返程听饥肠。

而让我最难过且难以接受的是，在我上大三，妹妹上大一时，一辈子受苦受累刚刚60岁出头就已经显得很苍老的爸爸竟然离开了我们了，他没有等到儿女大学毕业后尽孝的好日子，也没有留下一张照片……

由于住校，每月6.5元的伙食费必须回家拿。月底的周六下午上完两节课，便匆匆忙忙往家赶，50里地，大约一步不停地走5个小时，到家已是星辰满天，阴天则是伸手不见五指。第二天下午，怀揣几元钱，原路返校。不管刮风下雨，不管严寒酷暑，一步一步走，一步一步挪。当一拐一拐地拐进校园，拐进宿舍，一下便倒在床铺上。当同室学友打来热水洗脚时，一看脚底板有好几个鼓囊囊的血泡。

初中三年，这样的往返约有20次之多!

而在正定上高中的三年，正定离我家40里，往返同样是步行，情况基本如此!

我是一名共产党员!

在我很小的时候，就见我家炕头席子底下藏过手枪，猪圈糠棚子藏过地雷，家里有几件铁路上的零件。那时父亲已经是共产党员，并担任村武委会主任，在村党支部领导下，配合大部队参加一些小的战斗。此外，就是给八路军送公粮、送情报，带领村民破坏铁路，破坏日伪军的交通线。就这样，我知道了共产党救国家，救穷人，共产党好。

后来家乡解放，我家分了地，日子一天天好起来，我和哥哥、姐姐都上了小学，更加知道了共产党是人民的大救星这样一个理。所以，在初中读书时，我看到学校图书室里的《共产党宣言》《中国共产党烈士传》，就毫不犹豫地借了。看后粗略地知道，共产党的产生是世界性的，是必然的，是最先进的，最终要在全世界实现共产主义。而《中国共产党烈士传》，更是详细记述了李大钊、向警予、苏兆征、邓中夏、刘华、彭湃、恽代英、蔡和森、瞿秋白、关向应、方志敏、刘志丹、左权、彭雪枫、罗炳辉、王若飞、秦邦宪、叶挺、邓发、罗登贤(资料不全)、杨靖宇、李兆麟、吉鸿昌等23位烈士的生平事迹，让我大开眼界，深受教育。我从1957年5月16日开始阅读并做笔记，到6月8日读完，在前后24天里，做摘记28页共7 000多字(这些资料我至今仍然珍贵地保存着)。烈士们为革命抛头颅、洒热血,视死如归的英雄事迹,深深感染了我年轻而纯真的心。其中许多感人的地方,划上重点号,供日后反复阅读学习,受教育极大。从此,我前进有了方向,学习有了榜样,加入中国共产党,做一名党员,这成了我人生最大的追求目标。

在写这篇文章时,我特意在网上搜索,还真的搜到了2008年6月30日《历经61年"中国共产党烈士传"在沈阳现身》的文章。说的是,记者在辽宁省中共党史学会理事詹洪阁家中,看到1947年9月由山东新华书店出版、华应申主编的《中国共产党烈士传》。该书为32开本,共240页,书中收录了介绍李大钊等23名先烈的文章共46篇。根据詹洪阁同志考证,该书出版后,太岳、太行、冀鲁豫、东北等地解放区新华书店曾连续再版,1950年人民出版社也重新出版发行,是当年很有影响的一本红色书籍。党史学者说,这可能是我党历史上最早版本的烈士传略。

1957年初中毕业后,我考取了河北重点中学——河北正定中学。1960年4月,在正定中学,我终于如愿加入了中国共产党。1961年4月,在北京大学按期转正。此后在我每天的日记里,多了这样一句话:"我是一个共产党员!"以此激励自己,努力做一名合格的共产党员!到后来,这句话不再出现在日记里,而是深深藏在了我的心头。

回想入党以来的50多年,党员的荣誉感实难忆起,而党员的责任感则时常在心。因为你是先锋部队的一分子,因为人民对你有更高的要求,所以,无论你付出怎样多,无论你取得了怎样的成绩,那都是不够的,那都是不理想的,那都是有待继续努力的!更何况,自己这一生,确确实实也只是做了一些平平常常的小事。聊以自慰的是,如毛泽东同志所说:"一个人能力有大小,但只要有这点精神,就是一个高尚的人,一个纯粹的人,一个有道德的人,一个脱离了低级趣味的人。"扪心自问,再三反思,总的感觉是无愧于党和国家的,心是安的!

说到这里,多唠叨两句。除了《中国共产党烈士传》,在学生时代我还看过《保卫延安》《革命家庭》《林海雪原》《青春之歌》等好书,这对我的健康成长、积极向上都有重要影响。遗憾的是,今天浮躁之风日盛,你看看周围,能静下心来认真读书的,认真读高品位的好书者,似觉少之又少啊!

左起：史春和、刘兵海

快乐幸福俏夕阳

上班族的日子，见证了一个普通党员、一个一般干部的忠诚。总感到有干不完的工作，尽不完的责任，所以，全部身心几乎都在为“公”字而运转。我不是在夸耀自己，那个时代的人，就是那样：尽职尽责，克己奉公；自觉革命，加班点加；吃苦在前，享受在后；迎难而上，助人为乐……那时，个人利益是摆不上桌面的，一切的个人利益，不管有没有道理，都会被看作“个人主义”，而“个人主义”又是被批得“臭不可闻”的。所以，除了工作还是工作，除了奉献还是奉献。国家像一部高速运转的庞大机器，干部职工犹如一个小小的螺丝钉，被永远紧紧地拧在党和国家最需要的地方，一日不停地跟随着转动。

退休后好了，可以喘口气了，可以放松了，且随着国民经济的飞跃发展，生活水平大大提高，感到好幸福啊！可过惯了忙忙碌碌的日子，退休后总觉得还得干点什么，既不能累着，又不能闲着。北大人嘛！退休后也应该有点北大人的品位，提高自己的生活质量，健康长寿。这既是我们为之奋斗的出发点，又是我们为之付出的落脚点，更是社会文明的表现。于是，我便有了丰富多彩的退休生活。其实那早就是自己的爱好，只不过在职时，这些是根本排不上队的。

吟诗作文。笔者有爱看书、爱动笔的习惯，退休后便舞文弄墨，写写画画，居然鼓捣出三百来篇诗文。吟诗也罢，作文也罢，都不是自己的强项，其实自己也没什么强项，只是心气使然。这些诗文，主要是自己写，自己看。在偷偷摸摸做了一段时间之后，受离退休干部"出书热"的推动，自编自印，也弄了一本《呢喃集》，还厚着脸皮给同学、同事赠送。取"呢喃"二字，意即拙燕一只，飞也飞不高，歌也唱不好，只有在低空飞来飞去，呢呢喃喃。下边几句话就是真实情况的表达：佳句无数诗矿藏/不入门道觅何方/东刨西挖心气使/有获无获不思量。再后来，胆子越来越大，电脑上开博客，诗文愣往上发，再配以图片，招徕访客，其乐悠悠。

唱歌弹琴。唱歌也是我的一个爱好。虽然唱不好，但能识谱，所以，慢慢喜欢上了。我退休时，名目繁多的各地老年合唱团，已经遍布祖国大地，我也赶时髦参加了一个合唱团。悦耳的旋律，优美的歌词，每学唱一首歌，都是一次美的享受，都是一次爱的排练，也是一次养生实践。与此同时，我还结交了一些歌友，参加了一些比赛，旅游了一些地方。如：1999年，在河北电视台"玖玖万花丛"栏目演出；2000年，在无锡参加"第二届夕阳红老年电视合唱大赛"；2005年，在河北省艺术中心、北京音乐厅分别参加"纪念中国人民抗日战争、世界反法西斯战争胜利六十周年"的"英雄河北"演出；2005年，还参加了山西晋城市"兰花杯"廉政之声歌咏演唱会；以及几届石家庄合唱节的演出等。有道是，越唱越健康，越健康越唱。唱歌成了我退休生活不可或缺的功课。

儿子有一架钢琴，他和妻子又常年在北京，于是，我有了触摸"乐器之王"的机会。在没有拜师的情况下，我慢慢学会了弹钢琴，爱上了弹钢琴。有时还作词作曲、自弹自唱、摇头晃脑，感觉挺臭美的！

上网写博客。退休后，活动范围小了，接触人少了，外面的世界似乎慢慢变得陌生。儿女们也担心，怕我得老年孤独症、老年痴呆症，于是，给我配了一台电脑。一开头，又好奇，又害怕，这也不敢摸，那也不敢动，觉得自己太笨，没有信心。后来在家人及好心人手把手指导下，从一点一滴学起，日积月累，竟然也能搜索新闻、查阅资料、调看影视、上网写博、邮件往来、亲朋QQ……目前已写博文一百五十余篇，并因此结交了一些网上朋友。视野宽了，世界就在眼前，生活质量上了一个新的台阶。电脑是最好的朋友，最好的老师，世界无法离开它，我也无法离开它了！

写到这里，我脑海突然产生一种想法：生长在现代社会，假如我仍然对电脑一无所知，没使用过这个人类高科技产品，没体会到它的魔幻般的神奇，那该多么遗憾啊！

打拳练剑。太极拳在我国的发展历史悠久，门派繁多，深受国人及不少外国朋友的喜爱，影响广泛。在我还没有学习时，看到别人演练就有点羡慕。碰巧同办公室有一位拳剑教练，在省市比赛中多次获奖。多年的习武生涯，使他身体健壮，精神饱满，红光满面。他不但自己练，中间休息时还热心地教我。就这样，慢慢地，我也爱上了拳剑。他打的是国人练得最多的“杨式”太极，动作柔和缓慢，姿势舒展美观，强身健体，延年益寿，很适合中老年人。后来我越练越喜欢，越练越上瘾，到现在已习练近30年，成了我每天生活中的必修课。有一首诗《太极迷》说的就是这件事：

> 拳剑顺序练。习武兼修身，功夫练长远。忽然朝霞染，白鹤双翅展。
>
> 穿上练功服，顿觉似半仙。晨曦赶西清，拳友中间站。耳边乐声起，苍穹任逍遥，高低飞自然。忽入阔山川，百兽尽情欢。狮虎展温柔，云水恋缠绵。收功落落汗，再把歌儿喊。文明织日月，舒坦又一天。

但退休后的生活，不完全是快乐轻松，因为现实社会，就不是一个完美的现实，如官员腐败、社会犯罪、物价失控、养老治病、食品安全、国民教育及就业等诸多方面的问题，让人揪心。只要是一个正常人，谁想到这些都难免忧虑啊！我亦如此。我收录在《呢喃集》中的诗《沉重的爱》，就是对这种情绪的表达。这首诗共149行1 759个字，是我用心最多，也是写得最长的诗，这从一个侧面，反映了我的关注程度。

上帝赐予我的贤妻

刘兵海练太极拳

谈到我的一生，尤其是晚年的幸福快乐，我不得不在这里说说我的妻子。

1955年2月，正在藁城上初中的我，寒假里父母为我成婚。妻子所在的村子离我家7里路，我们没有见过面，她不识字，年龄比我大3岁，像是我的大姐姐。那时自己还年轻，按婚姻法，虽然还不到结婚年龄，但在建国不久，且又是贫穷落后的农村，父母一手操持的婚事，说办就办了。那时初中、高中都是住校，一年下来，回不了几次家，所以，婚后和妻子并没有多少共同生活。再加上自己学业负担重，而她在一个大家庭中，又要带孩子，又要孝敬老人，还要推碾磨面做饭，还要下地干活，所以，即使假期，也没有时间交流思想。

1960年考上北大，一年的寒暑假则只能回两次家。1965年，我毕业分配到国家文化部，一年则只能寒假回家，思想交流更谈不上了。然而，在我脑海里，永远留有她农家女子善良、朴实、勤劳、本分的形象。在我的心里，永远留有属于她的位子！但两地分居，她和孩子在农村劳动生活，我一人独自在城市工作，我虽然心里有她，可在实际上，我能给她一点点帮助吗？沉重的家庭负担，成年累月地劳苦，她拼命扛呀扛呀！后来她因劳累过度而身体瘦弱。更令人难过的是，1962年，因本村“赤脚医生”误诊，使她原本不怎么好的身体，一下子被撂倒了。从此成了有名的“药篓子”、“病秧子”。

刘兵海夫妻对弈

作为她最亲的亲人，当她需要我时，我不在她身边。作为一个小家，当家里需要我时，我在遥远的远方。尽管1968年10月和1969年2月，我曾先后两次接她去北京看病，但短短的200多天，对于她这样的病号，治疗作用是远远不够的，而且这种方法也只是权宜之计。于是，便产生这样的疑问：这分居的日子猴年马月才是尽头？今后日子怎么过？正处于这样的困惑时，“文革”开始了，文化部很快瘫痪了，整个国家也全乱了。怎么办？回河北，回石家庄，离家近些！1972年，在驻文化部65军军宣队的帮助联系下，我终于被调到了中共河北省委工作。后来，1979年，家属“农转非”，落户石家庄。到那时我才有了一家之长的感觉，才有了正常的家庭观念。羡慕了多年，等待了多年，分居达24年后，我才在城市真正有了个窝，充分享受家庭的温暖，享受夫妻爱儿女情！。

刚到石家庄时，由于城乡的差别，生活质量比起农村来，还是有不小的改善。

不用下地干活，不用推碾磨面，不用烧茅柴、拉风箱做饭，一年四季不用担水，冬天不再挨冻。所以，有一段时间，老伴的身体还一度有些好转。但我们的窝并非“安乐窝”，试想，一人挣工资，全家人消费，其中还有两个学生，用“捉襟见肘”来形容，一点不为过。无奈，为了生存生活，老伴曾在自行车棚看过自行车，曾在夏天卖过冷饮，后来逐渐有了第三代，就又开始看孩子、带孩子。她这一辈子精心看管过的孩子，除了自己的4个，还有第3代的4个，其中有两个第3代的孩子，一直看管到上大学。这是多大的付出啊！除了带孩子，还有就是孝敬老人，双方四位老人尤其是我的父母，本应我俩共同承担的养老送终的大事，她都心甘情愿周到细心地做好了！这又是多大的付出啊！

中国农民特有的勤劳、俭朴、宽容、善良，在我老伴身上都有充分的表现：再大的生活重担，她也会勇敢地挑在肩；再艰难坎坷的路，她也会拼着命往前走。将吃苦视为人生常态，将委屈作为人生历练。但身心到了难以承受的极限，又累出了严重的心脏病、高血压、肺病、风湿病、皮肤病等多种疾病。她的病都是苦出来、累出来的啊！打针、吃药、输液、住院，成了她生活中的重要内容。然而，即使她成天生活在病痛中，她依然坚强乐观，依然把温暖、笑脸、爱心送给我，送给每一位家人，送给每一位亲朋好友！

有这样一位贤妻良母，这是上帝恩赐给我的幸福啊！让我在这里真诚地对她说一声：老伴，这辈子你跟着我辛苦了、受累了！谢谢你！谢谢你！没有你，这个和睦幸福的家从何谈起？没有你，孩子们的健康成长从何谈起？没有你，我安心读书11年从何谈起？没有你，我尽职尽责努力工作33年从何谈起？没有你，退休后我这个“快乐幸福俏夕阳”又从何谈起？

好老伴，你是我的太阳！

往事回忆

张　晔　　　　学　号　6018009

我十分怀念我的母校——北大。五年北大校园生活时时浮现在我脑海中，因为北大给我的影响太深了，影响了我的一生。在我的心目中，北大是一所治学严谨，学习和学术空气十分浓厚的高等学府；北大学子是一群政治敏感，思想活跃，爱国、爱集体的群体；学校管理比较宽松，并给学生提供了各种社会实践和丰富多彩娱乐活动的社会大课堂；北大师生关系十分融洽，是一个温暖的大家庭。这种感受是来自点点滴滴的五年学校生活。往事回忆，是那么刻骨铭心，那么美好，那么亲切。

北大的学风

毕业后，我所在单位的同事均来自全国各有名的高校，其中北大毕业的人有七八个。工作过一段时间后，我听到一些议论，认为北大毕业的人有两个特点：一是傲，二是理论功底扎实。傲当然不可取，然而，听到北大毕业人的理论功底扎实的评价，我由衷地感谢我的母校。

北大以治学严谨著称，在北大学习五年深有体会。北大有良好的学风，首先表现在北大的老师都很专业，也很敬业。北大老师不仅很专业，而且备课很认真。特别是专业老师，他们往往是按专题讲授，一门课有几位教员完成。因此，他们有条件对自己所讲的内容进行深入的研究。北大老师讲课严谨，注重理论体系的完整，理论分析透彻，逻辑性强，内容充实；讲课语言也十分简练，准确。老师从一上课就能把学生吸引住，学生循着老师的思路听下去不能有一时的懈怠。老师授课的教学态度、方法、思路、讲课的内容及深度，潜移默化地影响了我们，并影响了我后来所从事的教学与科研。

其次，我们的专业是马列主义基础理论，因此，系里特别强调我们读马列主义原著，马克思、恩格斯、列宁的原著是相当深奥的，读起来很费劲，但在老师的严格要求和安排下，我们个个都能静下心来啃原著。特别是马克思的著作，一开始读就和看天书一样，他的《资本论》《政治经济学批判序言》等著作，我不知看了多少遍。列宁的文章也不好读，他的文章大部分是论战性的，在论战中阐述他的观点、思想。在论战中往往涉及一些历史事件和人物，因此，就要求搞明白论战所涉及的人物观点和历史背景，这就迫使我深入地探求。另外，还必须从作者铺开的论战与激情中反复看才能理出头绪，理出作者论战的观点和思想精髓。每当我领会了作者的思想时，会油然产生一种成就感、幸福感。我会一边伸伸懒腰，一边揉着困涩的眼睛舒心地微笑。几年下来，我深深地体会到只有认真读原著，才能真正领会马列主义的真谛，这使我在后来的政治理论教学中受益匪浅。

系里虽然强调理论学习的重要，但也不主张我们死啃书本，死记硬背僵化地学理论。在注重理论学习的同时，系里也注重理论联系实际，经常组织我们联系当时世界形势，国内大事进行讨论，让我们畅所欲言。我们很喜欢这种讨论，有时会有热烈的辩论，尽管当时受“左”的思想影响，讨论的有些内容现在看来需要反思，但这种学习方法、态度，对于我们活跃思想、积极思考、关注现实、深入探求理论是很有益的。北大良好的学习风气还表现在：北大学子求知欲强，酷爱学习，北大的浓厚的学习氛围让我怀念。

我深深怀念北大那些阶梯大课堂教室，在那里我们接受了来自不同系、科各有特色老师的授课，度过了获取知识的美好时光。在课堂，老师讲课专业敬业，我们听课认真，三四百人的大课堂没有麦克风，我们都听得清清楚楚，因为课堂特别安静，每个同学都在拥挤的扶手椅上埋头记笔记。听课也是一项艰苦的劳动，我们是新建系，一些专业课没有教材，因此，记笔记就是我们上课的一项重要任务，从老师一进教室到下课，我们一直是头不抬、手不停地记笔记。我印象最深的是给我们讲《西方政治思想史》的王哲老师，王老师讲课很有意思，它既不看讲稿，也不看学生，只是看着天花板，自顾自地滔滔不绝地讲。他讲课没有板书，也没有抑扬顿挫，但由于课讲得条理分明，史料充实，有思想，有深度，没有一句废话，很吸引人，我很爱听，收获也很大。但上他的课记笔记最累，一堂课下来，手都酸了。虽然很累，但我们渴求知识，因此，也乐在其中。去图书馆占座位，也是北大学习生活中令我难忘的一幕。北大没有固定教室，因此，看书除了在宿舍，就是到没有上课的大教室，再就是去图书馆。在图书馆看书环境好，条件好，自然是首选。但图书馆的座位有限，于是，就出现每天早晨去图书馆抢占座位的景象。在图书馆看书，回想起来真是一种享受，偌大的一个图书馆，那么多学生，却鸦雀无声。每当我坐在那里，思想很快就进入书本的世界。我就是这样，在图书馆度过一个一个上午、下午，探求知识，充实自己。

拎着饭碗满校园走，也是北大校园的一个独特风景线。由于食堂放碗的橱柜少，也怕饭碗被偷，为了安全，更为了节省时间，免得下课还得去宿舍去取，所以，北大学生的饭碗总是放在书包里，这样下课可以直接去食堂，很节省时间。于是，在去教室和图书馆的路上，在匆匆忙忙行走的学生书包里，常常传出勺子碰碗的叮当响的声音，那就是北大的特有传统，很温暖。

船头留影，后排左起：张晔、何淑云、刘继南、金戈；前排左起：胡素华、王杰

我们女生是如何面对困难的

我们班有50人，女生只有6人。后来一位同学休学走了，就剩下五人。我们五人亲如姊妹，被班里一些男生称为五朵金花。我们一入学就遇到严重的经济困难，而且困难来得特别突然，我们一点思想准备都没有。首先是压低粮食定量，吃不饱饭，还要进行重体力劳动。其次，是寒冷，教室、宿舍的暖气几乎没热气。我更倒霉，把半个月的饭卡给丢了，困难可想而知了。包括我在内，很多人都浮肿了。我们女生中有一半是来自南方，她们遇到的困难更大，有的得了肝炎，有的胃病复发。但是，由于学校和系里的正确领导，我们始终生活在积极向上的政治氛围中，因此，我们几个女生没有叫苦，没有抱怨，能够同党和人民同命运、共呼吸，勒紧裤腰带，共渡难关。不仅保持了良好的精神状态，学业也没受到影响。我们几个女生互相帮助，互相鼓励，尤其是刘继南同学，她比我们大一些，乐观向上，像老大姐一样嘘寒问暖，关心照顾我们每一个人，尤其令我感动的是她经常把自己每月供应的半斤点心，让给身体不好的同学吃，在那整天与饥饿做斗争的情况下，她主动将自己点心让出来，那需要付出多大的爱心啊！我从心里佩服继南。何淑云是我们的团支部书记，她身体虽然羸弱，也同样关心我们每一个人。尤其对我，当时由于寒冷，劳动又重，我的关节炎犯了，浑身疼，痛苦难忍，淑云就经常给我按摩，一边按摩一边说一些有趣的事，让我开心。我这个人生活自理能力差，丢三落四，她就经常提醒我，帮助我。我对她依赖较大，我们一起去图书馆，一起去未名湖畔散步，一起去看电影，我十分留恋那段甜美愉快的学生生活，怀念珍惜青年时代纯真的友谊。我们五人互相关心，亲如姐妹，无论谁有事，大家都出力相助。1961年放寒假，一个同学回家，天不亮她就去了火车站，她刚走，家里就来了加急电报，我和金戈急人所急，马上骑上自行车，就往火车站追。那时正是数九寒天，夜幕还没褪去，满天星斗，我们迎着刺骨寒风，紧赶慢赶到了火车站，终于找到了那位同学。当我交给她电报时，深深地舒了一口气。出了火车站天刚蒙蒙亮，这时我才感到又累又饿，可回去还有那么远的路，更主要的是，在那挨饿的日子里，我们没吃东西已经骑了那么长时间，回去真没力气了。但总得回去呀！咬咬牙，我们重新上路，继续往回骑。骑到府右街时，正好经过金戈的家，按理讲，我们可以去她家美美吃上一顿早餐，但在那粮食紧张的年代，到人家去吃饭就等于夺人家口中粮，谁也不会去的。好不容易骑到北京展览馆，我们再也骑不动了，于是，把自行车寄存在存车处，坐公共汽车回到学校，尽管我们筋疲力尽，尽管这只是一件小事，但在那饥饿的年代，我们跑了那么远的路，做了一件助人为乐的好事，我心里很满足。当然，我之所以能够做这件事还要感谢金戈同学。我这个人做事有热情，但缺乏勇气。金戈则不同，她是一个政治上很敏感，很有激情，对同志有热情，有胆识又敢于担当的同学，她积极地影响了我。记得仍是那年冬天，西方某些国家用武力侵犯中东某一个国家，我们很气愤，于是金戈很快起草了一份抗议西方国家武力侵犯别国主权的文章，然后我和金戈连夜骑车将抗议文章送到新华社，我记得好像是在宣武门、国会街一带，回来时虽已经是半夜了，但我仍兴奋得睡不着。后来虽然在报纸上没有看见我们的抗议文章，但我们用自己的方式表达了我们的立场和态度，也足以说明当时我们有很高的政治热情和正义感。

原子弹爆炸后的北大校园

爱国、关心政治、进取向上是北大学子优良传统，这是我入校后，感受很深的一点。

首先，校方特别关注对学生的政治教育，我印象最深的是学校经常组织我们听政治形势报告，这似乎是我在北大时的一个传统。报告内容是当前的国内外形势。在当时世界反华大合唱和严重经济困难的形势下，报告不仅给我们传达了很多国内外最新的动向和信息，而且报告自始至终充满战胜敌人和困难的坚定自信，引导我们正确认识形势，坚定我们克服困难的信心。因此，我每次听完报告，都得到很大收获和满足，所以，我特别喜欢听这种报告。报告往往在周六下午举行，我经常企盼周六的到来，盼望着搬着凳子去食堂听报告。

另外，学校还经常请社会上的名人、革命老前辈给我们作报告，对我们进行人生观和革命传统教育。我记得郭沫若和夫人、何长工、吴运铎等革命前辈都给我们作过报告，他们通过亲身艰难困苦的经历和坚韧不拔的革命精神，给我们上了一次次生动的革命传统教育课。直到今天，我还清晰地记得何长工讲述他如何跟随毛主席上井冈山，是如何克服种种艰辛与磨难，那是我第一次详细地知道毛主席初上井冈山时的经历和困难。

因此，在三年严重的经济困难面前，我们没有被困难压垮，困难反而更加激励了我们的爱国政治热情和克服困难的勇气，而最能反映我们这种爱国情怀与政治激情的事，就是1964年的原子弹爆炸后北大学子自发聚会举行庆祝活动的动人场景。

1964年10月16日晚，我正在宿舍写日记，学校的广播忽然响起来，要求全校师生注意收听广播，新华社有重要新闻播出。

宿舍几个女生赶紧跑到楼下收听广播。很快广播里传出播音员高昂亢奋的声音:1964年10月16日下午3时，我国成功地爆炸了第一颗原子弹!“原子弹上天了!”这真是一个意想不到的新闻。我们几个女生激动地跳起来，整个校园也沸腾起来，我们不知如何表达我们兴奋激动的心情，不约而同地向大饭厅走去。一路上，师生从四面八方像洪流一样涌向大饭厅。

我们进入大饭厅时，自发聚集而来的师生已站满了大厅，同学们情不自禁地高呼“毛主席万岁！”“中国共产党万岁！”同时，《社会主义好》《东方红》的歌声此起彼伏。一时间，口号声歌声响彻云霄。这时候任何话都是多余的，只有口号、歌声才最能表达我们的激动心情，同学们随着歌声踏着双脚，拍着双手，放开喉咙纵情高唱。同学们激动的情绪互相影响感染，歌声一浪高过一浪，我从来没有这么激动兴奋，从来没有像今天这么感受到我们的祖国、我们的人民是这么伟大!我为我们的祖国、我们的人民自豪、骄傲。仅仅15年，我们就冲破了帝国主义的封锁，在修正主义（当时的认识）的压力封锁下，克服了连续三年的自然灾害，我们高举社会主义大旗，坚持独立自主、自力更生、艰苦奋斗的精神，取得如此伟大的成就，太伟大了！太了不起了！我感到扬眉吐气，回到宿舍，激动兴奋的心情久久不能平静。

陆平校长和我们一起过年

北大为丰富学生的精神生活和文化生活，为学生提供了各种文娱活动场所和条件。北大的课外活动丰富多彩，有各种文娱社团，每周六、周日都放电影，电影票很便宜，5分钱一张。学校还请各文艺团体来校演出，中央交响乐团、中央广播合唱团都曾来校演出过，著名歌唱家刘淑芳一曲《宝贝》优美绝伦，让北大学子心醉。

北大在节假日还经常组织舞会，舞会常安排在大饭厅，并有专业乐队演奏，我有时也去跳，每当音乐响起，我就有一种舞起来的快感和冲动，我的舞伴大多是本班同学，跳舞水平与我差不多，都不高。我最愿意与张忠有大哥一起跳，他的舞技比我高，尤其是华尔兹三步舞曲，他带着我绕着整个大饭厅旋转，特过瘾。

记得一年除夕舞会（好像是1962年），跳舞一直到12点。当新年钟声响起时，校长陆平忽然出现在舞台上，他微笑着，频频向大家招手，给大家拜年。顿时舞场响起热烈的欢呼声和掌声，同学们欢呼，跳跃，兴奋不已。看着向大家招手的陆平校长，我很激动。其实，北大五年，我很少见到校长，见到的他，往往是高高坐在主席台上。但现在，校长和我们一起过年，和我们一起除旧迎新，校长没有忘记他的学生。校长的出现，一下拉近了我们与校长的距离，我感到很温暖。从那以后，陆平校长在我心目中的形象是一位可亲、可敬、慈祥的长者，甚至在“文化大革命”的岁月也没改变。

《小扁担三尺三》

我们班里男生多，女生少，农村来的多，因此，相对而言文娱活动不是很活跃，但我们也曾组织过一些文娱活动，如春游、教唱歌、文娱晚会等，其中给我印象最深的是1963年十三陵分校劳动的一次晚会。为了活跃大家的文娱活动，在十三陵分校劳动期间，我们组织了一次文娱晚会。为了发动大家参加，也为了保证晚会有足够的节目，我们要求每个小组必须出一个节目。为此每天我就逼着各个小组练节目。我们小组除了我都是五大三粗的男生，大多不善唱也不善跳舞，真想不出演什么节目好。当时正好上演电影《李双双》，影片中的插曲《小扁担三尺三》唱遍大江南北，我忽然灵机一动，何不全组演唱《小扁担三尺三》？我的鼓动得到一部分同学的支持，另一部分同学虽然不情愿也勉强地参加了排练，但都非常认真。

晚会开得很成功，不仅每个小组都演出了节目，连带队的萧超然老师也参加了男声小合唱，而反响最大的是我们小组的节目。

演出时，我们小组的成员排成一行，我领头，每个人抬起两只胳膊，做出挑水的姿态，然后像挑水一样，一边舞，一边唱，走上台，我身后的几员大将，特别是王继宪、周振华等同学，他们又高又壮，从来没有跳过舞，因此，完全可以想象出他们舞出来的样子。我们一出场就引起哄堂大笑，有的人笑得前仰后合，有的人笑出眼泪，然而，非常可贵的是，任凭别人怎么笑，我率领的几员大将都一直一丝不苟地跟着我绕圈子，认真表演，他们虽然不会跳舞，但是，挑水的姿势却是非常到位。我回头看他们既认真又憨厚的样子，真是又可爱又好笑，笑声一浪高过一浪，我们伴随着笑声和热烈的掌声退出会场，我们的演出把晚会推向高潮。

左起：何淑云、金戈、王杰、刘继南、张晔

友情常在

魏开肇　　　　学　号　6018050

我将记忆中比较深刻的、有趣味的、好笑的、尴尬的、有意义的10个故事以时为序串在一起，透视出师生情、同学谊，作为纪念政治系60级入学50周年一份献礼。这10个故事是：喜得红宝书、酱油汤、饺子的尴尬、陋室藏密、“学文外交”、漏舟脱险、泽成草屋、酒醉初一、松籽故事、洪涛家宴等。结尾是“同学赞、老师颂”。

喜得红宝书

“红宝书”是人们对毛主席著作的爱称、尊称。1960年9月，《毛泽东选集》第四卷出版了，求知若渴的我，对此写了一篇千余字的日记，标题是《十个小时到底买到了》，记录了当年购书之喜的激动心情。文笔虽很粗糙，但它的真实性是不言而喻的。现抄录如下：

从广播里听到新华社介绍毛主席著作的时候，我和全国人民一样渴求得到这本“红宝书”。但这次出版数量是有限的，要想每个人得到一本是不大可能的……怎么办？回到宿舍，听党支部书记熊汉国同志讲，除计划供应外，还有一少部分零售。好家伙，零售，我一定要买到手！

10月1日清晨，穿着节日服装，准备进城排队买《毛泽东选集》。这时一个同学告诉我，海淀新华书店有零售。于是，我一口气就跑到了书店。嘿！多少人，都排成了一条长龙。我到最后一问，548号。不管怎样，我就紧挨着队尾站下来了。

这时，大家都你一言我一语地念叨着："卖400本就有我的"，"卖500本就有我的……"但是，那位售货员却偏偏预告："200号以后的不要再等了！"我就不理睬她那一套。这简直是在骗人！9点钟到了，零售开始。先购得的人们手捧红宝书，在众人面前展示着内心的喜悦。我是多么羡慕！还有100本……还有10本。果真只卖了200本。然而，排队的人们并不立即散去。到了中午12点，排队登记又开始了。1号，2号……我登记上189号。只要再卖200本，我就可以买到。可那位售货员并不向你透露半点消息，真叫人着急。下午3点整，第二次零售开始。我好担心，心跳加快，该有我的吧！一本，又一本……终于挨到了我。10个钟头，不平凡的10个钟头，我终于买到了。我手举红宝书，轻快如飞地回到北京大学。我是多么高兴，又是多么自豪！

酱油汤

1960年秋，当我们兴高采烈迈进北京大学校门时，就遭遇到了"三年困难时期"。粮食定量压缩了，副食品供应减少了。这对每个人都是一次不大不小的考验。为了缓解那饥肠辘辘的痛苦，同学们都想了一些应对办法。这酱油汤就是其中之一。

我看过一些回忆录，似乎在当时用酱油汤"充饥"的同学不是个别。我这里所写的是我和何新中同学的故事。我虽然对上世纪60年代那场饥荒不觉得特别难熬，但食不果腹的感觉还是比较明显的，也希望能够得到一定的营养补充。一天下午将近4点钟，何新中同学从他居住的北房来到我所住的南房，很是神秘地趴在我耳边说："你来一下，拿着你的饭碗！"说罢，就转身回到北屋。弄得我一头雾水。心想："搞得这么神秘，鬼头鬼脑！"我还是"遵命"动身拿起饭碗，径直走向他们房间。何新中同学高兴地接过碗。先将碗放到书桌上，再倒进一些酱油，然后加入白开水"勾兑"出大半碗酱油汤。他将盛有酱油汤的饭碗递给我。笑着对我说："先尝一尝！"我端起碗，一连喝了几口。"挺好喝，有滋有味嘛！"顷刻之间，碗里的酱油汤就被我一饮而尽了。不错，确实能填充肠胃的空虚，颇有果腹之感。往后不知多少天，或上午10点，或下午4点左右，我们总是相聚一处，共享这酱油汤带来的快乐。有时还招引其他同学加盟共享。一瓶酱油用完了，再去购买一瓶……好几次都是我们共同前往海淀老虎洞一家商店购取。一路上，有说有笑，兴奋不已。

谁都清楚，酱油汤并不能满足人体的营养需求，最多只不过从心理上起到一点“画饼充饥”、“望梅止渴”的作用。谁曾想到，就是这种心理作用，也能给辘辘饥肠带来一点慰藉，也会给青年学子增添一分情趣。

饺子的尴尬

我们学了几年理论课之后，毕业前还需要参加社会实践。我们实践的具体任务是和海淀区的干部混编为工作组，前往朝阳区楼梓庄公社发动群众开展农村社会主义教育运动，简称“四清”。在生活上要与农民实行三同，即同吃、同住、同劳动。1964年的国庆节刚过，我们全班人马就奔赴目的地，分别被编排到了各个工作组。最初，我和黄宗良、王富全三人被分配到楼梓庄大队园田南队工作组（后宗良调往其他工作组）。我们算是全新的工作队员了，满脑子空白。

第一天下到农户，与农民同吃一锅饭。组长没有安排老带新，而是让我们三名学生一同前往。而我也很自信，难道吃饭还能发生什么问题，也就未向组长提出变更一下组合的建议。可巧，就在吃饭问题上闹得很尴尬，给人以笑柄。我们被安排在一户冯姓老伯家。他们听说我们是大学生，既高兴，又热情，特地为我们准备了一顿北方水煮饺子。全家出动，精心制作。中午时分，我们一行三人向冯家走去。房东出门相迎。我们按主人招呼，一一落座于炕沿。一会儿，女主人端出一盘香喷喷的大饺子放到炕桌上，热情地招呼我们用餐。“快快尝尝，趁热吃，一会儿就坨了！”怎么办，吃？还是不吃？我思量着：素馅的吃了无妨，吃了肉馅饺子就要违反纪律。先吃一个看看。在我的带动下，我们三人先后夹起饺子，一口咬下，可糟了，里面却是肉馅。我们连忙放下筷子，不知如何处置为好。房东问：“怎么了，不熟？”我只好向她解释我们不吃荤馅的所谓理由。主人一听就火冒三丈，但还未能全部发作。“怎么，怕我们收买你们？”房东其他成员有生气的，也有劝说的。最后我们胡乱吃了点什么，这顿午餐就“草草收兵”了。

等我回到驻地，似乎这消息已先我而至。上级领导也派人下来调查。不过，谁听了这件事都是哈哈大笑。这倒使我更加尴尬，狼狈不堪。悔恨当初，如能同宗良、富全他们商议一下，集思广益，也许能够找出一个两全其美的良策，也不至于让他们跟着我吃受牵连。最后，还是那位任组长出面打了圆场。“没什么，吃一堑长一智嘛！谁还没有这第一次？”房东老冯家也是听了任组长的解释，表示不计较我们初次步入社会的幼稚，和好如初。总算雨过天晴，烟消云散！

陋室藏密

所谓陋室是指北京大学44楼里的一间办公室。“文革”开始后，用于为西哈努克亲王某王子教授哲学的郭老师和教授党史的李学文老师的联合办公室，以保障王子的学业能够继续下去而不至于半途而废。因设备简陋，我把它称之为“陋室”。就是这间陋室却曾藏着一个不大不小的秘密。

1966年秋冬，全国掀起批斗“走资派”的“文革”狂潮，河南省一位刘姓书记的身体都被整垮了。实在不堪折磨，就偷偷离开河南逃到北京，打算从老战友那里觅得一个安身处所。一则躲避“批斗”风头，二则投医治病。谁知那些老战友都一个一个遭受浩劫，失去自由，哪还有什么能力留客栖身呢？差不多是在走投无路的情况下，只好把一线希望寄托在李学文这个革命家庭的小字辈（李学文为河南人）身上，辗转进了北京大学。一天下午，李学文来到燕南园54号楼亚非研究所的一个房间找我。随手关上房门后，便简单向我介绍了那个老书记的危难处境，并要求我帮忙安置住处和求医治疗。我思考着：住54号楼这间办公室？不行！住18楼宿舍区，也不安全。怎么办？思来想去……有了！我问学文：“你们不是有一个教授王子的联合办公室嘛？”学文点头认可。我又问：“王子去不去？郭老师去不去？”“王子没去过。郭老师也不常去。”我说：“太好了，你看能不能将这位老书记暂且安置到你们那间办公室。刚成立的新北大公社总部不是设在44楼嘛。谁能想到这个总部对门的为王子授课的办公室里还会藏着一个省级‘走资派’？”我们俩人相对一笑表示认同。第二天，由孙盛权同志带领老人，化装进海淀医院，并请一位名医诊断开方，然后按处方领取了一些对症药品。问题总算得到了一定的解决。可这位老书记真是菩萨心肠，唯恐因他而牵连我们，给我们带来灾难。未多停留，就返回河南去面对那残酷的现实。此后很长一段时间我们谁也未能谈及此事。20年后，刘书记的遗孀，为了履行老人临终遗言，进京登门致谢，我们才又回想起当年的情景。

陋室藏密，孙盛权、李学文和我师生三人在事先未有任何许诺和承诺的情况下，却能各自保守秘密。否则，我们将是“在劫难逃”。写到这里，不禁思念起我尊敬的老师和亲密的同事孙盛权同志。他的言传身教给我留下深刻印象。可惜他英年早逝，离开我们已有26年。往事历历，令人感佩，催人泪下。故以此文表达我对他的尊敬与怀念！

“学文外交”

“学文外交”所记述的并不是他二十多年的外交活动及其业绩，而是他与我同在江西省北京大学鲤鱼洲分校劳动改造时所表现的“攻关”才能，以及对我工作的支持。“学文外交”是我对他那段工作的美誉，以表达我对他的感激之情。其主要成绩有三：借船、赶牛、买鲜鱼。

北京大学鲤鱼洲分校校址，是原生产建设兵团腾让出来的垦殖农田，四处的居住点上依然还驻有兵团各机构及其工作人员。学文在外出砍柴的过程中结识了一些兵团成员。他是有名的“见面熟”，一见如故，七说八聊就成了朋友。

左起：朱士高、沈仁道、李学文、向东

借　船

借船是怎么回事？在农忙到来之前，分校的主要任务是抓紧时间建造房舍。为了将基建材料尽快运到工地，全校经常组织突击劳动，按连队分配任务，限定时间，优胜者受到表扬。第一个突击任务是将存放在垸堤湖岸码头的一批红砖，运到垸内的重点工地。用什么办法，用什么工具，全由各连队自行解决。任务一经下达，大家都忙着准备自己的运输工具。学文悄悄问："用船运行吗？"我说："求之不得，哪来的船？""找兵团借吧！""能借到吗？""试试看！""赶快去吧！带两个同志一起去。"他们立马出发，快步走向兵团。差不多过了将近20分钟，我向那条小河一瞧，一大一小两条木船迎面向我们驶来。"好极了！"赶紧集合全排人马，有划船的，有徒步的，分别向那湖岸码头急切行进。到达岸边，有搬运的，有装船的……恰到好处，分配给我们的砖块装了满满大小两船。大家高兴极了，来回一趟，我们的突击任务就完成了。在我们返航后将全部砖块卸放到工地，有的兄弟单位还刚刚开始。这一次我们名列榜首，获得了最先完成任务的表扬。此后几次突击任务，我们也同样受到了表扬，学文应得首功。

赶　牛

可以说北京大学鲤鱼洲分校的农耕营作采用了全盘机械化。然而，在创始的1970年，大小农机具还来不及配套成龙。在大型机械达不到和够不着的田边地角，没有小型机具辅助找补，完全得由人工用铁锹翻耕和平整。这种活计不仅劳动强度大，且工作量也不小，需要一定的时限才能完成。在此种情况下，我又找学文商量此事。"能不能借来耕牛？"他沉思了一下，"要几头？""有多少要多少！""想得美，试试看！"吃罢早饭，学文带上两个伙伴径直向兵团各点奔驰而去。这就不像借船那么顺手。跑了几个点，有同意借给的，有不置可否的，因为大家都在农忙。学文还是有他的攻关诀窍。到了下午，他们依然赶回了大小四五头耕牛，好像来了几个"牛贩子"。一路上招惹了不少同行的羡慕。我们使用一两天，就陆续送还给主人。只有其中一头经过主人同意后才多留用了几天，直到任务完成。

不过，对于兵团的资源，我们也不是无偿使用，而是互通有无。我们得知他们急需一批竹竿时，就主动送去了几十根又粗又长的大毛竹。

买鲜鱼

红烧鱼，是我们连队改善生活必不可少的一道美味佳肴。差不多十天半月一次。所用原料不仅是鲜鱼，而且还应该是水产品中的佳品，即两三斤重的鲤鱼，再掺杂一些更为珍贵的鳜鱼，吃起来美味可口。殊不知那个年月，市场供应不像现在这样丰富，随时都可以采购到可心的鲜鱼。那是我国渔业的萎缩期，要买几斤拿得出手的鲜鱼，还要费尽九牛二虎之力去托人情、走门子。何况我们连队一次就得采购几百斤呢！这个难题，还是“学文外交”解了围。炊事班的同志很精明，差不多每次外出采购，都要求派遣李学文一同前往，说什么“只要李学文到场，要采购什么货就能采购到什么货，要买多少斤，就能够买到多少斤。”这话听起来似乎有点夸张，有点言过其实。不过，有一点是真实的，每次加餐红烧鱼，却未曾让大家感到失望。

漏舟脱险

故事发生在北京大学鲤鱼洲分校，其时大约在1970年春夏间。一天下午接到通知，政治系教员的行李已到，抓紧派人运回。“东西还不少呢，怎么运？”正好还借有兵团一条小船。“就用船运吧！”于是，我便约了三四位老师徒步直奔湖岸码头。我和黄宗良同学各持撑竿和小桡，急步走向小木船。两个年轻力壮的“水手”把一条小船驾驭得疾驰如飞。近两里航程，瞬间即至。两路人马会合后，几下子就把好几百斤行李从大堤外搬进了大堤内侧，并装上了小木船。一瞧，“真超载了！”“水都快齐杆了！”怎么办？还是年轻人的好强心占了上风。“开船吧！”首先，我和宗良各自找好位置，或站或坐，力保船体平衡而不东摇西晃。我用竹竿撑船，宗良用小桡划水相助。全神贯注，用力均匀。小船缓缓地向前行驶着，一路上还算顺利。夜幕已经降临，小河两岸一片漆黑。离目的地只有二三十米远，快到岸了。不知是放松了警惕，还是急于登岸,或是野风袭来。小船左右摇晃起来。哗啦……水进舱了，漏水了。“稳住，别慌！”我俩差不多是在同时提示着对方。只有沉着、冷静，才能应对万变，才有转危为安的应急措施。我们稳住身体，以便船体恢复平衡。然后连续用力猛撑几竿，漏舟疾速驰向岸边。把握时机，再倒撑一把。漏舟减速，平缓靠岸。终于化险为夷。我慢步登上堤坝，反倒出了一身冷汗。“好险啊！”

如果不是宗良与我同行，换一个驾船门外汉，遇险发虚，身体左摇右摆，随之加速船体晃动，顷刻间，就要酿成一场不堪设想的悲剧。纵使人能幸免，保全生命，那些货物也将遭受不可挽回的严重损毁。即使物主自甘倒霉，不出怨言，我们也将后悔莫及。

泽成草屋

泽成草屋是指北京大学鲤鱼洲分校十连工具房东头的一间草屋。时过境迁，这间草屋早已不复存在。然而，它所凝聚的同学情谊却是永存的。这就连泽成本人都不知道是怎么回事。我是当事人之一，有责任把它记录下来。

大约是1970年下半年传来命令，说有一批“反动学生”安排到鲤鱼洲劳动改造。分配到我们十连的3人中，有一位就是李泽成同学。消息传来，令人愕然。1968年从监狱释放回学校时，虽然尚无明确文字结论，但他是遭受了多年铁窗冤狱还是很清楚的。接下去应该是尽快平反昭雪。几年后，怎么还将他视为“反动学生”之列？受了那么多年的冤狱折磨，还要进行什么劳动改造？他的身体有病，也不宜于从事大田劳作。这种安排太荒唐了。这差不多是在场所有国政系教员的共同反响。教员中就有六七位60级同学，即史春和、黄宗良、王杰、李学文、石志夫、庄友桂、魏开肇等。时下，这些同学不可能聚在一起开会讨论，因为各自的处境并不安宁。这些反响只能是零星地私下议论的汇集。由于工作关系，我把它汇报到了本连宣传队。不知何故，总校始终未作明确回复，等于石沉大海。那就只能遵命安排李泽成同学的到来。

安排什么？其中最主要是安置住处和落实劳动任务，其他则是后话了。60级的几位同学对此尤为关切。你一个想法，他一个建议……渐渐形成了一个比较周全的方案。以患病不宜集体居住为由，建议另建草房，以便“隔离”而独居。以患病不宜大田劳动为由，建议适度安排轻活，最后集中到做工具保管员。这个方案得到上级批准后，下一步主要是新建一间小草屋。独居的用意在于免除受监管的感受，而房基地选择也是费了一些心思的。几经比较，最后落实到了工具房东头的一块空地上。这里南临政治系男教员所居住的一排大连房，里面的主人都是泽成所熟悉的老师和同学，联系起来比较方便。建房任务应由三排承担。主持建房的任务就落到庄友桂同学的肩上了。从备料开始，先后用了三四天时间，一间别致的小草屋就完工告竣了。至于劳动任务，当面三言两语就可交代得一清二楚。工具保管员的职责是出纳、保管、修理工具。这项任务比较清闲。出纳工具只占用早、晚上班和收工前后短暂时刻。保管工具只是守护而已。修理工具也只是一个名义。我们连有好几位能工巧匠，刀砍斧凿的事还轮不上他。

从报到至离开这里的一年左右时间里，泽成同学在这间草屋里日复一日地生活着、工作着。关于思想汇报、思想批判，既无人提及，也无人安排，就算不了了之。当我们得知他家中的实际困难后，还为他申请了一次特批探亲假。然而，对泽成而言，遭受几年冤狱折磨之后，还被视作“反动学生”下放劳改，思想上、政治上的压力无疑是非常沉重的，犹如泰山压顶。独居草屋、轻便劳动等方面的条件变通，岂能减轻政治压力？我这里所要说明的是，这些方方面面的措施，都是当时老师和同学设法争取而来的。他们是费了心血的。

李泽成与魏开肇

酒醉初一

我这一辈子大概醉酒三次。一是空腹饮，二是消愁饮，三是因高兴畅饮。第三次醉酒的故事发生在大年初一的王杰家里，因为那一天既是喜庆的大年初一，又是第一次与王乐三大伯及伯母共进午餐，心里特别高兴。

我之所以敬重王乐三大伯及伯母，就是他们的经历类似我一向崇拜的家乡的一些革命先辈的经历。王乐三大伯及伯母，是王杰同学的父亲母亲。王杰在读书时和工作后，为人热情诚恳，对我和我的家人都给予了多方面的关心和帮助。我很羡慕王杰同学有着革命干部的双亲。我向往着有朝一日能当面拜会他们。刚好，大约在1976年后不久，伯父伯母离休后来到北京，见他们朴实无华，平易近人，待人豁达，我很高兴同他们聊天。

1977年春节也是伯父、伯母来京后的第一个春节。大年初一，用过早点，我们全家三口从朗润园前往中关园一公寓王杰住所，向二位老人及全家拜年。新年见面，握手相庆，互致祝福。礼毕落座。一边饮茶、吃零点，一边闲聊，厅堂气氛极其融洽。原本打算拜年之后就回家。他们可能看出了我们的辞意，大伯、伯母及全家热情挽留。怎么解释都不行，就是不能走。盛情难却，恭敬不如从命，只好坐下来等待即将开始的家庭午宴。不一会儿，各种美味佳肴一一端上餐桌。王大伯打开瓶盖，拿起酒瓶，“小魏，今天陪你喝个够！”说着，给我斟上了满满一杯。我羞涩地推谢道：“只有晚辈为长辈敬酒、陪酒，哪有本末倒置的道理？”说话间，使我疏忽了一个重要细节，王老伯不宜饮用白酒。殊不知老人为了让我开怀畅饮，自己却是“以水代酒”了。而我自己还很自信，凭借我的酒量，一瓶白酒二人分饮，哪还有什么问题？放心大胆地喝吧！王老伯劝一杯，我就喝一杯……就这样旁若无人地饮酒、吃菜、聊闲天，一瓶名牌老酒很快就见底告罄了。王大伯不知是惊叹我的酒量，还是夸奖我的顺从，慈祥地笑说道：“小魏，真行，一瓶酒全包了……”我恍然大悟。“糟了，超了酒量，怎么经受得了。”心理失衡，一切崩溃，我算是体验到了。头脑发沉，两眼发黑，两腿也撑不起来了。烂醉如泥，不省人事。一觉醒来，天色已近黄昏。我赶紧连声表示愧疚和歉意，急不可待地拜辞而去。迎着寒风，沿着柏油大道，我踉踉跄跄走回家去。

此后很长一段时间，每次见面总要聊上几句，或长或短，一切随意。天南地北，不拘一格。两位老人先后离我们而去了，我很怀念他们。每当想起，昔日慈容笑貌，历历在目。

松籽故事

赵宝煦老师是我最尊重的几位老师之一。五年施教，呕心沥血；十余年共事，含辛茹苦；我调离北大后，依然不吝赐教。故作松籽故事，表达我对恩师的尊敬与感谢。

故事发生在我调离北大几年之后，也是赵老师在西方进行几年学术交流后载誉回归故园的时候，时间大约是1983年前后。一位朋友传来信息，赵老师回国了，还询问你的近况呢？我欣喜不已，他老人家还惦记着我。好几年没见面了，我也很想念他，应该去登门拜访了。一天下午，我挂了个电话，向老师表明当晚拜访的意愿。老师欣然回复："欢迎！"并约定好时间。吃罢晚饭，我骑车前往中关园老师住所，准时到达。我敲响房门，赵老师开门相迎，随即走进书房。专家学者风度，一目了然。孔夫子搬家，除了书还是书。到处堆放的都是书，几乎没有多余的空间。

赵老师递给我一杯茶，我接过手又轻放到茶几上。往返几次礼节性的问与答之后，老师就开门见山给我讲起了故事。说也奇怪，他那满腹西方见闻未有透露半点，而是饶有兴趣地讲起了乍一听来似乎是又土又俗的松籽故事。我有点纳闷，但依然是洗耳恭听，越听越有兴趣。这不是即席漫谈，而是有的放矢的。大意是这样的：松籽随风飘扬，其落脚点各不一样。有的飘洒到了江河湖海水面上，有的飘落到了裸石山岗的石板上，有的飘落到了原野和山谷间的泥土上，有的飘落到了高山峻岭的石缝间隙……其结果则是大不相同。水面上的被淹没；石板上的干涸了；泥土上的虽能生根发芽，成长为木为林，但其价值与其他林木相差无几，没有明显区别，显得一般化。最为珍贵的则是高山峻岭石缝间隙生长出来的挺拔青松，受人观瞻，供人写生，被人赋诗、摄影，名声远扬，流芳百世……到此为止，未作过多解释。我兴味盎然，还想聆听一点什么。突然敲门声响，进来一位熟人，显然是有约而来。我虽然有点扫兴，但也不能影响老师的工作。听了一个完整的松籽故事，也是受益匪浅的。于是，兴致勃勃地拜辞而去。临别时，老师还递给我一些外国邮票，是作为小礼品给我女儿的。一路上，我反复品味着这个故事。它的主旨是随遇而安，遇事不可强求。这是多么深刻的人生哲理！在此后几十年间，我能以平常心态待人处事，应该说与这个松籽故事的感染是有关联的。

在此，我顺便叙及一件往事：1970年我女儿出生不久，赵老师不辞辛劳，亲赴东郊看望我的家人和女儿。我在鲤鱼洲接到此信，感激涕零，不知如何是好。遗憾的是我未能及时回信向老师表示谢忱。

正是由于赵老师“随遇而安”的教诲，以及其他一些老师、同学、朋友采用拜访、信函、题字、向新单位介绍情况、推荐预备干部等方式，对我进行鼓励、支持、抚慰，才能使我在人生低谷期没有感觉到特别孤寂、沉沦，更没有感受到古代落魄文人所遭受到的那种“老病有孤舟”、“凭轩涕泗流”的凄凉；而是继续挺直腰板，阔步前行了！在国关学院院友会编辑的那本同学录中，在我的条目后曾留言：“人生摇篮何啻五载寒窗！”这不是随心所欲，而是蕴藏有丰富而深刻内容的。

洪涛家宴

我与赵洪涛同学在大学期间交往不多，倒是大学毕业后逐渐加深了我们之间的情谊。洪涛或到北京出差，或经北京前往东北老家探亲，差不多我们都有晤谈的机会。交往多了，认知也会增加，友谊自然加深。

大概是1993年暑假期间，我前往西安出席中国古都学会年会。会址设在西北师范大学，与洪涛工作的陕西外国语大学相距不远。不知何故，洪涛早已获得我去西安开会的信息。我们报到的那天晚上，洪涛就偕嫂夫人徒步来到了西北师范大学，很快就寻找到了我所居住的房间。老友重逢，格外欢喜。好在大会当晚未安排什么活动，我才有时间陪着他们闲聊起来。其间，洪涛向我发出邀请，约我择日到他家做客，嫂夫人也是热情随和。我欣然接受邀请，具体时间确定在会期的第二个晚上。

到了第二天下午，学术活动刚刚结束，时间已临近5点，该去赴约了。出西北师大校门，由东向西，径直走向陕西外国语大学。大约走了20分钟左右，迎面就是陕西外国语大学的校门。漫步校园，不一会儿就到了洪涛的家府。老两口正忙着备战晚宴呢！时间过去不多久，敲门声又响起，进来一位客人，原来是我多年没见面的向东同学。他从陕西电台赶来，手里提着一瓶高档名牌酒。喜形于色地冲着我："欢迎，欢迎！"相互客套一番，落座饮茶，打开话匣子闲聊起来。说话间，主人摆杯弄盏，晚宴就要开始了。洪涛夫妇忙着端盘上菜，荤的、素的、烧烤、煮、炒、外加凉拌，一应俱全。把一张大餐桌摆得满满的。宾主四人各霸一方。首先是洪涛夫妇举杯敬酒，接着是我与向东先后回敬。略施小礼之后就各随其便了。一面品酒尝佳肴，一面闲聊海阔天空。那天闲聊的范围非常广泛，有酒文化、茶文化、厨艺文化以及一些街谈巷议。也聊了各位同学的喜怒哀乐，其中绝大部分是鼓舞人心的故事、传闻。谈笑风生，其乐融融。不知不觉，时间已过去好几个小时。学校的熄灯铃早已响过，很多人都进入了梦乡。只好撤席散宴，告辞而去。在我返京的前一天晚上，洪涛夫妇又徒步来到我的住处，表示给我送行。他们太客气了！

洪涛同学离开我们已达10年。由于信息闭塞，当年未能前往医院探视。这是一大遗憾。故作此记以示纪念！

同学赞，老师颂

上述故事不足以全面反映我与老师、同学的交往，可以用"挂一漏万"这个略带夸张的词语加以表述。故用"同学赞、老师颂"作为文章结尾，以期多少弥补拙文之不足。

何谓同学？同学即同师受业者称谓。同学一词，始于何时，史无明确记载，最早见于《汉书》卷七十八《萧望之传》"复事同学博士白奇"一语，可见历史相当久远。同学关系是人际关系中最亲切、最深远的关系。在同学面前，可以袒露心扉；老同学相逢，总是畅所欲言，且言犹未已……一想起老同学，昔日音容，宛然在目。思念之情，令人魂牵梦绕。

师生关系是人际关系中最神圣的关系。"一日为师，终身为父"的古语，道破了这种关系的神圣与尊崇。在新中国，教师的职责不仅仅是唐代文学家、哲学家韩愈在他的著名散文《师说》中所倡导的"传道、授业、解惑"。除了传授文化知识外，还特别强调要做人类灵魂工程师。强调学生品德修养。要诱导学生砥砺品行，培养学生自信、自尊、自强、自立，有文化，有理想，热爱祖国的人格与品质。他山之石可以攻玉，萌芽的种子终为争艳群芳。其间离不开工匠的雕琢和园丁的培护。老师则是如同琢石为玉的能工巧匠，培植花木的高艺园丁。在我们的成长过程和工作业绩中都蕴藏着老师们的千辛万苦。在此，我向为我们辛勤耕耘的老师们表示由衷的谢忱！

左起：王家驯、江长仁、魏开肇、李学文、田凯荣

终生难忘的往事

刘兵海　　　　学　号　6018011

时值国之灾年不久的1962年7月31日晚上，我和北京大学政治系(现国际关系学院)刚读完大二的同班同学高金海，从北京乘上了南下的火车。第二天，从一个叫新安村的小站下车后，我们身背从高金海家带的一些食品、烟酒、生活日用品及衣物，迎着夏日红彤彤的太阳，呼吸着雨后大自然恩赐的清新空气，沿着乡间小路，高高兴兴地向东前行。一路上我们看到，破旧的村庄生活着衣食艰难的农民；广阔的田野生长着并不茂盛的庄稼。在1960年那场大灾大难后，国家伤了元气，正在康复之中。然而，灾难没有阻挡住国人前进的步伐，在党中央的领导下，全国人民仍然信心十足，迎难而上，干劲倍增，充满激情，渴望过上好日子。而对于我们青年人，对于正在接受高等教育的大学生来说，那种到艰苦的农村去当农民、去吃苦的精神，其深层次原因，我想是可以从这里找到答案的吧！

三十多里路的行程，对我这个在农村土生土长的孩子来说，并不是一个大问题，因为我在县城读初中时，每月都要利用周六、周日往返100里地回家取伙食费的；但对于在北京长大、且在困难时期得过浮肿，身体仍有些虚弱的金海来说，却是一个不算大也不算小的考验。尤其是在身背行囊走了一段路途之后，我们又饥又渴，又困又累，汗水湿透了衣衫，而火辣辣的太阳，又闷又热的天气，真让人喘不过气来。实在难以支撑时，我俩就在路边稍稍休息一会儿。有时为了打起精神，给自己鼓劲，就一边赶路，一边唱歌，“东方红，太阳升，中国出了个毛泽东……”“没有共产党就没有新中国……”还别说，这一唱还真的不感到那么累了，走得也快些了。在经过四个来小时的行程后，我们终于在正晌午时分，到达了我的老家——河北省藁城县北孟村。

我和高金海不仅是要好的同学，还是要好的朋友。我记得，当年我到北大报到的第一天，就在校内新生接待站巧遇在这里服务的高金海。他健康的身体，白皙的面孔，乌黑的头发，灿烂的笑容，炯炯有神的眼睛，以及温暖、热情的话语，至今仍记忆犹新。我还记得，那天是他帮我把行李，从接待站一直背到39斋5楼，中间我几次想换他，他都不肯，让我感动不已。后来，随着大学生活的展开，接触交流机会渐多。我们当时又都在团支部工作，这就比一般同学又多了一些交谈、了解的机会，友谊慢慢加深。虽然他是外向型性格，我是内向型性格，但这并没有成为我们结交为好朋友的障碍。再后来，金海在妈妈没有工作、两个弟弟也在上学、全家人生活仅靠当工人的父亲工资的情况下，不断热情、真诚地邀请班内同学，在周末去他家做客，仅我知道的就有黄宗良、王国文、何淑云、朱传道和我等，我们之间又好似亲兄弟一般。因此，他当年想下乡锻炼，选择离北京较近的我的老家，便是很自然的了。这件事情，那是当年我故乡的一个头号新闻，也是我的故乡的一份荣耀，要是当年传媒像现在这样发达，记者们还不是整天跟着高金海转呀！

良好的家庭教育，长期正规的学校培养，加之自己的努力，金海具有胸怀大志、勤奋好学、积极向上、诚实直爽、艰苦朴素、热情好客、乐于助人、活泼开朗等诸多优良品德。他暑假不留恋大城市舒适温暖的家，而是直接深入社会的最底层，自觉革命，充实提高自己，这个果敢举动就是充分的证明。与现在有领导、有组织的“三下乡”不同，他是在深思熟虑并经得父母同意后，主动向我提出随我到农村老家经受锻炼的。我当时是既高兴又有些担心，主要是怕他不能适应当时农村贫穷落后的生活环境。但半个月的实践证明，我的担心是多余的，这位京城“帅哥”的完美表现在我村留下了许多赞扬、夸奖，留下了一个有理想、有抱负、热爱党、热爱国家、热爱人民的当代优秀青年的光鲜形象！

在这半个月里，没有电灯、电话、电视、收音机，看不上报纸，洗不上澡，可这些他一下子就适应了。

在这半个月里，由于我家十来口人才有三间可以睡人的房间，金海只能和我的乡亲们一样，晚上或睡在平房顶上，或睡在院子里，忍受蚊虫叮咬。

在这半个月里，吃得也很差，整天就是煮着吃一些发霉的山药片饭及山药面食品(为了能吃饱肚子，我的家乡当年都种能高产的山药，它是当年老百姓的主食)，不但没有什么油水，而且实事求是地讲，对于爱运动、饭量大的“大肚汉”高金海来说，恐怕吃不饱。后来，家里自留地里收了一些玉米，这才吃上了几顿玉米面饼子。此外，还吃过三次面食，一次是姐姐过生

刘兵海和高金海在石家庄市

日，吃了一次面片；一次是送妹妹参加高考补考，我们从50里外的县城回到家时，吃了一次面条；再就是金海决定回北京的头一天午饭，妈妈为我们包了顿素馅饺子。在那个年代，我们那个地方，每年按人头分到的小麦，也就是二十来斤，我家十口人，总共二百来斤，很珍贵，所以，除了大的节庆和特殊需要，平时很少能吃上细粮。

在这半个月里，我们到人民公社生产队拉大车送土送粪，拉水车抗旱浇地，拉犁拉耧种菜（灾年里骡、马、牛、驴都饿死了，所以，当年农民不论男女老少，都要干这些骡、马、牛、驴干的活），下猪圈起粪，什么脏活累活都抢着干。甚至在收工后，还帮助妇女推碾子、做饭。

在这半个月里，劳动之余，我们一起走访农户，和老农民、家庭妇女、小学教员聊天拉家常，了解他们的生活，倾听他们的心声，学习他们的优良品德。还对国家干部、城乡职工、基层管理人员进行访谈，以补充我们社会知识的不足。

在这半个月里，他对农村的娃娃们表现出特别的关爱，一有时间就拿出专门为孩子们买的小人书等通俗读物，兴致勃勃地给他们讲故事，说笑话，教他们唱儿歌，鼓励他们好好学习，长大后为国家、为社会服务。

另一方面，在这半个月里，我们更直观地、更多地看到了农村的脏乱，农民的迷信，男女同工不同酬，农村妇女地位低下，劳动过重，如此等等，不一而足。

还有，在这半个月里，晚饭后常常跑到房顶上，一边休息纳凉，一边唱歌、吹笛，和不少前来看热闹的小朋友一起欢乐，给缺少音乐的农村，送去一些欢快，挺

浪漫，同时，对农村文化也有一点点积极引导作用吧！

世界上的事情总是有因有果的，金海这次下乡锻炼同样如此。他在当时的日记中这样写道：拉车运肥，收工时汗流浃背“像洗澡”，累得“浑身哪儿都疼”；推水车浇地，在阳光烤晒下，围着水井一转几个小时，“浮肿严重”；因白天的超强劳动，“晚上总感到觉睡不够，躺下几分钟就睡着了，像死人一样……”可是，这些对他来说，是理所当然而必须付出的。做了自己觉得应该做的事，那也是一种快乐啊！他在当年的日记中写道：“生活之所以美好，就因为劳动”。“自己的行动，关系到对大学生的看法，关系到党的教育方针的贯彻。”“活了21年，我的一切都是从劳动群众的血汗中得来的，从吃到用一切一切！内心充满了感激和崇敬。今天，当我并肩和一直用血汗养育我的农民一块在田野上劳动时，我是多么快乐！”

既然谈到了金海的日记，我就再多说两句。在那么繁忙劳累的情况下，金海仍然坚持每天写日记，认认真真地捕捉、挖掘生活中的真善美，而且差不多每天都要写一两千字。一篇日记是一首诗，是一支歌，是一幅画！如果把他精彩的日记比作一杯美酒，我写的这些文字，最多也只能算一瓶矿泉水！

还要特别一提的是，当初我安排的走访多，劳动少，金海不干，后来就安排半天走访，半天劳动。没过几天，金海又不干了，提出以后必须全天劳动，说只有这样才能和农民拉近情感，才能和农民打成一片，才能更好地学习他们的好品德。我觉着他说得有道理，后来只好依他。

就这样，金海从大都市走进穷乡僻壤，从大学骄子走进平民百姓。他付出了许多，也收获了许多：皮肤晒得有点黑了，身体也显得健壮些了；对那个特定时期贫穷落后的农村有了亲身体会，对党的农村政策有了深入具体的了解；作为一名在读大学生，增加了努力学习科学文化、坚持实事求是、正直善良做人、将来报效国家的自觉性。

当然，这次行动也脱离不开当时的大背景。比如，当我们到集市上看见不少自由交易的生活用品时，我们一方面为农民的生产、生活及国家的经济好转而高兴；另一方面却又产生了这会不会引起资本主义抬头，这么多人赶集是否影响农业生产的疑问。在那个阶级斗争“年年讲，月月讲，天天讲”的年代，产生这样的问题是不足为怪的，更何况我们是政治系学生，习惯用政治眼光看人看事。

其实金海当时原本还想多住些日子，后来我家发生了一件大事，于是他决定提前返京。事情是这样的：1962年8月12号上午，我和金海去拉水车浇地，爸爸、姐姐和我妻子拉大车往自家猪圈倒土，车装好后，姐姐和妻子分别在两边抱着大车辕子，爸爸年迈体弱在后边推，车子没走多远赶上一个高岗下坡，因妻子已有七个多月的身孕，姐姐身子骨也比较单薄，结果大车在前扑着地时，不但将妻子突然摔倒，而且车辕还伤及她的身体。结果当天夜里就大出血，一条还未出生的小生命，就这样结束了！此事先是瞒着金海，但这样的事又如何能瞒得住呢？第二天，他得知此事后，改变了主意，决定15号返京，以免给我们家"带来麻烦"。金海回去时间不久，背着我并以我的名义给岳父家寄去30元钱，让他们转交妻子补养身体，此事40年后在一次与妻子聊天中才真相大白！要知道，在那个年代，30元不是个小数目呀，相当于一个普通工人一个月的工资呀！

历史的车轮在转动了差不多近半个来世纪以后，他在回忆这段经历时动情地写道："它给我留下了终生难忘的印记，那种感悟是其一生的巨大财富。"人的一生，大概有两千来个"半个月"，而他却单单对这"半个月"牵肠挂肚，"终生难忘"；人的一生，收获的季节很多，而他却说，这"半个月"给他的是"一生的巨大财富"。正因为有如此的深情感受，所以，当我们都已经成为古稀老者时，他精神不减当年，执着地从北京开着私家车，还特地带上他的伴侣，又专程去看望那个村庄，去追寻那段难以忘怀的生活，去亲身感受变化中的农村，去拜访正在迈向小康生活的农民兄弟。

一切全变了。当年那个贫穷落后的农村，如今是街道整洁，水泥路面，路灯排排；道路两边新建了不少的农家小院、农家小楼；入户看望当年的农民朋友，家家户户都有几样电器；种地、收割、浇水等农活，都已实现了机械化；有的农户购置了大型农业机械，有的农户购买了私家车；很多有胆有识的新型农民开办了养鸡厂、农副产品加工厂、地毯厂、饭店、超市等；更有甚者，跑到县城、跑到石家庄、跑到天津、跑到北京等地发展，当起了老板、老总。

后来，在我和金海有幸见面的时候，他总会提起一个话题，那就是我的老家北孟村。他会认真地询问老家还有什么人（我的家早已搬到省城）、他们生活得怎样、当年的北孟村如今变成啥样子了、农民兄弟现在的日子过得如何等，饶有兴趣地问这问那。每每这时，他就恳切地向我表示，他一定会抽时间到石家庄来看我，然后和他一起去拜访我的老家北孟村——那个他当年下乡锻炼的地方，那个他总也忘不掉的小小村庄。然而，他2009年3月6日来石家庄时，我恰恰因故不能陪同他前往，在我内心留下了深深的遗憾。但是，对于金海来说，有没有我陪伴并不重要，到了石家庄，北孟村是一定要去的。于是，在我大女儿（她当时在我处，而她仍住老家）的引领下，开车行驶百里来路，怀着一种可以说是感恩的心情，去拜访那个让他受苦受累，而他却说是使他“终生难忘”并给了他“巨大财富”的小村。多年的想法愿望得以实现，久久的心灵向往得以满足，金海那次来石家庄不虚此行。

重读金海那时的日记，重读我自己那时的日记，往事历历在目，感慨万千。这个故事不但永久珍藏在金海的心里，也永久珍藏在我的心里，而且还会永久珍藏在家乡的记忆里。因为在此前后，那块天地，那个小村，我可爱的故乡，还从来没有发生过类似的事情。

1962年元旦颐和园，左起：陈喜增、刘兵海、郭新文

办公楼前，向东与刘兵海

心里最想说的话和永不会忘记的记忆

——为纪念毕业50周年而作

王家驯　　学　号　6018010

即将迎来的2015年，是我们政治系60级同学毕业50周年，这是个很值得庆贺和纪念的日子。

回忆过去的50个春秋，确有许多值得我们叙述的丰富内容，它深藏着非常宝贵的精神财富。因为我们都经历了人生从青春年华到古稀岁月的历史进程。回味漫漫人生的苦辣酸甜，我们真是感慨万千！

曾几何时，我与自己的学生在交流人生感悟时有过这样一段述说：

> 年华流逝，瞬间花鬓；人生品味，独自熬煎。苦辣涩酸，困苦磨难，坎坷风险，均得体验。严峻挑战，全无阻拦，正道人间，搏击奉献。自信坚强，襟怀坦荡，镇定乐观，表里一致。学而不厌，苦思钻研，乐于合作，力量非凡。目标明确，信心满满，不懈努力，勇往向前。

其实，我们人生中的这五十多年无时无刻不是充满着奋斗的。回忆我过去的50年，不，应该是人生的七十余年里，真不知有多少心里话想说，有多少难忘的事值得回忆。而埋藏在心底最想说的话和永不会忘记的记忆就是对自己故乡的热爱和思念；就是对自己父母亲人的感恩和深深的思念；就是对母校老师的感恩和敬意；就是对亲如兄弟姐妹的同学们的感谢和许多美好回忆。

故乡情

心里最想说的话，是对自己故乡的热爱和思念。

我的故乡在北京。她是生养和哺育我健康成长的地方。我出生在北京西城新街口附近的珠八宝胡同，在那里度过了我的少年和青春时期。我们是中华人民共和国诞生后健康成长起来的一代人。在北京，我得到了很好的教育、培养和锻炼。中学时代，在北京第24中学（老的“大同中学”）学习；大学，我很幸运和光荣地考入北京大学政治系。应该说，在北大的五年，让我确立了最基本的人生观，让我懂得了，也明确了做一个什么样的人，为我未来要走的漫漫人生路奠定了很好的基础。

在北京，印象最深的是古老的“胡同”（大街），像东、西长安大街、东四东单大街，特别是天安门和天安门广场。因为我在北京的二十多年里，每年的“五一”和“十一”的庆祝活动，还有迎接外国首脑等外事任务，我们都会参加。1959年的国庆十周年，我在中学里是共青团的团委少年委员，我和同学们接受了老一辈中央领导的检阅，印象最为深刻。而在北京大学学习的5年中，劳动节、国庆节的游行和晚会，我们都是积极参与。为此，我同天安门、天安门广场结上了不解之缘。所以，离开北京后的这50年里，每当我回到北京探亲时，我总是找机会先到天安门看看，有时还会在广场留个影。

就在1988年6月，我们阔别了整整40年的亲姐弟五人，他们分别来自海峡对岸、西南的广西以及西部甘肃，与北京的亲人相会，实现了有历史意义的大团圆。于是，我们相约在天安门广场，拍下了最珍贵的照片，这也就成为我们永不会忘怀的记忆。

王家驯

同时，我也深受故乡良好风尚和优秀传统的熏陶和影响，尤其是五六十年代的北京人，朴实、热情、谦虚、真诚、好客，又有礼貌。因此，我一直深深地爱恋着她。无论我走到哪里，离开她有多久，她永远在我的心里。我为是个北京人感到光荣、自豪。当然，我也很想用自己的实际努力，为故乡增光添彩。我在西部兰州的50年，一直从事教师工作，我的愿望就想把自己培养的优秀人才送到北京，来回报故乡对我的培育。现在，我可以高兴地回答，我做到了！因为在北京也有我们培养的优秀学生在发光发热。每当我回到北京时，都有机会与同学们欢聚，而此时也是我最感到欣慰和幸福的事情。

我们常说，一方水土养一方人。我在北京生活、学习了二十余年，她养育和培养了我，成为我的第一故乡。1965年毕业，我们响应党中央“支援大西北”的伟大号召，坚定地走上了到“西部去”的峥嵘历程。这一走就是50年，我在兰州生活、工作、奉献了50年。不仅习惯和适应了这里的一切，而且也日益融入和爱上了这块土地，自然也就成为我的第二故乡。

兰州是甘肃省的省会，是新中国诞生后的新兴工业城市，是瓜果之都。黄河作为中华民族的“母亲河”，自西向东穿城而过。兰州是古丝绸之路的重要一站，数十里的黄河两岸是兰州最秀丽的地方。近年来，在兰州还举办了举世瞩目的国际马拉松比赛，极大地提高了这座城市的知名度，我也为此而感到骄傲。因为我不仅是兰州这座城市变化的见证者，我还是她日益现代化的建设者。我在这块土地上已经生根开花结果。50年来，我没有改变我最初的选择，而且全身心地投入教育事业之中。在教师的岗位上，我努力教书育人，我们培养的学生，除甘肃本省外，在西部的省区，甚至在祖国的上海、深圳、昆明以及首都北京几乎都有，也算是“桃李满天下”啦！我为此而感到骄傲。有不少人问我：“毕业后，你去了大西北后悔吗？”50年即将过去，我可以毫不含糊地回答：“我无怨无悔！”

我非常热爱自己的故乡北京，我也深深地热爱着第二故乡——兰州。

目前，在西部的同学还有四人，在兰州有王国文和我，在银川有于永梓，在西安有向东（即朱传道）。我们一直保持着比较密切的联系和交往，相互关心鼓舞着，开心地欢度着我们的晚年生活。

父母情

心里最想说的话，就是对父母亲人的感恩和深深的思念。

是父母让我在1941年秋日的一天来到了人世间。听母亲说，为生我她害了一场大病。而年幼的我身体十分瘦弱。然而，在母亲不顾及自己身体的情况下，却精心护养着我，使我日益健康地成长起来。记得那时的家境不怎么好，但让我顺利读完小学、中学，而且又有机缘进了北京大学，我真幸运。

其实，更为重要的是，在父母身边受到他们言传身教的良好影响，让我能成为一个朴实、正直和不怕挫折困难的较为坚强的人。父母待人和善、宽容、热情，严于要求自己，从不计较得失的优良品格，直接影响着我。

在家里，我虽是老小，但并不娇气。少时的我，就跟着大人学会照顾自己，管好个人的事。有时也会帮父母做些家务事，从未让大人操心。

母亲虽然文化不多，但她的心很大，而且是个很看重大局和国家的人。大学毕业，我响应祖国召唤到西部兰州能顺利成行，这和得到母亲的理解和支持（虽然她内心也真的舍不得！）是分不开的。她说："你们是国家和人民培养的人"，"国家需要，妈不会拉你们的后腿。"临别时，她眼含热泪却不让我牵挂。我这一走，就是几十年。虽然我走后，几乎每年都回家看看；但是，父母健在时，没能在父母身边尽好孝道，不能不是我终生的一件憾事。在此，我深深体会到一个人忠孝真难两全，若有来世，我会全心弥补，也是我给父母在天之灵的真心告慰。不过，在兰州安心工作和奉献的50年，我感恩父母亲人；当然，也深深地思念着她（他们）。

恩师情

心里最想说的话，就是对母校老师的感恩和敬仰。

从小学到大学在北京学习的17年，是老师教授给我知识，还传授给我适应环境的本领和能力。更是用他们的心血、品格和精神，用他们的谆谆教诲和言行举止指引着我们，让我们的身心都得到健康成长。大学的5年，是人成长过程中最为关键的阶段。在这个阶段，是老师的教导，让我们学习和明白了最基本的人生观、世界观，掌握着最基本的立场、观点和方法，他们一再强调，要注重理论同实践的结合。在学校里，我们参加过许多社会实践活动，让我们学到了科学理论以及党的路线方针政策。让我们直接同广大工农群众相结合，培养同人民群众的真情实感。每当我们遇到困难和挫折时，总会得到老师的鼓励，使我们勇于去克服；每当我们取得一些成绩和进步时，老师总会及时勉励我们"百尺竿头，更进一步"；也会及时提醒我们：人生路还很长；告诉我们"学无止境"的深刻道理。所以，老师的确是我们成长进步的重要力量源泉。

让我不会忘记的是，1978年，当我接受了一项新的教学任务遇到困难时，政治系的老师又给了一次回母系再学习的机会。1979年我又回学校听了一年课，让我再次得到曹长盛、高放，以及赵宝煦老师的亲切关怀。使我能很好地完成了这门新课的教学任务。

另外，还因为我在大西北工作，每当回到北京时，总得到老师们特殊的关爱，盛情地约到一起关切地询问我工作和生活的一切。

还记得10年前的2004年5月，正值米寿之年的赵宝煦教授到兰州参加学术会议。他专门抽出一天时间，应邀来我所在的西北师范大学的政法学院和我们亲切会面和交谈，让我们感到格外亲切。我们请他老人家参观了学校的自然博物馆、文史馆，他还为学校即兴题词留念，让我们备受鼓舞和感动。说到赵宝煦教授，每次同学们的聚会几乎都有老人的身影，而且总能听到他与时俱进的亲切教诲。教授和蔼可亲、谦虚谨慎，大海一样的胸怀，知识渊薄厚重，而且与时俱进，总是激励我们上进，所以，深得同学们的敬仰和热爱。

2011年是赵教授的90大寿。当年7月，我到山西太原参加国关学院院友会的活动，赵教授因年高及身体的原因未能参加。院友会活动结束后，我顺便到了北京。到京后，我真想看看赵教授。8月19日上午，我同赵教授通话联系，出乎我意料的是老教授邀我到他家会面，这次会面让我永远不会忘记。他行动虽然不那么方便，但精神矍铄。与我谈笑风生，让我倍感温暖，而且他还高兴地同我合影留念。我向他老人家表达了真诚的祝福，因为我可能参加不了他的90华诞。之后不久我返回兰州，这次盛会是师生间的一次难忘的会面，也是我最幸运的会面。为此，2011年“8·19”是我永不会忘记的日子。

同时，还有我们政治系的首任主任李普，曾担任国际政治系系主任的张汉清教授等，都是我十分敬仰和热爱的老师，也是我永不会忘记的。

同学情

心里最想说的话，就是对亲如兄妹的同学们的感谢和怀念。

应该说，在我们步入社会和人生征程的整个过程中，同学之间的真诚情谊、关心、帮助和支持是极其宝贵和永远不会忘记的。在校期间，同学间建立起来的纯真友谊和感情，不仅是真诚和朴实的，而且是经得起时间考验的，并且随着时间的推移，这一感情在日益加深。

我记忆中难忘的大事：

1998年母校百年校庆与老师和同学的聚会，让我们感受到北大的精神和优良的传统，让我们感受到作为“北大人”的光荣与责任。

2005年9月金秋时节，是我们班毕业40周年纪念，大家相约在刘继南学姐的北京广播学院（现在的中国传媒大学）。这是我们毕业后的一次较大规模的团圆，大家来自祖国的四面八方，是一次难忘的聚会。时间虽短，但印象极深。

2010年是我们班同学入学50周年，大家相聚在国关学院的新大楼内，活动安排丰富又富有内涵。尤其是邀请到李泽成同学参加，令人印象深刻。这次活动让他感受到同学间的真诚和友谊。今天，他虽然离我们而去，但是，同学之间的友情却是永恒的、不可磨灭的。座谈会上大家还表达了5年后（即毕业50周年时）再次聚会的愿望。

再说几件永不忘记的事：

30年前的1983年春，我带着五岁多患有重病的女儿，到北京进行诊断和治疗过程中，突然因故遇到了居住的最大困难，是刘继南同学向我及时伸出了援手，在“广院”帮我解决了住的问题，而且在生活等各方面都给予我们父女俩无微不至的关怀与照顾。这就为女儿在北京能顺利地诊治提供了最好的保障。当时也得到了张小妹（张晔）和陈喜增等同学的关心。这一切都令我十分感动，也是我永不会忘却的记忆。尽管女儿至今仍是重度残疾，生活还无法自理，但这件事让我终生不忘；同时，在此也表达我对同学们的最真诚的感谢。

再举一件事，那是1988年6月，离开大陆整40年的我的大姐，她有机会首次返回祖国探亲，这本身就是件很有意义、永不会忘记的事件。在我们的亲情交流中，姐姐非常期望到古都西安看看。我立即想到了我班同学赵洪涛老大哥，他当时正在西安外语学院任统战部长。当我与大哥说明情况后，他欣然答应，表示“一定会全力接待”。我姐得知后，非常高兴，而且特别感动。在赵大哥的热情帮助和周到安排下，让我们姐弟一行四人（有姐姐的大女儿及其外孙）在西安度过了快乐幸福的一周。既圆了姐姐到西安的梦，也圆了我们姐弟两家人在西安团圆之梦。现在，赵洪涛大哥已离我们而去，而他的音容笑貌，和蔼可亲、令人敬爱的形象，特别是他向我伸出温暖援手的感人事情，让我们永不会忘记。

另外，我们外地同学每次回到北京、到学校里的时候，都受到班上同学非常热情的欢迎和最亲切的款待。像张永安大哥总是不辞辛劳、想方设法安排师生相聚。还有黄宗良、金海、王杰、长仁、张晔（张小妹）、陈喜增、田凯荣、马国泉、毕凤翔、朱士高等都是最积极的参加者；自然还有当时还重任在身的沈仁道、潘国华学长也是最关心的参加者。而外地的史春和、刘兵海、向东（朱传道）、区南、曹其全、许校荣，还有张东晔（张忠有），王国文也先后到北京参加活动和聚会。大家相聚在一起那感人的情景，外地人回到北京那宾至如归的深切感受，都给人留下了永不忘记的美好记忆。然而，此时也让我们深深地怀念着已先离人世的同学，在西部有赵洪涛老大哥，以及郭新文、张克勋同学，我们永远缅怀他们。

回忆近十年来，我们同学间的联系和交往已日益频繁，而且形式多样，家庭间的相约相聚越来越多。例如：2010年8月，张永安、向东和我三人在长春参加完院友会的活动后，我们相约到大连，探望了许校荣家。受到他们全家人的热情欢迎和接待，许校荣也感到特别欣慰。2011年9月初，王国文和我接待了来访兰州的金戈及其爱人，让他们很是开心。之后不久，许校荣偕夫人先到西安向东家，在西安游览几天后又共同到了兰州，王国文和我热情接待，四家在一起团聚的时刻真是兴奋异常，令人难忘。他们在兰州浏览了黄河及两岸的景色，参观了王国文精心打造的“龙源公园”，还登上北山，浏览了白塔山公园，参观了碑林，还和他们一道，到临夏州的和政县参观了“和政古动物化石博物馆”，收获很大。大家相约相聚时间虽然不长，但极大地增进了家庭间的交往和了解。大家分别前的欢乐团聚，在一起开怀畅饮的动人情景，真是令人难忘，给人留下了永不忘记的美好记忆。2013年5月初，有校庆115周年纪念日，也是院友会会员代表大会召开的日子。5月5日班里借此机会，又一次近二十人的较大型聚会，由洪文炳同学做东，使大家玩得十分快乐。7月，兰州又迎来了向东及其夫人，他们在兰州度过了一个较为凉爽（相比于西安而言）的夏日，他们很开心，我们也拉近了相聚的时间。这一切都令人难忘，而且都留下了最美好的记忆。

近几年还陆续收到石家庄的刘兵海的电子版诗集，银川的于永梓同学撰写的《民主法治与和谐社会》的专著；还有何淑云从北京寄来的魏开肇的诗集，还有几年前王杰的宝塔诗及张晔寄来的作品等等。阅后，真是颇有启发和收益，也加深了同学间的了解，令人印象深刻。

简言之，同学间的联系频繁，日益紧密，形式也多样，这充分反映了同学间的情深谊浓，我们班的凝聚力在加强。而且随着年龄的增长，大家更珍惜这份人间的大爱，这是多么宝贵的精神财富啊！让我们将其精神更加弘扬起来吧！

让我们满怀喜悦和激情迎庆政治系60级同学不平凡的毕业50周年纪念日。让我们怀着浓浓的感恩之心，感谢故乡，感谢父母，感谢老师，感谢同学，也记住那些永远不会忘记的所有美好记忆吧！

王家驯与赵宝煦教授

2011年在兰州，左起：王家驯、王国文、许校荣、向东

不是家人胜似家人

——我与黄宗良的故事

高金海　　　　学　号　6018005

50年前，我们从祖国的四面八方汇集到燕园，组成了政治系60级班集体。我与黄宗良半个世纪的友谊从这里开始。我自幼生活于北国冰城哈尔滨，黄宗良从小生长在南国的潮汕乡村，天南海北，我们却成了最要好的朋友。友谊伴我们走过风风雨雨，悠悠岁月。如今，我们都已进入古稀之年，回忆往事，温暖无限，感慨万千。值此60级入学50周年之际，愿把我与黄宗良的故事讲出来，与大家共享友谊带给我们的快乐。

青春似火的文工团岁月

大学二年级时，我任北大校学生会副主席兼文工团团长，黄宗良是文工团副团长，我们是出自同系同班的工作搭档，这种情况在北大学生会是少见的。当时的北大文工团队伍庞大，近五百名团员，分为十个专业队：合唱队、舞蹈队、话剧队、民乐队、管弦乐队、钢琴队、手风琴队、京剧队、地方戏曲队、曲艺队。那时参加文工团的，不要说是干部，就是一般团员，大多也是“又红又专”的，许多是业务尖子。每逢“十一”国庆和“五一”劳动节，文工团都要在天安门广场东华表下和颐和园排云殿前搞大型文艺演出。遇到亚非拉友好国家的国庆日，要在北大留学生食堂安排外国留学生联欢会，文工团必须演出相关国家的歌舞节目，以示庆祝，这是项政治任务，一点也不敢马虎。端午、中秋等中华民族传统节日里，常常在小礼堂、大饭厅或五四体育场和未名湖畔组织各类演出活动。有时还要利用暑假组织

1963年北大学生会文化部和文工团合影，后排左1是文工团长高金海，前排左3是文工团副团长黄宗良

文工团下乡、下部队演出，并参加劳动，访贫问苦，接受再教育。可想而知，文工团团部要承担多么繁重的组织工作！我和黄宗良作为团长和副团长，肩上有很大的压力，我们几乎把上课以外的全部业余时间和精力统统献给了文工团，每天下午我们都形影不离地穿梭于文工团各队的排练场，检查安排各项工作，到了晚上文工团团部的灯光常常亮到深夜，待我和黄宗良摸黑回宿舍休息时，同学们早已入梦乡了。大三以后，学校考虑到文工团工作量太大，就让我半脱产，学制延长一年（毕业时，因我悄悄修完全部课业，并经考试合格，被允许随班按时毕业），黄宗良虽未半脱产，但工作量一点也不比我小，他勤奋、精干、高效、富于创造性。他全力支持我的工作，让我感佩不已。我们携手并肩，密切配合，度过了无数既紧张劳累，又快乐充实的日日夜夜。我们成了工作上的默契搭档，课堂里的亲密学友，思想上的知心朋友，生活中的互助伙伴。我们在文工团工作的拼命三郎劲头，得到同学们的赞许。

60级同学走进北大校门时，正值国家处于经济困难时期，极端匮乏的物质条件并未能阻止同学们高涨的学习热情。在党的“调整、巩固、充实、提高”八字方针指导下，为克服困难并谋划长远发展，中央提出了一系列措施，先后出台“农业十六条”、“工业七十条”、“商业四十条”、“高教六十条”和“科学四十条”等。到1962年前后形势逐步好转，周恩来总理立即提出建设“四个现代化”社会主义强国的号召，并强调“关键是实现科学技术现代化”。陈毅元帅在与大学生对话时鼓励大家“发奋读书”，在大学期间不要恋爱结婚，应把时间和精力用在学习科学知识上。同学们受到党提出的“向科学进军”口号的鼓舞，更加自觉地为祖国的四个现代化而勤奋学习。我是学生会干部，当然得带头响应号召，不仅自己下决心在校期间不谈恋爱，还在我主持工作的文工团团部作出硬性规定：“凡团部成员一律不得谈恋爱，谁恋爱谁走人。”二十几岁的青年学生，正处于人生恋爱的黄金季节，人为的禁止，何其难啊！我和黄宗良约定："咱们是文卫团负责人，要带好头，必须以学习和工作为重，不仅现在不恋爱，就是大学毕了业，三年不恋爱，五年不结婚。"

1965年大学毕业后， 我被分配到中央党校工作，黄宗良留北大政治系任教。我们之间一直来往密切，即使在我下放河南"五七干校"期间，也书信往来不断，除了谈思想，谈工作，也谈个人生活问题，我们始终信守"三年不恋爱，五年不结婚"的诺言。我们这对兄弟，在恋爱结婚问题上步调完全一致，在兑现了诺言后，两人都是1968年开始恋爱，1970年先后结婚，各自建立了幸福家庭。这就是我们这代人所特有的观念和行为方式，无条件听党的话，承诺了就一丝不苟，不改初衷。遗憾的是，宗良结婚时，我在河南干校，未能参加他的婚礼。我结婚时，他又下放江西，也未能参加我的婚礼。

亲如家人

大学读书时，黄宗良就常利用休息日去我家玩，他与我父母和兄弟姐妹都建立了亲密的关系。我兄弟姐妹七人，"文革"期间父母已年近古稀，身边却没留住一个儿女。大姐和二哥在哈尔滨工作，大哥在山东潍坊任职，大弟和小弟是现役军人，都在外地，妹妹去了内蒙古插队，而我也于1969年下放河南西华"五七干校"。父母带着两个未成年孙辈（大姐的儿子和大哥的女儿）在北京独撑家门。我的父母都是童工出身，没有文化，连信也写不了，那时通讯设备落后，亲人之间的联系只能靠书信。我离京后，黄宗良的书信成了父母与我们联系的唯一渠道，而且他开始替我们照顾父母。每到节假日，他就从城西的北大乘两个多小时公交车，到城南的东高地看望我的父母，帮他们处理一些家务事，陪他们聊天，把我们的信念给老人听，解除他们对儿女的思念和牵挂。母亲对我说："宗良就像我亲儿子一样啊！"黄宗良则说："你的家，就是我的家！"每次他去家里总是忙里忙外，母亲也像待儿女一样，给他做好吃的，南方人爱吃北方的饺子，母亲就包饺子，他也跟着学包饺子，小孩子见了他包的饺子就问："黄叔叔包的饺子怎么困觉了？"逗的两个老人笑个不停。宗良每次去看望我父母后，总不忘给我写封信，细述家中情况，带给我无限快慰和感动。读他的信成了我干校生活的最大乐趣，我总盼着他的来信。至今我还珍藏着从下干校后到他下放江西北大实验农场前，不足一年时间里他写来的十几封信，有的就在我家里当着我父母的面写下的。这些信记录了我们不是兄弟胜似兄弟的深情厚谊。

有一件事让我久久难以忘怀。我离京一个月后，黄宗良也被北大工宣队派到北京大兴县青云店赵家村搞教改，那里离我家更近了，他往我家跑得更勤。1969年8月28日林彪下达了一号战备疏散动员令，搞的全国上下人心惶惶，以为战争迫在眉睫，北京即将战火纷飞，市民陆续向小城镇和农村疏散，我家老的老，小的小，父母惊恐不安，不知该怎么办。黄宗良很快到我家里了解情况，帮我父母分析形势，安慰他们，设想了几种疏散方案：第一，如果党校家属疏散去河南西华"五七干校"最好，可同我在一起生活；第二，若来不及远走，就跟他到大兴青云店赵家村落脚，由他来安排；第三，随七机部（父亲退休前的工作单位）工作人员一起去相应疏散地。老人听了这些，心里有了底，情绪也就安定下来了。后来，七机部按兵不动，疏散令也就不了了之了。在特殊历史条件下，我父母产生的危机感，是由黄宗良帮助化解的，他尽到了本该儿女应尽的责任。后来父母每每提及此事，还要夸赞宗良一番，说他心细，有见识，会体贴人。

接受审查的日子

"文革"期间我是中央党校领导小组成员，执行贯彻了主管党校工作的康生推行的极左路线。在粉碎"四人帮"之后，受到了组织审查。

我是在红旗下成长起来的一代。小学入队，中学入团，大学入党，一帆风顺，对党满怀感恩之情。"四人帮"倒台，我打心里高兴，没想到自己很快被党组织审查了，而且是当成"四人帮"爪牙审查，当时我怎么也想不通，觉得自己是热爱党的，对"四人帮"是反感的，对康生、江青等人的某些指示是有所抵制的，工作中是执行党中央红头文件的，党校工作是听军代表的，我怎么是"四人帮"爪牙呢？因此，我思想非常苦闷，心里十分委屈。胡耀邦同志找我谈话，我说出自己的委屈，他批评我："批了你们四个人，解放了一大片干部，这还不值吗？"我还是不理解，解放干部为什么把我当靶子批判呀？思想不通，又无法对朋友倾诉，生怕牵连别人，不敢与他们接触。黄宗良得知我受审查后，风风火火赶来见我，却被挡在校门外，传达室的人告诉他："高金海是审查对象，你不能见他！"黄宗良解释道：

“我是他老同学，一定得让我见见他。”门卫见他那么坚决，就警告说：“你得想好了，他的问题很严重，会牵连你的，你可别自找麻烦！”黄宗良却回答：“我了解他！不怕牵连，一定要见。”门卫见他执着，就放他进了校园。很久以后，当年传达室那位同志对我讲：“你的那位同学对你真够意思，我们拦都拦不住。”我深知黄宗良的为人，他对康生、江青之流并无好感，但他一是出于对我人品的信任，二是他一向重义气。此后，黄宗良来探望我的次数明显增多，他劝我放宽心，要相信党，相信群众。我的苦恼可以对他倾诉，友情给了我巨大的精神力量。被审查的艰难日子是家人和他给我宽慰，给我勇气，伴我渡过难关。那时我的孩子还小，也受到我低落情绪的影响。黄叔叔的到来，让他们无比快乐，因黄叔叔常给他们带爱吃的香蕉，孩子变得活泼起来，又蹦又跳又唱，家里一下子就热闹了，充满温暖和欢乐。

在我接受审查的三年多时间里，黄宗良的情谊帮我战胜了孤独和苦闷，在备尝世态炎凉中也体会到真情与友谊的可贵。我的审查结论是：“‘文革’中犯有错误，免于组织处分。”但在给出结论后的11年的时间里，我一直处于“靠边站”状态。一个失去党的信任，长期得不到工作机会的人，心中的苦楚是难以言状的。又是黄宗良对我不离不弃，同我合作著书，1986年我们合著的《苏联政治体制的沿革》出版，这是我公开发表的第一部学术著作。在“靠边站”的十余年间，我发奋读书、著述，先后发表二百余万字的文章和书稿，还重拾俄文，发表翻译文章。我走出了困境，跟上了时代步伐，为重新登上讲台创造了条件。

入党留念，前左高金海，右李学文，后黄宗良

1990年组织开始给我安排工作。我可以给研究生讲课，允许参加职称评定。这离我退休仅有10年时间了，我不气馁，倍加珍惜来之不易的机会，没日没夜地投入工作，努力抢回失去的时间，仅仅6年，我的职称就从讲师连续跃升到副教授、教授，还先后被评为先进工作者和优秀共产党员，文章与著作也多次获得奖励。我终于走出人生低谷，获得新生！没有辜负党的培养和教育以及北大老师和同学们对我的期望。

2010年4月

几段回忆

——为纪念毕业50周年而作

王继宪　　　　学　号　6018024

入学报到路上的奇遇

1960年8月，从接到北大录取通知书，就开始准备上学的行囊，动身的前五天，入学的行囊已准备完备。入学得从离家50公里的汤阴火车站坐火车,这50公里路程没有汽车，得靠步行到达。入学那一天母亲早上起来做好饭，吃完饭我就背着四五十斤的装有衣服、被褥的一个大包袱上路了。

身背四五十斤的行李，虽然我才二十来岁身强力壮，但在那生活困难时期，体力有些不支，走上十余华里就得停下来歇息一下,再前行过了卫河，到了汤阴县界，刚走了几里路就听到身后有人喊："停下来，不要走！"我回头一看，是两个扛枪的人向我走的方向急急地跑来，因路上还有其他行人，不知道他们喊哪一个人停下来。我就继续往前走，后面两个扛枪的人就跟着追赶。两个扛枪的人追到我前面，把我拦了下来，上气不接下气气喘吁吁地说："喊你停下来没听见吗？为什么不停？"我向他们解释："路上这么多行人，你们也没喊我的名字，我咋知道是喊我的？"那两个人很不友好地说："就是喊你的，扛这么重的东西，到什么地方，干什么去？"我说："有事呀？没事出去干什么呀？"他们就说："出去有证明介绍信吗？"我说："当然有哇！"说着就把北大的录取通知书拿出来递给他们，其中一个人接过录取通知书，倒拿着看来看去，像是在找什么东西，而另一个人像是发现了什么似的，就给另一个人使眼色，指着倒拿的通知书的上端北京大学的校印，意思是拿颠倒了，倒过来看清楚通知书上是北京大学的校印，惊讶地伸了伸舌头，双手把通知书还给我，双手一挥："赶快上路！"

两个民兵拦住盘问我时，路过的行人都停下来看热闹，人越聚越多围成了一个圆圈圈。当两个民兵盘问完放我走时，看热闹的人就与我同行，对此事七嘴八舌地议论纷纷。其中一个人说到此事时像讲故事一样，说得很有条理，这是我把当时那个人说的写下来，说明我的哪次遭遇，并不是当时仅有的特例。

这位与我同路行走的人说，这是他们在抓"流窜犯"（也称"盲流"）。当时一些社队的社员生活很苦，吃不饱饭还得干活，特别是那些青壮年劳力，饭吃不饱还逼着你干活，不干不给饭吃还开社员会，又累又饿使不少人出现了干瘦病和浮肿，有的社队已出现了饿死人的事。一些青壮年不想待在家里，坐等厄运的到来，就想出去找活干，躲开实在待不下去的家。但是，要出去找活干混饭吃，不想待在家里饿死，必须有生产队、公社两级组织开具的证明介绍信，路上才能通行无阻。而以这样的理由，社队两级的证明介绍信是根本开不出来的。但他们既不愿待在家里坐等厄运的降临，想出去又拿不到证明介绍信，只有采取冒险的行动，只身出走碰运气，被抓住再说，抓不着跳出家乡的愿望就实现了。所谓抓"流窜犯"就是指的抓这一部分人。

这位与我同行的人接着又说，我就是被他们以"流窜犯"为名抓过的人。他们抓住你就被放在一个大空院子里，人多的时候有四五十人，人少时也有二三十人。大院子周围、门口有扛枪的民兵把守，吃住都在大院子里，一天两顿饭，每顿每人两碗能看见碗底的稀饭。早晨太阳出来开始干活，太阳落山了开始收工。若是在院子外劳动，周围布有岗哨，看守很严。饭吃不饱，劳动时间又长，有的人干着活就晕倒了，被看守的民兵看见了，跑过来还训你一顿。只有你病了或是身体虚弱的不能劳动了，他们为了节省那两碗见底的稀饭，才把你赶出大院让你"自由"。

我问这位同行的人，你是怎么出来的，他说我是偷跑出来的，不然也得等我累饿病了，不能劳动了，被他们赶出来。我又问他抓你时，你身上没带证明介绍信吗？他说我是走远路的亲戚，身上带着生产大队的介绍信，抓我的那人是孬种，不认可我们证明介绍信，也不听我向他们解释。他接着说，小伙子运气不错，遇上两个诚实的好人，认可你录取通知书上的圆陀陀（指北京大学的校印），像我遇上的那两个孬种，不讲理，又是在他们的地盘上，那是秀才遇见了兵，有理说不清呀！

听了这位同路行走人的话，惊出我一身冷汗，真如那位同路人一样遇见两个孬种，不认可通知书上北大的校印，把我当“流窜犯”对待，一天两顿四碗见底的稀饭，在严格看管下进行劳动，是不可能按时到校报到的，北大能否上成，也很难说。同时，我又庆幸自己的运气不错，遇见了两个尊重事实的老实人，使我能顺利地入学报到，顺利地完成大学学业。这就是我入学报到路上所经历的一件有惊无险的奇遇。放在今天来看，发生这种事情是不可思议，难以让人理解的；可在当时你要出门办事，说不定就会出现在自己身上。

发生在“文化大革命”中的两件事。北大毕业后，被分配到设在西北大学校内的中东研究所（当时叫伊斯兰教研究所）工作，第二年“文化大革命”就开始了，十年“文化大革命”经历了许多事情，其中有两件事情值得回忆。

刘敬修免遭批斗之苦

刘敬修，西北大学党委副书记、副校长，行政二级干部。1965年秋，刘敬修要参加社教到陕西高陵县仁村大队蹲点，学校让我做他的秘书一同去社教。1966年4月社教基本结束，刘敬修回到学校，让我留下驻队巩固社教成果，一个多月后我也回到学校。

回到学校，学校内“文化大革命”已开始了，不久学生就停课搞“文化大革命”了。一天早晨起来，看到西北大学校园内，铺天盖地地贴满了大字报，一看大字报的内容，尽是“打倒”刘敬修、刘敬修的“滔天罪行”之类，再看大字报的署名都是仁村大队社教中下台的干部，继续看大字报细节内容，都是上纲上线的大话、空话，举出的所谓事实都是子虚乌有的造谣诬蔑。一个在看大字报与我同在仁村搞过社教的老师对我说，他看见仁村大队下台支书带领一帮下台的生产队干部贴的大字报。我问这位老师：“你看了大字报有啥看法？”他说：“谎话连篇，纯是造谣。”

当天晚饭后，学生造反派组织的组织部长带着几个学生到我宿舍找我了解大字报的情况，这里需要说明的是：学生为什么会找我了解情况？因为是我们所里曾出过几次大字报，学生造反派组织认为我们研究所是教师中的造反派，值得依赖。我给同学们说，社教工作中对生产队干部的打击过大，对有问题的干部的处理过严、过重，这不是刘敬修自身的问题，是上面的政策问题，与其他社教工作队相比，仁村的社教工作还是比较稳的，没有出过违反政策的大问题。作为刘敬修本身，我与他同睡一个炕，同吃一家饭，同他一块下地干活，他出去开会也同他一起去。大字报上说的那些事，除了有些事无限扩大，上纲上线外，其余的不是造谣，就是诬蔑，对大字报上所说的一些事实，我对同学们进行了说明。至于带头来校贴大字报的几个下台的支部书记，我对同学们说，这个人新中国成立后入党就当支部书记，一直到社教当了十几年支书，此人行事粗鲁，作风霸道，欺压弱势群众，人们对其意见极大，整党中我看过该支书的档案，在党员入党志愿表入党动机一格中写着："为了当家，不入党不能当家。"可见其政治素质、政治觉悟水平。这样的政治觉悟、政治素质水平的党员，整党后期没给他什么处分，只是没让他继续任支部书记，已经够宽大的了，就是让党员选举，仁村大队的党员也绝不会选他。但是，依他的入党动机，照他的思维逻辑：我是党员不让我当支书，就是"滔天罪行"，就应该"打倒"。接着又回答了同学们提的一些问题，同学们就回去了。

然而，西北大学铺天盖地的大字报，并没有如他们所愿引来西北大学的风吹草动，刘敬修也没有因此被抓，被批送牛棚。大概事情过去的第三天，晚饭时，刘敬修跑到教工食堂找到我，说："小王吃过饭有事吗？"我说没有事，他说："没有事到我家去一趟。"我点头表示可以。我饭后到了他家，他一见我就问："造反派的学生找你了吗？"我就把造反派的同学找我的情况作了如实陈述。他听后很有感慨地说："数学系总支书为了保自己，推责任，把不是我说过的话，指示他办的事，一股脑地都推到我身上，真是遇事知人心呀！"我说没有什么，我也不是包庇你，只是说明事实的真相，是我应该做的。谁知我和造反派同学们的一次谈话竟使刘敬修躲过一劫，免遭批斗和关押。关于这一点，也是我没有想到的。

到了1974年，听说我的家乡濮阳县发现了油气田，正在开发建设，调油田后孩子可招工，家属也能安排劳动，给油田组织部门联系，他们爽快地答应接收。一年后的暑假，我亲自到油田询问，油田组织部说调档函已发，回西北大学问校人事处的回答是没有收到，连续几年我暑假探亲都到油田询问一次，都回答得很肯定，可回到学校问人事处，不是说没收到，就是说可能还在路上没有来到吧？总觉得学校是在推诿搪塞我。我想这里边一定有问题，仔细一想，刘敬修已被校革委会接纳，分管党务人事工作，找他问问情况。见了刘敬修，他开门见山的第一句话就是："小王别调油田了，准备提你当党办主任。"我说："刘书记呀？我不是以调动为由，通过您提拔我，主要是我家四口人，58元的工资，又两地分居，生活实在困难，到油田后孩子可以招工，家属安排劳动，到油田能解决我的大问题。”刘敬修紧接着就说：“这样吧！我与学校近郊区社队关系户联系，先把孩子家属户口转到郊区，等国家以后有政策了再转城镇户口，分两步走。”我说：“谢谢刘书记的关心和照顾，我的大孩子20岁了，转户口就得压小年龄，就是办成了以后在城市找工作，结婚都是难题，不如我调到油田一次性地解决问题。”刘敬修听我说了实际情况后说：“好吧！照你的想法办吧！”又经过向东的同事，他是西北大学一把手郭仪的女婿，与郭仪勾通，调动才顺利解决。从1974年与油田联系调动开始，至1979年9月到油田正式报到，中间拖了5年的时间。到油田后，孩子被招了工，家属也安排了劳动，家庭的困难也彻底解决了。

虽然刘敬修对我调动的善意阻拦，拖长了调动的时间，我本身也略有损失，但我并不怪罪他，反而倒觉得他是个很义气的老头，受尊敬的长者。

张克勋避劫得妻

在北大，我的同班同学张克勋，毕业后分到离西安50公里的蓝田县工作。我在西北大学上班，平时来往不多。大概是1969年或是1970年的春夏之交的时候，一天早晨还没有起床，有人地敲我的宿舍门，我一开门发现是脸上带有干血迹，一付狼狈样子的张克勋。进房间后，他对我说：“对立的那一派在临潼抓住我，扇耳光，用脚踢，然后把我绑到汽车的箱上，他们都挤在驾驶室内，车向蓝田方向开去。”张克勋接着说：“回到蓝田后，皮肉之苦在所难免，打伤致残也有可能，心里很害怕，就想逃脱之法，摸摸捆我的绳子，竟被我解开了，等到天黑了下来，他们在驾驶室往外看不清楚时，我就跳车隐蔽起来，他们没有发现我跳车，汽车越开，离我越远时，我就往火车站方向跑，到了火车站，身上没钱买票就趴火车回到西安。”我给他打水，让他在宿舍洗，我去食堂买饭，吃完饭又领他到校卫生所看了看，大夫说：“没事好好休息就行了。”他到我宿舍休息，我就去所里上班。

张克勋在我这里住下后，逐渐与他们同派的人取得了联系，把他的衣服等日常生活用品捎给他，工资也能给他捎来，就这样张克勋在我这里住了两三个月，平时除了上街转转，打探些消息，其余时间就到我们所里去。我们所里1965年分去三个北大的，一个中央民族学院的，一个解放初清华历史系毕业的，占了我们所人员的一半，张克勋很快就与我们所里的人混熟了，同志们也都很同情他的遭遇。当得知张克勋还是单身时，北大法律系毕业的杨永华爱人，北大地质地理系毕业在西安某勘察单位上班的胡志英，要给张克勋介绍对象。介绍的姑娘与张克勋见面交谈后，彼此都对对方感觉满意，就继续交往下去了。每次两人见面交谈回来，张克勋都把大概情况给我说一下。突然有一次，两人见面交谈回来后，张克勋跟我说："明天还让我陪她上街玩，我不想去了。"我问为什么？张克勋说："姑娘人挺好，并要继续下去，她母亲好像不太愿意。我到他们家，老太太不热情，有点冷淡。"我跟张克勋说："老太太的顾虑，实际上是一种偏见，不是真正的不愿意。你没听说陕西有十大怪吗？其中一怪就是陕西姑娘不'对外'，他们所指向这个'外'是特指河南的中北部，山东省的西部，河北省的南部这一区域，这一地区逃荒躲难到陕西的人，不管是到农村还是到城市多是做苦力的人，这就给陕西人造成一种印象'穷'，把姑娘嫁给这一地区的人，意味着自己的姑娘吃苦受罪，老太太的顾虑在这里，接触多了，我想老太太会消除顾虑，克服偏见的。"

我在高陵县仁村大队搞社教时，大部分人撤离后，让我留下驻队，巩固社教成果，与新任支部书记睡在一个炕头上。一次我俩闲聊，我说你们村生活真好，姑娘们长得也俊，我要是没结婚就非在你们村找个对象安家不可。支部书记说："别看你是北大毕业，又在西北大学工作，我们村的姑娘决不会嫁给你，原因很简单因为你是河南人。你们河南人逃荒到陕西，都是挑个担子一头放行李，一头放锅碗瓢盆，有的筐里还坐着一个不会走路的孩子，陕西人依据河南人逃难的形象，戏称河南人为'河南蛋（担子的谐音）'，意思是河南人'穷'"，这种对河南人的穷和苦的印象，也株连到与河南省相邻的山东、河北人的看法。显然这是一种世俗的偏见，在青年人的头脑里已经淡化，不起支配作用，可在上了年纪人的头脑里还顽固地存在着，并支配着其行动。然后，我劝张克勋一定要有耐心，要等待，让她闺女慢慢做他妈的工作，事情一定会有转机的，千万不要草率行事，就此而止。

果然，"九·一三"事件后出现了转机，张克勋准丈母娘的态度发生了突变。当时"战备"抓得很紧，西安市为了防备打仗，动员市民疏散到远离西安市的农村乡镇，有亲朋的投亲靠友，没有亲朋的由市府统一安排，这一紧张形势使老太太成了热锅上的蚂蚁，乱了分寸。一次张克勋去她家，她就给张克勋述说自己急躁不安的心情，张克勋当即向她表示在蓝田安排她们全家，其生活、住的不比西安差。张克勋两句表态的话，就治好了老太太的心头大病，非常高兴，非常热情地劝张克勋说："你与俺妮的事，快点办了吧！"张克勋说："时间太紧、太急，一点准备都没有。"老太太就说："有啥准备的呀？到时请亲戚朋友加上邻居吃顿饭，就算事情给办了。"

所以，张克勋的婚礼，不仅在西安的老同学赵洪涛、王国文、向东、郭新文没有去参加，就连既是老同学又是媒人的我，也没有前去庆贺，不能说不是一种遗憾，但由于情况特殊也完全可以谅解。不管怎么说，张克勋既避过一劫又解决了终身大事，娶到了称心的媳妇，这是一大喜事，应该高兴，只有衷心祝贺他们夫妇相亲相爱、家庭生活美满幸福。

左起：王继宪、向东、区南

参观国家大剧院，前左：王家驯与友人；
后左起：向东、刘兵海、王继宪、李泽成、张永安、许校荣、史春和、区南

我与60级有缘

周振华　　学　号　5613051

政治系的创建

1957年春，按照党中央通知，北京大学开展了轰轰烈烈的整风运动，大鸣大放、大字报铺天盖地地贴满校园。

5月16日，物理系学生谭天荣贴出大字报，标题是《是时候了》，鼓动大家进一步揭发共产党的“三害”——教条主义、宗派主义和官僚主义。然后，不同观点的大字报又贴出一大批，进而搭起了辩论台，主要辩题是：肃反是否扩大了？胡风是否是反革命？农业合作化、手工业合作化、工商业社会主义改造是否搞早了、搞糟了？等等。

6月停课了，考试也取消了，整天大鸣大放、大字报、大辩论。

在党中央的号召下，多数学生起来向少数学生进行批驳回击，经过激烈的辩论，倾向性逐步明显。7月份开始反击右派斗争，到1957年底运动基本结束。

党中央、国务院决定：进一步加强高校的政治思想工作，选派铁道部、政治部主任陆平到北大，任党委书记，后来又陆续调来一批中层领导到北大工作。这时中宣部教育局李普同志调到马列主义教研室任主任。

李普同志是湖南人，上中学时就是学运骨干。抗战初期，在武汉、重庆等地做新闻记者；解放战争随刘邓大军强渡黄河，挺进大别山，攻占大西南。新中国开国大典时，李普是少数登上天安门城楼采访的新华社骨干记者。李普到北大后积极做调查研究，组织教师座谈学习，还经常在大餐厅（现百年讲堂址）做时事报告。他理论结合实践生动具体的讲话受到了广大师生的热烈欢迎！

李普还邀请理论界名人如毛泽东的秘书田家英、《毛泽东选集》第四卷的主编廖盖隆、中宣部副部长张子意、《红旗》杂志老主编于光远等人来北大作报告。

李普同志经过一段工作实践，感到要加强政治思想工作，必须加强理论队伍建设，培养大批的理论工作者。1960年，根据上级的指示精神，在原马列主义教研室的基础上，他积极筹建了北大政治系（后称“政治学系”，现为国际关系学院）。这在当时是全国第一家，可以说是“全国首创”。

我与60级有缘

1956年秋，我考入北大法律系，在学习了两年法学基础理论课以后，我被调到法律系58级，担任政治辅导员兼党支部书记。1958年秋编入校大政治课教研室做教学工作。

1960年秋，北大新成立社会科学处，我又被调去工作。1962年秋，我偶然发现中央宣传部、教育部联合发文，通知：1958年以来，各高校从未毕业的学生中抽出部分学生留校工作的、现在本人要求复学的应予批准（文件大意）。我特别渴望继续学习，随即写报告申请复学。经教务长王学珍批准，又经政治系系主任赵宝熙同意，我插班到政治系60级学习。

之前我对60级有些接触。1960年至1962年我在校工作期间，曾有两次参加60级的公益劳动。第一次是1960年10月末，全体60级同学到海淀北望山后山坡挖坑栽树，五十多人就住在野山坡上临时搭建的帐篷里，风餐露宿，十分艰苦。同学们在坚硬的山坡上用尖镐刨硬土，有的同学手上磨出了血泡，仍坚持刨土；有的捡石块，有的按规格挖出一个个树坑；还有的同学到山下苗圃，把一簇簇树苗从沟底背到山上来……这些活儿对刚从中学来的白净书生来说确实又苦又累，但大家都赛着干、抢着干，没有一个叫苦叫累的，更没有掉队的，互相比着，看谁干得快、干得好。同时又互相照顾、互相体贴，一些力气小、身体弱的同学经常受到照顾，同学们像亲兄弟、姐妹一样，快乐地度过了这段艰苦而难忘的日子。

第二次是1961年春天，60级同学到昌平县城西的北京大学200号工地劳动。

这次劳动也是很艰苦的，每天步行到西山坡太平庄一带，进行翻土平地劳动。大家先把满地的石头疙瘩挖出来运走，再把地面平整好，以作培育树苗用。那时正值困难时期，生活很艰苦，同学们吃的是杂面硬窝窝头，喝的是清酱油汤，加一碗稀玉米面粥。晚上就分配到西山口村，睡在农民土炕上，四五个人甚至七八个人挤在一起睡，有时翻个身还要惊醒别的同学。同学们和农民一样，日出即起，日落而归。中午饭是送到工地上吃的，有时风沙很大，有的同学风趣地说："老天爷给我们加佐料啦！"

当时条件虽然艰苦，但同学们的劳动积极性很高，你追我赶，谁也不想落在后面。同学们互相关心、互相帮助是家常事。在困难时期，大家都吃不饱，有部分同学还患上了浮肿病，饥肠辘辘是每个人的常态，但没有人叫苦或当逃兵的。相反，同学们在一起劳动，就如同一家人，兄弟姐妹互相支持、互相帮助、共渡难关。比如，有的女生吃得少，就把一部分饭票送给饭量大的男同学。当时班干部为了调节气氛，减轻疲劳，晚上常常举行歌舞联欢会，又唱又跳，各小组之间互相拉歌，嘻嘻哈哈之间忘记了一天的疲劳。

左起：李学文、徐潮江、刘兵海、朱士高、黄宗良、何新中、李泽成、周振华、向东

温暖的集体

通过这两次接触，使我深切地感受到：政治系60级是一个好学上进、团结战

斗的集体。所以，1963秋，我毫不犹豫地选择了插班到这个温暖的集体之中，成为其中的一员。由于我的年龄大，开始叫我“周大哥”的人多，后来干脆喊我“老周”，觉得更亲切、零距离。

60级同学绝大部分出身工人、农民、干部等劳动人民家庭，还有七八名调干生，绝大部分是党团员，政治上要求进步，学习上刻苦努力，学习风气很浓。上课时都提前到教室，认真听讲，细心记笔记。偶有缺课的，课后抓紧补上。没有安排上课时，都抓紧去阅览室或空闲教室占位自习。课堂讨论都预先认真准备、写出发言提纲。发言很热烈，各抒己见，有时为一个观点争论得面红耳赤，但课后又和谐相处。生活上朴素，互相关心、互相照顾是家常事。记得同学们常常帮我打饭，同学们干活总是跑在前面、抢重活干，宿舍卫生、打开水等事大家都争着干。班干部还经常带领我们到食堂帮厨、帮助卖饭；同学之间经常有人互相帮助洗衣服、晾被褥等等。大家相处亲如兄弟姐妹，60级就是个亲密友爱、团结和谐的大家庭，我们生活在幸福欢乐中。

左起：王家驯、朱士高、江长仁、向东、马国泉、李泽成、周振华、何新中、徐潮江

参加农村“四清”运动

按照上级部署，各高等院校要组织到农村去参加“四清”（后称“农村社会主

义教育运动”），我们60级参加了两期。

第一次是1963年10月到1964年1月，到京郊平谷县东高村公社，沈仁道、马国泉、王家驯和我分在西高村大队，配合市派干部搞清账目、清工分、清口粮、清干部多吃多占（简称“四清”）。沈仁道是领队，负责全面工作，经常到公社开会，回来传达布置，还要担负具体工作。

那时农村生活挺苦，我们都分派到社员家里吃饭，每天吃两顿饭，早晨多是喝玉米碴粥，偶有一块灶灰焖熟的白薯；晚饭就喝玉米粥。五六点钟吃完晚饭，七八点又去参加生产队的社员会，我们来做记录；10点左右散会，工作组继续开碰头会，这样熬到深夜十一二点是常事。

清晨6点起来，还得给房东扫院子、扫街面，把水缸挑满，实在是太累了。到年底，沈仁道病倒了，县医院没有办法，赶忙向学校汇报，学校派车把沈仁道接回去，住进了隔离的“肝炎大院”，治疗了半年才恢复正常生活。

对我们组的工作，西高村的干部群众都很满意。在我们离村后，用大红纸端庄地写了表扬信，送到北大党委，后来在学校教学改革展览会上展出。

第二次是1964年晚秋到1965年3月，到京郊朝阳区楼梓庄公社，我和张小妹（现名张晔）、王继宪分配到曹各庄大队，配合市区干部开展工作。这次下去之前先学习了近一个月，市委安排学习王光美在河北省抚宁县桃园大队搞“四清”的经验——“桃园经验”。后来又加上中央文件，简称“二十三条”，作为“四清”工作的指导。

我们进村先找贫农协会接洽，住要挑选最贫穷的人家，吃派饭也挑贫下中农家庭，先扎根串联摸情况，搜集村干部的问题。原来的干部一律靠边站，叫“上楼洗澡”。在农协干部组织下，让群众揭发干部的问题。这些问题不仅有经济问题，还有历史问题、政治问题等。

村干部自己向群众交代检查自己的问题，让群众讨论提意见。群众比较满意的，干部“洗澡”也清爽了，然后才能解放干部、“下楼”，回到群众中来。

再一个工作阶段是发动群众开展对敌斗争，即对不老实的“地富反坏右”分子开会批判斗争，对个别不老实的，带上不老实的帽子实行群众专政。

最后阶段是整党，搞党员重新登记，建立新的党支部、团支部、贫协、妇联等群众组织，掀起农业生产的新高潮，建设社会主义新农村。

怀念恩师

李普老师是北大政治系主要创建者，可谓“功载千秋”。李老已离世，留给我们许多思念。我个人受益最深的是他提出的“为事业而学习”的教诲。

赵宝熙老师是位资深教授，是我国著名的政治学家、国际政治学家、教育家，是当代政治学的主要奠基人之一。他多才多艺，温良敦厚，平易近人，能书善画，诗文俱佳，称得上是一个难得的人才！他是我们学习的楷模，永远的榜样。

惊悉赵宝熙教授不幸于2012年1月2日病逝。噩耗传来，我万分悲痛！老主任走完了90岁的路程，他的音容笑貌永远呈现在我们面前，他的谆谆教导，永远留在我们的记忆里。

在北大政治系里教导过我们的、使我常常思念的恩师还有：张汉清老师、萧超然老师、李石生老师、颜富明老师……

五十多年过去了，我的老同学也都个个年逾古稀，有的退休以后还在继续工作。长期以来，大家在各自的工作岗位上和党为人民做出了卓越的贡献。虽然大家见面少了，但彼此常常惦记着。每逢聚会，我们三句话不离60级那段特殊的日子，回想起来，依然感慨万千。总之，我们60级是一个团结、友爱、和谐、友善、上进的集体。

我虽然年过八旬，我终生难忘这个优秀的集体，怀念我们的恩师，怀念我们的60级班集体。很庆幸，我与60级有缘。

左起：李学文、徐潮江、刘兵海、朱士高、黄宗良、何新中、李泽成、周振华、向东

是真名士自风流

——先师宝煦先生追忆

黄宗良

赵宝煦教授

2012年正月初五，大寒虽过，天未转暖。八宝山公墓告别室外，一副挽联引人注目：“九十载春风绛帐，一片丹心，尽写出独立之精神，自由之思想；八千里风雨兼程，两度磨难，终换得贯通之学问，高贵之人格。”挽联对赵宝煦先师人生历程、学问、品格、风貌的描画到位、传神。我心中顿时充满暖意，默默赞许：如此盖棺论定，我们这位安卧鲜花丛中即将驾鹤西去的先师实在是受之无愧的。

撰写忆文的这几天，重读先师遗文诗作，夜难入眠。先师春风满面，如在眼前。思绪已越过师生私谊，一个大问题反复在脑子里出现：政治学该是什么“学”？政治学家应该是什么样的“家”？

搭桥铺路掖后学，白发萧疏意尚童

先师走了，留下的遗产很有分量，不管是“硬件”，还是“软件”。中央编译局副局长、赵先生的第一届博士生俞可平博士在赵先生学术思想座谈会列举了赵先生的五个“第一”：主编了新中国成立后第一本以马克思主义为指导的政治学教材《政治学概论》；在北大建立了中国有史以来的第一个政治学博士点，培养了第一批政治学博士；第一个在国外（二十多个国家和地区）系统讲授中国政治问题的课程；第一个用外文在国外出版政治学专著；率中国政治学会代表团首次参加国际政治科学协会（IPSA）世界大会，并当选为执委会委员，等等。我想，还要加上新中国建国后建立的第一个政治学系——北大政治学系的创始人之一。

赵先生是中国政治学学科建设和发展的奠基人。他高度的历史责任感、敏锐的学术洞察力、崇高的师德、严谨的学风以及虚怀若谷的气度和不懈进取精神，甚得学校领导、同事，学界的朋友、同仁的敬重。他这种高尚的人格集中体现在忘我地搭桥铺路，无私地奖掖后学的情怀中。

“文革”前，在刚刚成立的政治学系的教师中，就开始形成“板凳要坐十年冷，文章不写一字空”的氛围。这就是宝煦老师倡导的。那时年轻教员在宿舍里盼他来，也“怕”他来。他常到那里看谁在苦读书、谁懒散。他提倡大家写千字文，创办油印刊物《习作》，为大家开辟发表短文的小园地。著名的中共党史专家沙健孙教授回忆说，他是在宝煦同志的关心和推荐下，开始在《光明日报》《人民日报》发表文章的。

改革开放后，赵先生以异乎寻常的热情开始了新的途程。“春潮带雨晚来急”，国门打开了，空前的出国潮出现了。赵先生国外熟人多，北大出国留学的人也多。学生络绎不绝地登门请老师写推荐信。他本来就是个热心助人的人，对这股潮流的意义也比别人看得更清楚。他总是有求必应。为了给学生写奖学金申请书，他骑着自行车到外语系教师家借来破旧的英文打字机，替学生一个字母一个字母地敲下来。这就是赵先生，此时他已年过半百。现在这些学生谈起来，感激之情真是难以言表。他一天忙得不可开交，行政工作、学术活动、外事接待，画画写字还“欠账”，自己还要温习英语口语……那时我们常为他着急，总觉得你自己也应该坐下来多写点东西呀！后来我明白了，他这么做完全是自觉自愿的。他曾在国外写信给我，说我们这些人不要自己想当学术权威，希望在年轻人身上，我们要为他们铺路搭桥。

我在北大50多年，作为赵先生的一名学生，他对我的扶持、教诲和影响是我永难忘怀的。当《中华英才》《华人世界》等杂志记者采访我问及在北大的老师中，谁给我的印象最深时，我不假思索地回答：“赵宝煦先生。”50年前，我头一次给他打电话称他“赵主任”时，他立即对我说：“以后你就叫我宝煦，不要叫主任。”50年来我就这样开口闭口叫“宝煦”，以至于在不熟悉的人面前要讲讲这个故事，免得让人觉得我这个人妄自尊大，因为他整整比我大18岁啊！直呼其名，不称官衔便成了我这一辈子的习惯。20世纪80年代末、90年代初，推荐我参评奖项、当博导、入选剑桥《世界名人录》等，他写的评语使我愧于重复。宝煦当然是由衷的，我自知须看作是鼓励和鞭策。许多人“评论”宝煦，有一个看法似少有人提及——“宝煦知人惜才重德”。90年代，有一次他到我家，当时我正好写了“钟山何处有龙蟠？”在自我欣赏。他显然看出我的政治含义却笑而言他，夸我字写得还不错，“书贵硬瘦方通神”。过了不久，赵先生又骑车到我家来了，说写字要盖上印章才行。他说到城里给我刻了两枚印章，一枚是隶体“黄宗良印”，一枚是篆体“江夏世家”，都是3厘米见方的上乘玉石镌就。我这个人粗心，当时就没多问。最近才恍然大悟，根据赵先生的为人，这两块玉石应是他赠我的，字也很可能是他写的。如果是楷书行书，宝煦写的我可以一眼辨认出来，隶书、篆书我无能确认。使我更无法忘记的是，我儿子上中小学时一直收集火花，他知道后便记在心上，不管出差在国内还是国外，他都细心把火柴盒带回来，十分认真地写上“怀京小友收藏”。我一直以为是他偏爱我儿子，后来才知道并不尽然。他对其他有文化兴趣的青少年都很热心指导帮助。

宝煦先生对后学者不光是关爱，要求也十分严格，有时可以说是苛严冷峻。缉思、郝平对此都有体验。郝平说：“赵先生对他当面说好话的时候很少，他不容忍学生有一点虚浮、骄躁的毛病。”这方面我体会尤深。当外面记者追问我为何赵先生给我印象最深时，我脱口而出：“因为他对我批评最多、最不客气。”有一件事让我牢记一辈子。我们这种人，虽说不算粗鲁，也不是宝煦那样儒雅之人。有一次，我不知为什么事在他面前气鼓鼓地冒出了一句xxx的“国骂”来，他脸色一沉。我立即察觉到他的不悦，辩解说：“某某政要在一个大的场合一出来就xxx，xxx的。”宝煦更加不依不饶地质问我：“那你就学他这个？”这使我汗颜，无言以答。有时在他面前说话，发音不对，他当即不客气地给以纠正。有一次我把鞑靼唸成“Dadan，”他马上说：“要念Dada。”虽说这似是人们通病，但还是让我记住一辈子。在半个世纪的交往中，我也深感宝煦先生待人之坦诚。20世纪80—90年代时，国内政治意识形态领域时有风波，他曾在德国写信给我，对中国前景十分忧心，甚至说：“我已是‘心如枯井不生波’了。”“文革”中，他落难了。此时，我们处境不同。大概是在他从“牛棚”出来以后，他已被扫地出门，被从中关园赶迁成府蒋家胡同。宝煦约我到家吃顿饭，我去了。那是一个破旧小院的朝北平房，阴暗潮湿，境况十分凄冷。宝煦对我说：“就我们两个人，我来炒两个菜，熬点粥。”此时也可以说是宝煦一生中最为迷茫、灰暗和无助的时期。我们之间是心照不宣，却难以言说。不过彼此都需要有一点勇气。我不顾虑事后被说成“划不清界限”，赵先生也不担心落个“拉拢革命教师”的罪名。我们各自得到的就是可以互相理解、互相信任就满足了。这种理解和信任今天想起来就倍加珍贵了。

他的“老学生”归纳他有“四心”：火热的心、善良的心、包容的心和高度责任心。我看还应该加上“童心”，即有时流露出纯真无邪的心。十多年前，我院资料室主任杨淮生老师猝然离世，赵先生匆匆赶来送别，年近八旬的老人了，竟声泪俱下，在场众人为之动容。有时他率真得可爱。90大寿的庆典他病重未到，师母陈老师代表他到会答谢，讲了许多以往趣事。她说宝煦在国外讲学时曾经对她说：“我呀！在国内的名声不如在国外大，在校内的名声不如在校外大，在家里的不如在外边大。”陈老师回答说：“那可不？家里是生活的地方，又不是搞学术的地方。”她的妙语又一次激起了全场的笑声和掌声。庆典洋溢着十分温馨和愉快的气氛。

画笔诗囊风雨路，大家原来是“杂家”

著名的中国政治思想史专家陈哲夫先生在宝煦先生90华诞时，题词赞美他博学多才，艺高德馨：“诗书画堪称三绝，真善美皆备一身。”这里的“美”应该是指宝煦先生儒雅飘逸，温润如玉。有年轻学者竟“没大没小”、亦庄亦谐称先生是“我们时代最后的儒生”。

赵先生文史功底甚厚，能书善画，诗文俱佳。10年前在北大图书馆办过其书画作品展，有150幅左右，其中有漫画、速写、铅笔淡彩、水彩、国画。他还设计了不少商标、徽章、刊头、封面。他的人物画、花鸟画、山水画都很美，很耐看。书法有篆隶行楷，中规中矩，到位到家，有意思的是未见其草书。书如其人，这倒是耐人寻味的了。吴志攀教授说：“像赵先生这样的大学问家，他经过岁月风雨锤炼，心境如光风霁月，他的笔墨自然意境高远，绝非凡俗之徒所能够超越。”志攀是个谦逊平和的人，不屑附庸风雅，如此评论，能无根据？我信为然。

在赵先生展出和收藏的书画作品中，有赵朴初、启功、任继愈、李锐、朱光潜、王力、宗白华、李普、王瑶、朱丹、阴法鲁、罗荣渠、李志敏等名家学者所赠书画，有溥雪斋、李一氓、王遐举、程十发、沙曼翁、季羡林、张岱年、吴恩裕、李慎言、黄苗子、史树青、钱绍武等先生的题名墨宝。不必多加评说，人们从这里也可见先生的交往的宽广和层次了。

我更感兴趣的是其诗文。七十几个春秋，先生可谓是一路风雨一路歌，留下诗词百余篇。宋词有豪放派和婉约派两大风格。粗读宝煦诗文，似是两种风格兼备，甚至二者在一首诗中浑然一体：有明丽清雅，歌杨柳岸晓风残月；有豪迈劲峭，唱大江东去，惊涛裂岸。“壮志几曾酬？湖海豪情忆旧游。四十韶华东逝水，难留；画笔诗囊不遣愁。潘岳鬓先秋，历尽霜寒意气遒；天下英雄谁个是，风流？一片丹心射斗牛。”（《南乡子·四十初度》）这首词在“文革”中被斥为“个人主义的哀歌”，故当时师生不少人会背诵。1968年国庆，翌日中秋，赵先生被囚“黑帮大院”，秋风秋雨愁煞人，他口占《西江月》：“热火朝天国庆，凄风苦雨中秋；三更值夜且悠悠，莫管明朝批斗。”按其时用语，真是有些“顽固不化”，所幸无人“汇报”上去。1970年代初，下大兴干校，风浪稍小，劳动之余先生吟诗填词的情致稍然复萌，壮心又发。“白发几经风雨，清狂依旧当年；赤膊跣足野云闲，流水鸣蛙田畔。倦眼漫经海内，壮心岂梦日边？天骄一树众芳前，老干疏花自艳。”（《西江月——大兴学稼》）“眼底百畦香稻，耳边四海涛声。”1976年“红十月”，“四害”落网，万众欢欣雀跃。赵先生得知“四人帮”被擒的消息，喜极填词：“昨夜凝云冻雪，今朝化雨春风；擒妖降怪海天清，喜极翻疑是梦。万里愁云尽扫，一轮旭日初生；江山明艳岁峥嵘，八亿欢声雷动。”改革开放了，“长空今日晴如洗，容得闲鸥自在行。”看前后两诗，想先生必是读过宋梅尧臣之《东溪》。钱钟书先生批评梅之诗词有时“平”得没劲，“淡”得无味。“野凫眠岸有闲意，老树着花无丑枝”，这还是很有味道的，末句似“没劲”：“薄暮归来车马疲”。相隔近千年，情志大异。此时三中全会刚过，“秋色斑斓”，壮志待酬，赵先生披甲上马了。“身经覆地翻天日，怀抱光风霁月情”，“白发任凭衰彻底，丹心依旧火成团”。这成了他的名句。

“文革”时，“杂家”成了贬义词。赵先生也被贬称“杂家”。后来他常自嘲自谑：我是“不务正业呀！平生趣味庞杂，兴趣杂、知识杂”；“杂则杂矣，‘家’则未必”。赵先生是大家，大师级人物，此说不为过，然“杂家”与马克思主义、社会主义政治学家何关？“杂食”体健，偏食损身。以为“政治教师”就是一些只会喊几个口号，背几条语录，宣讲一通现行方针政策是一种误解。文科中不乏赵先生这样的饱学之士。人文社科知识丰富的人，多是心地善良，很容易亲近、接受民主、共富、公平正义这些理念，成为真正的社会主义者或共产党的诤友。革命导师列宁有一个精辟、精当论断：“共产主义是从人类知识的总和中产生出来的。”“只有了解人类创造的一切财富（指文化——引者）以丰富自己的头脑，才能成为共产主义者”。“不把学到的全部知识融会贯通……共产主义者也只会是一些吹牛家”。（《列宁全集》第39卷，第298—300页）。

融会贯通释要义，不朽何须文等身

赵先生学通中（国）、西（方）、马（马克思主义）。他反对“食洋不化”，“食古不化”。我多次听他讲：西方人把总统设定为“坏人”，设法来管住他；过去中国人把领袖视为“圣人”、“真龙天子”，相信他会给百姓带来阳光雨露。微言精义、深入浅出地道出了中西政治文化的最重要差别。

赵先生通晓儒、道、墨、佛教诸家思想要义，但不厚此薄彼，而在比较中鉴别、包容。他不相信有“放之四海而皆准”、适用一切时代的真理。他认为唯上唯书，甘做氢气球随风转，政治学就成了伪科学；用伪科学来为领导决策提供根据，就等于卖假药给人治病。融会贯通，把各家结合起来，结合的基点立在哪里？在实际。他提倡“从无字句处读书”，他深知坚持科学性就要重调查研究。为此他建立了北大中国国情研究中心，主编出版了中国国情的两套丛书和国情知识手册；主持了国家重点科研项目“中国政治体制改革——调查与思考”，组织10所高校教师在全国各地调查访问，出版相关三部著作。

“不朽才消一句诗”。赵先生自然是硕果累累。他博闻强记，满腹诗书，一肚子“故事”，但真正落笔论政却惜墨如金，慎于发挥。他不是追求著作等身的人。他融通古今中外，最后以中国传统政治文化为根基，提出了几个最重要的论断：和为贵是儒家治国处世的重要原则，是今天中共构建和谐社会、对外提倡和平合作的执政理念，与“中庸之道”，反对走极端一起，成为中国传统文化之精华：“政治就是摆平矛盾的艺术。”根据这几年我的研究思考，我相信这已经是站在今日中国政治学说的最高处了。诚然，站在这个高处的不只是他一个人。其实，早就在20世纪60年代，先生就发表过《和与同》《多样与统一》《不同的风格》等文，针对时弊，提出“团结、和谐只能是矛盾的统一，而不能是机械的一致”，尖锐地指出

"千篇一律的文章使人厌读；单调呆板的声音只能催眠"。

切莫以为先生对"斗争的年代"有何偏见，虽然他在那些岁月曾经受到深深的伤害。不！他尤为可贵之处在于他真正理解那些年代。他认为"这七十多年经历的时代，是一个伟大的时代，一个改天换地的革命年代。"

这里体现赵先生人品与学问、才与德的统一。人们总是喜欢才德统一的学者。对于政治学家而言，统一更为必要；否则，就会成为口是心非、顺风起倒的文痞和学界中的"小混混"了。赵先生以书法为例说明"艺品与人品相通"的道理。他引用清代朱和羹《临池新解》中的话，书法"品是第一关头。品高者，一点一画，自有清刚雅正之说；品下者，虽激昂顿挫，俨然可观，而纵横刚暴，未免流露楮外"。赵先生认为书法所忌者："市侩气、腐儒气、江湖气、门客气、酒肉气……无不源于书法家的人品。"唯有独立高贵的人格，才能不沾这"五气"。"做人贵在纯真自然，恶矫揉造作。"表达政治学识何尝不是！君子群而不党，他广交朋友，但不拉帮结伙；他博学多才，但不卖弄炫耀；他不沽名钓誉，但十分珍惜自己的形象、名誉，自爱、自尊，不能容忍他人无端诋毁；他谦虚宽容，但是非好恶十分鲜明，他抨击、讽刺起丑恶现象犀利辛辣、入木三分。2007年9月，他在人民大学的一次演讲给与会者留下深刻的印象。其时人大一位老同志因发表《只有民主社会主义能够救中国》的文章受到一些人猛烈批判，大有"把他拉出来批倒批臭方解心头之恨"的势头。赵先生仗义执言，不客气地回击这种恶习。他慷慨陈词："面对一位耄耋之年的老革命干部，他历经坎坷磨难之后，忧国忧民之心未改，为了党和国家的长远未来，辛辛苦苦献言献策，即使说得完全不对，你也应该加以理解和尊重，何况你还可以摆事实讲道理，参加争鸣；相反，你却摆出一副唯我独尊，唯我独革的架子，肆意谩骂、嘲讽。有人还嘟嘟囔囔地说：'我在感情上接受不了。'前一段知识分子受迫害时，好像你的感情并不这么脆弱……让我们赶快从过去那种红帽子满天飞的历史阴影中走出来吧！"真是入情入理，大义凛然，振聋发聩。

"问渠那得清如许？为有源头活水来"

赵先生祖籍绍兴。谁都知道这里人杰地灵，上至范蠡、文仲、王羲之、司马光、陆游、朱熹，直至徐锡麟、秋瑾、鲁迅、周恩来。文章彪炳，铁骨铮铮。

赵先生少时喜读杂书。他在《自白》中回忆说，有两本书对他影响较大：巴金翻译的、屠格涅夫的散文诗《门槛》；南北朝刘义庆的《世说新语》。《门槛》中那位俄罗斯女郎执着的殉道者精神使他后来毫不犹豫地参加革命；《世说新语》中放浪形骸的魏晋风流、自由宣泄的个性，又使他崇尚纯真、自然，厌恶矫揉造作、装腔作势，本能地鄙视各式各样的道学和教条。虽经抗战时期和十年内乱的两度磨难，他仍无怨无悔、“执迷不悟”。然而，如他的弟子王浦劬博士所描绘的，由民族主义、民主主义、爱国主义到马克思主义，再遍访美欧各国，吸取积极的精神营养，又立足于中华传统文化的沃土上，立言立德，终于成为一位功高德勋、享誉中外的学术大师。

表演艺术家靠“表演”而成“家”。学者则不然。学问是从山林幽谷中流淌出来的涓涓清泉。人们喜欢的还是原汁原味。添加剂、色素多了会使它变质变味。

是真名士自风流。先师千古！

（原文为四川《看历史》杂志特约稿，发表于该刊2012年3月刊，此次发表增加了部分内容。）

中立者为赵宝煦教授，左起：石志夫、黄宗良、张永安、王家驯

英灵垂千古

——缅怀恩师赵宝煦先生

赵宝煦教授

魏开肇

赵宝煦老师与我在北大相处将近20年。膝下受业5年，同一屋檐下14年。在愁云苦雨进燕园的年代，虽有碰撞、分合，但也未能阻断尊师爱生情缘。此后30多年，工作异处心神在，一如既往地得到先生庇荫。故作《英灵垂千古》，以示纪念，以释情怀。

偶遇同行话志趣，毕业留校梦成真

在大学学习的5年间，我非常敬重赵宝煦老师，但却很少面对面交谈，更没有登门拜谒过。唯一的一次谈话发生在1965年毕业分配前夕。没有预约，没有固定场景，纯粹是一次偶然。一天上午，我从国政系办公室所在地二院走出。赵老师先行一步，正在院门左侧开启自行车。我喊了一声："赵老师！"老师问："去哪儿？""回39楼！""我要到校医院取药，正好一路同行。"老师推车在右，我则靠近他在左。这段路程很短，大概不足300米。当我叙及在颐和园昆明湖玩耍皮筏的欢乐情景时，老师也听得很是开心。快到校医院时，老师似乎很随意地问道："你与何淑云谁最适合教学或者行政？""都行，我们服从分配。"老师点头微笑，以示满意。"我先去取药"，老师走进了校医院，我还没有感悟到这次谈话的重要意义，径直一人回到39楼。等到公布毕业分配方案时，我才恍然大悟。赵老师作为主管毕业分配的系主任，对我们毕业生是多么关怀！真可谓无微不至。不仅要专业对口，而且还考虑了每个人的兴趣、爱好、特点。只有这样才能够保证日后枝繁叶茂。我慢慢领悟到赵老师的这次偶谈非同小可。如同一粒知恩图报的种子和一颗师生情缘的酵母，深深埋藏于脑海中，时而发芽、发酵，长出应时花木，酵出美味佳酿。

我留校了，分配在北京大学亚非研究所，在赵老师麾下当了一名见习科研人员。这是人生的一件大事。对于我来说是喜上加喜，这得从60级个别同学的“狂想曲”说起。进入高年级以后，不时传来同学们的感知、理想、梦想。有人说：“将来要进燕南园！”燕南园地处北京大学南部，人杰地灵，云集了不少知名学者、专家、教授，还有学校部分领导。因此，不少学生把进驻燕南园作为将来成为著名学者的目标。我把他们的梦想当作年轻人的“狂想曲”。其实，我也想当一名著名学者，只是感到差距太大，不敢妄加张扬。

我定岗于北京大学亚非所，走进了燕南园54号楼的亚非所办公室。我就想，一定要在这里实现我的理想。虽然当时我还不是真正的燕南园学人，但已经开启了一个好局。为了追梦、圆梦，终于得到了一个良好的学术环境。我深信，进了大门，上了轨道，迟早会到达目的地。

谁能料想，风暴来得太快了，太猛了，亚非所的工作还没有来得及展开，就被巨浪冲刷得支离破碎，连巢穴也要倾覆。后来我调离了亚非所，工作性质也有变化。但在亚非所的十多年坎坷的经历中，历练出“尽心尽力谋科研”的人生理念始终鞭策着我，鼓励着我，给我勇气和力量。经过几十年的努力，我已经达到了燕南园学人的人格标准。喝水不忘掘井人，我永远不会忘记为我导航的赵先生。

点石成金北京函，知我心忧解我愁

1970年春节过后，江西省鲤鱼洲干校十连，传递家书的老师高喊：“老魏，北京来信啦！”我大步向前，双手接过信函，一眼就看到了赵老师书写的亲笔字。我喜出望外，打开信封，端详信中内容。“天呀！知我者谓我心忧，不知我者谓我何求？”还是赵老师最了解我，清楚地知道我在想什么，担心什么，牵挂什么，真是料事如神。内容言简意赅，向我传递了三条信息。一是贺喜，祝贺我喜得爱女；二是报平安，言明大人康复，婴儿见长惹人爱；三是告知新老领导都很关心我的家事、家人。张侠书记、耿焕金师傅及赵老师本人先后由李茂春同学导引分别前往朝阳医院和二外看望我的家人，一下子打开了我紧闭的心扉，感到眼前一片豁亮，那颗悬挂的心平缓下来。真是一语破的，句句扣我心弦。“感我肺腑热泪流”。下面抄录有关诗句，来看看信函内容和我时下的心境是怎样相印相合的。“狐疑满腹强露笑，朗朗万句阵阵歌。”“女儿出生未庆喜，祖母离世未奔丧。公而忘私是大公，公而无私伦理终。”所以，我把老师来函称之为“点石成金北京函”。

信函的重要性还在于弦外有音，言外有意。这弦外至少有两个大音符：一是知我蒙难被放逐，二是依然如故师生情。

我被下放到江西鄱阳湖鲤鱼洲，表面看来,似乎是风光流彩，由班长升为排长，后又升为连长，可算是青云直上。其实，鲤鱼洲时期是我人生最受精神折磨的时期之一，大概有三把火折磨着我。临行前我向领导请假，希望给我几天时间安排好家里的事情，结果被有关领导一口拒绝，说什么军令如山，家事由组织照顾。这是煎熬我最炽烈的一把火；第二是亚非所工作人员几乎一锅端，大部分下放到鲤鱼洲。领导当初承诺说亚非所改革是在鲤鱼洲、井冈山。我不知道在山上和水上如何开展外国问题研究，真是有理无处说。第三是蒙难被放逐。对此我得多说几句。1968年底到1969年初，迎来国政系革命委员会的诞生，我作为国政系的唯一的一名教师进入了革命委员会。就当时的认识而言，无疑是很高兴的，但当时担任革命委员会主任的军代表却给了当头一棒。在他主持的学习会上，当我兴高采烈地发言时，他猛地站起来，声嘶力竭、指名道姓地说：“你不要高兴得太早了，你是代表右派势力进入革命委员会的！”当时我想，就算我思想跟不上形势，但也不至于是右派吧！不管这位军代表的言论是真是假，根据何在？当时真是如同五雷轰顶。我回应他两个字：“胡说！”对方也始料未及，没有想到还有人敢跟他顶嘴，越发怒不可遏。他拍桌子以示威严。我也毫不示弱，拍案几次，其响声绝对不亚于他。在场的人员一定是被我的举动吓坏了，他们为我捏了一把汗，连连说：“老魏，冷静！”一会儿大家慢慢地平静下来了，我气得一句话也说不出来，后来都不知道怎么回到宿舍的。冷静下来，我开始考虑：我是怎么啦？吃了豹子胆了？怎么能够顶撞“天庭”!在那人为刀俎，我为鱼肉的年代，只能等着任人宰割。果然不出所料，第二天军宣队就派人来接管了我负责的全部工作。1969年金秋季节，天高气爽，谁会想到降临到我头上的是更大的灾难。“箭指学人下鄱阳”，无疑我将首当其冲。鄱阳湖中的鲤鱼洲是当时北京大学江西分校的所在地。领导给我的种种承诺，对于我来说仅仅是欺人之谈。我很清楚，如果不是中央下令撤退，我将是鲤鱼洲的永久居民，最后葬身湖底。

以慧眼睿智著称，又极富洞察力的赵老师，对我的蒙难缘由一定早有耳闻。正因为知我心忧，才不断为我解忧。他只谈家事，不谈国事。对轰轰烈烈的教育革命，对伟大的“五七道路”指示只字未提。这不是疏忽，而是谨慎考量。他只对我讲令我释怀的家事，不言不解我忧的“国事”。这就是我用“高山仰止”形容赵老师在我心中的高大之所在。

为什么说弦外之音的第二个音符是依然如故师生情，这得从当时的时代背景说起。我在《北大，北大》诗文中写道：“我留校了，遭遇了一段荒唐岁月，愁云苦雨进燕园，花败叶凋林鸟空；疑虑、恐怖人自危。”此时此刻学校的正常秩序被打乱，寻常人情世故被颠倒，师道尊严遭践踏，老师蒙冤受辱遭摧残。1970年春，老师走出牛棚不久，还未作出正式结论，也没有重新启用……老师就撇开前嫌，依然如故地关心我、爱护我，挥毫书写了一封重要的北京函。我在悼念老师的诗文中写道：“学习知识学做人，海纳百川师为模。”不知浓缩了多少丰富的内容。这封北京函真切地反映了老师对学生的爱护和关心。

敞开心扉言未来，遂我心愿割舍难

1979年春夏之交，我完成了学校借调的任务，怀着喜悦的心情回到了亚非研究所。回到亚非研究所又遇上了新难题。从重新定位到尘埃落定，还需要一个过程。原来的职位虽然没有免除，但是，三年离岗也是另有安排。只得埋头学习外语，收集有关研究资料，为将来的科研定位提早做准备。处境尴尬，倍感委屈。细心的赵老师揣摩到了我的进退维谷的心境。未经预约，却进行了两小时的交谈。这次谈话使我的心绪顿时开朗。

那天，我按照常规到三院亚非所上班，赵老师和我打了招呼，我就跟随他进了办公室。老师给我介绍了亚非所以及相关单位的人事关系，也为我进行了新的定位。我直言不讳地谈了我的想法，其最基本的方案是放弃行政工作，集中力量搞科研。其中人事关系是我考虑工作的背景参考资料，而我的工作定位是最实际的，也是迫切需要解决的。我提出了几个意向性的方案。老师有同意的，也有不同意的，其要点是希望我继续留在老师身边。因为仅仅是意向，不是最后决定，所以，不必达到完全一致。谈话气氛十分融洽。

如果说14年前一次偶遇解决了毕业留校的话，那么此次则是定格了我的科研人生。

一个偶然的机缘，得知北京市要组建一个新的社科研究机构急需人才。没有费多少周折，甲方就向北大发出了商调函。事先我将这个信息告诉了赵老师，并向所、校两级机构提出了书面申请。那天的谈话就不那么融洽，房间里过于冷清，当我提出申请并拿出书面报告时，赵老师没有立即回应。一向慈祥、宽容待人的老师，今天怎么不露一丝笑容呢？答案已经写在脸上。最后还是老师明确表态："如果你能够称心如意，我们就不挽留了。"1979年9月，我就到新岗位报到上班了。

过了几年，有老师相告：宝煦老师曾经谈起不该让你调走。当然，这不是说我的工作能力有多么强，科研水平有多高，而是说明我们之间难以割舍的师生情缘。在以后的几十年间，凡是我遇到难解之结都会得到赵老师的支持和帮助。当我决定出版文集时，我多次请教老师，老师有求必应。几次给我提供了多个书名，供我择优选取。当我遭受暴风雨袭击和冰雪交加的时候，总可以感受到老师送来的力量和温暖。我也总是牵挂着老师。常常和家人谈起老师时，感到只有在外面走一遭，才知道什么是最珍贵的。我的某些成绩应该归功于学校的教育和老师的关怀。在我的诸多领导中，赵老师是最好的领导之一。我爱人在北大工作，与赵老师有些工作上的联系。我对她说："凡是赵老师的事，一定要尽力而为，尽早而为，为必有成。"我爱人也赞成我的意见，每当遇到赵老师交代的事情都尽力办理。师生感情日益加深。记得1986年我岳母去世，全家沉浸在极度悲痛之中，淑云尤甚。赵老师闻讯以后给淑云发来一封亲笔信，一则对我岳母去世表示哀悼，二则希望淑云节哀、保重，这是一份多么深切的关爱呀，令我们倍加感动和珍惜。2005年9月，老师赐予我们一份珍稀礼品，是他老人家的工笔画卷《杏坛春永》，他没有让我们去拿取，而是亲自送到淑云办公室，当面相赐。

讲学归国访寒舍，春风送暖融雪霜

事情大概发生在1983年，我们还住在拥挤的八公寓一间11平方米的房子里。

这是一间集卧室、书房、客厅为一体的陋室，其拥挤程度是可想而知的。得知老师来访，十分高兴，几年不见，十分思念，加上也很想知道老师周游列国的经历；但是深觉尴尬，一间巴掌大的房间怎么接待老师这样的贵宾呢？思来想去，也没有别的办法，好在老师是北大人，对北大教师的住房情况了如指掌。在一个星期天的上午，老师骑着自行车来了，我们全家把老师迎进房间。看到老师容光焕发，和蔼可亲，我们放松了许多。老师从书包里拿出一个大信封，里面装的全是给我女儿魏鸣的礼品——外国邮票和外国圆珠笔等。正在玩耍集邮的魏鸣如获至宝，真是喜出望外，爱不释手。老师还用十分风趣地和我女儿交流，使我女儿高兴极了。老师临走时还在湖边和我们拍了一系列照片。

老师来去匆匆，在百忙之中，特意安排了这次探访活动，其意义十分重要。

那时，通过一位同学的鼎力推荐，坐落在毛家湾的中央文献研究室决定接纳我加盟入伍。这是我人生中的一件大事，可是，不久又传来消息暂时停止工作流程。弄得我一头雾水，不知其中的底细。常言道："东方不亮西方亮，此处不留人，自有留人处。"天无绝人之路。既然高山无通道，只好留在地平线上了。

当时，北京市社会科学院正在组建之中，局势很不稳定。各路诸侯显身手，各有各的套路。个别权势者如获至宝，似乎从我升调受挫中看到我是一个什么样的人了。他们不调查，不鉴别，以讹传讹，信以为真，甚至施以乱棍，又莫名其妙地给我扣了一顶帽子，我的人生又进入了寒冬。

荒唐残云未卷进，莫名谜团压顶来。
不信邪恶能劲起，政治压力也难顶。

生活把我逼到绝路，我也感到政治压力的沉重时，又是赵老师给我拨开了迷雾。赵老师的造访犹如天公为我移来了一座可靠的山，让我继续挺胸屹立不低头。这大概是赵老师探望我的良苦用心。

曾经闹得沸沸扬扬的政治大帽顿时烟消云散，化为乌有，以后的审查中，也没有再次涉及此事。我想此罪的消失也许是因为本来它就子虚乌有，也许是一批具有同情心、正义感的领导、老师、朋友的力挺，其中就有赵老师的影响力。

随遇而安松籽情，导我常态几十年

故事发生在1987年前后，这时全国性的拨乱反正和整党工作业已告捷，我的行政工作还没有落实，技术职称的评定也没有启动，外界传我的身体状况不佳。此时，赵老师依然关心我的身心健康，担心我长期心理失衡，会引发重大疾病。而且赵老师几次出国访问回到国内，还都不时询问我的健康状况，这是对我的最大安慰，经常使我惊喜不已。几年不见，我非常想念赵老师。有一天，我给赵老师打了一个电话说想去看他。赵老师爽快地说："欢迎！"我在赵老师家受到了热情的接待。这次交谈他并没有谈到在国外访问的体会，没有谈在国外的见闻，却给我讲了一个松籽的故事。这个深入浅出的故事说明了一个大道理，其大意是这样的：松籽飘扬，其落脚点不一样，有的落在江湖海面，有的飘落在裸石山岗，有的飘落到原野和山谷的泥土上，有的飘落到了高山峻岭的石缝间隙……其结果亦是各不相同。水面上的被淹没，石板上的干枯了，泥土上的虽然能够生根发芽，为木为林，其价值却与其他林木相差无几，没有明显差别，显得一般化。其中与众不同、最为珍贵的是高山峻岭石缝里生长出来的挺拔青松，它受人观瞻，供人写生，被人赋诗、摄影，名声远扬，流芳百世……老师说到这里，没有多加解释。我听得兴趣盎然，不巧有人来访，我不得不告辞，但是，仍然有一种意犹未尽的感觉。听了一个完整的松籽情使我受益匪浅。临走时，老师又递给我一些外国邮票，是送给我女儿的。一路上，我反复品味老师赐予我的"松籽情"，终于悟到了其中的真谛：随遇而安，凡事不可强求，高下尊卑各有定数。这是多么深刻的人生哲理！

在此后的几十年中，我始终低调行事，能够以平常心态待人处事，能够保持身心健康，这与"松籽情"的感染是有关联的。在国际关系学院编辑的那本同学录中，我的词条后面曾有这样一句留言："人生摇篮何啻？五年寒窗！"这不是随心所欲、任意摘取，而是蕴藏着深刻而丰富的内容的。

垂暮调护赞三情，原来师生趋大同

2010年适逢6018班入学50周年，主持人出了一着好招，以半个世纪"圆梦之旅"为题，相约北大，相聚国关。其中心内容是吟咏笔耕，畅言三情，即同学情、师生情、北大情。此言一出，就得到同学们的热烈响应。雪片似的诗歌、文稿飞向北京大学勺园中心，先出专集后聚会，纪念活动有条不紊地悄然进行。

我们的三情纪念活动惊动了赵老师。时下，赵老师已是88岁高龄的长寿老人，且重病缠身，急需静养调理，以期康复。一向关爱学生、乐于置身学生活动的赵老师却置自己的病体于不顾，依然不辞辛劳，倾注心血，为我们的三情活动画龙点睛，增辉添彩。刊载三情诗稿、文稿的专刊是北京大学国际关系学院《院友通讯》第17期。打开扉页就是赵老师抄录的名人名言，其文为：

2010年夏月录法国作家保罗·罗曼罗兰语与1960级诸同学共勉

灾难有绝对的价值

苦难乃力量之源泉

赵宝煦时年八十又八

封底是赵老师为纪念孔夫子诞辰2500周年而作的孔子画像，并用篆体书写《周礼·礼运·大同篇》。我反复朗诵：大道之行也，天下为公……是谓大同。明白了老师是用大同思想评点我们的三情之旅。假如没有“和为贵”作思想基础，没有“友善”价值观作先决条件，人世间就不可能有真正的同学情、师生情、北大情。从老师早年发表的《和与同》《多样与统一》《不同的风格》到半个世纪后又将《大同篇》篆书于我们的三情专刊之上，可见老师已将“和为贵”、大同思想作为中国传统文化之精华加以吸收、传承、奋斗。老师十分清楚，同学们畅言的三情故事，无疑是“和为贵”、大同思想的某种体现。他怎能不为此而大加赞美呢？

我曾经遐想，我与赵老师的年龄不同，性格各异，是怎么走在一起的呢？除了师生关系外一定还有某种契合点。不同源流能相汇，只因为它们都是水。我与赵老师交汇的水是什么？长期不得其解。读了赵老师篆书的《大同篇》，似乎思想开了窍，原来师生趋大同。老师是在精通传统文化的基础上将其中的精华部分加以吸收、传承、奋斗，而我只不过是在幼年时期曾经背诵过几年四书五经，对其中的“和为贵”、中庸之道、己所不欲勿施于人、仁者爱人、心生恻隐等，有较深印象，也曾经受到一定的熏陶，产生某种向往。在“阶级斗争为纲”的年代，不时产生某种逆反心理，这是我十分警惕的。尽管我们师生二人，没有就此题进行交谈，但是，心有灵犀一点通，不需要言语就能够心心相印，才是真正的契合点，才是两代学人交汇的“水”。

老师原来是准备出席我们的三情座谈会的。后因重病在身，行动不便才作罢，但是，老师还是强忍病痛，给我们发来一封热情洋溢的祝贺信。现将王杰同学概括性的记述转抄于此：

> 贺词充分肯定了60级是北京大学政治系首批从全国各地选拔的品学兼优的学生，在50年的大风大浪中经受了各种考验，包括学生时期那场突如其来的狂风暴雨的洗礼。毕业以后成为各个岗位的优秀人才。

全班集体活动之后，2010年8月31日，我给老师打了电话，主要目的是询问老师的健康状况，祝愿早日康复。可是，老师的话匣子打开以后就滔滔不绝，侃侃而谈：“你们畅言三情的那些文章，那本专辑我都看了……”重点还是评论我的那篇文章《友情常在》。当谈到老师给我讲“松籽故事”时，老师亲切地问：“我说的话你都记住了！”虽然不是可视电话，但是，从说话的语气、语调似乎可以触摸到老师的欣慰之情，我也很受鼓舞。在老师的鼓舞和启发下，我整理补写的《一路走来》诗集和继撰的《人间真情鼓舞我前进》一文是三情故事《友情常在》的深化和拓宽。我自己概括为“顺风逆水积极向上！”同学则誉为：“一路走来是风火，酸甜苦辣都是歌”，“感知你平凡、质朴而充满人生百味的酸甜苦辣，成就与自豪，遗憾与潇洒。写得自然、流畅，确为心声！”我写作的目的在于挖掘和弘扬人间真情。我所理解的人间真情乃人性之本质——友善。

我所强调的友善，与时下倡导的个人核心价值观相吻合，以优良传统文化“和为贵”为指导，也符合老师反复宣扬的大同思想。以诗稿、文稿形式向老师作个全面汇报，也是我写作目的之一。我紧赶慢赶也没有赶上让老师给我的书稿过目，这是一大遗憾。

第二个遗憾是2010年8月31日长达半个小时的电话交流。我把它称为“诲语连篇”、“最后一次聆听老师的教诲”。在交谈中，老师说：“他有一个愿望，等身体康复再与60级同学相约聚会。”我也一直牢记在心。但我没有想到老师会离开我们，驾鹤西归。

斗转星移岁如流， 良机未到噩耗来。

惊天动地人悲伤，心潮涌动泪盈眶。

这种生死离别的悲痛之情，也包含了上述两个遗憾和愧疚。

功高德厚垂千古，寄语英灵宾九天。

其意是我把对您的高功厚德的纪念以及我的悲伤之情寄给您已在九天作客的英灵！希望得到老师的包容和谅解，亦以此表达我对老师的无限思念。

2013年我有幸作为会员代表出席北京大学国际关系学院院友会第四次会员大会。我和几位同学坐在秋林报告厅，恍惚和往常一样，赵老师依然坐在贵宾席上，慈祥地凝视着台下的莘莘学子。主持人念出一连串默哀名单，顿时把我惊醒。我满含热泪，老师真的离开了我们，我再也见不到他了……

老师永驻我心！

左起：张永安、李学文、史春和

深切怀念杨宗普等五位同学

于永梓

学　号　6018008

我的信息比较闭塞，直到2010年7月，为准备北大政治系60级50周年纪念活动，沈仁道与我通电话之时，我才知道与我们同学五年的杨宗普、郭新文、张克勋、石志夫和赵洪涛等五位已经先后仙逝而去。我听到这个消息时内心一震，深感悲痛。从那时起，这五位同学的音容笑貌和他们与我之间的一些往事，就常浮现在我的脑海里。

杨宗普同学生长在山东鲁西南革命老区，父母都是革命先烈。他在五年里一直是我们的班长，我作为班委会的生活委员，就在他的领导下开展工作。他平时话不多，待人诚恳，办事稳重，认真负责，总是以自己的实际行动支持每个委员的工作。有一次，他发现有的寝室没有扫地的笤帚，就记在心里。当他在海淀街上看到老乡卖笤帚，就掏钱买了几把交给我。这本是我的责任，他心细，发现了问题，就替我办了。我立即凭条儿用班费给他付了钱，把笤帚分发到各寝室。杨宗普同学毕业后被分配到中央宣传部工作。在正常年代，这个分配去处是极好的；但是，在那个特殊年代，“文革”使中宣部遭到灭顶之灾。残酷复杂的政治斗争，“五七干校”艰苦条件下的繁重劳动，这些都是他那单纯的思想、单薄的身体难以适应和承受的。他的身体垮了，使他英年早逝。这真是太可惜了，太可惜了。

郭新文同学是陕西娃。我虽然与他交往不多，但他那像孩子一样憨厚的形象一直留在我的记忆里。他学习非常用功，在学习俄语的时候，碰到难懂的句子，他有时爱和我一起琢磨。讨论一些理论问题，他也爱和别人辩论。现在，他不在了，可是，我怎么也不能把那个刻苦学习，常常连鼻涕也顾不上擦一把的他与死神联系在一起。

张克勋同学是河北河涧人。由于他的不少初中同学是我的高中同学，所以我和他有许多共同的熟人，有点自来熟。我和他经常在一起聊天、交流。有一天，他突然发问："红军为什么要长征？"我不假思索地回答："为了北上抗日——这是我从小学、中学就知道的说法，从来没有怀疑过。"他说："不对。要抗日用不着北上。红军长征是被迫的，因为红军在第五次反'围剿'中遭到失败，根据地（赣南中央苏区）丧失了，为了保存自己，不得不实行大搬家，寻找新的落脚点，一直到陕北，这就是长征。"听到他当时的这个说法，我吃了一惊。我对红军革命讳言失败，把红军长征的结果说成长征的原因，那么多年，竟然从来没有怀疑过。其实，这个问题的历史事实是很清楚的，只是我的头脑太简单，从来都是别人怎么说，我就听，不问为什么，不用脑子想一想是否有道理，是不是合乎事实。是张克勋同学使我最早在这个简单的问题上开了一点窍。我和张克勋彼此了解较多，我对他的家庭，包括他的父母各方面的情况都知道。"文革"时，我厌恶打派仗和搞武斗，不愿意参加，因为白浪费时间，想利用那段时间学点俄语，又苦于没有必要的书籍。这时我想起了他。我通过他的父亲（云南省工业厅张大巅）与他联系上了，得到了他的热情帮助。对此，我一直心怀感激，还没有来得及向他道一声谢，却得到他已经不在人间的消息。这怎么能使我不悲伤？！

石志夫同学是吉林九台人，有着东北人特有的豪气。他在班级晚会上演唱的《"老司机"开解放牌汽车》的歌曲所表现的老司机的喜悦形象，至今在我的脑海里还十分清晰。1981年，我在北大见过他，他是已逝去的五位同学在分别后我唯一见过面的一位。那天中午，他邀请我到他家吃饭。他的夫人和孩子中午都不回家，是他下厨为我们二人做了一顿便餐。我们边吃边聊，他向我介绍了部分老同学的近况。说到有的同学在学术上已初有成就，说我们都必须加倍努力工作；否则，就有落后的感觉。他的确这样做了。可惜他刚在事业的巅峰上就被病魔击倒了。听说是糖尿病并发症所致。这更使我难过，糖尿病并非无药可治，怎么能让它夺去生命呢？！

赵洪涛同学是辽宁法库人，50年代初在新民县参加了工作。法库、新民地处东北腹地，是辽沈战役作战的重要地区。可以想见，老赵同学在少年时就受到了党的革命思想的熏陶。1960年，他以调干的身份考入北大，成为我们班的同学，并担任班党支部副书记。他比我大几岁，尤其是他有近十年的工作经历，在各方面都比我成熟得多。我与他同学5年中，有4年关系十分密切，他对我各方面都有帮助，是我名副其实的兄长。在生活方面，他对我的帮助是无法统计的，许多细小的事情现在大都记不起来了。在这里我只谈我永远忘不了的两件事。

1962年暑假，我准备回山东老家，在打点行装时，老赵对我说，虽是夏天，也要带上一件大衣服，以防天气变化。说着就把他自己的一件米色卡基布大半新上衣拿给我。我连一句客套话也没有说，就把它装在包里了。我知道他的意思，这件上衣我可以一直穿下去，直到穿破。但我没有这样做。从山东回来，我特地花了几毛钱请人洗干净，叠得整整齐齐，双手捧着还给他了。这时，我发现他的脸上出现了不悦之色。我明白，这是因为我的做法不合他的心意，对他见外了。

另一件事是，老赵爱逛书店，有时碰到好书要买时，同一种书他要买两本，一本给自己，另一本送给我。我的《汉魏六朝散文选》和《李杜诗选》就是这样来的。毕业以后，这两本书一直跟着我，是我心爱之物，这不仅因为书好，更因为它们是我的挚友给我买的，有纪念意义。可是，后来因为借阅的人多了，传来传去，这两本书都丢失了。丢别的书，我大都没有太动心，可是，这两本书的丢失，使我非常痛心，一直耿耿于怀。如今友人故去，如果那两本书尚在，见书如见人，对我也是一个安慰。可是，人走书也丢，每每想起，心里就非常难受。

在思想政治方面，赵洪涛同学对我的帮助更多。他是我的入党介绍人之一，为了端正我的入党动机，在我入党前和入党后，他可没有少跟我谈思想问题。他特别强调思想上入党的重要性。他说："做党员最重要的是思想上入党。组织上入党，履行了党章规定的几项手续，就算完成了；而思想上入党，在组织上入党时，只能算走了第一步，在以后的日子里一刻也不能放松，要随着形势与任务的发展，不断地改造思想，跟着实践的发展一步一步地走下去，永远没有完结。"他还说："要经得起实际斗争的考验，还要经得起误解和冤枉，不能有一点委屈就与党离心离德。还要注意提高自己的思想水平，要能够发现问题，敢于坚持真理。"有一次，他听了作家浩然的报告（我没有去听），就向我作了介绍。他说："浩然在报告中提到有的作家（如赵树理）对形势有不同看法，辍笔不写东西。这是允许的，是作家的个人权利。"我第一次听到这种观点，就与他进行了议论。我们都认为，这说明赵树理是一个严肃负责任的作家。这件事对我的思想有所触动和影响，我从此逐渐注意培养自己的独立思考能力，对一些问题逐渐敢于坚持自己的看法。当时我们都有毕业后到基层工作的想法，因此，我们常谈基层工作方面的问题。有一次，老赵说中国县级组织非常重要，它是负责落实的，中央和省级的方针、政策都要靠县级去落实，而要落实，就必须结合实际，因地制宜，这就需要水平。我们有些工作没有做好，很多都是县级出了问题。虽然有些事中央也有责任，管得太细，太具体，没有给下面留有余地，如人民公社办公共食堂问题。但是，像浮夸风这类问题主要责任在县里，有意弄虚作假，欺骗中央。他还说："在实际工作中经常会遇到压力，在压力面前一定要头脑清醒；否则，容易犯错误，好心也会办坏事。"这些都是经验之谈。但是，这些谈话，后来受到"谈缺点"的指摘（即谈论"大跃进"的缺点错误之风，疑似否定"三面红旗"）。其实，老赵当时谈问题的态度是很积极的。我之所以感兴趣，是因为想从中吸取一些经验教训，态度也是积极的。受到批评后，我和老赵的关系开始疏远了。这说明我在压力面前还是没有做到头脑清醒。老赵同学到底经过了一些政治风雨，他为自己的行为作了申辩。但是，误解没有解开，他还是受到委屈。这件事是我们这个蛮不错的班集体的一个败笔。在那个“左”的时代是很难避免的，是那个时代打在我们班上的一个印记。

在学习方面，赵洪涛同学对我的帮助也不少。在读马列经典著作方面，老赵的理解能力比我好，我有读不懂的地方，常与他讨论，和他边读边议，曾使我受益匪浅。在学习列宁的《社会民主党在民主革命中的两种策略》时，他认为我对农民问题的理解不全面，就在课堂讨论的发言中公开提出与于永梓同学商榷，以这种方式端正我在理论认识上的偏差。老赵喜欢写小杂文，在新民工作时曾写过一篇题为《笑破不笑补》的小杂文，在辽宁地方报纸上发表过。有一天，他提出要以“有志者事竟成”为题写一篇小杂文，特向教写作课的乐黛云老师请教此成语的出处。他想带动我做这方面的练习，就把从乐老师那里知道的“有志者事竟成”的出处告诉我，建议我也以此为题写一篇。杂文这种文体，有它独特的着眼点，要有运思、语言、取材和才情的能力，我当时不具备这个能力，也没有那种才情，费了不少工夫，写得连自己都不满意，就没有敢给老赵看，也不好意思看他的。结果失去了一次向他学习写作的机会，也辜负了他帮助我写作的一片好心。听说赵洪涛同学是被癌症夺去生命的。他走时刚到70岁。虽说已过古稀之年，但我是多么希望他再多活几年，多享受几年国家改革开放的阳光雨露啊！我又多么希望能看到他对过去55年的回忆文章呀！呜呼哀哉！天不假年，无可奈何。

《诗经》云“昔我往矣，杨柳依依。今我来思，雨雪霏霏。”当年，我们五十余名学子聚首北大政治系，同窗五年。出北大校门走上工作岗位，又过去五年之十倍。此55个春秋，不管是“杨柳依依”，还是“雨雪霏霏”，只是弹指一挥间。如今，班里年龄最小的同学也年过古稀。用我一位搞工程的中学老同学的话说，我们都已经步入人生过程的倒计时。如果杨宗普等五位同学在天有灵，我们重新相会已为时不远。如果人有来生，我愿与诸位再聚北大，在国关学院再做同学，共创没有败笔的班集体。

黄宗良：在最高讲台上畅言中共执政

余　玮　吴志菲

这位出入中南海的高层智囊，着眼于全球大背景和世界大视野观察、思考和研究中国社会主义走向，主张通过深入研究世界社会主义发展的规律及其经验教训，为审视和探索中国特色社会主义提供镜鉴。他以党性和科学性相统一、做人和作文相一致，作为自己在学风和文风方面的努力方向。

专门研究加强中共执政能力建设问题的十六届四中全会，2004年9月在北京召开。黄宗良表示，加强党的执政能力建设，是中共根据新世纪党所面临的新形势做出的一项战略决策，全会研究解决党的执政能力方面存在的突出问题，会切实提高党的执政能力和水平。其实，在中共十六大召开之前，上一届中央高层就对加强执政能力建设问题有所筹划。十六大后，新一届中央领导人高度重视执政能力建设问题。当时新任总书记胡锦涛在中共高层会议上明确提出，加强党的执政能力建设，进一步为人民执好政、掌好权，是时代的要求、人民的要求。

黄宗良

十六届四中全会前的一次为中央政治局集体学习做报告，让黄宗良从幕后走到了台前。通过CCTV“新闻联播”及新华社电讯通稿的发布，黄宗良一夜闻名。早在1987年底，十三大召开前，不到50岁的黄宗良就作为党内民主小组成员参加过中央政治体制改革的研讨，为期两个多月时间，与其他学者、专家等共同形成了十三大报告中关于政治体制改革的新构想。

黄宗良操一口标准的广东普通话，尽管记者听得比较清楚，但他总担心别人误解，不时地用笔在纸上辅助着解释。记者不免为他的认真、严谨而心动。采访不时被电话、来访客人打断，以致整个采访进行了整整4个小时。记者离开北京大学国际关系学院办公大楼时已是人去楼空，街道华灯初上；然而，黄宗良接受专访的情景还在脑海中回放……

在最高讲台上同中国领导人畅谈敏感话题

2004年6月29日下午，在中国共产党成立83周年前夕，中共中央政治局就加强党的执政能力建设问题进行集体学习。据了解，这是中央政治局第14次集体学习，中共中央政治局成员和中央与国家机关相关部委负责人七十多人聚集中南海怀仁堂。“执政能力”曾经是党建理论的敏感话题之一，黄宗良没有想到自己和中央党校党建教研部主任卢先福以学者身份走进中南海，和中共领导人探讨这个问题。其实，早在2002年黄宗良就提出了执政党需要认识执政规律，并从历史角度系统总结了共产党的执政规律，在理论界和政界产生了较大影响。

从革命党到执政党转变的思想，在2002年中共十六大之前被探讨多次，学界人士将之概括为，中国共产党必须真正完成从“革命党”到“执政党”的重大转变。“执政”一词在中国政治话语中淡出多年之后，再次被高层领导人频繁提及。江泽民在“5·31”讲话中，一个核心表述便是“执政为民”；中共新的领导层继续探讨执政能力。

执政党对执政能力的追求，不仅仅停留在意识上、观念上，它还涉及党的执政方式、领导体制、组织方式、党与国家关系等非常广泛的层面。因此，在建党83周年前夕的这次中共集体学习极为引人注目。观察人士认为，这次集体学习在一定意义上预示着，提高执政党执政能力，加强党内民主建设将成为中共下一阶段的一个工作重点。

黄宗良回忆说，这次集体学习由当时中共中央总书记胡锦涛亲自主持，在主持学习时他代表党中央，向全国广大共产党员、党务工作者致以节日问候。胡锦涛强调，要坚持以马克思列宁主义、毛泽东思想、邓小平理论和“三个代表”重要思想为指导，认真总结我们党加强执政能力建设的经验，深入分析和研究党执政所面临的新情况、新问题，大力加强党的执政理论建设，为党的执政能力建设提供强有力的理论指导。

集体学习自下午3时开始，5时多结束。就加强党的执政能力建设问题，黄宗良首先做了1个小时的讲解，随后卢先福做了40分钟讲解，二人还谈了自己的研究体会。黄宗良介绍的是国外共产党和其他类型政党的执政经验和特点，卢先福讲解的是中共对执政能力的探索和启示，以及理论界对执政能力建设问题的体会与建议。中央政治局各位同志认真听取了他们的讲解，并就执政能力问题展开了讨论。

黄宗良谈到，共产党是为绝大多数人谋利益的党，它不是为一个狭隘的阶层服务。这个宗旨不能变，离开了这个宗旨，共产党执政就会失去基础。但在执政方法上，各种类型的政党都有其经验与特点值得借鉴。当代社会，沟通交流越来越多，人类文明的共同性越来越多，执政党面临很多共同的情况，需要互相借鉴经验。黄宗良说：“苏联东欧国家共产党丧权亡党，甚至人头落地的教训是非常深刻的。这种教训值得我们注意，因为社会主义国家执政党的执政方式出自一个模式，中国改革开放之前在很大程度上是沿袭苏联建党模式，他们是怎么丧权亡党的，我们必须引以为戒。”

事实上，东欧剧变一开始，中共就非常敏锐，组织理论工作者观察研究。2001年，中共党建专家黄苇町曾撰文《苏共亡党十年祭》，此文很快便被列为党建理论教材。黄宗良将国外共产党执政的经验教训归结为5个方面。

首先是理论创新问题。苏东共产党丧权亡党有一个相同之处，就是教条主义禁锢了理论创新，理论没有跟着实践发展，几十年一贯制。表面上看是坚持了马列主义，实际上脱离了现实，阵地就很难守得住。“比如苏共对资本主义的基本判断，‘资本主义总危机’的提法就用了半个多世纪，没有根据资本主义的新情况及时调整，对人民群众缺乏说服力。再比如，直到苏共解散为止，他们一直讲：‘在苏联，民族问题已经一劳永逸地解决了。’实际上正是民族问题解决不当导致了苏联最终解体。”

国外共产党执政的第二个经验教训是发展经济问题。国强民富是民众对执政党的基本要求，经济停滞，人民就会失去信心。黄宗良说，共产党执政期间，苏联和东欧国家曾经取得巨大成就，卫星上天，国力雄厚。但是，由于重工轻农、重重工轻轻工、重军用轻民用、重积累轻消费，人民群众没有从发展中得到应有的好处，为共产党失去执政地位埋下伏笔。今天世界上为数不多的社会主义国家已经意识到了这点，比如，朝鲜劳动党总书记金正日在当时访华时反复讲："没有比经济工作更重要的工作。"

干部和领导体制出了问题，是外国共产党执政经验教训的一个重要方面。黄宗良认为，干部问题的核心是要用民主的办法培养、选拔干部。"党内民主是保证党的凝聚力和活力的先决条件，以人治为基础的干部选拔制度是群众对党组织不信任的根源。苏联剧变前夕，对苏联公民的民意调查显示，只有7%—8%的人认为苏共代表人民，70%—80%的人认为它只代表它自己。"苏共拥有1 800万党员，在戈尔巴乔夫宣布解散时，几乎没有人以实际行动表示反对，普通党员在执政时期没有发言权，在丧权亡党之际自然不会为这个政党奔走呼号。

苏东各党的党内民主问题始终未能解决，党内始终没有建立自下而上的监督制约机制。在处理党政关系问题上，以党代政、党政不分的问题也很严重。黄宗良对干部队伍和领导体制问题的体会是，如果党内不能真正实现民主选举、民主监督、民主罢免，就不可避免地形成特权阶层，党一旦成为特权利益的代表，就会失去执政基础。

国外共产党执政教训的又一个方面是如何处理各种矛盾的问题。如果缺乏危机处理能力，不注意妥善解决矛盾，以为依靠强压就能够长治久安，就会酿成灾难性后果。而党内民主的缺失是导致党的领导人缺乏忧患意识的重要原因。东欧剧变中有一些非常典型的事件，政局已经非常不稳，党的领导人却得不到任何信号，仍然正常出访、休假，不能在事态的萌芽阶段果断处理好危机。"苏联的国家专政机器不可谓不完善，但从历史演进过程看，高压和缺乏政治警觉性都不能维持长治久安。"

让黄宗良感动的是，中央高层领导在下边认真、诚恳地听。采访中，他回忆说："尽管每人手中都有早已印发的讲稿，我有时看稿有时不看稿，在讲述时发现每当我翻到讲稿的下一页时，听到与会者都齐刷刷地翻阅下页。可见，中央领导绝不是在走形式，而是实实在在地学习。""新一届的中央领导集体，是一个干事业的班子，不是做样子，搞形式，是一个求真务实的领导集体。”

是的，中央高层开诚布公，号召研究、借鉴其他政党的执政经验和特点，并身体力行，与学者一起共同学习探讨执政能力问题，本身就显示中共执政作风的转变。

集体学习之后，胡锦涛指出，加强党的执政能力建设，是我们党充分利用所面临的难得机遇、正确应对所面临的严峻挑战、从而完成所担负的历史使命的现实需要，也是关系到全面建设小康社会进程、关系到社会主义事业兴衰成败、关系到党和国家长治久安的重大课题。各级党委和全党同志都要充分认识加强党的执政能力建设的重大意义，坚持以提高党的执政能力为重点，全面推进党的建设新的伟大工程，不断提高领导水平和执政水平，不断改革和完善领导方式和执政方式，抓紧解决执政能力方面存在的突出问题，使党始终成为中国特色社会主义事业的坚强领导核心。

黄宗良是2004年6月8日接到学校党委通知的。通知他将为中央政治局集体学习讲解加强党的执政能力建设问题，请他做好准备工作。此前，中央有关部门曾搜集过他的学术简历等有关个人资料，没想到当了一辈子教师的黄宗良这次能站在中南海的讲台上。对此，黄宗良幽默地说：“可能是自己一向对自己的学生太严了，一年到头又是面试考生，又是论文答辩，这回是个报应，也让我品味一下当学生的滋味，让中央高层组成的特殊‘答辩会’来让我‘答辩’吧！我只有面对现实，迎难而上。”黄宗良想到的不是中央领导给自己当学生，想到的是自己作为学生来“答辩”，这种心态无不彰显出他的治学态度与为人本色。于是，他接受中办、中组部、中央政策研究室等部门的具体指导，开始了为期三个星期的准备，边起草边修改。“我还做了许多准备。全世界有5 000多个政党，我不可能都知道，毕竟自己主要关注的是前苏联、东欧国家的政党情况。我琢磨他们会提什么问题，并在行政管理、统战、纪检、政法等方面也一一做了些准备，以便应对。”让黄宗良高兴的是，这次讲解得到了中央领导及有关部门的承认，给与会者印象深刻，受到广泛的好评。据悉：这次集体学习后，相关资料也下发各省、部级单位，要求各单位一把手一同学习。

“我国的历史文化、社会制度、发展水平与其他国家不同，对世界上其他政党执政的一些做法和措施，我们不能照抄照搬。但对它们在治国理政方面的有益做法，我们要研究和借鉴，以开阔眼界，打开思路，更好地从世界政治经济发展的大格局中把握加强党的执政能力建设的规律。”“加强党的执政能力建设的过程，既是不断提高党的执政能力的实践过程，也是不断把实践经验上升为理论、深入把握执政规律的过程。”胡锦涛在集体学习结束时的讲话，至今还回响在黄宗良耳畔，激励自己更加全面、系统、深入地研究社会主义政治学，不断完善我们党的执政理论体系，不断取得新认识、新成果，不断认识和把握执政规律。

对“政治”情有独钟并“白头到老”

黄宗良是在抗日战争的烽火中出生的。这个农家孩子不到7岁就在稻田里插秧，破竹编筐，放牛捕鱼，什么活都干。当年解放军南下的情景，他还记忆犹新。土改、合作化、“大跃进”、“人民公社”等一系列的运动，他都亲眼目睹或亲身经历过，渐渐地他对政治有些敏感。也许，自这个时候，他潜意识中萌发出今后学政治学的念头。

“我能够读书，能够出来，我得感谢父亲，是他坚持送我上学的。母亲反对把我送出去，说‘你把孩子送出去，我见不着’。”在家里，黄宗良最小，上面有两个哥哥一个姐姐，因为家里贫困而父母曾将一个哥哥过继给他人。然而，尽管家里并不富足，受过苦的开明父亲深知只有读书才有出息，于是，下决心送小儿子上学。今天，事业有成的黄宗良对父亲当年的选择感恩不尽。

“我们那时上大学，专业的确定和毕业后的工作分配上，基本上是‘包办婚姻’，‘先结婚，后恋爱’，且必须‘白头到老’。我对‘政治’，倒是情有独钟。”高中阶段，黄宗良的各门功课都不错，尤其是文科，特别是语文与政治课，成绩拔尖，学习的兴趣也特别浓厚。

高中毕业时，黄宗良的第一志愿是莫斯科大学新闻系，可是，由于当时中苏关系紧张而没能成行。于是，所报考的第二志愿北京大学政治学系录取了他。为此，黄宗良才真正与社会主义政治学结缘。本来就对政治学有着浓厚的兴趣，一到北大这个人文荟萃的著名学府，黄宗良宛若撞进了大观园，一切感到新奇与惊喜。于是，他成了北京图书馆的常客，一头扎进了政治学广博的书海之中。

大学期间，正值“三年困难时期”，连饭都吃不饱的黄宗良学习劲头不减。“当时只知读书，没有同实际联系起来，认为党组织不会犯错误。”学校组织学生到北京郊区参加“社会主义教育运动”，于是，黄宗良对北方农村有些感性的了解，在同当地人同吃、同住、同劳动中体会到农村生活的艰苦，“对于政治要为谁说话有一种感情上的培养”。

1965年7月，作为北京大学政治学系首届毕业生毕业时，黄宗良特别想到某个地方去搞政策研究，学校却看中他的学习功底与专业兴趣，让他留校任教，从事国际共运史教学，后来又将专业逐步集中到十月革命后的社会主义理论和实践的研究上。

在北京大学，黄宗良幸运地师从当代中国政治学奠基人赵宝煦(时任政治学系主任)。“赵老师给我印象很深，不是因为他说我好话，而是他对我的几次批评，这是我要感谢他的。”当时，在全年级51名学生中，黄宗良学习成绩领先，当时赵宝煦告诫黄宗良：“不要骄傲自满，要记住龟兔赛跑的故事。”后来，出访德国期间老师也不忘给黄宗良写信：“我们要做铺路石，为后来人架桥。”黄宗良很尊重赵宝煦的教诲，感激他的批评。赵宝煦在世时，作为得意弟子黄宗良时常到他家串门，与他交流学术上的研究情况。

苏联剧变的那一年(1991年)，黄宗良正在莫斯科大学访问。“8·19”事变时，他独自一人背着书包，打着雨伞到“重兵包围”的克里姆林宫周围察看形势。世界上第一个、也是最强大的社会主义国家的覆灭，给半生研究传统社会主义理论的黄宗良以极大的震撼。目睹着昔日大帝国的分崩离析，一个现实问题摆在他的面前：苏联和东欧为什么发生剧变？社会主义到底该如何建设？中国怎么办？当晚，黄宗良回到住所后写了一首诗，其中写道：“日行街市察民意，夜伏书案问列(宁)公。”黄宗良逐渐形成了一个看法，苏联剧变最核心的原因是政治问题，是政治制度、政治体制的弊端引发的。尽管这个“政治”有其深刻的经济和历史、文化根源。这样，黄宗良的学术兴奋点就基本集中到社会主义政治体制及其变易上。

说到诗词情结，黄宗良谦逊地说：“我只偶尔写几句不像样的诗，不像厉以宁、王梦奎他们多产、写得好。”中学时，黄宗良还爱写些“打油诗”、民歌之类的作品，从小比较喜欢读《唐诗三百首》《千家诗》。也是在1991年，这年5月的一天，正在布达佩斯访问的黄宗良为了找到住所的地点，问路好半天才找到目的地。入睡前，他联系到当时的东欧剧变，想到社会主义正处在“十字路口”，感叹不已，写下了一语双关的诗句“问路街头众说殊”。东欧剧变，对黄宗良思想触动很大，他大量的书或论文是在这一时期写的。“当时，人类社会的发展正处在一个重大转折时期，世界社会主义运动、中国社会主义的发展都处在一个重要转折时期。这就要求社会科学工作者、理论工作者全面深入地研究共产党执政的经验和规律，中国和其他国家社会主义建设的经验和规律，以及人类社会发展的规律。”于是，黄宗良开始分析世界社会主义运动曲折发展的原因，总结其重要经验和教训。

黄宗良说：“在一定意义上说，社会科学研究比自然科学难，社会科学中政治学科比其他学科还难，政治学科中研究现实的社会主义政治又比政治学中的其他领域还要难。而他所从事的正是社会主义政治学。其中甘苦，业内皆知。”

政治是什么？为什么社会主义政治的研究最难？每当有人得知黄宗良的专业后，他常常看到对方或表现出困惑不解的神情，或皱着眉头撇着嘴，有的人甚至会毫不掩饰地戏谑几句：搞什么不好，偏要去搞什么社会主义政治？！为什么平民大众中许多人对本应是最开明、最民主的社会主义政治却常常表现出冷漠、畏惧、反感甚至厌恶呢？黄宗良说：“究其原因，就是改革开放以前，共产党领导的社会主义国家从对政治概念的理解到一系列的政治行为在不少地方、在很长时间里搞‘左’了。‘政治’的化解矛盾、协调利益关系的功能，社会主义政治的为经济发展、社会进步服务，保护人民、为民谋利的功能不见了。”

如果给“社会主义”下定义，说它可能有几百个定义确不为过，人们对它的理解千差万别。但黄宗良说，社会主义的核心价值就是公平，或说平等，这是所有的社会主义者公认的。正是由于社会主义这一最基本的价值观念，才使它成为世世代代广大劳苦大众所追求、所神往的理想，才使它具有顽强的生命力。

然而，“文革”极左的理论和政治行为，使得社会主义政治在老百姓心目中变得青面獠牙，恐怖血腥，面目可憎；政治好像是官场的尔虞我诈、争权夺利。那时，老百姓之于政治，躲之唯恐不及，何谈什么参政、议政、问政！“文革”前夕，黄宗良曾在京郊农村搞“四清”。在农业条件(肥料、农产品销售市场等)如此优越的地方，一个劳动日工分值两三毛钱。黄宗良回忆说：“农民盼望的就是年终结算了，过年能买上半斤肉、吃顿饺子。如此贫困的地方，人的价值那么低的地方，农民对‘政治’也是那样提心吊胆，总是要叮嘱孩子千万别(在政治上)说错话，真是谈政色变。”

黄宗良认为，极左的政治和政治教育恰恰是违背政治科学的。然而，一些政治活动家事实上并不承认政治是一门科学，他们信奉权力即真理的信条，以为“有了权就有了一切”。于是，人们感触到，“居高声自远”，平民议政、书生论政管什么用，人微言也轻，“百无一用是书生”。

黄宗良也曾多次同要好的朋友谈论到：我们是不是太关心现实的政治呢？关心了又管什么用呢？他想过，凭借自己的学业基础，改个行，混口饭吃还不是问题。但是，对于这个关乎人民大众命运和国家前途的专业，他总是舍不得离开，总是不由自主地要掺和其间。他也知道“政治”的厉害，于是，只有抱着不讨好任何人的科学态度做下去。

其实，二十多年来，中国一系列政治方面的政策形成、确立、修正、调整和完善，从来没有离开过这些“书生”。他们之中的每一个“个人”，自然只是沧海一粟，微不足道；而无数的“沧海一粟”则可以汇成排天巨浪，推动着中国的现实政治朝着人类文明大道向前发展。黄宗良就是其中的一个。他不是从书本到书本，唯上唯书，察言观色，人云亦云，顺风起倒；而是靠科学的世界观和方法论，靠与有远见卓识的领导者的密切配合，靠对历史经验的深刻反思，靠尊重民众的实践，实事求是，调查研究，靠高度的党性、人民性和自觉的社会责任感和历史使命感。

让黄宗良欣慰的是，我们现在的社会，政治民主程度比之于改革开放之前，已经有了不可比拟的进步，特别是跨进新世纪以来，“以人为本”、“三个代表”思想、建设政治文明的基础、“保护人权”、建立社会保障制度等写进宪法，都标志着中国政治文明建设的巨大历史性进步。黄宗良认为这种进步表现在中国领导层越来越认识到权力是必须受到监督的，并把政治体制改革的重心放在建立制约体制和机制上。人们所不感兴趣的社会主义，实际上是苏联模式那种我们正在改革的社会主义，准确地说是那种社会主义的弊端；人们所反感的“政治”，实际上是违背科学的政治，是极左的政治。他高兴地说：“中国社会发展的内在要求、中国百姓的愿望，是中国政治文明建设进步的推动力量，中国高层领导为这种趋势做了合理的选择。”

“60年代豪言壮语，‘左’话盈篇；70年代是默默无语，开始懂得用自己的头脑思考问题；80—90年代，环境、语境为之大变，但也并非时时月明风清，应景文章、违心的话，只能说‘少’，不敢说‘无’，欲言又止则时有所现。到了21世纪，真正政通人和，百花齐放，百家争鸣，可是，自己却到了退休的年龄(现被北大返聘)，希望能写出更多可看、可读的文章来。”回首自己在燕园的几十年，黄宗良这样说。

“文革”初期，黄宗良起初没有怀疑，思想上不一定跟得上，但行动上努力地参加。期间，他到江西南昌下过干校，在一年半的时间里“与天斗，与地斗”，成天泡在水里干活。“林彪事件”后，才真正有些思考。

“当时，教书的权利被剥夺了，自己最想的是能到图书馆看书，但没有条件。”1976年10月，“四人帮”终于被打倒了。黄宗良作为教师代表到天安门广场的观礼台上，庆祝“十月胜利”。于是，他同千千万万的知识分子一样迎来了人生的第二个青春。近二十年来，黄宗良为社会培养了二十多位博士生，自己也多次被评定为北京大学优秀党员、北京市优秀教师，连续多次获《北京大学学报》优秀论文奖。

“一蓑烟雨任平生”。黄宗良常常以此作为自己的心理保健良方，尽管风雨起处有时也不免有些惶恐。近四十多年来，黄宗良以党性和科学性相统一、做人和作文相一致作为自己在学风和文风方面的努力方向。作为社会主义学的研究者，黄宗良淡泊名利，心底坦荡，为人正派，崇尚严谨科学，独立思考，求真务实，不尚空谈的治学之道，深得学界同仁的敬重。

这一辈子，黄宗良说不上多产，共发表了七十多篇论文，著作全是与人合著或由自己主编。原来，他并不喜好在报刊上发表自己的作品，“人言可畏，人家以为你在借发表文稿而炒作什么，但是，我心肠又软，一有人约稿我又常常动摇了，一年就发表那么一两篇”。黄宗良说，自己现在在外边欠了不少的“账”，有《求是》《光明日报》《理论动态》《前线》等好几家报刊的，都答应了人家可是没有时间补上。尽管他一年就写那么几篇，但每每问世都在社会上引起强烈反响，好些被《新华文摘》等一流媒体转发或被国内外广泛引用，不时受到中央高层的关注。

最近黄宗良正在整理以前的作品，出一个个人专集。他认为这个文集是自己的“独生子女”。多子女的父母给孩子取名比较随意，而独生子女的父母则不然，几乎孩子还在未出世就开始琢磨了。这个文集的书名他经过了一番考虑，开始想叫《燕园论政》，后来又改名《论政在博雅塔下》，现在又想更名为《书屋论政》，意在表明这些文章“仍属书生议论，难免有把复杂的实际看简单的毛病”。其实，黄宗良的作品绝大多数经得起时间的考验，这次收入文集中的作品均为原文，尽管他说“是非对错，白纸黑字，不做修改”。

采访中，中共中央企业机关工委与天津市委党校的同志约请他到外地讲课，本来都忙得一塌糊涂的黄宗良爽快地答应下来。电话中，天津市委党校的同志坚持要来小车接他，可是，黄宗良“顽固”地表示自己坐火车去，用不着接请，为此在电话中争论了不下六七分钟，记者在一旁都有点“烦”了。

为构筑反腐防腐的“防火墙”献计献策

人民最大的不满是什么？改革、稳定的最恶性障碍是什么？是腐败！腐败如长在社会主义机体上的一块恶性肿瘤，时刻关系着党和国家的生死存亡。为此，党和国家把反对腐败当作一场严重的政治斗争，提出“在党内决不允许腐败分子有藏身之地”的目标。

黄宗良分析，我国社会边反边冒出来的腐败现象早已引起上下同忧，许多有德有识之士大声疾呼必须用力遏制和惩治腐败。“然而，腐败之风至今虽不宜说是‘愈演愈烈’，也未见明显好转，可以说，腐败已经侵蚀着社会结构的每一个环节，已经泛及政治、经济、文化、教育等领域。”

多年来，我们党和政府确实采取过一系列措施开展反腐败的斗争，也确实取得了很大的成绩；但另一方面，贪污腐化现象仍在蔓延滋长，这使许多人困惑不解。从体制上看，近年来我国社会腐败的病因和中心问题是什么？1998年，他抱着准备承受任何压力的心态，一针见血地提出：“近年来，我国社会腐败的要害和核心是权力腐败。什么叫权力腐败？权力腐败是权力异化的极端表现形式，它最突出的特征是国家工作人员或公职人员权力行为的变异，一般指公职人员为其特殊得益而滥用公共权力，违反或偏离公共职责的现象。简单地说，就是以权谋私。”黄宗良自问自答之后，强调种种腐败现象之中，很大一部分本身就是权力腐败，是公职人员直接所为。他还指出，也有好些腐败行为是发生在“平民百姓”身上，但其中相当大的一部分是有直接或间接的权力背景的，他们一般都与权力地位高低不等的“官”们有血缘、亲缘、地缘关系，或者是通过宴席摆下“红包”开路而迅速缩短同权势者距离，弥补社会地位的先天不足的，也就是人们常说的“权钱交易”。“社会上的许多腐败现象常常是在掌握着大小不等的公共权力的官员以种种形式配合、参与、庇护下发生的。权力在这些官员手中已经成为牟取私利的资本和商品，变味、变质、腐败了。当然，我们不把社会上一切腐败现象统统扣到权力机关及公职人员头上，因为社会上许多腐败行为是钻了我们制度、机构不健全、不完善的空子。但是，权力腐败发展已十分严重，可以说到了非解决不可的时候了。”

接着，黄宗良又是自问自答：“为什么出现权力腐败？造成权力腐败的原因是多方面的。我认为主要原因在于具体制度、体制的不健全，在于缺乏对权力的制约和监督的体制与机制。”作为世界社会主义学研究专家，黄宗良认为，苏联模式的政治体制的特征主要是高度集权，属于自我监督体制——从党内监督制约体制来说，则是监督者被置于被监督者的权力之下，而这种制约和监督的力度从里到外、从下到上呈现递减之势，于是就容易使权力失去控制，被滥用，走向腐败。“改革前我国的社会主义政治体制同前苏联有某些区别，但对权力的制约和监督同样也是薄弱的。改革开放以来，制约和监督力度大为加强，可还谈不上已经建立很健全的权力制约体制。这便是产生权力腐败的体制上，也是最重要、最关键的原因。”黄宗良强调，权力是政治的强制力，是在社会中产生而又凌驾于社会之上的东西，它具有强烈的排他性和扩张性——当权力处于没有制约和监督的条件下，便会被滥用而走向腐败；权力又是一种物质力量，对权力的制约和监督不能仅靠精神的力量，制约权力必须有相应的权力。他的论述言简意赅，发人深省。

看来，遏制腐败就必须抓住对权力的监督和权力制衡这一关键环节。但是，也有一些人认为，腐败之所以滋生蔓延，是因为放松了教育，使一些本来个人素质就不高的干部变坏了，有的则认为是由于对腐败惩治不力，或由于官员们薪水太低。于是，办法应该是加强党风党性教育，重惩治廉，高薪养廉等等。对此，黄宗良认为：“党风廉政建设是一项系统工程，反腐败必须综合治理。强调公职人员的个人素质、品行对权力的影响是无可非议的，但从研究权力腐败的根源来说，我们宜首先着眼于制度、体制。防腐反腐，软件硬件都不能少，但首要还是硬件制度机构和机制的建设，人们不能把希望只是寄托于官员们的觉悟和道德良心。”说到高薪养廉，黄宗良指出：“这是越来越多的国家采用的不失为积极的防腐反腐措施。但决定一个公职人员是否廉洁，也不全在于薪水的高低。高薪未必就促进权力的清廉，为官享有高薪待遇的富国中，官员们腐败之风日甚便是例证。建国初期，我们党艰苦奋斗、廉洁奉公的好作风至今还受到人民的称颂。高薪是相对的，是有限的，人的私欲在失去权力、制度和道德的制约时，有可能是无限度的，这叫‘欲壑难填’。”

黄宗良认为，中共历史上第一部《党内监督条例》很好地总结了建设中国共产党的历史经验，同时也汲取了其他社会主义国家党的建设的历史经验教训，特别是汲取了原来苏联东欧执政党丧权亡党的深刻教训。黄宗良认为，《党内监督条例》的出台标志着中共党内监督进入一个规范化、制度化的新阶段。他指出，《党内监督条例》中的不少规定具体地体现了汲取了苏东共产党丧权亡党的教训，比如说，一般讲苏东共产党党内缺乏监督机制，其中最突出的表现就是在权力越大的机关、权力越大的领导人越是缺乏监督。

世界上所有的政党都是为了获取和巩固它的执政地位，也就是巩固权力，这是所有执政党都追求的东西。不同在于你取得权力为谁服务，共产党执政是为了大多数人的利益服务的，这点跟西方的政党是不一样的。但是，每一个政党都要争取获得执政的地位和维护执政地位，这一点是一样的。因此，国外不管是西方国家的政党还是第三世界的民主主义政党，在这方面有许多做法、特点值得我们关注，也有一些经验教训值得我们认真研究和借鉴。黄宗良指出，社会主义国家不采用西方“三权分立”形式，但绝不能把它所蕴含的权力制衡原则一起抛弃。

“许多人常常把资本主义的政治文明成果统统看成是姓‘资’，同社会主义不相容的东西，其实，一些东西是属于人类历史积累下来的文明成果，是反映了人类社会发展的共同规律的东西，是不同社会制度下都可以用，而且不用不行的，不用就会偏离人类社会文明发展的大道的。”近来，有些海外报纸称，黄宗良认为西方的三权分立和立宪就是加强权力的监督，这也是西方民主政治的精华，中共应该学习西方民主政治。黄宗良对记者说，这真是令人哭笑不得。个别记者或许是对政治学说和中国政治外行，或是有意断章取义，我多次在文章中阐明的观点是——西方国家的“三权分立”实际上是资产阶级应用“权力制衡”原则而采取的一种统治形式。这个“分权”实质上是剥削阶级对于统一的不可分割的国家权力的分享，它对于维护资产阶级统治和管理是有效的。“社会主义国家不采用‘三权分立’的形式，但权力互相制约、权力制衡原则是人类经过几千年积累下来的政治统治和管理的重要经验总结，是防止权力过分集中、权力被滥用和权力腐败的重要规则，是任何民主政治发展的必然要求，是我们在健全和不断完善社会主义民主政治管理制度和运行机制时必须认真加以汲取和借鉴的政治文明成果。”

黄宗良曾多次应邀在莫斯科大学、前苏共中央直属社会科学研究所、香港大学作关于中国政治与政治体制改革的演讲报告，得到广泛关注和普遍好评。他以社会主义社会政治为中心，把社会主义学作为一个综合学科来研究，把学术视角拓及国际关系学、社会发展学、文化、人学的相关领域。谈及东欧剧变、苏联解体，黄宗良肯定地说：“这是社会主义事业的严重挫折，但不是社会主义的失败。要说失败，那就是苏联模式的失败，是貌似马克思主义的教条主义的失败。如果说坏事可以变成好事的话，那就是不管社会主义国家的人们，还是资本主义国家的社会主义者，将从苏东的惨重教训中，进一步摆脱苏联教条的束缚，更加稳健地把自己的事业推向前进。”

现在，我们正在建设有中国特色的社会主义，全面建设小康社会。中国正处于历史发展的关键的转折时期。黄宗良说：“我们在建设社会主义方面已经有了极为丰富的正反两个方面的经验，又有辉煌的民族传统文化，我们能否经过长期的、艰难曲折的探索，建设有中国特色的权力制约体制，遏制并不断消除官僚主义、特权和腐败，使中国社会主义政治朝着健康的方向向前发展，这是能否坚持中国共产党的领导和社会主义制度的关键问题。我们任重而道远。”

解决中国社会发展难题的“锦囊妙计”

改革开放25年来，中国经济一直保持着高于世界平均水平的“超高速度”，特别是从1989年到2003年的15年间，在受到亚洲金融危机、世界经济不景气以及“非典”的影响下，我国的经济增长率仍平均达到8．8%，这不能不说是一个“经济奇迹”。由于中国经济的持续增长，2003年中国的GDP总量超过11万亿元人民币，人均GDP首次超过1 000美元这个具有里程碑式的“经济成长门槛”，从而跨入了一个将可能更加高速发展时期。然而，科学看待中国经济的快速发展，理性分析中国经济持续发展面临的困难，保持一个平静的心态，对于一个大国经济走向成熟具有十分重要的现实意义。

强调发展是党的第一要务，发展是执政能力的物质基础，必须确立科学发展观。中共提出以人为本的发展观，也是党的执政能力建设的一个重要举措。要实现全面建设小康社会的目标，要点是经济发展，重点在农村，而难点在社会发展方面。

改革开放以来，黄宗良的理论兴趣主要聚焦在世界社会主义各国建设和改革问题上，特别在社会主义国家政治建设、政治体制改革，社会发展理论研究方面成果显著。学识渊博、思维敏锐、视野开阔的黄宗良，不仅一贯坚持中外结合、史论结合，现实联系历史，现在联系未来，理论联系实际的思维范式和思想方法，提倡着眼于全球大背景和世界大视野来观察、思考和研究中国社会主义走向，认识和把握毛泽东思想、邓小平理论和“三个代表”重要思想的实质、精髓和价值，主张通过深入研究世界社会主义发展的规律及其经验教训，为审视和探索中国特色社会主义提供镜鉴。面对世界社会主义跌宕起伏的发展态势，他敏捷地捕捉社会发展主流，尽量接触实际，广泛参与重要学术和政策性活动，对中国改革开放和社会主义建设进行科学论证。其独到见解和新颖的研究方法受到国内外学术界的广泛关注和好评。

黄宗良在接受采访时说：“中共十六届三中全会关于坚持科学发展观，即坚持以人为本，全面、协调、可持续的发展观这一重大战略思想，是从新世纪、新阶段党和国家事业发展的全局提出的。它总结了我国二十多年来改革开放和现代化建设的经验，也吸取了世界上其他国家在历史发展过程中的经验教训，包括其他社会主义国家的经验教训。”

黄宗良指出，中国的发展观念和发展模式，在很大程度上受前苏联的影响，有些方面还是照搬的。“前苏联发展观的最大的，也是影响全局的特点是‘优先发展重工业’。这种发展观念和发展战略的产生有其客观原因，并发挥过积极作用，但它也导致社会经济片面、畸形地发展，造成一系列的比例失调。”黄宗良认为，前苏联的这种发展观和发展战略离开了“以人为本”这一社会主义主题中的应有之义，不能很好地体现社会主义制度代表人民群众根本利益的本质，不能从个人利益上形成广大人民群众拥护这种制度的体制和机制，削弱了这种制度对人心的吸引力和凝聚力。他断定，前苏联发展观和发展战略的偏颇和错误是导致苏联剧变、制度瓦解的主要因素之一。

同时，黄宗良还分析说：“中华人民共和国建立以后，我们的发展观念和发展战略受到前苏联很大的影响，虽然在农、轻、重关系，军用、民用工业的关系方面，我们比前苏联和东欧一些国家做得好些，但也存在过比例不适当的问题，尤其是在优先发展重工业的方针之下，在传统计划经济体制之下，工农产品不能平等交换，城乡之间劳动力不能自由流动，城乡劳动者权利和发展机会不平等，形成了城乡分割的二元经济结构。在社会主义建设中，政治和经济关系方面，在国家、集体、个人三者关系方面，中国从理论到实际执行的方针、政策都同前苏联极其相似。所有这些，都在不同程度上阻碍着中国社会主义的健康发展，妨碍着社会主义优越性的发挥。”

改革开放以来，中国社会主义在各个领域发生和正在发生模式转变。这个转变包含着发展观和发展战略的调整和转变。“没有发展观的转变和发展战略的调整，就不可能有中国改革二十多年来的伟大成就，就不可能有中国特色社会主义的发展。因此，在一定意义上说，是发展观的转变巩固了中国社会主义的基本政治制度。”

但是，客观地看，我们并没有完全摆脱高投入、高消耗的外延粗放增长的发展方式。经过“十年动乱”，国民经济到了崩溃的边缘，百姓生活在“贫穷的社会主义”之中，因此，改革开放以后，我们面临的任务首先是解决十几亿人的温饱问题，不能不把主要精力放在增加供给，满足人们最基本的物质生活需求上，很难顾及其他。“我们突出增长速度，强调‘效率优先’，主张让一部分人、一部分地区先富起来是完全必要的，非如此也无法打破原来的模式和体制。但因此也带来了新的问题。”黄宗良说，我们把注意力集中到GDP的增长速度上，GDP成为中国经济的“第一指标”，也是世人所公认的中国在“崛起”的首要标志；但把它当成“唯一指标”，而忽视了相应的其他指标，就会带来一系列的问题，不利于全面、协调、可持续性的发展——现在，中国 GDP的增长是以社会财富的很大浪费为代价的。

强调效率优先，强调一部分人先富起来的方针和政策，在中国的飞速增长中起了积极作用。但与此同时，作为社会主义的核心价值观——社会公平置于被“兼顾”的地位，而与“先富”并提的“共富”的措施是什么，则成了摆在我们面前的大难题。GDP的增长为社会公正创造了经济基础，但却不会自然导致社会公正程度的提高。黄宗良认为，现实的情况是贫富差距拉大了，已经超过了国际公认的承受线。

根据中国的国情，汲取其他国家发展的经验教训，中共十六大提出全面繁荣农村经济，加快城镇化进程，改变城乡二元化经济结构；积极推进西部大开发，扭转地区差距扩大的趋势，促进区域经济协调发展；深化分配制度改革，健全社会保障体系；大力实现可持续发展战略；确立社会主义经济、政治、文化全面发展的目标，特别是提出建设社会主义政治文明，尊重和保护人权等重要方针政策。在此基础上，十六届三中全会提出“五个统筹”的方针，明确提出“坚持以人为本，树立全面、协调、可持续的发展观，促进经济社会和人的全面发展”。这些构成了科学发展观的丰富内容。黄宗良认为，中国新一代的领导集体，顺应中国社会发展的内在要求，提出坚持科学发展观，是坚持和发展社会主义价值观念的大事。“如果我们光注意经济建设，忽视文化和政治文明建设，经济发展也不会持久，也不可能建立高于资本主义的物质文明、精神文明和政治文明。”

“树立和落实科学发展观是全面建设小康社会的必然要求，是妥善应对我国经济社会发展关键时期可能遇到的各种风险和挑战的正确选择，是提高党的执政能力和执政水平的迫切需要。”黄宗良说，我国的改革和发展正处于一个关键阶段，坚持以人为本，全面、协调、可持续的发展观，是我们党以邓小平理论和“三个代表”重要思想为指导，从新世纪、新阶段党和国家事业发展全局出发提出的重大战略思想。是的，我们必须保持一个“健康的心态”，冷静分析我们的优势和劣势，正视我们体制上和工作中存在的问题，真正看到经济与社会、城市与乡村、地区与地区、人与自然、国内经济与对外开放等“不协调”而需要付出的昂贵代价，努力走出一条新路。

（本文选自余玮、吴志菲著：《中南海大讲堂——给中央领导人讲课》，中共党史出版社2006年版，文章最早发表于《中华英才》2004年第18期。个别段落由黄宗良本人删去。）

他的字典里没有“可办可不办”的事

——记潘国华教授

潘聪平　　　　学　号　6018030

作为一名教授，他立足教学岗位，兢兢业业，桃李满天下；作为一名管理者，他恪尽职守，在社会转型期勇挑大梁，积极稳妥地推进改革，想方设法为大家解决困难。他坚持认为，为群众办事，尤其是尽力办成那些可办可不办的事情，是人生最大的享受和兴趣。

“责任主要体现在办事上，办事难，就难在可办可不办的事情你去不去办。”

“办事”是潘国华常挂在心上的两个字。社会转型期，很难界定什么是可办可不办的事情，许多事情也很容易引起争议。但是，潘国华始终认为，只要是对群众有利的事情，即使有困难、有争议，也一定要尽力去办。

潘国华

记者：从1965年留校任教一直到现在，您是国关院的元老了，能简单介绍一下国关学院的发展情况吗？

潘国华：我确实可以算一个“老北大”了。我是1960年考入北大的，当时叫政治学系，1965年留校任教，在国关四十多年，除教学以外，还做过很多社会工作。

政治学系是我入学那年刚组建的，所以，我们是建系后，通过正式招生进来的第一批学生。

后来，政治学系改名为国际政治学系，国际关系学院基本上是在此基础上发展来的。1996年，原国际政治学系、国际关系研究所合并调整，正式成立了北大国际关系学院。当时的院长是梁守德教授，我是副院长。1999年行政领导班子进行换届，原中共中央政治局委员、国务院副总理钱其琛兼任院长，我是常务副院长，学院的结构也发生了一些变化，增加了一些新生力量。现在学院由三个系（国际政治学系、外交学与外事管理系、国际政治经济学系）和三个研究所（国际关系研究所、亚非研究所、世界社会主义研究所）组成，此外还设有二十多个研究中心，共有学生1 200多人，其中留学生二百多人。

记者：国关学院成立以来，各方面的成绩都是大家有目共睹的，作为国关学院成立后上任的第一位常务副院长，您能谈谈自己的感受吗？

潘国华：国关学院的发展确实非常快。从原来的一个小系发展成现在学校中等规模的学院，这是大家长期以来努力的结果。

我不喜欢提个人，这不是说大话。离开了集体，个人就没有可为的空间，事情也是办不好的。

如果要说我自己的感受，我觉得人生短暂，为自己活着是很累的，但如果为大家着想，为大家干事，劲头就会大很多。教育和商业不一样，我们不应该太计较个人，个人的东西应该去追求，但前提是能把集体放前面。个人利益是蕴含在集体利益中的，集体发展了，个人才会有更大的发展空间。

如果要说我做国关学院的副院长的感受，最大的体会是，做领导的，一定要做到公平、公正、公开，自己必须以身作则。搞教育的人，如果自己不能树立榜样，就没有吸引力，没有影响力，没有说服力。

说到底，其实就一个词——责任。教授有教授的责任，行政人员有行政人员的责任，领导有领导的责任，不管什么身份地位，都是要有所担当的。

记者：站在管理者的角度，您是怎么理解责任这个词的？

潘国华：对管理者来说，责任最重要的当然是体现在办事上。大家有事找你，你帮他把事情办成了，一切便好说，他自然会理解你，赞同你，拥护你。但是，这个办事是有原则的。国关学院这些年来，领导班子非常团结，很早就达成了共识：要积极稳妥，应该办的事一定要办，违背政策不能办的事一件都不办。但我觉得关键还在于第三类事，可办可不办的那些事。我觉得一个人有没有责任，能不能取得群众的信任，主要就体现在这句话上。这就好比是红绿灯，红灯停绿灯行，大家都很清楚，但黄灯呢？你走还是不走？这个比方不是很恰当，但真的是个值得思考的问题。这些事没有人要求你必须去干，你不干，也没有人能指责你，但如果你有责任心，自己就会想办法去干。

什么是可办可不办的事情，在社会转型期，这个是最难准确界定的。我的原则是，灵活看待，但只要是对群众有利的事情，就要去办。这个办事的过程可能会有很大的困难，也可能存在很多在我们现在的体制下，无法很好解决的问题，但我觉得办不成没关系，只要你尽心尽力了，群众都是通情达理的，但不想办、不去办就不好了。

第二点，现在是信用时代，我觉得责任一定是和信用、信任紧密联系的。光靠单纯的工作关系是没法维系的，更多的是需要朋友关系。很多学生，跟梁守德教授，跟邱恩田教授，跟我，跟我们很多老师关系都很好，是师生关系，更是朋友关系，大家都非常坦诚，这样就好办事。原北京市政协副主席、统战部长沈仁道同志担任院友会会长时，带领院友会对学院的发展给予了很大的支持。在召开院友会时，院友总是问需要他们做些什么。开院友理事会，组织教职工参观考察，办院庆活动等，全部都是由院友捐赠、筹集资金的，他们对学院有感情，并且他们相信院能最合理地来用这些钱。

当然，我认为这也是一个互利的过程。我们的院友回馈给学院那么多，我们也关注他们的困难，每次开会我都会打听他们是否有困难需要学院帮助。这个互利的过程，不是市场化，双方也不是等量的，并且不是物质的，而主要是精神上的，形式多样，方式灵活，但是，我觉得这是使信任能够延续下去的一个重要基础。

“可办可不办，建楼就是这样一个事，就看你想不想费这个心。”

现在，国际关系学院大楼坐落在北大著名的勺园对面，占地面积约10 000平方米，与不远处的南阁、北阁、校史馆、静园等和谐共存，是校园中的一道美丽的风景线。我和当时的国关学院党政班子、院友会是大楼的主要筹资者。

记者：当初怎么想到要筹建新的国关学院大楼呢？

潘国华：国关学院新大楼是在2002年年末的瑞雪中奠基的。但事实上，在1996年梁守德老师任院长的时候，就有过建楼的想法，并且筹集了一些资金，进行了开工典礼，但因为各种原因，后来没有按原计划进行下去。1999年，我们开始启

前左起：潘国华、徐潮江、沈仁道、董志立；后左起：朱士高、江长仁、王杰

动新一轮大楼筹资、设计工作。

为什么要建大楼？我们的感慨都很多。新大楼建成前，国关学院的办公条件非常简陋。在逸夫一楼，院长、书记挤在一个办公室，教研室开会，是在一个七平米的小房间，老外来了都不好意思把人家往办公室带，有时候甚至想找教员或者学生单独谈话都找不着地方。一句话，硬件条件严重制约了我们的发展。

我们去国外考察回来经常感叹：人家只是一个系，就有那么好的办公条件，我们这样的条件怎么留得住人才呢？学院又怎么可能得到更大的发展呢？最后学院的党政班子一合计，决定盖楼，国外教员能够享受的，要让我们的教员也同样享受。

前面说到了可办可不办的事情，其实盖楼就是这样一件事，教员、学生有这个希望，但行政职责里面没有这个要求，所以，就是介于红灯和绿灯之间的事情，就看你想不想费心了。

当时，学院领导的基本指导思想是，国内外的文科院系资金都比较少，这是一个事实，但是，我们不能被动地“等”、“靠”、“要”。要在学校支持的前提下，解放思想，自力更生，按照要改革开放精神，充分面向世界，面向海内外的朋友和广大校友。终于，在各方大力支持下，我们把一件看似办不成的事办成了。

我们院办事的标准一直都是这三条：一是要有利于全院的综合实力的提高，二是要有利于教学科研的发展和人才培养，三是要有利于教职工生活的提高和办公条件的改善。盖楼完全符合这三条。拍板要盖楼之后，最大的难题就是如何筹资了。

记者：那后来是如何筹资的?

潘国华：这是很复杂的过程。我们专门成立了筹资和盖楼小组来具体负责这件事。这个过程中我们一共筹资5 700多万，其中有三笔大的捐赠。2000年，香港新鸿基集团董事会主席郭炳湘先生捐赠人民币2 200万元，意大利政治活动家姜·埃·瓦洛里先生（Mr.C.E.Valori）捐赠人民币近1 000万元，2001年香港长江制衣厂有限公司董事长陈瑞球先生、陈永棋先生捐赠人民币1 500万元。剩下约1 000万元是由院友直接捐赠的，五百多位院友参与了捐赠，有的捐300元，有的捐50元，积少成多，其中学院教职工捐赠42万元。

筹资过程中最感人的就是院友的情谊。院友会在筹资、捐资中发挥了巨大的作用，特别是沈仁道会长。天南海北的广大院友们，只要学院需要帮助，他们都能很快聚集到一起，自行发起捐赠，有些不能亲自过来的，就委托其他院友表达心意。我们最后统计过，约5/6的捐赠是院友直接或者间接和院领导艰苦奋斗、共同努力的结果。

记者：筹资和盖楼小组的成员都是有教学任务的，盖楼又是一项浩大的工程，怎么协调两者关系呢?

潘国华：首先，这幢楼是集体智慧的结晶，从筹资到建设，靠的都是无私奉献的精神。整个国关，从领导到教员，特别是广大院友，把整个学院的建设，当做一个十分重要的事业在做，非常重视，也非常认可。

筹资和盖楼小组的成员，第一重身份当然是教员，教员的本职工作是教学，所以，平时他们的工作量一点都没有减少。盖楼在他们的教学工作之外，并且没有任何报酬，占用的全部是业余时间。一般我们形容人如何辛苦，常常会说晚上熬到几点，顾不上吃饭等等，但那些在盖楼过程中太常见了，我们就不提了。

我们保证成员每周都有几次碰头，白天工作忙凑不到一起，为了错开上课时间，一般都是在中午或者晚饭时间。大家都在勺园吃最简单的工作餐，边吃饭边讨论。每一周我们都要汇报工作，并且汇报时都是要求拿出结论性意见的，及时解决筹资和盖楼过程中遇到的问题，提出可行方案。这样虽然压力大了一些，但是，工作效率也高了。

“我不是一个怕困难的人，我们一直都是在接力。”

记者：您在担任国关学院常务副院长期间，遇到的最困难的事情是什么？

潘国华：（笑）我不是一个怕困难的人，真的，这绝对不是说我能力有多强，能把事情办多好，而是大家相信我，我也相信大家，我们是一个集体在作战，我相信不会有能难得住一个集体的事情。

国关学院是一个特别团结的集体，一届一届的领导班子，薪火相传，每一次换届都是在传接力棒，任何人都不是顶峰，更好的永远都在下一届。有这样一种共识，事情就好办了许多。老领导会支持你，群众会支持你，广大院友会支持你，你自己也有为大家办事的心，那还有什么事情不能大家一起解决呢？

当然，具体的问题还是有很多的，比如，如何提高教学科研水平，如何解决经费紧缺问题等等，但我们都有信心去克服，暂时克服不了的先坚持，坚持下去总会有结果。

记者：冒昧地问一句，作为一位老教授，您为国关学院的建设去奔波筹款，您有没有觉得和传统上的“教授”身份不合呢？

潘国华：（笑）起初我也那么认为，筹款是一件难事，并且是不讨好的事，甚至我自己有时候都觉得不是一个教授分内的事情，是一件不太光彩的事情。当时，我们中的很多人都是为了国关学院的发展，而放下“身段”去奔波的，也可能有不情愿的，但是，硬件条件严重制约着学院的发展，而学院的发展是大局，大局为重。

但在后来和一些社会公益人士的接触中，我慢慢转变了这种想法，筹款并不是一件不光彩的事情。我曾经和一位做了很多社会公益事业的商业界的朋友一起聊天，在说到捐赠和被捐赠的关系时，他说：“其实应该感谢你们，你们给了我一个回报社会并且是特别有意义的机会，我们也很想取之于民用之于民，一直在寻找合适的做公益事业的机会。我们唯一希望的是，以后学生们有能力了，也能一样去帮助其他人。”

他们的理念特别好，他们觉得这是互利的事情。前面我也谈到互利了，不等价地偏重于精神的互利。但是，他们的互利更进一步，他们觉得最好的回报是我们的学生能将这种公益精神传承下去。

把办事的落脚点放在学院的发展上，并且真正理解了他们的这种理念之后，我们就不会觉得一个教授去奔波筹款是一件不光彩或者不能理解的事。我们能做的，是培养高质量的人才，教育学生以后去回报社会，这是一个良性循环。

记者：企业家们有资金来做公益事业，您觉得作为一个普通的学生，或者是普通的老师，如何来践行公益精神？

潘国华：我觉得尽力而为吧！如果有能力就多做一些。公益不分大小，从身边小事做起，你做一次志愿者，你尽力帮助别人，都在这个范畴里。但是，不管你现在有没有能力，有一点是必须具备的，你应当有这种理念和思想，这和有没有能力做是两回事。如果一个人在学生时代就有这种思想了，他以后成材了，有能力了，是一定会去做的。

我们北大有这种公益精神的传统。人活着，不能光是为了自己，为了家庭，为了你的小圈子，我们是一个社会，学生时代就应当放眼学校，放眼世界。千万不能把自己的成长，仅仅看做是父母的功劳。

我自己是一个农民的孩子，我觉得自己就是共产党养大的。这不是在说教，真的是靠国家、人民提供的资助，我才得以念完书，是党和人民养大了我，现在自己有一些能力了，就会自觉地想为社会做一些事情。

采访手记

欣然接受这个采访任务，是因为当时指导老师说，这位老教授特别了不起，是社会转型期一代“老北大人”的代表，全身心地为学院奔波忙碌，有些事情做起来特别艰难，甚至不被理解，但他都做到了。

接受任务后，我首先上网查潘国华老师的相关资料，却惊异地发现网上除了一些学术观点和散落的信息外，这位在老师和学生中口碑极好的教授，竟然就没有更多的资料了。

预约采访时，接不接受采访让潘老师着实为难了一阵。他在电话中说，教师的职责本来就是教书育人，我又退休了，没什么好宣传的，我从来不接受对我个人的采访。但是，当听说我是北大学生的时候，潘老师有些动摇了，用他那带着浓重南方口音的普通话说："小鬼，那怎么办呢？我做老师从来是不拒绝学生的。"凭借学生的身份，我最后终于约到了采访。而那一声"小鬼"，也让我觉得倍加亲切。

两个小时的采访中，潘老师几乎没有提及自己那么多年为国关学院付出的辛勤劳动，甚至连筹资建楼的艰苦过程也一句话带过。他说的最多的一句话是："小鬼，不要提我个人，我个人没什么，都是集体的智慧。"

在潘老师中关园的家中挑选照片的时候，他依旧很谦让，他说："国关学院是个特别团结的集体，挑几张学院的集体照吧，别要我个人的了。"

照片都珍藏得很好，可以看出潘老师很用心，尽管有些因为年代久远已有些发黄了。初春的阳光洒在书房里，潘老师一页一页地翻过照片，他说："小鬼，那些都是历史。"

我突然间有些感动，一个已经在北大生活、工作了四十多年的"老北大"，一个把全部的热情和精力都投入到国关学院的建设中的退休老教授，见证和书写了历史，却并不希望历史记住他。在他心里，永远都是那句话："不要提个人。集体好了，个人才会好。"

在这个社会转型期，和潘老师一样曾经或者正处于管理岗位的老师们肩负着责任，顶着压力，投入自己的全部精力，在摸索中默默无闻地做了太多的事情。做还是不做，都源于责任。或许，对于潘老师那一代北大人来说，这就是对"责任"二字最好的诠释。

（原载师曾志主编《大爱有行》，世界图书出版公司出版，2008年5月，第1版）

母校情二首

陈喜增　　学　号　6018025

博雅有名湖未名，
未名湖畔同学情。
立志为国利天下，
风云途中有彩虹。
心系一个中国梦，
事业无大也争峰。
春光夕阳皆美好，
感恩母校培育情。

困难之中应时生，
立系为国育尖兵。[1]
五十五载风云路，
历经沧桑展新容。
世代更替志不移，
人才辈出扬美名。
欣逢中华大复兴，
母系学子共争荣。

---

① 尖兵时指思想理论战线优秀人才

志事纪师友十则

魏开肇

学　号　6018050

一、北大北大

召　唤

一九五九年八月下旬的一天，骄阳似火。
我与发小嬉游在村东华严湖。
仰泳、蛙泳加狗刨，
借以消暑纳凉，
回味童年的快乐。
一个哄亮的声音响彻耳边，
哥、哥，录取通知书……
闻声立即爬上湖岸，
目不转睛地端详北京大学四个大字，
一抹热泪夺眶而出。
我急行如飞前往县教育局领取差旅费，

家人赶紧缝制御寒的衣和被……
水陆交乘，如期到了北京城。
迈步跨进北京大学南大门，
汇入熙熙攘攘的学生群！

哺 育

我走进了梦幻中的天堂——北京大学。
雕梁画栋错落有致，绿草红花相得益彰，
百鸟鸣丛林，群鱼翔池底。
此情此景与花季般的男女学生浑然一体，
彰显了勃勃生机，如日中天。
在这里接受老师辛勤培育，
在这里吮吸知识殿堂大知小识，
在这里虎跃龙腾，健全体魄。
更有独具一格的学术氛围——兼容并包，
在比较中学习、研究、创新。
五年呕心沥血先生教，
五年孜孜不倦后生学，
增长才干奠基础，
羽翼丰满待展翅，
小鸟离巢，飞向祖国的四面八方。

正 航

我留校了，遭遇了一段荒唐岁月。
愁云苦雨进燕园，
花败叶凋林鸟空，疑虑恐怖人自危。

迷向偏航……

更可怕的是折翅折戟永沉沙。

云缝中折射出某种亮光……

不同寻常的“师友三人行”,

稳住了随风未逐流的脚步;

优良传统文化生恻隐,

减弱了“阶级斗争为纲”的冲刷。

岁月悠悠,路漫漫,

从师友善待中感悟“人生春天有来时”,

是国政系三位老领导的信函、故事、画卷,

雕琢定型了我的人生品位,

端正了我的人生走向——正航。

永恒的情结

工作异处心神在,

宁可拥挤北大斗室,也未移居新单位标准敞宅。

朗润、蔚秀各十年,

宅居燕北八春秋,

现今的智学苑也与北大紧相关联。

不在园居常进园,

喜闻莘莘学子的欢声笑语,

乐见一塔湖图的未名风光,

酷爱燕园的花草林木,

留念这里的人情风土。

北大是我的天堂,

北大是我的自豪……

不知留下了多少曲径信步的足迹?

北大北大

永远解不开的情结，永远割不断的情思！

二、赞张侠书记并致谢忱

年少巾帼效木兰，意气风发去从军。

驰骋华北又东北，抗日解放两浴血。

转业执教进北大，热心育人彰厚爱。

一纸函件重千钧，拨雾见津走康庄。

三、深切悼念恩师赵宝煦教授

初识老师在六〇，政治系里做学生。

老师呕心又沥血，学生受诲领悟深。

毕业留校再学习，随教随学更入神。

学习知识学做人，海纳百川师为尊。

走出牛棚自由日，躬亲二外探访时。

信息传到鲤鱼洲，感我肺腑热泪流。

出国讲学归故园，屈尊挎机访陋室。

外国邮票赠爱女，举机拍摄全家福。

松籽故事有真谛，淡定功名随遇安。

挥毫泼墨题书名，深受鼓舞更打拼。

高端成果何所有？北京早期现代化。

北大教育奠基础，殷切关怀添动力。

聆听教诲最后时，庚寅八月三十一。

诲言连篇电子传，针对拙文有点评。
约定择期再聚首，期盼老师康复日。
斗转星移岁如流，良机未到噩耗来。

惊天动地人悲伤，心潮涌动泪盈眶。
谆谆教诲冲耳鸣，慈祥容光犹在目。
千言万语绕心头，做人行事常遵循。
功高德厚垂千古，寄语英灵宾九天。

四、丹青颂

——参观高作民老师画展《丹青写处是心声》有感

何淑云　魏开肇

勤奋聪慧常有为，心仪已久见丹青。
高山流水泻如虹，松涛深处有泉涓。
惊涛拍岸石破天，寒鸦念巢舟归急。
翠竹傲霜节自高，芙蓉出泥洁如玉。
红遍万山染层林，霜叶春花谁胜谁？
钟声客船落银河，诗画相融到纯青。
红霞铺地托朝阳，百花争艳满山河。
鹤寿松龄保春永，画意诗境听心声！

五、鲤鱼洲上赛插秧

一九七〇五月忙，鲤鱼洲上赛插秧。
每连分包十五亩，各派十名插秧手。
校部号令同启动，先行告竣获冠军。
我属十连出征队，兄弟姊妹共五双。

广播传来开赛令，急切到位进赛场。
边分边插手脚忙，碧水稻田点撇绿。
农民插秧可喘息，吾辈羞败不停歇。
南去北来连轴转，直到工竣日中天。
腰酸腿痛呼吸短，横七竖八卧田头。
疲劳过度不易解，怎顾鱼块红烧肉？
电波传来十连胜，些许慰藉眉宇展。
打道回营步履艰，喜听坤兄盛赞歌！

六、宗良约我摸鱼饯尊师

汉清老师回总校，一家几口快起程。
宗良觅得藏鱼处，悄悄约我去摸鱼。
我知心意未发问，迈开脚步前后行。
走出住地一里许，来到东堤内侧沿。
大小浅坑连成片，弯腰屈臂水下摸。
东来西往多少趟，条条鲫鱼装进筐。
斩获不丰也不空，约莫能有三五斤。
拜托厨房添劳累，以便饯行加盘鲜。

七、赠仁道学友

同窗同事十余年，和谐相处无纠结。
偶有机缘坦诚见，逆耳顺耳肺腑言。
我处低谷伸援手，理解关照被曲解。
各道见解兼听明，是非曲直有准绳。
身居高位不临下，永葆青春同学情。

八、贺学妹王杰七十寿辰

何淑云　魏开肇

聪慧勤奋勇攀登，学术人才相辉映。
人灵心美乐助人，为师为友誉良益。
辉煌业绩堪赞颂，七十华诞喜庆贺。
鹤龄容光春常在，福寿双全似海山。

九、班魂

——勤奋进取拼搏

六〇一八是咱班，聚首学子五十三。
龙腾虎跃燕园行，如饥似渴书海游。
阳光雨露育苗壮，精雕细刻铸班魂。
勤奋进取勇拼搏，听从召唤奔前程。
晴空时有乌云起，时代烙印难避离。
花朵绽放又结果，鲜花烂桃系一家。
真金不怕烈火烤，长长短短任评说。
雨过天晴依如故，露出峥嵘亮真金！

十、缅怀乡友郭文清

魏开肇

荊楚潜江立根苗，荊州专署献青春。
手提皮包四乡行，肃反审干生力军。
未得早交也有缘，六零燕园来比肩。
功课繁忙私交少，一日三段几次逢。
约我同去拜亲朋，心无疑余总谦恭。
勤奋耕耘学五载，学业有成赴边陲。

年富力强日当午，支边亦彰镇边力。
今出祁连终能还，鄂土张臂迎君归。
列车停靠汉口站，安家落户在武汉。
理工学院聘为师，教学改革进行时。
学科建设辨真伪，去伪存真务求实。
执教严谨堪敬业，著书立说授真知。
难得进城办要事，觅得陋室朗润园。
谁知此乃最后晤，悔不留兄话人生。
壮志未酬人已逝，国殇栋梁我失友。
岁月如流不了情，拙作话语悼文清。

2014年7月10日于智学苑

游张家界

刘兵海　　　　学　号　6018011

全能冠军张家界，[①]天子御笔山奇绝。[②]

金鞭索溪水灵柔，[③]地下魔宫黄龙歇。[④]

红腹角雉珙桐珍，[⑤]吊脚哭嫁风情别。[⑥]

百龙天梯世第一，[⑦]厚重历史人民写。[⑧]

---

① 旅游资源超群。

② 天子山御笔峰，天然雕塑，震撼人心。

③ 金鞭溪、索溪河，水清纯、柔情，江苏女诗人苏叶，在诗中曾发出"嫁与索溪水"的感叹。

④ 地下魔宫黄龙洞，有11公里长的溶洞、1 700根石柱石笋、21米高的定海神针、160米高的4层洞府，有"中华最佳洞府"的美誉。

⑤ 在这里，既生活着闻名于世的国家一级保护动物红腹角雉，又生长着高达30米的珍稀植物珙桐之王。

⑥ 土家吊脚楼及哭嫁，风情独特。

⑦ 百龙天梯，位于世界自然遗产张家界武陵源风景名胜区。电梯的主要设备，由德国知名电梯公司研究生产，耗资人民币1.8亿元。垂直高度326米，世界上最高、运行速度最快、载重量最大。在那里，有书法家沈鹏题写的"世界第一梯"几个大字。

⑧ 从尧舜到周朝、到战国、到汉朝等，好多故事涉足过这块土地。到了近代，张家界作为工农红军主力之一的红二方面军的诞生地，闻名中外；而张家界人贺龙、杜心五的名字，更是使人如雷贯耳。

赞同学

黄宗良　　　　学　号　6018045

一　四十春秋风雨天，岁月非梦也非烟。
相逢忌说李家短，唱出正气颐晚年。

二　边陲此生走仕途，不信同流必合污。
两袖清风书生好，一龙飞天誉京都。

三　辛苦操持整十年，楼起座空待后贤。
莫道小系少才俊，一样沃土树接天。

四　乡音未改亦坦然，却教桃李尽正腔。
寡言并非须藏拙，不同须眉论短长。

五　凄风苦雨出江中，求学路漫腹半空。
谨慎一生为忠孝，羞与凌霄竞紫红。

注：这几首“诗”作于2005年11月，应国际关系学院《院友通讯》之约，懒写长文。但脑子里是几十年前的情景、人物，竟夜未成眠，默然泪湿。于是，写下了几首未必合格律的“诗”。未曾点名，熟悉我班者大约可以猜到，谁一个“龙”字出名京城，谁辛辛苦苦组织实施盖起了国关大楼，谁是中国传媒最高学府长期操持者，谁谨慎一生，沉稳为“官”？不点名有个好处：这些同学均不求虚荣、戴高帽。搞不好不领情，反咬一口，说我损其名誉，那就自讨无趣了。不点名可进可退，抓不住我的把柄了。

诗歌五首

庄友桂

学　号　6018037

一、秋景

青脆挺拔美雪松，花团锦簇点点红。

廊外锦绣奈我赏，鹊儿喳喳嬉老翁。

2006年10月10日

二、望月思亲

每逢佳节倍思亲，遥望南国一线牵。

何日魂归桑梓地，陪报慈母寸草心。

2009年10月3日（中秋佳节，思亲心甚，提笔涂鸦，聊以释怀。）

三、晨思

东方欲晓露晨曦，祥云紫气佑病区。

白衣秀士斗虫害，妙手回春造命时。

病树前头总有渡，万木春华鹊登枝。

盘古八百嫌寿少，何言七十古来稀。

四、贺赵宝煦教授九秩华诞

（一）

政治学家赵宝煦，授业五年多良勋。

师生情谊无间隔，谆谆教诲依旧续。

（二）

我爱收藏助于师，访台归来赠邮“诗”①。

港澳回归同庆祝，紫荆荷花②共赏时。

注：①台湾邮政发行的诗词邮票资料

②港澳特别行政区区旗邮品

五、春雪（二首）

（一）雪松

青翠挺拔美雪松，银装素裹更峥嵘。

经霜傲雪终身事，春风和煦舞青空。

（二）雪桃

春寒料峭滞桃红，雪裹枝蕊掩娇容。

待到暖阳雪化时，桃花依旧笑春风。

2013年3月20日

诗意寄情

张永安　　　　学　号　6018052

心　旅

风声雨声读书声声声入耳，家事国事天下事事事关心。

未名湖畔恩师教诲震环宇，博雅塔下桃李芬芳满乾坤。

贺宝煦先生九十寿辰

天地永恒日日新，正当绚丽晚霞云。

苍松翠柏南山寿，耄耋精神照乾坤。

中秋有感

青年居士常独酌，友多渐成三人饮。

吾邀众友度明月，千杯万盏醉开心。

李白歌月月徘徊，吾辈吟月月最亲。

谁说天上神仙好，欢歌笑语人间情。

坐在庭院笑

庭院三棵大杏树，为我十年做记录。

非典肆虐赤县天，汶川地震惊五湖。

神机妙算大智慧，天灾地震净扫除。

庭院三棵大杏树，为我十年做记录。

奥运圣火惊世界，各国政要聚天都。

十万健儿争成绩，中国金牌第一属。

庭院三棵大杏树，为我十年做记录。

金融风暴袭全球，主席举旗总理护。

天府之国华光放，国家强盛人民富。

望都家园赞*

往日鸡场换新颜，高楼林立美家园。

万民安居拍手笑，天时地利人和谐。

* 望都家园始建于本世纪初，原址为北京华都鸡场，现搬至顺义。

离校、返校诗六首

张忠有　　学　号　6018029

离　校

同窗五载离别难，东西南北路漫漫。

蹉跎岁月催人老，唯有春风今又还。

植　树

义务植树去西山，崇山峻岭若等闲。

艰难困苦浑不怕，育绿青山映蓝天。

演　出

校园活动多风采，宗良金海巧编排。

“一双皮鞋”有故事，登上汇演大舞台。

学　弟

诨名跳蚤王国文，建设西北献青春。

挥毫泼洒黄河水，一笔成龙华夏魂。

学　兄

同窗学兄名泽成，咬定真理不放松。

学习会上颂彭总，身陷囹圄遭冤情。

返校园

久盼返校园，今日得实现。重踏育我母校，古朴生距离，满园欢声笑语，处处欣欣向荣，歌声入云端。过了未名湖，又见洞外天。

博雅塔，未名湖，图书馆。半个世纪过去，回首一瞬间，玉兔月球寻宝，蛟龙深海七千，科研出新篇。传承兼创新，争创第一流。

左起：向东与萧超然老师、师母

附录一：北京大学国际政治系60级学号

6018001徐潮江
6018002张克勋
6018003李学文
6018004毕凤翔
6018005高金海
6018006何淑云
6018007金　戈
6018008于永梓
6018009张小妹（张晔）
6018010王家驯
6018011刘兵海
6018012何新中
6018013李泽成
6018014史春和
6018015周文信
6018016江长仁
6018017朱传道（向东）
6018018金金宝
6018019*
6018020许校荣
6018021马国泉
6018022朱士高
6018023王　杰
6018024王继宪
6018025陈喜增
6018026田凯荣
6018027*
6018028赵洪涛
6018029张忠有
6018030潘国华
6018031沈仁道
6018032王富全
6018033董志立
6018034曹其全
6018035郑金永
6018036王国文
6018037庄友桂
6018038洪文炳
6018039杨宗普
6018040刘继南
6018041郭文清
6018042区　南
6018043胡素华
6018044姚　遥
6018045黄宗良
6018046郭新文
6018047石志夫
6018048胡肇龙
6018049吴厚生
6018050魏开肇
6018050郭功臣（1960—1961年休学，1961年6月2日退学）
6018051赵开财
6018052张永安
5613051周振华
6018701金纯显（1961年5月23日退学）
6018702李　绣（1961年5月23日退学）

（抄自北京大学档案馆）

* 档案空白。

附录二：北京大学国际政治系60级课程、学时、任课教师

60－61学年课程

课程	学时	任课教师
中共党史、毛泽东著作选读	4学时/周	张俊彦
俄语（慢班、快班）	4学时/周	季怀甫、岳凤麟（快班）、林明虎（慢班）
中国通史	4学时/周	张寄谦
体育	2学时/周	
国际共产主义运动史	4学时/周	严富明、杨荫滋
形势任务	2学时/周	

61－62学年课程

课程	学时	任课教师
政治经济学	4学时/周	刘方域、钱淦荣、王茂湘
法学基本知识	2学时/周	程道德、刘升平
哲学	4学时/周	郭罗基
逻辑	2学时/周	彭燕韩、宋文坚
汉语习作	2学时/周	马真、罗谦怡
古文选读	1学时/周	岳麟章
俄语（慢班、快班）	4学时/周	季怀甫、岳凤麟（快班）、林明虎（慢班）
体育	1学时/周	
对外关系与对外政策	2学时/周	
形势任务	1学时/周	

62－63学年课程

课程	学时	任课教师
形势任务	1学时/周	
政治学	3学时/周	赵宝煦、樊公裁

十月革命史	2学时/周	李石生
俄语（慢班、快班）	4学时/周	季怀甫、岳凤麟（快班）、林明虎
政治学说史	3学时/周	张国华、张宏生
空想社会主义思想史	2学时/周	
汉语写作	2学时/周	乐黛云

63－64学年课程

思想政治教育报告	1学时/周	
毛泽东著作选读	4学时/周	李　普、萧超然、张俊彦、沙健孙、李景鹏、梁　柱
资产阶级政治制度	4学时/周	龚祥瑞、王　哲、罗豪才
国际法	2学时/周	程　鹏

65年毕业论文、社会主义教育运动

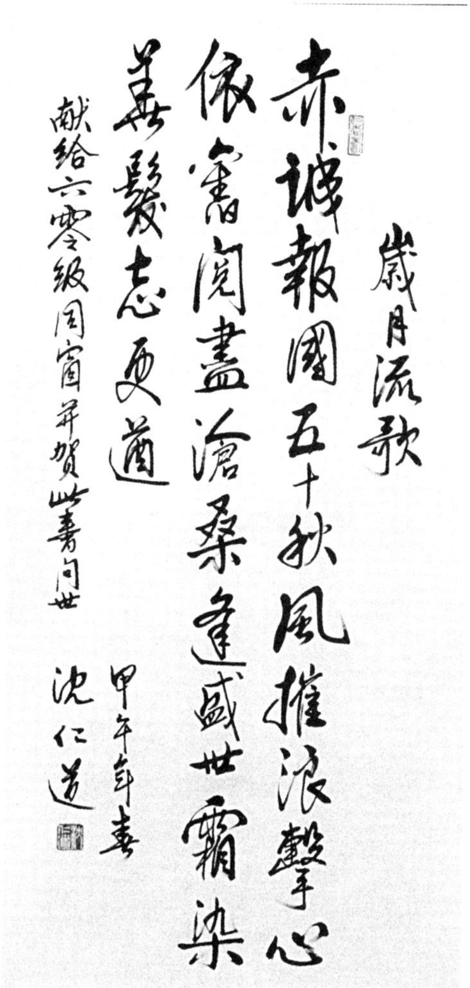

(左)沈仁道书法、(右)王国文书法

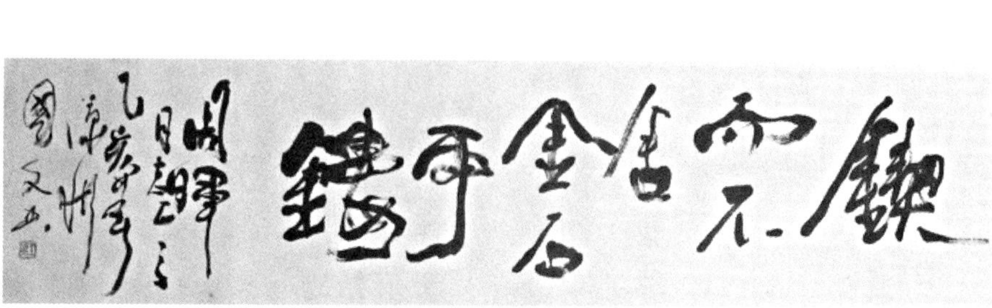

王国文书法

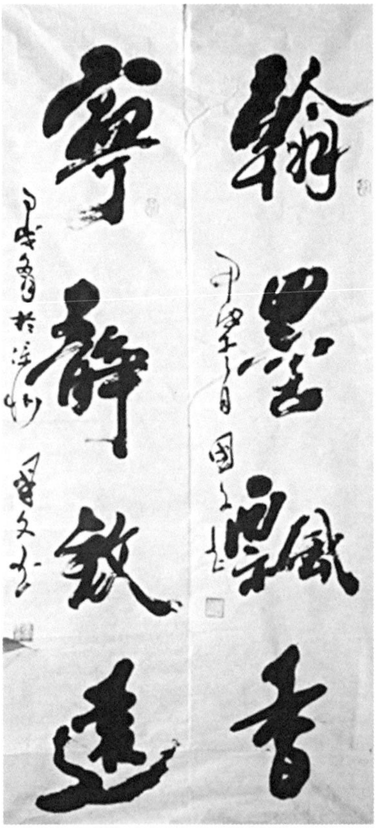

王国文书法

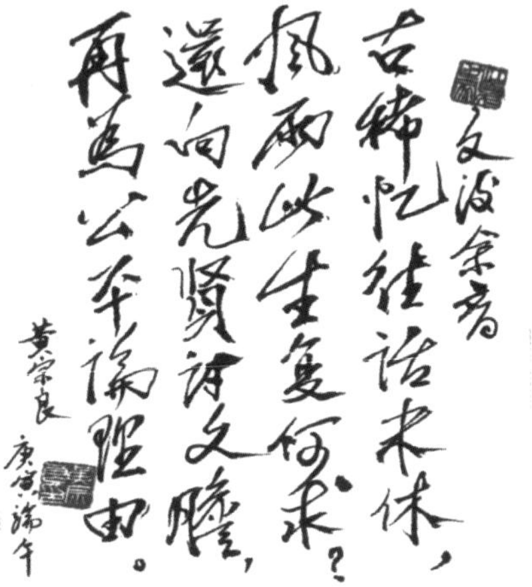

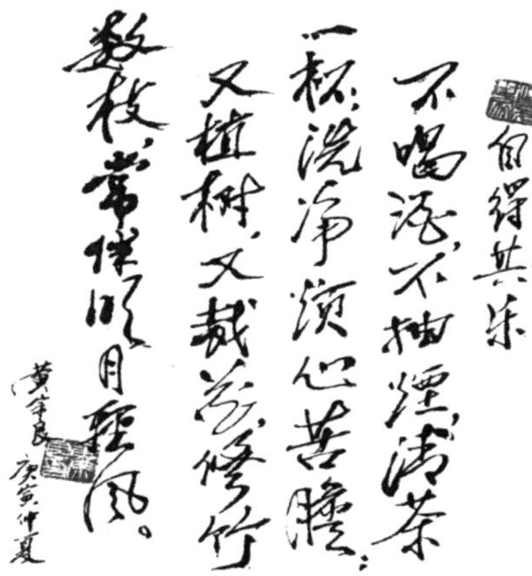

黄宗良书法

王国文书法

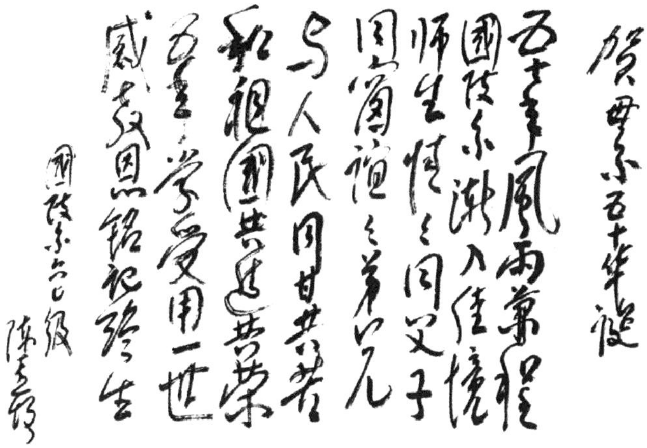

贺四系五十年诞

五十年风雨兼程
国防系渐入佳境
师生情同父子
同窗谊如弟兄
与人民同甘共苦
和祖国共进共荣
五年学受用一世
感友恩铭记终生

国防系六〇级 陈喜增

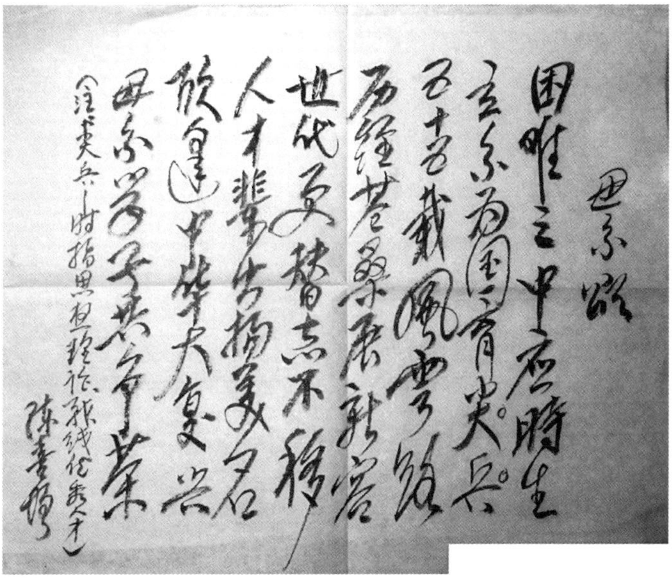

陈喜增书法

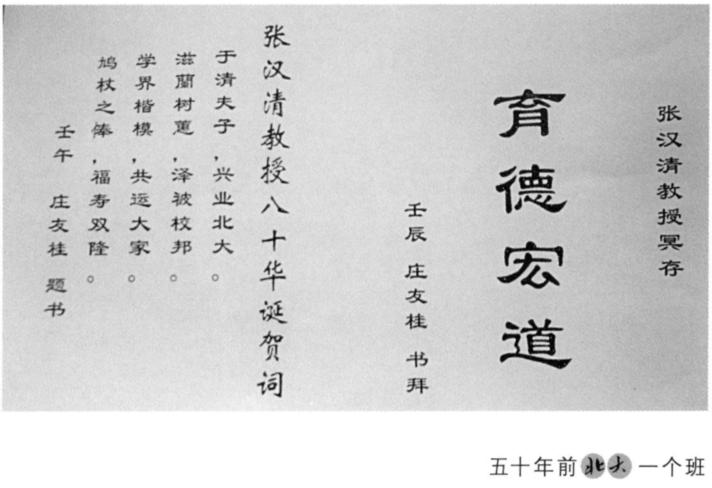

张汉清教授冥存

育德宏道

壬辰 庄友桂 书拜

张汉清教授八十华诞贺词

于清夫子，兴业北大。
滋蘭树蕙，泽被校邦。
学界楷模，共远大家。
鸠杖之俸，福寿双隆。

壬午 庄友桂 题书

庄友桂书法

后　记

2010年8月，在北京大学政治系60级入学50周年座谈会上，刘继南同学提议：在我们毕业工作50年时出一本60级同学回忆录，把60级的师生情、同学情、北大情，把这个积极向上、团结、和谐、奋进的60级群体风貌，把我们毕业后的工作、生活状况，同时展现给社会，以表达对母校培育的感激之情。这个动议，得到与会同学的赞同，于是组成了编委会。来自全国各地的60级学友，十分认真、踊跃，纷纷寄来了回忆文章、诗歌、书法，不少同学还寄来当年的照片，有的同学让自己的孩子、孙辈发来书稿的电子版。这本书的成型，是60级同学共同辛勤劳动的成果。

不能忘怀，与我们同窗五年，朝夕相处的赵洪涛、石志夫、杨宗普、郭文清、郭新文、张克勋同学英年早逝。今年，李泽成又离我们而去。有一些同学因身体不适，或事务繁忙，这次没有来得及写稿；还有几位同学中断了联系。

由于每位同学的经历不一，各人文风不同，本书不要求一律；又由于各人的阅历和处境各异，认识问题的见解、观点各有不同，因而，文责自负。这也体现了北大的“兼容并包”精神。

在具体编辑出版过程中，我们要感谢北京大学国际关系学院的领导、院友会及金瑞、尹欣同志，给予我们极大的支持，原在院友会工作的赵伟同志也为我们提供了多种方便，对他们表示深深感谢。

我们十分感谢中国传媒大学出版社的领导，给了我们很大的帮助，这本书才能面世。还要感谢中国传媒大学出版社原总编阎惠泉同志，本书的责任编辑赵丽华同志，对这本书的出版作了全面指导，付出了辛勤劳动。

正如本书“编者的话”中所说：“渴望把我们的故事留给青年，留给后代，让他们从中受到启迪。”

编委会（江长仁执笔）

2014年10月

图书在版编目(CIP)数据

五十年前北大一个班/本书编委会编. —北京:中国传媒大学出版社,2015.3
ISBN 978-7-5657-1298-2

Ⅰ.①五… Ⅱ.①本… Ⅲ.①回忆录—中国—当代 Ⅳ.①I251

中国版本图书馆 CIP 数据核字（2015）第 035635 号

五十年前北大一个班

监　　制	闵惠泉
责任编辑	赵丽华
特约编辑	韩文婷
封面插图	郭　楠
封面设计	槛外人
责任印制	阳金洲
出 版 人	王巧林
出版发行	中国传媒大学出版社
社　　址	北京市朝阳区定福庄东街 1 号　邮编:100024
电　　话	86—10—65450528　65450532　传真:65779405
网　　址	http://www.cucp.com.cn
经　　销	全国新华书店
印　　刷	三河市东方印刷有限公司
开　　本	710mm×1000mm　1/16
印　　张	24.25　彩插 0.5
版　　次	2015 年 5 月第 1 版　　2015 年 5 月第 1 次印刷
书　　号	ISBN 978-7-5657-1298-2/I·1298　　**定　　价**　68.00 元